U0567541

中国古典文学读本丛书典藏

元明清散曲选

王起 主编
洪柏昭 谢伯阳 选注

人民文学出版社

图书在版编目（CIP）数据

元明清散曲选/王起主编；洪柏昭，谢伯阳选注. —北京：人民文学出版社，2021（2024.7重印）
（中国古典文学读本丛书典藏）
ISBN 978-7-02-011715-4

Ⅰ. ①元… Ⅱ. ①王…②洪…③谢… Ⅲ. ①散曲—作品集—中国—元代②散曲—作品集—中国—明清时代 Ⅳ. ①I222.9

中国版本图书馆 CIP 数据核字(2016)第 121827 号

责任编辑　徐文凯
装帧设计　陶　雷
责任印制　宋佳月

出版发行　人民文学出版社
社　　址　北京市朝内大街 166 号
邮政编码　100705

印　　刷　三河市鑫金马印装有限公司
经　　销　全国新华书店等

字　　数　468 千字
开　　本　880 毫米×1230 毫米　1/32
印　　张　18.625　插页 3
印　　数　9001—11000
版　　次　1988 年 5 月北京第 1 版
印　　次　2024 年 7 月第 4 次印刷

书　　号　978-7-02-011715-4
定　　价　58.00 元

目　录

明代散曲

清代散曲

前　言

正如人类的物质生产在不断地变化发展一样，人类的精神生产也在不断地变化发展。我国源远流长的诗歌，就经历了从四言到五七言，从古体到近体，然后又演变为词和散曲的过程。散曲，是我国最后一种具有生命力的古典诗体，它曾经煊赫过一时，取得了与诗、词鼎立的地位。但是，长期以来，人们对它却注意得不够，以为它在元代盛开过灿烂的花朵以后，就从此凋谢枯萎。这种误解，可能是因为"唐诗、宋词、元曲"的提法引起的。这倒不是说这一提法有什么错误，不，问题是在于我们的理解。因为那不等于说唐以后无诗，宋以后无词，元以后无曲。就这几种诗体而论，实际上都是贯串了以后的各个时代，繁衍不绝的。我们要加强对散曲的研究，理出它在元明清三代的发展脉络，还它个瑰丽多彩的本来面目。抱着这样的目的，我们编选了这本《元明清散曲选》，并在这里阐述一下我们的理解。

一　散曲的产生和特点

散曲可分为北曲和南曲两种。它们的出现，同特定的社会历史条件有关，同文学、音乐的发展也有关。

我国幅员辽阔，各地区由于地理环境、自然条件、居住民族的不同，表现在生活和文化上也有差异。当国内由一个统一政权管辖的时候，这些差异还不太明显；而当国内政权分立时，这些差异就越来越明显。从十二世纪前期起，女真族和蒙古族统治者先后占据了淮河以北的大片土地，建立了与南宋相对峙的金和蒙古政权；到了一二七九年，元世祖忽必烈还统一了全国，建立了历史上第一个由少数民族统治的王朝。

我国传统的音乐、歌舞发展到北宋时期，已经相当丰富，大曲、转踏、鼓子词、唱赚、诸宫调、曲子词等，在各地相当流行。在统一政权底下，这些艺术起源的地区虽各不相同，但大体上以统一的形式演唱；宋金对立以后，逐渐出现了变异；加上各地不断涌现出新的民间歌曲，于是就逐渐融合、发展为新的文艺样式。这新的样式，从戏剧上来说是杂剧和南戏，从音乐和诗歌上来说就是北曲和南曲。

无论北曲还是南曲，其曲调的主要来源都是民间歌曲。女真族和蒙古族统治北方的时期，北方的民歌创作相当兴盛，“俗谣俚曲”大量涌现。据元人燕南芝庵《唱论》载，东平、大名、南京（今河南开封）、彰德、陕西等地都有各自传唱的歌曲，少数民族的音乐也不断传入，这两部分曲调占了北曲曲调的大多数。在这基础上，北曲又吸收了大曲、唐宋词、诸宫调的部分曲调，组成了庞大的声腔系统。燕赵自古多慷慨悲歌之士，契丹、女真、蒙古人更具有慓悍粗犷的作风，他们的曲调也就具有迥异于宋词音乐的风格特点；即使是被吸收进来的词调，也是经过了改造，纳入统一的声腔系统的。配合这些曲调创作的歌词，除了受音乐风格制约以外，还要受南北人民生活、语言、审美心理等方面差异的影响，其表现出来的面貌，自然也就与宋词大不相同；简单说来，就是多用北方口语，句式灵活多变，在定格外可加衬字，韵脚平仄声通押，用韵较密，不避重字、重韵，表现手法尖新刻露；给人以生动活泼、豪迈粗犷的印象。

南曲也起源于宋金对立时期，其地域则是东南沿海一带。“村坊小曲”和“里巷歌谣”（见徐渭《南词叙录》），构成它曲调的基础。在发展过程中，它又吸收了大曲、唐宋词、诸宫调、唱赚中的曲调来丰富自己；北杂剧在元代流传到南方以后，它甚至还吸收了杂剧的曲调。这样，比之北曲，南曲的曲调就更加丰富。值得注意的是，它吸收的词调，要比北曲多得多，而且基本上保持了原来的唱法。这是因为许多文人、艺人随着宋室的南迁，把词带到南方来之故。南方的文学艺术一向比较温柔婉转，南曲的曲调也带着这一特点；因此根据这些曲调谱写的歌词，也就典雅纤丽，与长短句词相差不远：它少用衬字，口语的运用也远没有北曲多，比较讲究字面的雅正和表意的含蓄。

南北曲在宋金对立时期差不多同时产生以后，北曲的发展却优于南曲。这是因为北方战乱频仍，入主中原的少数民族不习儒术，思想控制有所放松，传统的诗文衰落，故文人从事这种新兴歌曲的创作较多。而南宋则在儒家思想的控制下，视民间歌曲为鄙俚，故染指的极少。等到元朝统一了中国，由于蒙古统治者的爱好，也由于艺术上的比较成熟，北曲挟杂剧的势力风行全国，南曲就更加一蹶不振，无人注意了。元末南方人民纷纷起义，南曲才开始重露头角，在散曲中也开始出现了南北合套。但直到明初为止，它还是“柔缓散戾，不若北之铿锵入耳”。（《南词叙录》）所以明初的曲坛，也仍然是北曲的天下。弘治、正德以后，南曲随着传奇的发达和经济文化重点逐步向东南地区转移，才逐渐兴盛起来，取得了与北曲并驾齐驱的地位。到了嘉靖、隆庆年间，以经过改造的旋律优美的昆山腔演唱的南曲，一下子风靡全国，北曲遂迅速衰落。此后虽然一直也还有北曲的创作，但却是经过昆山腔改造的北曲，不复是原来的样子了。到了清代乾隆以后，昆腔衰落，南北曲逐渐变为徒诗，成为文人格律诗的一种。

下面，简单叙述一下散曲的体裁特点。

无论北曲或南曲，都可分小令和套数两种形式。小令每支独立，一韵到底，相当于诗的一首，词的一阕。每支小令都有一个牌名，即曲调的名称。《九宫大成南北词宫谱》所收北曲曲牌有五百八十一个，南曲则有一千五百十三个。各调有不同的字数、句法、平仄、韵脚，即所谓“句式定格”。这些曲调分属于不同的宫调，北曲有十二宫调，南曲有九宫十三调。小令还有两种变体：一是北曲中的带过曲，即连用两首或三首宫调相同而旋律恰能衔接的曲调，合成一首新曲。其组合有一定规律，不能随便搭配，常见的有〔雁儿落带得胜令〕、〔沽美酒带太平令〕、〔骂玉郎带感皇恩采茶歌〕等。二是南曲中的集曲，又名犯调，它的形式与北曲的带过曲相似，而内容实不相同。带过曲是取各曲的整体合成，调名仍用各曲原名相连；集曲则摘取各调的零句而合成一个新调，另外起一新名。例如〔醉罗歌〕是摘取〔醉扶归〕、〔皂罗袍〕、〔排歌〕三调各数句而成，〔金络索〕是集〔金梧桐〕、〔东瓯令〕、〔针线箱〕、〔解三醒〕、〔懒画眉〕、〔寄生子〕各数句而成，〔七犯玲珑〕集七调，〔巫山十二峰〕集十二调，还有多至集三十调的。而带过曲则连用不能超过三曲。

还有一种叫作“重头”的小令，即一再重复使用同一曲调，歌咏一件连续的或同类的事情。例如元代张可久用四首〔卖花声〕分咏春夏秋冬四景，明代无名氏以百首〔小桃红〕咏唱《西厢》故事。但这种小令每首用韵不同，所以并不能算一套。

套数是较为复杂的结构，它吸收宋大曲、转踏、诸宫调等联套的方法，把同一宫调最少二支以上的曲子联缀起来，首尾一韵，并有尾声（也有少数没有尾声的）。元代末年出现的南北合套，把宫调相同的南北两种曲调，交错使用，有一定格式。

二　元代散曲

尽管蒙古人的统治结束了国家长期分裂的局面，客观上有利于历史的进程。然而强烈的民族歧视和民族压迫政策，却不能不给其统治带来野蛮的色彩。蒙古贵族和色目上层分子，倚仗权势和法律的保护，肆意欺压人民。官吏贪污腐败，社会秩序混乱，是历史上少有的黑暗时代。曾经在宋代得到特别优待的汉族知识分子，这时候地位一落千丈。

虽然“八娼九儒十丐”之说可能是南宋遗民的怄气话，但是却深刻地反映了当时的现实。科举之路断绝了，读书人丧失了进身之阶；在现实生活中，他们还随时会受到突然的侵袭；即使是一些作了官的汉人，也要受上司和同僚的气，弄不好还会招来杀身之祸。在这样的社会背景下，散曲作家们唱出了愤懑的歌声。

一般人喜欢把散曲作家分为豪放和清丽两派，这能否概括他们多样的风格，也很难说。事情总是相对的。要细致地区分，即使司空图的二十四诗品，也未必能尽穷其妙；但如果粗略一点，那么分成两类，也未尝不可以。这正如词的分为婉约、豪放，杂剧的分为本色、文采一样，倒是比较简单明了的方法。需要注意的是，在具体划分的时候，不能太死板。一个作家的艺术风格，往往随着生活、思想与作品题材的改变而改变，并不永远固定，此其一。大作家的作品往往具备多种风格，此其二。小作家作品太少，或者没有明显的特色，此其三。一般说来，把作品划分风格容易，把作家划分流派难。因此我们下面的叙述，并不强求一律，有时接触到这个问题，有时却没有接触到。

元代散曲的发展，以成宗大德末年（1307）为界，大致可分前后两期。

元初染指散曲的作家，很多是位高官显的文人。如杨果、刘秉忠、胡祗遹、王恽、卢挚、姚燧等，他们都是在诗词创作之余，偶尔写点散曲。艺术上的拘束，显示出他们对这一形式还不够熟悉。内容多写个人情怀，偶尔流露一点故国沦亡的淡淡哀伤。这大概是为蒙古政权服务的文人的通例吧，元初其他居官的诗文作家，也多是这样的。这里取得较大成就的，是卢挚。他留下的散曲不但数量较多，而且写景咏史，都有可读；描写农村生活的几首，尤为隽永。

稍后的居官并在散曲上取得成就的作家，却也不多。冯子振一口气和了白无咎四十首〔正宫・鹦鹉曲〕，写“汴梁上都天京风景”，显示了艺术的才华。张养浩在退居林泉以后，慨叹居官的危险，确实是过来人的口吻。他尽情讴歌隐逸，讴歌自然，作品豪放洒脱；关中咏史诸作，感慨尤深。

这时期更有成就的，是在野与沉沦下僚的一群。“金之遗民”杜仁杰与白朴，都有些传诵的作品。杜仁杰的套数《庄家不识勾栏》，写庄家声口、神态，那通俗的口语，那幽默的趣味，在散曲史上算得上是“本色”的佳作之一。这套曲的价值还在于它保存了元代勾栏演戏的珍贵史料。白朴的作品疏放清丽，有着鲜明的诗酒优游的色彩。他兼写杂剧，所以〔中吕·喜春来〕《题情》中的抒情女主人公，也与《墙头马上》中的李千金一样，有着冲破封建礼教的要求。

投身到勾栏瓦肆中，“偶倡优而不辞”，以创作杂剧为主的作家，像关汉卿、马致远等，他们都没有诗文流传下来，其散曲更与诗文作者大异其趣。关汉卿的〔南吕·一枝花〕《不伏老》，以其强烈的战斗精神闻名于世。他充分利用散曲格律自由的特点，把要说的话说到十分，表现得特别本色通俗。他善于写爱情题材，写恋人相会时是那样的大胆，写别离时又是那样的依恋，这大概得力于多与风尘女子接触，熟悉她们的生活和思想吧。作为一个饱受统治者腌臜气的下层知识分子，他唱出了“贤的是他，愚的是我，争甚么”之类的反话，其悲愤可以想象！马致远更被誉为“振鬣长鸣，万马皆瘖”（朱权《太和正音谱》）的作者，风格兼有豪放与清丽之长。他的杂剧都充满了自我的表露，散曲就更是这样。〔双调·夜行船〕《秋思》、〔南吕·金字经〕《未遂》、〔南吕·四块玉〕《恬退》、《叹世》等作品中表现出来的愤世、厌世、避世思想，和雄劲蹈厉、寄慨无端的表现方式，为后世怀才不遇、看破世情的知识分子所宗仰，一直奉为豪放之宗。他的功力还表现在景物的描摹上，其特点是把自然美的再现与强烈的感情色彩糅合在一起，显示出马致远式的忧郁与寂寥。他写男女相思之情是那样的含蕴，一点不涉色情庸俗。无怪他的声誉是那样的高了。

前期作家中还有一个王和卿,他的俳谐俚俗的作品,把大蝴蝶、大鱼、绿毛龟、长毛小狗都写上去了,而且富有嘲笑讽刺意味,在散曲中别具一格。

以张可久和乔吉活跃于曲坛为标志,元代散曲的发展进入了后期。张、乔二人过去被称为"曲中双璧",目为清丽派的代表。张可久的声名又在乔吉之上。他是第一个专力写散曲的人,不写杂剧,也没有诗文留下,散曲却有八百多首,占现存元人散曲的五分之一。这里面绝大部分是小令,只有九个套数,可见他是把精力凝注到散曲的典雅化上面的。我们知道,曲中的小令近词,套数近剧,相对来说,套俗令雅,这是一般的规律。兼之可久刻意雕琢,运用诗词的字面、句法,含蓄、凝练的表达方式,遂使其曲骚雅、蕴藉,成为清丽派的宗师,在明清两代获得了不少的崇拜者。然而他的风格也不是单一的,俊快轻盈、哀婉凄艳、刚健豪放,也同时可以在他的曲中找到;不过万变不离其宗,最后同归于雅,早期散曲(特别是民间创作)的"蒜酪风味",渐渐地淡薄了。

张可久之所以为后代倾倒,自然同他的仕宦偃蹇、作品中多名士气和凄婉味有关。乔吉同他的境遇差不多,也许更为潦倒;所以曲中于啸傲山水之余,还有不少青楼调笑之作,有时也发发牢骚。如果说张小山近于词中的姜白石,那么乔梦符就是词中的柳耆卿吧。乔吉在艺术上不似张可久雕琢得厉害,时时有些"出奇"的俗语,雅俗兼该,这可能跟他兼作杂剧有关。

此后的元代曲坛,仍然没有一面倒。在豪放辛辣本色方面,我们可以举出睢景臣的〔般涉调·哨遍〕《高祖还乡》、刘时中的〔正宫·端正好〕《上高监司》、钱霖的〔般涉调·哨遍〕《看钱奴》、钟嗣成的〔南吕·一枝花〕《丑斋自述》作为代表。睢、钱作品的嬉笑怒骂,俳谐滑稽,已达到登峰造极的地步,这是从前期杜仁杰的《庄家不识勾栏》和马致远的《借马》发展来的。刘作汪洋浩荡，长达三十四曲的联套，后来者少此魄力。钟作极尽形容之能事，比关汉卿的《不伏老》更见奇崛。此外如薛昂夫、贯云石、查德卿、刘庭信等，也都属于这一路。薛、贯都是维吾尔族人，他们的成就说明了元代散曲的繁荣，是各个民族共同努力的结果。至于清丽雅正一路，作者就更多了，郑光祖、任昱、周德清、徐再思、吴西逸等，都是此中的佼佼者。他们的贡献主要在写景和抒写闺情方面更加细致圆润。

统观元代散曲创作，愤世乐闲与爱情闺怨的作品特别多，这是因为作者处民族压迫之下，反抗既无力量，屈服又不甘心，只好啸傲烟霞，寄情声色，以寻找精神上的出路。这无疑有浓厚的消极逃避与自我麻醉成分，然而却也是时代悲剧的反映。我们应该透过表面的现象，看到骨子里的血泪与抗争。

三　明代散曲

散曲经历了它在元代的兴旺时期以后，到了明代，仍然在不断地发展。由于明代立国较长，作家和作品的数量都超过了元代，内容和形式也都有自己的特点。

明代散曲的发展，基本上和其他文学样式一样，是到了中叶以后才兴旺起来的。朱元璋推翻了元朝以后，加强了封建专制和思想文化的统治。永乐后又设东、西厂和锦衣卫，对人民严加控制，对功臣进行大规模的杀戮，不断地大兴文字狱；另方面又大开科举，规定以八股文取士，考试专以四书五经命题，并只能依照朱熹的注解解释。这样，知识分子在政治上有了出路，在思想上却受到程朱理学的束缚；加上慑于专制的威严，行动上谨小慎微，所以文学上并没有什么建树。散曲方面，在明初的几十年里，除了由元入明的汪元亨、汤式等几个作家，还继续唱着叹世的调子以外，就只有藩王朱有燉那平庸的赏花观景、风月闲情之作在占据着曲坛。

弘治、正德、嘉靖、隆庆时期，城市工商业有所发展，但社会矛盾却日渐加深了：农村中土地兼并加剧，水旱频仍；皇帝昏庸无道，宦官专政弄权，阁臣互相倾轧；人民发出了反抗的呼声，统治阶级内部也有所分化。这种情况反映到散曲创作中来，便是大批作家的涌现和不少有社会意义的作品的产生。康海、王九思、李开先、常伦等追步关、马，以豪放恣纵的语言，写叹世乐闲的思想，在勘破世情、隐居乐道的后面，不时地透露出对官场黑暗、人情险恶的不满，虽然也往往有故为豪放之处。祝枝山、唐寅、王磐、杨慎、黄峨、金銮、沈仕等却取法乔、张，多用清丽委婉的笔调，写闺阁风情或山川景物。其佳者往往能荡气回肠，给人以美的享受，缺点是比较纤弱委琐。

这里有几个值得特别提出的作家，是陈铎、冯惟敏和薛论道。陈铎一向被目为清丽派的名家，就他多写以闺情为题材的南曲来说，自然是这样。但是他还有一卷《滑稽馀韵》，取材于形形色色的都市生活，举凡工匠、苦力、商贾、店肆、相士、巫师、稳婆、媒人、狱卒、号兵、里正、皂隶，莫不兼收并蓄。形式通俗朴素，全用市井口语，那种风趣幽默的韵味，与元人王和卿、张鸣善辈相侔而浅白过之。这可能是根据流行于城市中的小曲改编的，反映了他对民间生活和歌曲的关心。这一百三十多首作品，大大开拓了散曲题材的天地，可惜的是此后继响者绝少。冯惟敏对农村的生活比较关心，《海浮山堂词稿》中反映农民在水旱频仍的年头，挣扎在死亡线上的酸辛情景，是比其他作家都要多的，像《刈麦有感》、《刈谷有感》，以及以“苦雨”、“苦风”之类为题的作品，都是很好的证明。他一向被视为豪放派的巨匠，甚至被誉为“曲中的辛弃疾”。的确，他的作品数量多，题材广，对社会的弊端和官场的丑恶也多所揭露，风格刚劲朴直，豪爽奔放，充分发扬了元人的优良传统。薛论道一向不为人注意，无论明清或近代的曲选、曲论，几乎都没有怎么提到他，这大概与他曲中多抨击封建社会之语以及他的《林石逸兴》久湮不彰有关吧？他的散曲题材有个值得注意之处，就是多写塞上风光与军旅生活。在《塞上即事》、《边城秋况》、《吊战场》、《宿将》、《寄征衣》等题目下表现出来的，是将士们为国立功的豪情壮志，久戍不归的思乡心情，以及苍凉辽阔的边塞气象。这些作品风格慷慨苍凉，颇有唐人边塞诗的风味。其他作品亦挥斥遒劲，广泛地抨击了社会中的不平现象。应该给以较高的评价。从这几个人的情况来看，散曲到了他们手上，题材和思想都已经突破了传统的范畴，艺术上也同明初那些机械模仿元人格调的大不相同了。

南曲在明初就有所抬头，但是在嘉靖、隆庆以前，北曲还是占着优势。嘉靖、隆庆年间，昆曲勃兴，梁辰鱼继戏曲音乐家魏良辅之后，在戏曲和散曲两方面都有所创作，《江东白苎》一出，以昆腔演唱的南曲大盛，北曲迅速衰落。这时东南地区资本主义萌芽，城市经济繁荣，散曲作家大多数集中在这一地区活动。由于城市物质生活的刺激，以及统治阶级的日趋没落，他们或多或少都沾染上沉溺声色的风气，很多人都蓄有歌姬，或经常出入青楼，因此作品大半喜欢用华美纤丽的词藻，写缠绵绮丽的艳情。梁辰鱼的《江东白苎》，和前一时期沈仕的《唾窗绒》，可说是这种风气的代表。他们所开创的“白苎派”和“青门体”，风靡一时。沈璟虽注重本色，但又过分地强调音律，而内容则仍然是香艳的。追求音乐上悠扬动听的风气，使集曲、犯调和翻谱的作品大量出现。散曲发展至此，已偏向满足耳目感官的享受要求，形式浮艳，内容苍白，走下坡路了。这时期著名的曲家，除梁辰鱼、沈璟以外，还有郑若庸、张凤翼、王骥德、冯梦龙、施绍莘等。内中只有冯梦龙的作品较有真情实感，因为他接受了当时流行的民间小曲的影响。不过这些人除了施绍莘以外，都是戏曲的高手，当他们捕捉住那动人的爱情心理的时候，还是把风情闺怨表现得别具情致的。

施绍莘在过去的声名很高，被称为“集大成”者。他致力于写套数，数量之多，元明两代实无其匹。在这种长篇体制中，遣词的清丽圆润，表意的曲折回环，都达到了很高的水平。但往往偏于堆砌，为文造情的痕迹很浓，无论写风花雪月的佳景，还是写旖旎温馨的艳情，都显得比较浮泛。

四　清代散曲

明代后期日趋腐朽的统治，导致了李自成农民军的大起义和清兵的入关，从而使中国的大地又发生了一次翻天覆地的变化。满族贵族在征服全国的过程中，实行了“血”与“火”的洗礼。“扬州十日”，“嘉定三屠”，以及“易服剃发”等种种强迫汉人改变传统习俗的命令，激起了江南人民强烈的反抗。地主阶级人士在这一事变中也受到冲击，因此往往也汇入了民族斗争的洪流。散曲作家冯梦龙、熊开元、归庄等都参加过抗清活动。十五岁便束发从军的夏完淳，虽不以散曲著名，但狱中所作的几首自叙曲，悲歌慷慨，感人至深。由于他一生志存复国，虽然死于清初，我们还是把他算作明曲的殿军。另外一些有民族气节的由明入清的作家，也在散曲中抒发了他们的兴亡之感。沈自晋、沈永隆父子的一些作品，记录了离乱中的生活和感受，写得苍凉沉痛。熊开元、归庄也悲壮激越地歌唱了这天翻地覆的事变。这些是富于时代精神的。散曲至此，又扩人了它的题材与功能。

随着清朝政权的日趋巩固，统治者采取软硬兼施的手法，对各族人民加强了思想文化统治。一方面大兴文字狱，围剿反满思想，消除异己分子；一方面又大力提倡程朱理学，扩大科举取士制度，除正科外，还有捐纳和各种特科，为士子出仕大开方便之门。其结果，是使文坛上脱离现实的形式主义倾向逐步泛滥。而在散曲领域，能反映现实、抨击时政的作品虽然不能说没有，像蒲松龄的〔九转货郎儿〕、仲振履的《羊城候补曲》等，就属于这一类。但更多的却囿于身边琐事，以及用来做祝寿、吊唁之类的应酬；艺术上则走上了雕琢的道路。这时期作散曲的，很多都是著名的诗人、词人，他们或喜南词，或好北曲；或尚绮丽，或尊骚雅；表现虽各有不同，但大多数不是模仿元代的乔、张，就是效法明代的梁、沈。随着昆腔的衰落，散曲逐渐脱离音乐而成为徒诗的一种。朱彝尊、厉鹗等人一味崇雅，把作词的方法带到散曲中来，使散曲日益丧失亢爽激越的风味，与诗词无大差别了。当然，如果从诗歌艺术技巧的角度来看，清代中叶的散曲还是有值得称道的地方的。其一是使用范围的进一步扩大，或者说是题材的转移吧，总之，像题图、悼亡这样的内容，元明两代是很难看到的；赠答之多，大大地超过了前代；而感怀、凭吊、节令、纪游等，也都带有新的时代的特点。其二是套数创作特盛，而精品又较多。一些成功的套曲，往往抒情与叙事并重，吸收了诗歌长篇歌行的手法，注意气氛的酝酿，形象的描摹，情事的相生，结构的完整，布局设色的匀称，声调音律的婉转。像吴绮、沈谦、洪昇、孔尚任、徐旭旦、林以宁、赵庆熺等，都是擅长此道的。其三是小令清新倩巧，往往注意捕捉生活小景，给读者留下隽永的情味。朱彝尊、厉鹗、吴锡麒、王景文等，在这方面比较突出。

鸦片战争以后，帝国主义不断入侵，清朝政府越来越腐朽，中国社会发生了急剧的变化，逐步变成半封建半殖民地。对人民来说，这是个苦难深重的时代，也是个英勇斗争的时代。而在知识阶层，这时期写散曲的，大都是偶尔染指，零章碎篇，聊作消遣，然而也不是完全没有苦难时代的反映。如谢元淮的〔北南吕·一枝花〕《感怀》，就沉痛地诉说了鸦片战争时期英殖民主义者攻陷吴淞的悲惨情景；藐庐的〔新万古愁曲〕，控诉了帝国主义者掠夺殖民地人民的血腥罪行。此外，如揭露鸦片危害的《鸦片词》、控诉清廷迫害知识分子的《吴三新案杂钞》等作品，都带有时代的气息。可惜这些作品艺术上比较粗糙，特色不多，诗味不浓，终于没有能够引起较多读者的注意。散曲的发展，至此已接近尾声了。

五　关于编选工作

下面说一下我们的编选工作。

元人散曲，不受正统文人重视，难登大雅之堂，作者亦不甚珍惜，故有专集流传下来的，只有张养浩、张可久、乔吉等数人。其余多散见于元明清人的曲选、曲谱、笔记以及元人的词集里。散见作品的辑佚工作，已由隋树森先生在《全元散曲》里基本完成。明人对散曲比较重视，重要的作家几乎都有专集流传下来；明代的曲选、曲谱也很多，这些曲选、曲谱兼收戏曲和部分元人散曲，同时也保存了大量的明人散曲。《雍熙乐府》、《乐府群珠》、《词林摘艳》、《南词韵选》、《南北宫词纪》、《吴歈萃雅》、《南音三籁》、《太霞新奏》、《吴骚合编》等，是其中比较重要的。近人任讷编的《散曲丛刊》，卢前编的《饮虹簃所刻曲》、《散曲集丛》，都收录了不少明人的散曲，但迄今还没有明代散曲总集的汇编。清人散曲分散在各种书籍中的很不少，过去整理、研究得不够，每有资料缺乏之叹。前辈学者吴梅、任讷、卢前诸先生经多方努力，所得清代散曲家数不过二十左右。凌景埏先生后来居上，辑得八十馀家，素志未成，不幸逝世。谢伯阳继续凌先生的未竟事业，穷二十多年心力，共辑得三百余家，作品四千馀首，编成《全清散曲》，已由齐鲁书社出版。我们的选目工作，基本上就是根据以上材料进行的。

本书选录的标准，是思想与艺术并重，题材、体裁、各种风格流派兼顾，同时还选录了少数与散曲极为相近的民间小曲，以显示散曲绚烂多姿的面目。“五四”以来，散曲的选本多录元曲，涉及明代的已经很少，清代的就更为寥寥。本书的编选，也希望能扩大一下读者的眼界，所选清人的作品，很多还是从未经人揭示过的。不过我们的识见有限，去取不当之处，肯定不少。我们所作的作者介绍、作品说明、注释，目的是帮助读者了解曲家的创作概况，领略作品的思想内容和艺术特色。这里面自然也会有不切不当的地方，统希方家指正。

本书由王季思教授主编。洪柏昭负责元明部分的选注工作，谢伯阳负责清代部分选注工作。初稿写成后，曾经过反复讨论、修改，并由洪柏昭统一了全书的风格、体例，撰写了《前言》。全书由王季思教授最后审阅、修改定稿。全部工作历时三年有余。我们在编写过程中，参考了近人的一些论著，获益不浅，恕不一一列举。人民文学出版社的弥松颐同志对原稿提出过不少宝贵意见，在此一并致谢。

元 代 散 曲

元好问

元好问(1190—1257),字裕之,号遗山,太原秀容(今山西忻县)人。金宣宗兴定五年(1221)进士,历任南阳、内乡县令与尚书省掾、左司都事员外郎等职。天兴(1232—1234)初,入翰林,知制诰。金亡后不仕,致力于金代史料的搜集,编纂了《壬辰杂编》和金诗总集《中州集》。所作诗文,有《遗山先生集》传世。另有词集《遗山乐府》,少数小令曲是从词集里摘录的。

元好问是金元之际著名的诗人,他的诗多反映蒙古侵金战争中的杀戮、抢掠和人民在残酷剥削下的痛苦,悲凉沉郁,富于现实主义精神。散曲仅存小令九首,显然是受当时民间曲调影响,偶然染指之作。由于他是写作这种新兴歌词最早的知名作家,故所作尚未完全跳出诗词的窠臼,比之稍后的杜仁杰、关汉卿等人的散曲,就显得不够通俗豪辣。从他的作品中,可以窥见词曲的递嬗之迹。

小令

双调·小圣乐

骤雨打新荷

绿叶阴浓，遍池亭水阁，偏趁凉多[1]。海榴初绽，朵朵蹙红罗[2]。老燕携雏弄语，对高柳鸣蝉相和。骤雨过，似琼珠乱撒，打遍新荷。　　人生百年有几？念良辰美景，休放虚过。穷通前定，何用苦张罗。命友邀宾玩赏，对芳樽浅酌低歌。且酩酊[3]，任他两轮日月，来往如梭。

〔1〕“遍池亭水阁”二句：指池亭水阁之处特别凉爽。趁，追逐。何承天《纂文》：“关西以逐物为趁。”

〔2〕海榴：即石榴，落叶灌木或小乔木，夏季开花，色深红，故这里以“蹙红罗”来形容它。蹙，缩或皱折的意思。

〔3〕酩酊：大醉的样子。

元陶宗仪《辍耕录》载：“〔小圣乐〕乃小石调曲，元遗山先生好问所制，而名姬多歌之，俗以为‘骤雨打新荷’者是也。”后人把这曲入双调，并改调名为〔骤雨打新荷〕。现仍从《辍耕录》，以〔小圣乐〕为调名，以“骤雨打新荷”为题目。吴梅《南北词简谱》：“此实为诗馀，故从无入套数者。”并以“人生百年有几”以下为〔幺篇〕，甚是。句式：四五四、四五、六七、三五四，凡十句四韵。〔幺篇〕除换头处改六字句，馀并同。

这首曲下片表现出浓厚的及时行乐思想，是作者在故国沦亡后消极心绪的反映。但上片写初夏景象却颇见功力：在凉风轻拂的池亭水阁一带，绿树成荫，榴火飞红，燕语蝉嘶，雨打新荷；既热闹，又幽静，与“蝉噪林逾静，鸟鸣山更幽”同一境界。

杨　果

杨果(1195—1269),字正卿,号西庵,祁州蒲阴(今河北安国)人。金正大甲申(1224)进士,历任偃师、蒲城、陕县令。金亡后五年仕元,官至参知政事。后出为怀孟路总管,以老致政,卒于家。他性聪敏,善谐谑,工文章,尤长于乐府。著有《西庵集》。散曲现存小令十一首,套数五套,小令风格尚近于词。

小　令

越调·小桃红〔1〕

采莲人和采莲歌〔2〕,柳外兰舟过〔3〕。不管鸳鸯梦惊破。夜如何?有人独上江楼卧。伤心莫唱,南朝旧曲〔4〕,司马泪痕多〔5〕。

〔1〕小桃红:〔越调〕曲调,又名〔绛桃春〕、〔武陵春〕、〔采莲曲〕。句式:七五七、三七、四四五,凡八句六韵(第六、七句可不用韵)。

〔2〕采莲歌:南朝梁武帝作有乐府《采莲曲》,这里泛指妇女采莲时所唱的歌。

〔3〕兰舟:即木兰舟。任昉《述异记》卷下:"木兰川在浔阳江中,多

木兰树,昔吴王阖闾植木兰于此,用构宫殿也。七里洲中有鲁班刻木兰为舟,舟至今在洲中,诗家云‘木兰舟’,出于此。”这里是对采莲舟的美称,不一定是用既坚且香的木兰做的船。

〔4〕南朝旧曲:本指南朝陈后主的《玉树后庭花》曲,这里也是指采莲人所唱的歌。杜牧《泊秦淮》诗:“商女不知亡国恨,隔江犹唱后庭花。”这两句由此化出。

〔5〕司马泪痕多:唐·白居易《琵琶行》诗序说他于元和十年(815)被贬为江州司马,明年送客湓浦口,闻长安倡女弹琵琶,感而为作《琵琶行》。诗的最后二句说:“座中泣下谁最多,江州司马青衫湿。”司马,官名,州刺史的副职,古时协助刺史掌管一州事务,到了唐代,实际上已成为闲职。

这首曲写抒情主人公独宿江楼,被采莲人的歌声唤起,歌声触动了他伤心故国的情怀,感而下泪。词意凄婉,当是金亡后不久作者仕元前之作。

杜仁杰

杜仁杰(1201？—1284?),字仲梁,号止轩;原名之元,字善夫。济南人。金正大(1224—1231)中隐居内乡(在今河南)山中。元初屡征不起,谢表中有“惟愿学陆龟蒙,拜赐江湖散人之号”的话,世称杜散人。他才学宏博,善谐谑。其诗为元好问所称赏,现存《善夫先生集》一卷,见《元诗选》。散曲仅存小令一首,套数三套,好用通俗口语,写市井生活。

套 数

般涉调·耍孩儿[1]

庄家不识勾栏[2]

〔耍孩儿〕风调雨顺民安乐,都不似俺庄家快活。桑蚕五谷十分收,官司无甚差科[3]。当村许下还心愿,来到城中买些纸火[4]。正打当街过[5],见吊个花碌碌纸榜[6],不似那答儿闹穰穰人多[7]。

〔六煞〕见一个人手撑着椽做的门[8],高声的叫请请,道迟来的满了无处停坐。说道前截儿院本《调风月》[9]，背后幺末敷演《刘耍和》[10]。高声叫："赶散易得，难得的装哈[11]。"

〔五〕要了二百钱放过咱，入得门上个木坡[12]，见层层叠叠团圞坐。抬头觑是个钟楼模样[13]，往下觑却是人旋窝[14]。见几个妇女向台儿上坐[15]，又不是迎神赛社[16]，不住的擂鼓筛锣。

〔四〕一个女孩儿转了几遭，不多时引出一伙。中间里一个央人货[17]，裹着枚皂头巾，顶门上插一管笔[18]，满脸石灰更着些黑道儿抹[19]。知他待是如何过？浑身上下，则穿领花布直裰[20]。

〔三〕念了会诗共词，说了会赋与歌，无差错。唇天口地无高下，巧语花言记许多。临绝末[21]，道了低头撮脚[22]，爨罢将幺拨[23]。

〔二〕一个妆做张太公，他改做小二哥[24]。行行行说向城中过[25]。见个年少的妇女向帘儿下立，那老子用意铺谋待取做老婆[26]。教小二哥相说合，但要的豆谷米麦，问甚布绢纱罗[27]！

〔一〕教太公往前那不敢往后那，抬左脚不敢抬右脚，翻来复去由他一个[28]。太公心下实焦懆，把一个皮棒槌则一下打做两半个[29]。我则道脑袋天灵破[30]，则道兴词告状，划地大笑呵呵[31]。

〔尾〕则被一胞尿，爆的我没奈何[32]。刚捱刚忍更待看些儿个[33]，枉被这驴颓笑杀我[34]！

〔1〕 般涉调·耍孩儿:〔般涉〕是宫调名,〔耍孩儿〕是曲调名。套曲标题惯例,要把该套所用宫调以及首曲的调名写上。这里的意思就是:这个套数使用〔般涉调〕中的曲调,第一支曲子是〔耍孩儿〕。〔般涉调〕的曲子极少,只在套数中使用,没有用来作小令的。在套数中使用时,往往是在〔耍孩儿〕或〔哨遍〕等曲调后面加〔煞〕曲。〔煞〕曲可以重复多次,顺次称〔一煞〕、〔二煞〕、〔三煞〕……或逆次称〔六煞〕、〔五煞〕、〔四煞〕……再加一个尾声,就结束全套。〔耍孩儿〕的基本句式是:七七、七六、七七、三四四,但变化较多。〔煞〕曲除首三句外,其余句式与〔耍孩儿〕基本相同。

〔2〕 庄家:犹言庄稼汉,即农民。勾栏:亦作勾肆,宋元时演出戏剧和各种技艺的场所;因用栅栏围绕,故称勾栏。

〔3〕 官司:官府。差科:承当差役和缴纳租税。

〔4〕 当村:在村中。还心愿:即向神求福,许下心愿,事后要用香烛、食物祀神酬谢,故这位庄稼汉要到城中买纸火。纸火:拜神用的纸钱、香烛等物。

〔5〕 打:从。当街:街上。

〔6〕 花碌碌纸榜:指戏剧演出的海报。"花碌碌"有两层意思:一指纸榜的颜色多样,一指上面写满了字。

〔7〕 那答儿:那里。闹穰穰:热闹的样子。

〔8〕 椽(chuán 船):本是屋梁上承瓦片的木条,这里指勾栏门上横档。

〔9〕 院本:金元时以滑稽、歌舞为主的戏剧形式,由末泥、引戏、副净、副末、装孤五人组成演出。《调风月》:当时经常演出的一个院本,内容见下面的〔二煞〕和〔一煞〕。风月,指男女爱情之事。

〔10〕 幺末:即杂剧。刘耍和:金教坊色长(领班之类),他的故事后来被编为杂剧。《录鬼簿》载高文秀有《黑旋风敷演刘耍和》,今不传。

〔11〕“赶散易得”二句:装哈,何钞《太平乐府》作装合,当从,因本套用歌罗韵。又钱霖〔般涉调 · 哨遍〕曲:“子是个装呵元亮,豹子浮丘。”疑装合也即装呵。赶散与装合对举,当系指两种演出情况,赶散指赶场的散乐,装合指勾栏里的演出。

〔12〕木坡:指观众坐的木阶梯看台。

〔13〕钟楼模样:指戏台。

〔14〕人旋窝:指拥挤的观众。

〔15〕见几个妇女向台儿上坐:当时的戏剧演出,伴奏的女艺人坐在前台中间靠后的座位(即乐床)上。

〔16〕迎神:古代习俗,每逢神诞,用仪仗、鼓乐迎神像出庙,周游街巷,叫迎神。赛社:古代于农事完毕后,以酒食祭祀田神,饮酒作乐,叫赛社。赛,以祭祀报答神恩。社,土地神,田神。

〔17〕央人货:即殃人货,犹言害人精。这里指副净。

〔18〕顶门上插一管笔:指头上插着翎毛之类的饰物。

〔19〕“满脸石灰”句:指副净脸上的涂面化妆。黑道儿:黑色的条纹。抹:涂抹。

〔20〕则:只。直裰:长袍。

〔21〕临绝末:到了最后,末了。

〔22〕道了低头撮脚:说唱完了低头收脚。撮,收。

〔23〕爨罢将幺拨:爨演完了,紧接着就演杂剧。爨(cuàn 窜):宋杂剧、金院本中开头时的一段小演唱,也叫艳段。《梦粱录》:“杂剧中末泥为长,每一场四人或五人,先做寻常熟事一段,名曰艳段;次做正杂剧,通名两段。”下面演的《调风月》、《刘耍和》,就是在艳段后演出的两段正杂剧。幺,即幺末,指杂剧。拨,拨弄,搬演。

〔24〕小二哥:元曲中常见的对店伙计一类人的称呼。

〔25〕行行行说:边走边说。

〔26〕铺谋:设计。

〔27〕“但要的豆谷米麦”二句:意说不拘财礼多少,他都可以拿出来。

〔28〕“教太公往前那不敢往后那”三句:写小二哥捉弄张太公,肆意地摆布他。那,同“挪”,移动。

〔29〕皮棒槌:也叫搕瓜,当日舞台砌末(道具),槌头用软皮包棉絮做成,打时不会痛。

〔30〕则道:只说。这里有以为的意思。天灵:头盖骨。

〔31〕刬地:平白地。这里有反而的意思。

〔32〕爆:这里是涨的意思。

〔33〕刚捱刚忍更待看些儿个:意说本想勉强忍着尿再看一会儿。刚,勉强。

〔34〕枉被这驴颓笑杀我:意为因中途退场,看不到后面精彩的演出,被旁人所笑。一说指剧中人物张太公样子可笑,亦通。驴颓,驴的雄性生殖器,骂人的话。

这套曲用庄稼汉自述的口吻,写他进城看戏的所见所闻。不但对演出的海报,工作人员的招徕观众,门票的价值,剧场的设备,都有所介绍;而且对戏剧演出的情况,作了特别详细的描写。诸如伴奏人员所坐的位置和使用的打击乐器,正杂剧开演前一段名为“爨”的小演唱,院本《调风月》的表演等等,都绘声绘色,使人恍同目见。元代戏剧演出的实况,在这里得到了很好的记录,是迄今保存的珍贵的戏曲史资料。

从散曲艺术的角度来看,作品使用通俗的口语,模仿庄稼人的声口、神态,把他们从未见过的勾栏演戏这一新鲜事物,叙述得具体生动。因为这种叙述带有憨实可笑的成分,所以形成了全曲幽默风趣的风格，读来饶有兴味。看来作者是在“庄家”和“不识”这几个字上下功夫的：唯其是庄家，所以不识勾栏；唯其不识勾栏，所以叙述起来就有点可笑。这一构思，看来对后来睢景臣创作的《高祖还乡》有影响。作品对庄稼人的喜剧性描写，并没有丑化他的意思；即使是尾声部分，也还是谑而不虐。

王和卿

王和卿(生卒年不详),大名(在今河北)人,与关汉卿同时而先卒。为人滑稽佻达,常与关互相讥谑。有人认为即汴梁通许县尹王鼎,恐不确。他没有杂剧传世,仅存小令二十一首和套数二套。作品俳谐俚俗,语带讥讽,表现了玩世不恭的作风。

小 令

仙吕·醉中天[1]

咏大蝴蝶

弹破庄周梦[2],两翅驾东风,三百座名园一采一个空。难道风流种[3]?諕杀寻芳的蜜蜂。轻轻的飞动,把卖花人搧过桥东[4]。

〔1〕醉中天:〔仙吕〕宫曲调。句式:五五七、五六、四四,共七句七韵。首二句可对。

〔2〕弹破庄周梦:弹,指两翅扇动。庄周梦,指庄周梦为蝴蝶一事。

《庄子·齐物论》:“昔者庄周梦为蝴蝶,栩栩然蝴蝶也;……俄而觉,则蘧蘧然周也。不知周之梦为蝴蝶与? 蝴蝶之梦为周与?”这里借庄周梦的被弹破来形容蝴蝶的大。

〔3〕难道风流种:风流种,指对女性多情的人。这句承上句而言,因大蝴蝶把三百座名园的花都采个空,而花在这里是寓指女性的,故有此发问,寓谴责的意思。

〔4〕搧(shān 山):用扇子等物摇动空气生风。这里意同“吹”。

据《辍耕录》记载:“中统初,燕市有一蝴蝶,其大异常,王赋〔醉中天〕小令云:(曲略)由是其名益著。”这曲咏物而“不留滞于物”,作者借着他所看到的这只大蝴蝶,用比喻、象征的手法,辛辣地讽刺了当时破坏社会秩序、肆意侮辱妇女、欺压百姓的“权豪势要”子弟,接触到元代社会的一个尖锐问题。形象鲜明生动,语言通俗、风趣,很有特色。

双调·拨不断〔1〕

大鱼

胜神鳌,夯风涛〔2〕,脊梁上轻负着蓬莱岛〔3〕。万里夕阳锦背高〔4〕,翻身犹恨东洋小,太公怎钓〔5〕?

〔1〕拨不断:又名〔续断弦〕,〔双调〕曲调。句式:三三七、七七四,凡六句六韵。

〔2〕“胜神鳌”二句:意说大鱼扛负波涛的本领超过神鳌。胜,胜过,超过。神鳌,传说中的海上大鳌。《列子·汤问》说:渤海之东有五座大山,常随潮波上下动荡,天帝就命他的臣子禺彊派十五只神鳌用头顶着它,五座大山才屹立不动。夯(hāng 航阴平),扛,以肩承物。

〔3〕蓬莱岛:传说中的海上仙山。

〔4〕万里夕阳锦背高:指夕阳斜照在大鱼背上。

〔5〕太公:即吕尚,本姓姜,字子牙。他隐居渭滨钓鱼,周文王出猎遇见他,载他回去,立为师。

这首曲用夸张手法,写一条神奇的大鱼,寓意一个有非凡才能和抱负的人,将不会为功名利禄所引诱,上钓受骗。写得很有气势。

白　朴

白朴(1226—1306以后),字仁甫;后字太素,号兰谷。本隩州(今山西河曲)人,后流寓真定(今河北正定)。父白华,仕金为枢密院判。白朴七岁遭壬辰(1232)蒙古侵金之难,当时白华被留在南宋,母亲又在兵乱中散失,赖父执元好问携带北渡,照顾教养。金亡后,放浪形骸,谢绝了元丞相史天泽的推荐,不肯出仕,抛家南游,遍览长江中下游诸名城。后徙家金陵,与诸遗老往还,寄情于山水、诗酒。

白朴文学上曾得到元好问的指导,学问广博,写过不少诗词,有词集《天籁集》传世。他尤工于曲,与关汉卿、马致远、郑光祖并称"元曲四大家"。作有杂剧十六种,今存《梧桐雨》等三种。散曲附《天籁集》后,存小令三十馀首,套数四套,内容主要为描写自然风景,抒发旷达情怀,与歌咏男女恋情。风格以清丽见长,但也时有豪放之作。

小令

中吕·喜春来[1]

题情

从来好事天生俭[2],自古瓜儿苦后甜。奶娘催逼紧拘钳[3],甚是严。越间阻越情忺[4]。

〔1〕喜春来:一名〔阳春曲〕,〔中吕〕宫常用曲调。句式:七七七、三五,凡五句五韵。首二句一般用对仗,也有并三句作鼎足对的。格调和五七言诗中的七绝、词调中的〔望江南〕、〔捣练子〕等相近。

〔2〕从来好事天生俭:即好事难逢之意。俭,少。

〔3〕拘钳:拘束。

〔4〕情忺(xiān 仙):情投意合。忺,适意。

这首曲以女性的口吻,表达了要冲破封建家长监视,争取自由结合的情思,令人想起宋元话本《碾玉观音》中的蘧秀秀和杂剧《西厢记》中的崔莺莺。白朴的杂剧《墙头马上》,也是表现这个主题的。首二句用日常事物作譬,言近旨远,意味深长;后三句遥相呼应,语言明快斩截。曲子富有民歌风味。

越调·天净沙〔1〕

春

春山暖日和风,阑干楼阁帘栊〔2〕,杨柳秋千院中。啼莺舞燕,小桥流水飞红〔3〕。

〔1〕天净沙:〔越调〕曲调。句式:六六六、四六,凡五句五韵。头三句一般作鼎足对,也有只头两句对的。

〔2〕帘栊:窗帘。

〔3〕飞红:飞花。

白朴用〔天净沙〕曲牌写了两组分咏春夏秋冬四景的小令,共八首,大都形象鲜明,色彩和谐。这一首写春景尤明丽可喜。

双调·沉醉东风〔1〕

渔夫

黄芦岸白蘋渡口,绿杨堤红蓼滩头。虽无刎颈交〔2〕,却有忘机友〔3〕:点秋江白鹭沙鸥。傲杀人间万户侯〔4〕,不识字烟波钓叟。

〔1〕 沉醉东风:〔双调〕曲调。句式:七七、三三七、七七,凡七句六韵(第三句不用韵)。第一、二句和第三、四句要用对仗。除第六句外,其余七字句皆作上三下四句法。

〔2〕 刎颈交:同生共死的朋友。《史记·廉颇蔺相如列传》说他们两人“卒相与欢,为刎颈之交”。

〔3〕 忘机友:泯除机心、淡泊宁静、与世无争的朋友。

〔4〕 万户侯:汉制封侯大者“食邑万户”,称万户侯。这里泛指大官。

这首曲写渔夫垂钓江边,与鸥鹭为友的生活;认为这比官做到万户侯还好。这反映了作者寄情山水、不愿出仕的思想。用清丽的笔触点染淡远的环境,衬托人物淡泊洒脱的情怀,读之令人意远。

双调·庆东原[1]

忘忧草,含笑花[2],劝君闻早冠宜挂[3]。那里也能言陆贾?那里也良谋子牙?那里也豪气张华[4]?千古是非心,一夕渔樵话[5]。

〔1〕 庆东原:〔双调〕曲调。句式:三三七、四四四、五五,凡八句六韵(第一、七句不用韵)。首二句及末二句宜对,中间三个四字句宜作鼎足对。

〔2〕“忘忧草”二句：即萱草。《诗·卫风·伯兮》：“焉得谖（萱）草，言树之背。”毛传云：“谖草令人忘忧。”含笑花：木本植物，木兰科，花如兰，开时常不满，像含笑的样子。

〔3〕闻早：及早。冠宜挂：“宜挂冠”的倒装，即应辞官。《后汉书·逢萌传》：“王莽杀其子宇，萌谓友人曰：‘三纲绝矣，不去，祸将及人。’即解冠挂东都城门。归，将家属浮海，客于辽东。”旧时称辞官为挂冠，本此。

〔4〕“那里也能言陆贾”三句：那里也，意即到那里去了。陆贾，楚人，从汉高祖定天下。他很有辩才，曾出使南越，招谕南越王赵佗。子牙，即姜尚，参阅王和卿〔拨不断〕《大鱼》注〔5〕。张华，晋人，字茂先，武帝时拜中书令，力劝武帝伐吴，统一中国。吴灭后，出为持节都督幽州诸军事，加强对东北地区的统治，说他豪气，指此。但作为一个文学家，他的诗却被钟嵘评为“儿女情长，风云气少”。

〔5〕“千古是非心”二句：千古以来的是非，都成了渔夫、樵夫们闲谈的话题。

这首曲否定功名事业。用民歌手法起兴，说明只有“挂冠”才能“忘忧”，才能“含笑”。中间三句，举出三位曾经建功立业的古人，并连用三个“那里也”来加以否定，颇似苏东坡《前赤壁赋》中所说的：“固一世之雄也，而今安在哉！”用这样的手法来表现主题，气势十足，自然引出结句。

套数

仙吕·点绛唇

〔点绛唇〕金凤钗分[1]，玉京人去[2]，秋潇洒。晚来闲暇，针线收拾罢。

〔幺〕独倚危楼，十二珠帘挂。风萧飒，雨晴云乍[3]，极目山如画。

〔混江龙〕断人肠处，天边残照水边霞。枯荷宿鹭，远树栖鸦。败叶纷纷拥砌石，修竹珊珊扫窗纱。黄昏近，愁生砧杵[4]，怨入琵琶。

〔穿窗月〕忆疏狂阻隔天涯[5]，怎知人埋怨他？吟鞭醉袅青骢马[6]。莫吃秦楼酒，谢家茶[7]，不思量执手临歧话[8]。

〔寄生草〕凭阑久，归绣帏，下危楼强把金莲撒[9]。深沉院宇朱扉亚[10]，立苍苔冷透凌波袜[11]。数归期空画短琼簪[12]，揾啼痕频湿香罗帕[13]。

〔元和令〕一从绝雁书[14]，几度占龟卦[15]。翠眉长是锁离愁，玉容憔悴煞。自元宵等待过重阳，甚犹然不到家[16]？

〔上马娇煞〕欢会少，烦恼多，心绪乱如麻。偶然行至东篱下，自嗟自呀，冷清清和月对黄花。

〔1〕金凤钗分：古人以分钗作为离别的纪念。白居易《长恨歌》：“钗留一股合一扇，钗擘黄金合分钿。”杜牧《送人》：“明镜半边钗一股，此生何处不相逢。”

〔2〕玉京：指帝都。元代的玉京即大都（今北京）。

〔3〕云乍：云初散。

〔4〕砧杵：捣衣用的工具。砧，垫石。杵，槌棒。

〔5〕疏狂：性情疏放狂荡，指所怀念的人。

〔6〕“吟鞭”句：写所欢醉酒游荡之态。袅：弯曲下垂。青骢马：毛色青白相间的马。

〔7〕“莫吃秦楼酒”二句：意为莫宿娼家。秦楼、谢家，俱指妓院。

〔8〕临歧：指分别时。歧，岔路。

〔9〕强把金莲撒：即勉强抬步。《南史·齐东昏侯纪》载东昏侯“凿金为莲花以帖地，令潘妃行其上，曰：‘此步步生莲花也。’”旧时因称女子纤足为金莲。

〔10〕朱扉亚：压着朱红色的门，指关着门。扉，门扇。亚，通“压”。

〔11〕凌波袜：曹植《洛神赋》：“凌波微步，罗袜生尘。”这里指穿在纤足上的袜子。

〔12〕“数归期”句：古代妇女常以簪画树，计算良人的归期。

〔13〕揾（wèn问）啼痕：擦眼泪。揾，揩拭。

〔14〕雁书：指书信。《汉书·苏武传》载汉使向匈奴单于索苏武，诡称汉天子在上林苑射雁，于雁足得苏武帛书，知苏武尚在。故后世有雁足传书之说。

〔15〕占龟卦：指用龟甲占卜归期。

〔16〕甚犹然不：为什么还不。

这首曲写女主人公在傍晚独倚危楼，看到萧飒的秋景，想念天涯的远人；接着又下楼到院子里，徘徊伫立，自嗟自怨。用凄清之景来衬托凄清之情，情景交融，是典型的清丽之作。

关汉卿

关汉卿，号已斋叟，籍贯有多种说法，一般认为他是大都(今北京)人。约生于元太宗(窝阔台)在位时代(1229—1241)，卒于元成宗(铁穆耳)大德年间(1297—1307)。《录鬼簿》说他曾做过“太医院尹”(一本作“太医院户”)。元·朱经《青楼集序》说在元蒙统一中国的时候，他与白朴、杜仁杰都不屑仕进。曾南下漫游，到过杭州、扬州等地。

关汉卿是元代最著名的杂剧作家，曾参加过“玉京书会”，与杂剧作家杨显之、梁退之、费君祥，散曲作家王和卿，著名女艺人朱帘秀等均有交往；并且“躬践排场，面傅粉墨”，有丰富的舞台实践经验。所作杂剧六十多种，现存《窦娥冤》、《救风尘》等十多种。作品敢于揭露社会黑暗，反对贪官污吏和权豪势要，同情被压迫人民，特别是下层妇女的苦难处境，歌颂他们的反抗斗争，富于现实主义精神。散曲现存小令四十多首，套数十多套，多写离愁别恨与爱情生活，感情真挚而表现大胆；少数自述志趣的曲则豪辣旷放。他喜用通俗口语入曲，形成朴素自然的基本风格，与其杂剧相一致。虽思想成就不如杂剧，但在散曲作家中却仍是佼佼者。

小令

南吕·四块玉[1]

别情

自送别,心难舍,一点相思几时绝?凭阑袖拂杨花雪[2]。溪又斜,山又遮,人去也。

〔1〕四块玉:〔南吕〕宫曲调。句式:三三七七、三三三,共七句五韵(第一、五句可不用韵)。第一、二句及第五、六句宜对。

〔2〕凭阑袖拂杨花雪:写主人公靠着阑干,用袖拂去如雪的飞絮,以免妨碍视线。苏轼《少年游》:"去年相送,余杭门外,飞雪似杨花。今年春尽,杨花似雪,犹不见还家。""杨花雪"本此。

这首曲写女主人公送别情人后,还凭阑凝望,表现了深切的眷恋。

前　调

闲适

南亩耕,东山卧[1],世态人情经历多。闲将往事思量过:贤的是他，愚的是我，争甚么！

〔1〕“南亩耕”二句：意说要归隐田园。陶渊明《归园田居》：“开荒南亩际，守拙归田园。”晋谢安少有重名，征辟不就，隐居会稽之东山（今浙江上虞县西南）。

这首曲写历尽世态人情，深感到处颠倒贤愚是非，因而决意归隐。末三句正言反说，充满愤慨，读元曲者，当在这些地方细味作者本意，切忌胶柱鼓瑟。

双调·沉醉东风

咫尺的天南地北，霎时间月缺花飞[1]。手执着饯行杯，眼阁着别离泪[2]。刚道得声“保重将息”，痛煞煞教人舍不得。“好去者望前程万里！”

〔1〕“咫尺的”二句：写顷刻分手，而一从空间说，一从时间说，运用夸张、象征手法，耐人品味。周制八寸为咫，“咫尺”比喻距离很近。古人以“花好月圆”喻男女美满的相聚，故这里以“月缺花飞”喻悲痛的分离。

〔2〕阁着：放着，含着。阁，同“搁”。

这首曲写送别的场面和依依不舍的感情，真挚动人。柳永《雨霖铃》：“执手相看泪眼，竟无语凝咽”；周邦彦《蝶恋花》：“执手霜风吹鬓影，去意徊徨，别语愁难听”；情景相似，而表现委婉、率直有别。

双调·大德歌[1]

绿杨堤,画船儿,正撞着一帆风赶上水。冯魁吃的醺醺醉,怎想着金山寺壁上诗?醒来不见多姝丽[2],冷清清空载月明归。

〔1〕大德歌:〔双调〕曲调,《全元散曲》中只收有关汉卿的十首,可能是他自创的。句式:三三五、五五、七五,共七句七韵。

〔2〕多姝丽:美女,指苏小卿。

这首曲咏双渐、苏卿故事,出《青泥莲花记》卷七,云:"苏小卿,庐州娼也,与书生双渐交昵,情好甚笃。渐出外,久之不还,小卿守志待之,不与他人狎。其母私与江右茶商冯魁定计,卖与之。小卿在茶船,月夜弹琵琶甚怨。过金山寺,题诗于壁以示渐云:'忆昔当年拆凤凰,至今消息两茫茫。盖棺不作横金妇,入地当寻折桂郎。彭泽晓烟迷宿梦,潇湘夜雨断愁肠。新诗写记金山寺,高挂云帆上豫章。'渐后成名,经官论之,复还为夫妇。"宋金诸宫调、金院本、元杂剧、宋元南戏均有演其事者,散曲以此为题材的也很多。反映了商业经济日渐发达的封建社会中后期,商人们以金钱拆散别人爱情,以及人们反对这种现象的事实。

曲写双渐赶上苏小卿的船,正值冯魁吃醉了酒,他看到金山寺壁上的题诗,就把苏卿带走。歌颂了妓女苏小卿的机智,嘲笑了茶商冯魁的愚蠢。

套数

南吕·一枝花[1]

赠朱帘秀[2]

〔一枝花〕轻裁虾万须，巧织珠千串[3]；金钩光错落，绣带舞蹁跹[4]。似雾非烟，妆点深闺院，不许那等闲人取次展[5]。摇四壁翡翠阴浓，射万瓦琉璃色浅[6]。

〔梁州第七〕富贵似侯家紫帐，风流如谢府红莲[7]，锁春愁不放双飞燕。绮窗相近，翠户相连，雕栊相映，绣幕相牵[8]。拂苔痕满砌榆钱，惹杨花飞点如绵[9]。愁的是抹回廊暮雨潇潇，恨的是筛曲槛西风剪剪，爱的是透长门夜月娟娟[10]。凌波殿前[11]，碧玲珑掩映湘妃面，没福怎能够见[12]。十里扬州风物妍，出落着神仙[13]。

〔尾〕恰便似一池秋水通宵展，一片朝云尽日悬[14]。你个守户的先生肯相恋[15]，煞是可怜，则要你手掌儿里奇擎着耐心儿卷。

〔1〕南吕·一枝花：这是〔南吕〕宫常用的套数，通常由〔一枝花〕、〔梁州第七〕、〔尾声〕三曲组成。如在三曲后还要加写几支曲子，〔尾声〕即改称〔隔尾〕。后面的一套就是这样的。唐人传奇《李娃传》中的李

娃,艺名一枝花,这套曲调大约就是从说唱一枝花的歌曲中传承下来的。

〔2〕朱帘秀:元代著名女演员。夏庭芝《青楼集》说她“杂剧为当今独步,驾头、花旦、软末泥等,悉造其妙”。当时著名散曲作家卢挚、冯子振、胡祗遹等都写过词曲赠她。

〔3〕“轻裁虾万须”二句:表面上是描写以虾须织成的珠帘,实际上是称赞朱帘秀歌声的美妙。我国习惯以“贯珠”(成串的珍珠)形容歌声的清圆,《礼记·乐记》:“故歌者上如抗,下如队(同坠),曲如折……累累乎端如贯珠。”

〔4〕“金钩光错落”二句:上二句吟叹她的歌声,这两句更明显地赞美她的舞态。金钩、绣带,既是珠帘的附属物,也是一个女演员的妆饰品。错落、蹁跹(piān xiān 偏仙),形容轻盈的舞态。

〔5〕“似雾非烟”三句:表面写珠帘的迷离仿佛,装点深闺,不许人随便展玩;实际写帘秀的幽姿高格,不肯轻易献艺。取次,随便、轻易。

〔6〕“摇四壁翡翠阴浓”二句:表面写珠帘的乍一展开就光彩四射,实际上写朱帘秀的一出场,一亮相,就光彩照人,震慑了全场观众。

〔7〕“富贵似侯家紫帐”二句:以侯家的紫罗帐、谢府的红莲幕来衬托珠帘,实际是歌咏朱帘秀风流华贵的品格。侯家、谢府,出处未详。

〔8〕“锁春愁不放双飞燕”五句:借珠帘锁双燕,写朱帘秀的风流生活。后四句连用相近、相连、相映、相牵等亲昵的词,此中有人,呼之欲出。这个人可能是别人,也可能是汉卿。

〔9〕“拂苔痕满砌榆钱”二句:疑是以榆钱、柳絮的扑帘,暗示狂徒薄幸对她的侵扰,飞语流言对她的糟蹋。榆荚似钱而小,俗呼为榆钱。

〔10〕“愁的是抹回廊暮雨潇潇”三句:借帘外自然景色的变化表现帘中人思想感情的起伏,同时表示作者对帘中人孤苦处境的关怀。借物写人,语意双关。长门,汉宫名,汉武帝的陈皇后失宠时被置于此。

〔11〕凌波:唐殿名。《太真外传》:“玄宗在东都,昼梦一女,容貌艳

异,拜于床前曰:妾是陛下凌波池中龙女。”

〔12〕“碧玲珑掩映湘妃面”二句:表示不能再见帘中人的苦闷。湘妃,湘水的女神娥皇、女英,相传她俩是尧女舜妻。舜南巡死于苍梧,她俩在湘水边痛哭,泪滴竹上成斑痕,后人称为湘妃竹,用作帘子,称为湘帘。

〔13〕“十里扬州风物妍”二句:借杜牧诗句赞美朱帘秀的人才出众。杜牧《赠别》诗:“春风十里扬州路,卷上珠帘总不如。”出落,出脱、出现。

〔14〕“恰便似一池秋水通宵展”二句:写珠帘的冷落,暗喻帘秀的身世。

〔15〕你个守户的先生:元代称道士作先生。朱帘秀后来在杭州嫁一个道士,守户的先生指的可能就是这个人。关汉卿在结尾表示对朱帘秀的同情,希望这位道士能对她好,透露了她晚景的不幸。

关汉卿是玉京书会的杰出作家,他写的杂剧大多数由旦角主演。朱帘秀是著名的戏曲女演员,《青楼集》说她“杂剧为当今独步”。他们同时在大都活动,建立了深厚的感情。帘秀后来委身于一个道士,境况并不太好。关汉卿写了这套曲子赠她,深情回忆她的绝艺幽姿,而对她晚年的境遇备表关怀,表现了一代戏曲作家与女演员的亲切关系,是我国文艺史上极其珍贵的历史文献。由于名花有主,形格势禁,关汉卿不可能明白表示对她的怀念与爱惜,只好托物喻人,语意双关,通过对珠帘的吟咏来曲折寄意。因此表面上句句咏珠帘,骨子里句句写帘秀,铺叙委婉,抒情深细,艺术上特见巧思。

前　调

不伏老

〔一枝花〕攀出墙朵朵花[1]，折临路枝枝柳。花攀红蕊嫩，柳折翠条柔。浪子风流。凭着我折柳攀花手，直熬得花残柳败休。半生来折柳攀花，一世里眠花卧柳。

〔梁州第七〕我是个普天下郎君领袖[2]，盖世界浪子班头[3]。愿朱颜不改常依旧，花中消遣，酒内忘忧。分茶攧竹[4]，打马藏阄[5]，通五音六律滑熟[6]，甚闲愁到我心头！伴的是银筝女银台前理银筝笑倚银屏，伴的是玉天仙携玉手并玉肩同登玉楼，伴的是金钗客歌金缕捧金樽满泛金瓯[7]。你道我老也暂休，占排场风月功名首，更玲珑又剔透[8]。我是个锦阵花营都帅头[9]，曾玩府游州。

〔隔尾〕子弟每是个茅草岗沙土窝初生的兔羔儿乍向围场上走[10]，我是个经笼罩受索网苍翎毛老野鸡蹅踏的阵马儿熟[11]。经了些窝弓冷箭镴枪头[12]，不曾落人后。恰不道"人到中年万事休"[13]，我怎肯虚度了春秋。

〔尾〕我是个蒸不烂煮不熟捶不匾炒不爆响珰珰一粒铜豌豆，恁子弟每谁教你钻入他锄不断斫不下解不开顿不脱慢腾腾千层锦套头[14]。我玩的是梁园月[15]，饮的是东京酒〔16〕,赏的是洛阳花〔17〕,攀的是章台柳〔18〕。我也会吟诗,会篆籀〔19〕,会弹丝〔20〕,会品竹〔21〕;我也会唱鹧鸪〔22〕,舞垂手〔23〕;会打围〔24〕,会蹴踘〔25〕;会围棋,会双陆〔26〕。你便是落了我牙,歪了我口,瘸了我腿,折了我手,天赐与我这几般儿歹症候〔27〕,尚兀自不肯休〔28〕。则除是阎王亲自唤,神鬼自来勾,三魂归地府,七魄丧冥幽〔29〕,天哪,那其间才不向烟花路儿上走〔30〕!

〔1〕攀出墙朵朵花:宋叶绍翁《游园不值》诗:"春色满园关不住,一枝红杏出墙来。"后人常以出墙花暗指妓女。下句的"临路柳"也是一样意思。

〔2〕郎君:元曲中常用以指爱冶游的花花公子。

〔3〕班头:头目。

〔4〕分茶攧竹:也见《紫云亭》、《扬州梦》二剧,都是当时勾阑中技艺。分茶,泡茶的一种巧艺。攧竹,即画竹,《百花亭》杂剧第一折有"撇兰攧竹,写字吟诗"语,同剧第二折有"洒银钩,守彩笺,攧兰攧竹"语,并可证。

〔5〕打马:古代博戏之一种,宋代李清照《打马图序》:"按打马世有二种:一种一将十马者,谓之关西马;一种无将二十马者,谓之依经马。"可略见其形制,今已失传。藏阄(jiū 究):即藏钩,一种猜别人手中藏物的游戏。

〔6〕五音六律:指音乐。五音,中国音乐五声音阶中的五个音级,即宫、商、角、徵、羽。六律,十二律中的阳声各律,即黄钟、太簇、姑洗、蕤宾、夷则、无射。

〔7〕金缕:唐曲调名,即《金缕衣》。又,词调《贺新郎》亦名《金缕

曲》。金瓯:指酒杯。

〔8〕“你道我老也暂休”三句:意说要在花柳场中占排场作首领,是必须十分灵活的,你老了就应该退出。这是假设一个年轻子弟对他说的话,作为下文反击的张本。宋元时称戏剧或其他技艺演出为“做场”或“做排场”。

〔9〕锦阵花营:即花柳丛中,指娼妓优伶队伍。都帅头:指总领一切队伍的统帅。

〔10〕“子弟每”句:子弟,元曲中常用以指妓院的嫖客。每,们。子弟们指上文说他老了的人。乍,初。围场,事先围好的打猎场所。

〔11〕蹅(chǎ 镲)踏:踩踏。阵马儿:战阵,战场。

〔12〕窝弓:猎人埋在草丛里猎兽的弓箭。

〔13〕恰不道:即“却不道”。

〔14〕恁:你们。锦套头:美丽的圈套。

〔15〕梁园:汉代梁孝王的园子,在今河南开封附近。这里指汴京。

〔16〕东京:指宋代都城汴京(今开封)。

〔17〕洛阳花:洛阳多花,牡丹尤著名。

〔18〕章台柳:章台,汉代长安街名。唐诗人韩翃娶妓柳氏,后出外,置柳都下,三年,寄以词云:“章台柳,章台柳,昔日青青今在否?纵使长条似旧垂,也应攀折他人手。”这里泛指娼妓。

〔19〕篆籀(zhòu 宙):篆与籀本都是古代书体名,“篆”在这里作动词用。

〔20〕弹丝:演奏弦乐器。

〔21〕品竹:演奏管乐器。

〔22〕鹧鸪:指《瑞鹧鸪》、《鹧鸪天》等曲调。

〔23〕垂手:指《大垂手》、《小垂手》等舞蹈。

〔24〕打围:打猎。

〔25〕蹴踘:古代一种踢球游戏。

〔26〕双陆:古代一种类似下棋的游戏。

〔27〕歹症候:恶疾。这里指上面提到的爱好和技艺。

〔28〕尚兀自:尚且,仍然。

〔29〕冥幽:阴间。

〔30〕烟花路儿:指勾栏妓院。

在元代贵族黑暗统治下的大都,读书人被列为仅高于乞丐的第九等贱民。他们没有出路,沦入勾栏妓院中,与被损害、被侮辱的人们生活在一起。关汉卿并不以此为耻。在这套曲子中,他故意夸张地描写自己在勾栏妓院中的浪漫生活,实际上是表示他对现实的一种反感。他还宣布自己是个“蒸不烂煮不熟捶不匾炒不爆响珰珰一粒铜豌豆”,至死也不改向“烟花路儿上走”的决心,这种倔强的性格,对当时的社会来说,是有一定战斗意义的。从这套曲子中,我们还知道他有着多方面的艺术修养。由于关汉卿的生平缺乏史料记载,这套曲就成了重要的材料。但曲中概括了当时沉沦市井、与勾栏艺人合作的书会才人的共同生活道路,又不能认为都是关汉卿本身的经历。

与思想内容相联系,这套曲在语言表达上也形成一种新的风格,豪辣风趣,酣畅淋漓,要说便说到十分,决不含糊吞吐。但曲中过分渲染眠花宿柳、追欢寻乐的生活,不免流露出颓废思想和庸俗情趣。

卢　挚

卢挚(1242？—1314以后),字处道,一字莘老。号疏斋,又号嵩翁。涿郡(今河北涿县)人。至元五年(1268)仕元,累迁少中大夫、河南路总管。大德初,授集贤学士大中大夫,出持宪湖南,迁江东道廉访使,还为翰林学士,迁承旨。他平生足迹遍及豫、陕、江、浙、皖、湘、鄂、赣诸行省,与名曲家马致远、女艺人朱帘秀有唱和。诗文均有名于时,著有《疏斋集》,已佚。散曲与姚燧齐名,世称"姚卢",实际上成就比姚燧高,在当时影响也更大。《全元散曲》录存小令一百二十首,多写景抒怀之作,尤擅写田舍风光。怀古亦其所长。风格清新流丽,自然活泼,前人评为"天然丽语","自然笑傲"。

小　令

双调·沉醉东风

秋景

挂绝壁枯松倒倚〔1〕,落残霞孤鹜齐飞〔2〕。四围不尽山,一望无穷水。散西风满天秋意。夜静云帆月影低,载我在潇湘画里[3]。

〔1〕挂绝壁枯松倒倚:李白《蜀道难》:“枯松倒挂倚绝壁。”原本“枯松”作“松枯”,失对,疑倒置。

〔2〕落残霞孤鹜齐飞:王勃《滕王阁序》:“落霞与孤鹜齐飞,秋水共长天一色。”鹜,野鸭。

〔3〕潇湘:湘水从广西发源,流经湖南零陵,与从九嶷山北流的潇水会合,称为潇湘(现称湘江),流入洞庭湖,为湖南最大河流。宋代画家宋迪,曾以潇湘风景画平远山水八幅,时称潇湘八景。

这首曲写潇湘秋色,清丽如画,当是卢挚从大都出任湖南廉访使时的作品。

双调·折桂令[1]

田家

沙三伴哥来嗏,两腿青泥,只为捞虾。太公庄上,杨柳阴中,磕破西瓜[2]。小二哥昔涎剌塔,碌轴上淹着个琵琶[3]。看荞麦开花,绿豆生芽。无是无非,快活煞庄家。

〔1〕折桂令:又名〔秋风第一枝〕、〔天香引〕、〔蟾宫曲〕、〔步蟾宫〕,〔双调〕中的常用曲调。句式一般是:六四四、四四四、七七、四四四,共十一句七韵。它的特点是完全摆脱了五七言诗的句法成规(其中七七句

用三四句法，不是七言诗的四三句法），句子又可增减，即结处可减少或增加一个四字句。又第二节四四四要三句相对，即鼎足对。有了这些特点，在格调上就跟诗词明显不同。

〔2〕“沙三伴哥来嗏”六句：上三句和下三句倒装。写柳荫中砸开西瓜时，沙三、伴哥听到一声“来嗏”的叫唤，就匆忙赶来，两腿还沾满青泥。沙三、伴哥，均元曲中常用的村农名字。嗏，语尾助词，同“者”字用法相近。磕（kē 科）破，撞破，砸开。

〔3〕“小二哥昔涎剌塔”二句：意说小二哥因吃不到西瓜，躺在碌轴上不肯起来，像个琵琶。昔涎剌塔，形容垂涎的样子。剌塔，肮脏。碌轴，亦作碌碡，一种滚碾用的农具。

这首曲用口语写田家生活，真切自然，颇有风趣。

前　调

萧娥〔1〕

晋王宫深锁娇娥，一曲离笳，百二山河〔2〕。炀帝荒淫，乐陶陶凤舞鸾歌。琼花绽春生画舸，锦帆飞兵动干戈〔3〕。社稷消磨〔4〕，汴水东流，千丈洪波。

〔1〕萧娥：指隋炀帝的皇后萧氏。萧后本是梁明帝萧岿之女，炀帝为晋王时选为妃，即位后立为皇后。大业末年（617），从炀帝游幸江都（今江苏扬州）。隋亡后，辗转没入突厥。唐贞观四年（630）破突厥，才

迎归京师。

〔2〕“晋王宫深锁娇娥”三句:意说隋炀帝在晋王宫深锁着美人,恃着山河巩固,一味享乐,终于败亡,与萧后离散。一曲离笳,指萧后在隋亡后流落塞北。笳,古代管乐器,流行于塞北和西域一带。百二山河,《史记·高祖本纪》:“秦形胜之国,带河山之险,县(悬)隔千里,持戟百万,秦得百二焉。”裴骃《集解》引苏林的解释说:“秦地险固,二万人足当诸侯百万人也。”

〔3〕“琼花绽春生画舸”二句:相传隋炀帝为看扬州的琼花,乘大龙舟沿运河南下,舟上装饰华丽,用锦缎作帆。作者认为这是致乱之源。兵动干戈,指隋末农民大起义。

〔4〕社稷消磨:指国家灭亡。社稷,本是社(土地神)和稷(谷神)的合称,后来引申作国家的代称。

卢挚有八首〔折桂令〕,分别咏历史和传说中的八个美女,多寓盛衰哀乐感慨。这首批判隋炀帝荒淫误国。末三句寄历史洪波永流不息之意,与隋王朝的短促对比,有讽刺,也有惋惜。

前　调

寒食新野道中[1]

柳濛烟梨雪参差[2],犬吠柴荆[3],燕语茅茨[4]。老瓦盆边,田家翁媪,鬓发如丝。桑柘外秋千女儿,髻双鸦斜插花枝。转眄移时[5],应叹行人[6],马上哦诗。

〔1〕寒食:旧俗以冬至后百五日为寒食节,在清明前一天。新野:今河南省新野县。

〔2〕柳濛烟梨雪参差:写朦胧的柳树和雪白的梨花。

〔3〕柴荆:柴门。

〔4〕茅茨:茅草盖的屋顶。

〔5〕转眄:斜着眼睛看。这里意同顾盼。移时:多时。

〔6〕行人:作者自指。

这首曲写作者在寒食日经过新野农村,看到明媚的景致和白发翁媪、鸦髻少女而发出赞叹。

双调·水仙子〔1〕

西湖(四首选二)

其一

湖山佳处那些儿,恰到轻寒微雨时,东风懒倦催春事。嗔垂杨袅绿丝,海棠花偷抹胭脂〔2〕。任吴岫眉尖恨,厌钱塘江上词〔3〕。是个妒色的西施。

其二

苏堤鞭影半痕儿〔4〕,常忆吴山月上时,闲寻灵鹫西岩寺。冷泉亭偏费诗〔5〕,看烟鬟尘外丰姿〔6〕。染绛绡裁霜叶,酿清香飘桂子〔7〕。是个百巧的西施。

〔1〕水仙子:又名〔湘妃怨〕、〔凌波仙〕、〔冯夷曲〕,〔双调〕中常用的曲调。句式:七七七、五六、三三四,共八句七韵(第六句不用韵)。起三句一般要用鼎足对。但末节句法极参差,有作五五四、六六四、七七四的,也有作三句七字的鼎足对的,不易划一。

〔2〕"嗔垂杨袅绿丝"二句:意说由于西施的妒色,连垂杨的袅动枝条也引起她的嗔怪,而海棠则只能偷偷地抹上一层胭脂。这是巧于形容烟雨中的西湖花柳的。

〔3〕"任吴岫眉尖恨"二句:意说由于西施的妒色,就一任吴山的烟锁眉峰,连苏小小的"钱塘江上词"她也厌听了。这就把烟雨中的西湖景色人格化了。吴岫,即吴山,在西湖东南。《春渚纪闻》载苏小小《蝶恋花》词:"妾本钱塘江上住,花落花开,不管流年度。""钱塘江上词"指此。

〔4〕苏堤:横贯西湖南北的一条长堤,苏轼元祐年间守杭时所筑。堤上夹植花柳,中有六桥。"苏堤春晓"为西湖著名胜景之一。

〔5〕"闲寻灵鹫西岩寺"二句:以妆点山色泉声的灵隐寺、冷泉亭等建筑,赞美西施的巧手。灵鹫,指灵鹫峰,即飞来峰。西岩寺,即灵隐寺,与飞来峰相对。冷泉亭,在飞来峰下,灵隐寺前。

〔6〕烟鬟:指烟霭迷蒙中的山。

〔7〕"染绛绡裁霜叶"二句:意说湖上红如绛绡的枫叶,是西施的巧手剪裁出来的。湖上飘香的桂子,是西施的巧手酿出来的。绛绡,红色的薄纱。唐·宋之问《灵隐寺》诗:"桂子月中落,天香云外飘。"

原作共四首,用苏轼"欲把西湖比西子,淡妆浓抹总相宜"诗意,分咏西湖春夏秋冬的景色。这里选的是一、三两首,借西施的美色和巧手,形容湖上的春光和秋色,为一时传唱之作。马致远有和韵。

双调·殿前欢[1]

酒杯浓,一葫芦春色醉山翁[2],一葫芦酒压花梢重。随我奚童[3],葫芦干兴不穷。谁人共?一带青山送。乘风列子,列子乘风[4]。

〔1〕殿前欢:又名〔凤将雏〕、〔燕引雏〕、〔小妇孩儿〕,〔双调〕曲调。句式:三七七、四五三五、四四,共九句八韵(第八句不用韵)。末二句一般是对仗,也可以作回文。不少作品于第六句增加两个衬字,使第五、六、七三句成为五言鼎足对。

〔2〕山翁:晋山简镇守襄阳,性好酒。李白《襄阳歌》:"笑杀山公醉似泥。"山公,即山简。

〔3〕奚童:奚是古代奴仆的一种,奚童即供役使的小童。

〔4〕"乘风列子"二句:意说喝醉了像列子乘风一样,飘飘然回去。列子,列御寇;《庄子·逍遥游》说他能"御风(驾着风)而行"。元人〔殿前欢〕曲这两句往往作回文。

借山简故事,写诗人喝酒、赏景豪兴,风格疏放飘逸。

姚燧

姚燧(1238—1313),字端甫,号牧庵,河南洛阳人。少孤,为伯父姚枢所抚养。及长,为国子祭酒许衡所赏识。三十八岁为秦王府文学,后历任奉议大夫、翰林直学士、江西行省参知政事、翰林学士承旨等职。曾主持修撰《世祖实录》。著有《牧庵文集》五十卷。他是元代有名的古文家,《元史》称他的文章有西汉风,扫除宋末弊习。但不免表现出道学家面孔。散曲留传不多,却能随意挥洒,抒写个人情怀与描摹儿女风情,笔调流畅,当时人拿他与卢挚并称。

小令

中吕·满庭芳〔1〕

天风海涛,昔人曾此,酒圣诗豪〔2〕。我到此闲登眺,日远天高。山接水茫茫渺渺,水连天隐隐迢迢。供吟笑,功名事了,不待老僧招。

〔1〕满庭芳:〔中吕〕宫常用曲调。句式:四四四、七四、七七、三四五,共十句九韵(第二句不用韵),与词调〔满庭芳〕同。但词中多双叠,

用韵也疏些。中间两个七字句要求上三下四句法,二三句、六七句一般要对。

〔2〕“昔人曾此”二句:指前人曾在此饮酒赋诗,抒发豪情。

这首曲疑是在镇江金山寺登眺之作。全曲写景,境界开阔,气象豪迈。末三句表现了一般士大夫功成身退思想。

中吕·喜春来

笔头风月时时过〔1〕,眼底儿曹渐渐多〔2〕。有人问我事如何,人海阔,无日不风波!

〔1〕笔头风月:指写作生活。

〔2〕眼底儿曹:指文坛上的新进。

这首曲写作者厌倦文章生活。大概一些新进文人在搅扰他的甜梦吧,因而发出了“人海阔,无日不风波”的感慨,表现含蓄。

越调·凭阑人

寄征衣

欲寄君衣君不还,不寄君衣君又寒。寄与不寄间,妾身千万难。

这首曲抓住寄不寄征衣的思想矛盾，刻画出闺中少妇思念征夫、体贴征夫的心理。短小精炼，意味隽永，富于民歌风味。

马致远

马致远(1250—1321以后),号东篱,大都(今北京)人。少年时功名不得志,曾与李时中、花李郎、红字李二等参加大都的“元贞书会”,因才华出众,被推为“曲状元”。以后曾在各地飘泊,一度出任江浙行省务官。晚年退出官场,在杭州附近的乡村过隐居生活。

马致远是“元曲四大家”之一,著杂剧十五种,今存《汉宫秋》等七种,艺术成就颇高,但思想内容比较复杂。他的散曲创作更加出名,《太和正音谱》在《古今群英乐府格势》里,把他置于首位,誉为“其词典雅清丽”,“有振鬣长鸣,万马皆瘖之意”,主要是就他的散曲说的。从他现存的小令一百多首、套数十七套来看,也的确很有特色。他作品的内容主要为抒发文士不遇的悲愤与消极遁世思想。当他厌倦于宦海风波,投入大自然的怀抱时,觉得青山绿水、红叶黄花,到处都是诗料,因此他描写自然风光的曲子特别动人。也有少数歌咏男女恋情之作,是当时书会才人的习气。艺术上纵横挥洒,无不如意,豪放清丽,兼而有之。他对于扩大散曲的题材领域,提高散曲的艺术境界,是有功的。

小 令

越调·天净沙

秋思

枯藤老树昏鸦，小桥流水人家，古道西风瘦马。夕阳西下，断肠人在天涯。

这首曲写秋日黄昏旅途的情思。头三句通过几个富有特征的场景，勾勒出苍凉的“秋”色；末二句写“夕阳西下”时的天涯行客，很好地点出了旅“思”。全曲情景交融，笔墨精炼。元人周德清誉为“秋思之祖”，王国维说它“寥寥数语，深得唐人绝句妙境”。

双调·折桂令

叹世

咸阳百二山河〔1〕，两字功名，几阵干戈。项废东吴〔2〕，刘兴西蜀〔3〕，梦说南柯〔4〕。韩信功兀的般证果〔5〕，蒯通言那里是风魔〔6〕。成也萧何，败也萧何〔7〕，醉了由他！

〔1〕咸阳百二山河:指咸阳山河险要。咸阳,今陕西咸阳,秦代的国都。百二山河,见卢挚〔折桂令〕《萧娥》注〔2〕。

〔2〕项废东吴:项羽被刘邦军追赶,至乌江岸边自刎身亡。乌江在今安徽和县东北,古属吴地。

〔3〕刘兴西蜀:刘邦在楚汉相争时曾退居陕西南部和四川一带,后来终于消灭项羽,统一中国。

〔4〕梦说南柯:唐·李公佐《南柯太守传》说:淳于棼昼梦入大槐安国,被招为驸马,做南柯郡太守二十年,备极荣宠,醒来才知道是做梦。而所谓大槐安国,就是他住宅南边槐树下的蚁穴。以上三句说刘项相争,不过是南柯一梦。

〔5〕韩信功兀的般证果:韩信,汉高祖刘邦的大将,为高祖定天下立下汗马功劳,与张良、萧何并称汉兴三杰,后被吕后所害,诛夷三族。兀的般,这般。证果,本佛家语,这里借指结局。

〔6〕蒯通言那里是风魔:蒯(kuǎi 㧟)通,汉高祖时的著名辩士。本名彻,史家避武帝讳,称他蒯通。韩信用他的计策平定齐地,后通说韩信背汉自立,韩信不听,他怕受牵连,就假装风魔。后韩信为吕后所斩,临刑前叹曰:"悔不听蒯彻之言,死于女子之手。"风魔,疯癫病。

〔7〕"成也萧何"二句:韩信是因萧何的推荐而被刘邦任命为将的,后来吕后杀韩信,用的又是萧何的计策,故说"成也萧何,败也萧何"。

这首曲对历史上刘邦、项羽因争霸图王而引起干戈战乱,以及刘邦诛杀功臣,萧何出卖朋友,表示了批判的态度。末句是无可奈何的悲愤。当然,这里也表现出古今如梦的消极思想。

双调·清江引[1]

野兴(二首)

其一

西村日长人事少,一个新蝉噪。恰待葵花开,又早蜂儿闹。高枕上梦随蝶去了[2]。

其二

东篱本是风月主[3],晚节园林趣[4]。一枕葫芦架,几行垂杨树。是搭儿快活闲住处[5]。

〔1〕清江引:又名〔江儿水〕,〔双调〕常用曲调。句式:七五、五五七,共五句四韵(第三句不用韵)。三、四句宜对。曲调轻倩疏快。

〔2〕梦随蝶去了:梦蝶典出自《庄子》,见王和卿〔醉中天〕《咏大蝴蝶》注〔1〕。这句意为睡着了。

〔3〕东篱本是风月主:东篱,作者自称;风月主,为清风明月做主,意指对自然景物的爱好。

〔4〕晚节:晚年的操守、爱好。

〔5〕是搭儿:这里(是),承上文二句说。

原作共八首,都是写山野逸兴的,反映了作者晚年的“幽栖”生活。骨子里是消极避世思想,却以豁达通脱之言出之,风格爽隽。这里选的是最后两首。前首写夏日蝉噪蜂闹景致,后首写居处的幽雅,都充满了悠闲自得之趣。

双调·落梅风〔1〕

远浦帆归〔2〕

夕阳下,酒旆闲〔3〕,两三航未曾着岸〔4〕。落花水香茅舍晚,断桥头卖鱼人散。

〔1〕落梅风:又名〔寿阳曲〕,〔双调〕曲调。句式:三三七、七七,共五句四韵(首句不用韵)。第三句及末句均上三下四句法,与第四句上四下三配合,节奏上有特殊风味,与诗词不同。

〔2〕浦:水边。

〔3〕酒旆:酒旗。旧时酒家常用竹竿悬旗于门前,以招引酒客。

〔4〕航:船。

这是马致远写"潇湘八景"八首曲中的第二首("潇湘八景"见前卢挚〔沉醉东风〕《秋景》注〔3〕),活画出一幅水村黄昏归舟图。画面疏朗闲淡,十分优美。

前　调

潇湘夜雨[1]

渔灯暗，客梦回，一声声滴人心碎。孤舟五更家万里，是离人几行情泪。

〔1〕潇湘：见卢挚〔沉醉东风〕《秋景》注〔3〕。

这是“潇湘八景”的第四首，写潇湘夜雨声中的凄凉客况，情调与〔天净沙〕《秋思》相似。

前　调

夜忆

云笼月，风弄铁[1]，两般儿助人凄切。剔银灯欲将心事写，长吁气一声吹灭。

〔1〕风弄铁：风吹响檐前的铁马。铁，铁马，悬在檐前的小铁片，风吹时互相撞击发声。

这首曲写思妇夜忆，心事万千，剔灯、灭灯，欲写又止，表现了既爱又恨的心理，写得含蓄蕴藉。

前　调

人初静，月正明，纱窗外玉梅斜映。梅花笑人休弄影，月沉时一般孤另。

这首曲也是写闺情的，以梅花笑人来表现自己的孤零，写得比较曲折。

双调·拨不断

布衣中[1]，问英雄：王图霸业成何用？禾黍高低六代宫，楸梧远近千官家[2]。一场恶梦！

〔1〕布衣：指没有官职的人。

〔2〕“禾黍高低六代宫”二句：许浑《金陵怀古》诗：“楸梧远近千官家，禾黍高低六代宫。”是说六代豪华的宫殿如今都变成了废墟，长满了高高低低的禾黍；官僚们的坟墓附近都长满了楸梧等树木。六代，指历史上建都南京的吴、东晋、宋、齐、梁、陈六个朝代。

以“一场恶梦”来否定历史上“英雄”们的王霸事业，反衬“布衣”的优游，是作者失意心情的曲折反映。

套数

般涉调·耍孩儿

借马

〔耍孩儿〕近来时买得匹蒲梢骑[1]，气命儿般看承爱惜[2]。逐宵上草料数十番，喂饲得膘息胖肥[3]。但有些秽污却早忙刷洗，微有些辛勤便下骑[4]。有那等无知辈，出言要借，对面难推。

〔七煞〕懒设设牵下槽[5]，意迟迟背后随，气忿忿懒把鞍来鞴[6]。我沉吟了半晌语不语[7]，不晓事颓人知不知[8]？他又不是不精细，道不得他人弓莫挽[9]，他人马休骑。

〔六〕不骑呵西棚下凉处拴，骑时节拣地皮平处骑。将青青嫩草频频的喂。歇时节肚带松松放，怕坐的困尻包儿款款移[10]。勤觑着鞍和辔[11]，牢踏着宝镫[12]，前口儿休提[13]。

〔五〕饥时节喂些草，渴时节饮些水，着皮肤休使粗毡屈[14]。三山骨休使鞭来打[15]，砖瓦上休教隐着蹄[16]。有口话你明明的记：饱时休走，饮了休驰。

〔四〕抛粪时教干处抛，绰尿时教净处尿[17]，拴时节拣个牢固桩橛上系[18]。路途上休要踏砖块，过水处不教践起泥。这马知人义[19]，似云长赤兔[20]，如翼德乌骓[21]。

〔三〕有汗时休去檐下拴，渲时休教侵着颓[22]。软煮料草铡底细[23]。上坡时款把身来耸，下坡时休教走得疾。休道人忒寒碎[24]。休教鞭飐着马眼[25]，休教鞭擦损毛衣。

〔二〕不借时恶了弟兄[26]，不借时反了面皮。马儿行嘱付叮咛记[27]：鞍心马户将伊打，刷子去刀莫作疑[28]。则叹的一声长吁气。哀哀怨怨，切切悲悲。

〔一〕早晨间借与他，日平西盼望你，倚门专等来家内。柔肠寸寸因他断，侧耳频频听你嘶。道一声好去，早两泪双垂。

〔尾〕没道理没道理，忒下的忒下的[29]。恰才说来的话君专记，一口气不违借与了你。

〔1〕蒲梢：汉伐大宛，得千里马，名蒲梢。

〔2〕气命儿般：像性命一样。看承：看待。

〔3〕膘（biāo标）息：膘，指牛马等牲畜腹部；息，原意为呼吸，借指胸部。

〔4〕辛勤：这里指马劳累。

〔5〕懒设设：犹如懒洋洋。

〔6〕鞴（bèi贝）：装配马鞍。

〔7〕语不语：想说又不说。

〔8〕颓人：骂人的话。颓，雄性生殖器。

〔9〕道不得：岂不闻人说。

〔10〕尻（kāo考阴平）包儿：屁股。款款：慢慢地。

〔11〕觑:看。辔(pèi 配):套在马头的嚼子和缰绳。

〔12〕宝镫:挂在马鞍两旁的脚镫。

〔13〕前口儿:疑指马嚼子,又称马勒口。休提:不要用力向上拉。

〔14〕着皮肤休使粗毡屈:不要让粗毡子折叠在马的皮肤上。着皮肤,贴着皮肤。粗毡,指马垫。屈,未伸直,即铺得不平。

〔15〕三山骨:疑指肋骨。

〔16〕砖瓦上休教隐着蹄:意为不要让砖瓦碰坏了马蹄。隐着蹄,指被坚硬的东西碰伤马蹄。

〔17〕绰尿:指放尿。

〔18〕桩橛:木桩。

〔19〕知人义:懂得人意。

〔20〕云长赤兔:三国时蜀将关羽,字云长,他骑一匹著名的赤兔马。

〔21〕翼德乌骓:三国时蜀将张飞,字翼德,他骑一匹著名的乌骓马。

〔22〕渲:这里指为马洗浴。

〔23〕铡底细:切得碎。

〔24〕忒寒碎:过于寒酸琐碎。

〔25〕飑(diū 丢):甩,打。《西厢记》:"飑了僧伽帽。"闵遇五曰:"飑,音丢,义同。"《刘知远诸宫调》:"李洪义到此恨心不舍,待一棒拦腰飑做两截。"在戏曲小说中,"一飑人马"之飑,音 biāo;"明飑飑"之飑,音 diū,与此处音义并同。

〔26〕恶:得罪。

〔27〕马儿行(háng 航):在马儿跟前。行,跟前,那里;是指示方位的词,一般用在名词或代名词后面。

〔28〕"鞍心马户将伊打"二句:这两句是当时勾栏里的行话,叫拆白道字。马户合写是"驴"字,刷字去了立刀是"屌"字(同屌),"驴屌"是骂人的话。两句合起来是说:那个坐在鞍心上打你(指马)的人,毫无

疑问，一定是个“驴屌”。伊，这里作“你”讲。

〔29〕下的：忍心。

这套曲写一个爱马如命的人买得一匹好马，十分爱惜，朋友来借，他不好推却，只好嘱咐了对方很多话，才难舍难分地把马借出去了。作品使用戏曲的代言手法，让马主人以第一人称出现，时而跟朋友和马说话，时而背着朋友作旁白、背白，通过生动的细节，合理的夸张，幽默的语言，淋漓尽致地揭示了他的心理活动，从而把一个爱马而又吝惜的人的性格，刻画得惟妙惟肖。作品生活气息很浓，曲词全用北方口语，朴素生动，是散曲中著名的本色当行之作。

双调·夜行船〔1〕

秋思

〔夜行船〕百岁光阴一梦蝶〔2〕，重回首往事堪嗟。今日春来，明朝花谢，急罚盏夜阑灯灭〔3〕。

〔乔木查〕想秦宫汉阙，都做了衰草牛羊野，不恁么渔樵没话说〔4〕。纵荒坟，横断碑，不辨龙蛇〔5〕。

〔庆宣和〕投至狐踪与兔穴，多少豪杰〔6〕！鼎足虽坚半腰里折，魏耶？晋耶〔7〕？

〔落梅风〕天教你富，莫太奢，没多时好天良夜〔8〕。富家儿更做道你心似铁，争辜负了锦堂风月〔9〕？

〔风入松〕眼前红日又西斜,疾似下坡车[10]。不争镜里添白雪,上床与鞋履相别[11]。休笑巢鸠计拙[12],葫芦提一向装呆[13]。

〔拨不断〕利名竭,是非绝,红尘不向门前惹[14],绿树偏宜屋角遮,青山正补墙头缺[15]。竹篱茅舍。

〔离亭宴煞〕蛩吟罢一觉才宁贴[16],鸡鸣时万事无休歇,争名利何年是彻[17]!看密匝匝蚁排兵,乱纷纷蜂酿蜜,急攘攘蝇争血。裴公绿野堂[18],陶令白莲社[19]。爱秋来时那些:和露摘黄花,带霜烹紫蟹,煮酒烧红叶。想人生有限杯,浑几个重阳节[20]?嘱付你个顽童记者[21]:便北海探吾来,道东篱醉了也[22]。

〔1〕双调·夜行船:〔双调〕中常用套曲,小令不单独使用。其联套较自由,除开头的〔夜行船〕及结尾的〔离亭宴煞〕外,中间各曲一般不固定,较常用的为〔风入松〕、〔庆宣和〕、〔新水令〕、〔天仙令〕诸曲。

〔2〕百岁光阴一梦蝶:指人生百年,犹如一梦。梦蝶:见王和卿〔醉中天〕《咏大蝴蝶》注〔2〕。

〔3〕急罚盏夜阑灯灭:意说要赶快喝酒,不然时间就晚了(即人生快完了)。罚盏,指喝酒。古人喝酒,没有喝完的,要罚饮。

〔4〕不恁么渔樵没话说:意说如秦汉宫殿不变为荒草废墟,渔夫、樵子就没有话题可说了。不恁么,不如此。张昇〔离亭宴〕词:"多少六朝兴废事,尽入渔樵闲话。"

〔5〕"纵荒坟"三句:意说到处是荒坟,坟上还横七竖八地留着些残碑,已经辨别不清那上面歌功颂德的文字了。龙蛇,秦汉时的篆书盘屈曲折,故用龙蛇形容。

〔6〕“投至狐踪与兔穴”二句：意说等到坟墓成为狐兔出没之所的时候，已经不知消磨了多少豪杰。投至，等到。

〔7〕“鼎足虽坚半腰里折”三句：承上，意说不管是三国还是魏、晋的英雄，都免不了半道腰折的命运。鼎足，指魏、蜀、吴三国分立，如鼎之三足。

〔8〕“天教你富”三句：奉劝富人中的过奢者当心好景不常。

〔9〕“富家儿更做道你心似铁”二句：奉劝富人中的吝惜者莫辜负生活享受。更做道，即使。争，怎。锦堂风月，指富贵人家的生活享受。

〔10〕“眼前红日又西斜”二句：意说日子过得很快。

〔11〕“不争镜里添白雪”二句：意说老了还不要紧，恐怕死亡就要到来了。不争，如果，不打紧。白雪，指白发。上床与鞋履相别，僧家说大修行人上床就与鞋履相别，意指他们能轻视生死。

〔12〕巢鸠计拙：相传斑鸠性拙，不会做巢，常占据喜鹊的巢来居住。

〔13〕葫芦提：糊糊涂涂。

〔14〕红尘：指世俗的牵缠、纠葛。

〔15〕青山正补墙头缺：意为墙头缺处可见青山。

〔16〕蛩：蟋蟀。一觉：一睡。宁贴：安稳。

〔17〕彻：完，尽。

〔18〕裴公绿野堂：唐裴度平淮蔡有功，封晋国公，主朝政三十年。后因宦官专权，在洛阳筑绿野草堂居住，不问世事。

〔19〕陶令白莲社：晋高僧慧远在庐山建白莲社，研讨佛理，曾邀陶渊明参加，陶曾做彭泽县令，故称陶令。

〔20〕浑：还有。

〔21〕记者：记着。

〔22〕“便北海探吾来”二句：意说不管谁来看我，都说我醉了不能出见。北海，指东汉孔融，他在献帝时曾做北海相，性好客，常聚友宴饮，

为当时名士。辛弃疾《一枝花·醉中戏作》词:“怕有人来,但只道今朝中酒。”与此意近。

这是马致远的代表作,主要抒发他对人生的看法和自述处世态度。曲中认为人生如梦,好景不长,不论帝王豪杰还是“富家儿”,到头来都会烟消云散。因此,他要断绝名利、是非,隐居田园,尽量欣赏自然风光,享受清闲生活。这种思想无疑有浓厚的消极成分,但也曲折反映了作者对当日勾心斗角的社会的愤慨。“看密匝匝蚁排兵”三句,就是统治阶级争名夺利的丑态的概括。他把农村环境描写得十分美好,也有否定官场生活的意义。不过从整个来看,这些都不过是颓废的旋律中夹杂着几个悲愤的音调而已。

《秋思》在艺术上有很高成就,它感情强烈,表现酣畅,用字雅正,对偶工整;声调搭配匀称、和谐;押韵险而不重。元人周德清评为“万中无一”,明、清人有不少和韵之作。

白　贲

白贲，号无咎，钱塘人。父白珽，长于诗文。白贲至治间(1321—1323)曾任温州路平阳州教授，后为南安路总管府经历。他善绘画，散曲存者甚少，仅小令一首，套数三套。但小令〔鹦鹉曲〕却极有名，后人和作的很多。

小　令

正宫·黑漆弩[1]

侬家鹦鹉洲边住[2]，是个不识字渔父。浪花中一叶扁舟，睡煞江南烟雨。　〔幺〕[3]觉来时满眼青山[4]，抖擞绿蓑归去。算从前错怨天公，甚也有安排我处[5]。

〔1〕黑漆弩：又名〔鹦鹉曲〕、〔学士吟〕，〔正宫〕曲调，分前后二片。句式：前片七七、七六，后片七六、七七，共八句五韵(第三、五、七句可不用韵)。自白无咎此曲一出，后人遂多称为〔鹦鹉曲〕。

〔2〕侬家：自称，我。鹦鹉洲：地名，在湖北汉阳西南长江中。

〔3〕幺：〔幺篇〕之省。每支散曲一般只有一段，个别曲调有两段的，后段即前段的重复而略有变化，称〔幺篇〕，即后篇之意。

〔4〕觉来时:醒来时。

〔5〕甚:真,正。

这渔父怎么能在漫天烟雨、一叶扁舟中安然自在地睡大觉呢?因为长年累月的江上生活,不仅使他不畏烟雨风波,还清醒地估计到雨后必有晴时;果然醒来满眼青山,抖擞掉绿蓑衣上的雨水,高高兴兴归去。这时回想起从前一遇风雨就埋怨天公是多么地错误啊!"人生识字忧患始",正因渔父不识字,才能如此坦然地对待江上的风波。这里透露出老庄哲学的意味。

冯子振

冯子振(1257—1327 以后),字海粟,自号怪怪道人、瀛洲客,攸州(今湖南攸县)人,曾任承事郎、集贤待制。他为人豪俊,博学多才,行文迅捷,为时辈所称。散曲存小令四十四首,其中四十二首都是和白贲的〔鹦鹉曲〕的。

小 令

正宫·黑漆弩

农夫渴雨

年年牛背扶犁住〔1〕,近日最懊恼杀农父〔2〕。稻苗肥恰待抽花,渴煞青天雷雨〔3〕。　〔幺〕恨残霞不近人情,截断玉虹南去〔4〕。望人间三尺甘霖〔5〕,看一片闲云起处。

〔1〕扶犁住:把犁为生。住,过活,生活。

〔2〕懊恼杀:烦恼死,烦恼之极。

〔3〕渴煞:渴死,渴望之极。

〔4〕“恨残霞不近人情”二句:晚霞是天晴的预兆,虹则是雨后的现象;晚霞“截断”了虹,说明下雨无望。

〔5〕甘霖:好雨。

这首曲写农夫渴雨心情:看到晚霞感到焦急,看到闲云又充满希望,十分细致真切。

王实甫

王实甫，名德信，大都人，年代比关汉卿稍晚。贾仲明《凌波仙》吊词说他“风月营密匝匝列旌旗，莺花寨明飐飐排剑戟，翠红乡雄赳赳施谋智。作词章，风韵美，士林中等辈伏低。新杂剧，旧传奇，《西厢记》，天下夺魁”。显然也是个熟悉勾栏生活的人，并且以杂剧《西厢记》为人所推重。他曾作杂剧十四种，今存《西厢记》等三种。散曲只存小令一首，套数两套。

小令

中吕·十二月过尧民歌

别情

〔十二月〕自别后遥山隐隐，更那堪远水粼粼。见杨柳飞绵滚滚，对桃花醉脸醺醺。透内阁香风阵阵[1]，掩重门暮雨纷纷。　〔尧民歌〕怕黄昏忽地又黄昏，不销魂怎地不销魂。新啼痕压旧啼痕，断肠人忆断肠人。今春，香肌瘦几分，缕带宽三寸[2]。

〔1〕内阁:指闺阁。

〔2〕缕带:束腰的带。

这是一首“带过曲”,由同属〔中吕〕宫的〔十二月〕和〔尧民歌〕两支曲子组成,是小令的一种变体。这种体裁最多只能容纳同一宫调的三支曲子,而且有严格的组合规律,不能随便搭配。

这首曲用触景生情手法,写别后相忆之情。前曲句句用叠字,后曲用连环句法,有效地表现出抒情主人公反复回环、缠绵不断的思想情绪,迥非一般文字游戏可比。

张养浩

张养浩(1270—1329),字希孟,号云庄,又称“齐东野人”,山东济南人。初为东平学正,历任县尹、监察御史、礼部尚书,以切直敢谏著称。英宗至治元年(1321)弃官归隐。文宗天历二年(1329),关中大旱,他被召为陕西行台中丞,治旱救灾,到官四月,劳瘁而死。他的文集有《归田类稿》。散曲集有《云庄休居自适小乐府》,多为归隐林泉时所作,在大量讴歌隐居之乐和自然风景的同时,透露了宦途险恶的慨叹。间亦有关怀民生疾苦的作品,表现了悲天悯人的态度,是杜甫、白居易等诗人忧国忧民的精神在散曲中的再现。艺术上较多汲取前代诗人、词家的成就,与关汉卿、马致远等书会才人之作有别。

小 令

双调·庆东原

鹤立花边玉,莺啼树杪弦。喜沙鸥也解相留恋。一个冲开锦川,一个啼残翠烟,一个飞上青天。诗句欲成时,满地云撩乱。

这首曲写明丽的春景。三个排比句,把鹤、莺、沙鸥的姿态写得生动传神,意境与杜甫的“两个黄鹂鸣翠柳,一行白鹭上青天”颇为接近。末二句写出诗歌创作中的一种忘情境界,直到诗句欲成时才清醒过来,眼前已是一片乱云缭绕了。

双调·水仙子

咏江南

一江烟水照晴岚[1],两岸人家接画檐。芰荷丛一段秋光淡,看沙鸥舞再三。卷香风十里珠帘。画船儿天边至,酒旗儿风外飐[2]:爱杀江南!

〔1〕一江烟水照晴岚(lán 兰):意说阳光照耀江水,腾起了薄薄的烟雾。晴岚,岚是山林中的雾气,晴天空中仿佛有烟雾笼罩,故称晴岚。

〔2〕飐:飘动。

写江南水乡秋光。既有烟水、晴岚、芰荷、沙鸥的自然景色,也有画檐、珠帘、画船、酒旗的人文风光;风物如画,引人入胜。

中吕·红绣鞋[1]

警世

才上马齐声儿喝道[2],只这的便是送了人的根苗[3]。直引到深坑里恰心焦[4]。祸来也何处躲?天怒也怎生饶?把旧来时威风不见了。

〔1〕红绣鞋:一名〔朱履曲〕,〔中吕〕宫常用曲调。句式:六六七、三三五,共六句五韵(第四句不用韵)。首二句宜对。本调变化较多,首二句很多作上三下四的七字句,三三两句有作五五的。

〔2〕喝道:古时官吏出门,差役在前呵喝,叫人回避,叫喝道。

〔3〕送:葬送。根苗:原因。

〔4〕恰心焦:才心急。

原作共九首,都是说居官危险,只有归隐才能快乐的,所以《乐府群珠》、《雍熙乐府》等书都给安上个“警世”或“悟世”的题目。这一首通过形象的描写,说明做官是致祸的根苗,劝世人不要见了棺材才流泪——“直引到深坑里恰心焦”。开头写“才上马齐声儿喝道”的威风,与结尾写祸来时无处躲的可怜相,形成了强烈的对照,是对封建社会热衷做官者的当头棒喝。

中吕·朝天子〔1〕

退隐

挂冠〔2〕,弃官,偷走下连云栈〔3〕。湖山佳处屋两间,掩映垂杨岸。满地白云,东风吹散,却遮了一半山。严子陵钓滩〔4〕,韩元帅将坛〔5〕,那一个无忧患?

〔1〕朝天子:一名〔朝天曲〕、〔谒金门〕,〔中吕〕宫曲调。句式:二二五、七五、四四五、二二五,共十一句十一韵。韵密句促,尤其是首尾两节,表现了这个曲调的特点。

〔2〕挂冠:见白朴〔庆东原〕注〔3〕。

〔3〕连云栈:在陕西西南部褒斜谷(今陕西褒城一带),是古代入蜀的通道,在悬崖绝壁上凿孔、架木、铺板而成,十分险峻。这里借用来形容险境。

〔4〕严子陵钓滩:汉严光,字子陵,少与光武刘秀同学,光武即帝位,他隐居富春山(在今浙江桐庐县南),耕钓以终。钓滩即其垂钓处,后人名为严陵濑。

〔5〕韩元帅将坛:韩信初从项羽,后归刘邦,以萧何之荐,被刘邦筑坛拜为大将,立下大功,后被害。(参见马致远〔折桂令〕《叹世》注〔5〕、〔7〕。)

前面那一首主要展示了居官的危险,这一首则主要展示了弃官的快乐。看他把归隐后的心情写得多么舒畅，以致浮云的变幻，都会使他感到心旷神怡！结尾以反问语气，把历史上隐居不仕的严光和登坛拜将的韩信作了对比，跟开头的弃官是“偷走下连云栈”的描写相呼应，有力地说明只有隐居才“无忧患”。

前　调

恰阴，却晴，来往云无定。湖光山色晦复明，会把人调弄。一段幽奇，将何酬应？吐新诗字字清。锦莺，数声，又唤起游山兴。

写阴晴不定中的湖光山色，唤起了作者的诗情和游兴。曲写得那样轻快生动，仿佛湖山、莺鸟有情，都会向人调弄似的，煞是令人高兴。

中吕·山坡羊〔1〕

潼关怀古〔2〕

峰峦如聚，波涛如怒，山河表里潼关路〔3〕。望西都〔4〕，意踟蹰，伤心秦汉经行处，宫阙万间都做了土。兴，百姓苦；亡，百姓苦！

〔1〕山坡羊:又名〔山坡里羊〕、〔苏武持节〕,〔中吕〕宫常用曲调。句式:四四七、三三、七七、一三、一三,共十一句九韵。两个单字句偶然也有用韵的。末四句分作两组,采取对比的手法突出事物的两个不同方面,是本调的特点。

〔2〕潼关:古关名,在今陕西潼关县,关城雄踞山腰,下临黄河,扼秦、晋、豫三省之冲,素称险要。

〔3〕山河表里潼关路:指潼关依山带河。表,外;里,内。

〔4〕西都:指长安。

这是作者晚年到陕西赈饥时写的九首怀古曲之一。我国从秦汉至隋唐时代,以关中长安一带为政治活动中心,潼关踞山临河,扼入陕咽喉,常成为统治阶级争夺天下的重要战场。这首曲从潼关形势的险要以及秦汉宫阙的被毁,联想到历代统治阶级经常在这一带进行战争,给老百姓带来极大的痛苦,发出了深沉的叹息。作者写潼关,只写了"峰峦"和"波涛",但却把它高踞秦岭、下临黄河的形势特征抓住了;而"聚"、"怒"二字,更准确而传神地写出了这群山襟带、一河前阻的雄伟气势。文学手腕的经济,是相当惊人的。在登临怀古中能够这样同情人民的命运,能够说出不管王朝的兴亡,都要给人民带来痛苦的见解,在元曲中也是少见的。

套 数

南吕·一枝花

喜雨

〔一枝花〕用尽我为民为国心,祈下些值玉值金雨。数年空盼望,一旦遂沾濡〔1〕。唤醒焦枯,喜万象春如故,恨流民尚在途。留不住都弃业抛家,当不的也离乡背土〔2〕。

〔梁州第七〕恨不的把野草翻腾做菽粟〔3〕,澄河沙都变化做金珠。直使千门万户家豪富,我也不枉了受天禄。眼觑着灾伤教我没是处,只落的雪满头颅!

〔尾声〕青天多谢相扶助,赤子从今罢叹吁〔4〕。只愿的三日霖霪不停住〔5〕,便下的来当街似五湖,都淹了九衢〔6〕,犹自洗不尽从前受过的苦。

〔1〕沾濡:沾湿,指雨水滋润。遂沾濡,指达到滋润禾苗的愿望。

〔2〕当不的:受不了。一本作“挡不住”。

〔3〕翻腾:变化。

〔4〕赤子:百姓。

〔5〕霖霪:久下不停的雨。

〔6〕九衢:大路。

这套曲也是在陕西治旱救灾时写的。《元史》说张养浩这次受命后，“到官四月，未尝家居，止宿公署。夜则祷于天，昼则出赈饥民，终日无少怠。”看来是关怀人民，尽忠职守的。这套曲就表现了他“百姓忧亦忧，百姓喜亦喜”的心情。第二段对旱情严重时焦虑心情的回忆，衬托出下雨后的喜悦心情更加鲜明。

郑光祖

郑光祖(生卒年不详),字德辉,平阳襄陵(今山西临汾附近)人,曾以儒补杭州路吏。为人方直,不妄与人交,往往引起别人的误会,但日久就见出他感情的淳厚。死后火葬于西湖灵芝寺。他是著名的杂剧作家,《录鬼簿》说他"名闻天下,声彻闺阁",被艺人们尊称为"郑老先生"。曾作杂剧十八种,今存《倩女离魂》等八种。散曲创作不多,只存小令六首和套数两套,风格清丽,很像他《倩女离魂》中的曲文。

小令

双调·折桂令

梦中作

半窗幽梦微茫,歌罢钱塘[1],赋罢高唐[2]。风入罗帏,爽入疏棂[3],月照纱窗。缥缈见梨花淡妆[4],依稀闻兰麝馀香[5],唤起思量。待不思量,怎不思量!

〔1〕歌罢钱塘:《春渚纪闻》载:宋代司马才仲初在洛阳,昼寝,梦一美人牵帷而歌曰:"妾本钱塘江上住,花落花开,不管流年度。燕子衔将春色去,纱窗几阵黄梅雨。"后才仲将此事告知秦少章,少章为续后半阕。不久美人复来入梦,在梦中结为夫妇。

〔2〕赋罢高唐:宋玉有《高唐赋》,写楚襄王梦游高唐,与神女欢会。

〔3〕疏棂:疏的窗格。

〔4〕缥缈见梨花淡妆:白居易《长恨歌》:"玉容寂寞泪阑干,梨花一枝春带雨。"这里以梨花形容妇女的淡妆。缥缈,隐约。

〔5〕依稀闻兰麝馀香:欧阳炯《浣溪沙》词:"兰麝细香闻喘息。"

这首曲写梦中幽会,醒来还如见其人,如闻其香,极惝恍迷离、缠绵悱恻之致。

前　调

弊裘尘土压征鞍,鞭倦袅芦花〔1〕。弓剑萧萧〔2〕,一竟入烟霞〔3〕。动羁怀:西风禾黍,秋水蒹葭〔4〕;千点万点、老树寒鸦;三行两行,写高寒呀呀、雁落平沙〔5〕;曲岸西边,近水涡、鱼网纶竿钓艖〔6〕;断桥东下,傍溪沙、疏篱茅舍人家。见满山满谷,红叶黄花。正是凄凉时候,离人又在天涯。

〔1〕"弊裘尘土压征鞍"二句:写马上游子穿着破裘,满身尘土,连马鞭都懒举了。

〔2〕萧萧:萧条。

〔3〕一竟:一直。烟霞:指无人的荒野。

〔4〕羁怀:游子的情怀。蒹葭:芦苇。

〔5〕写高寒:高寒指天空,雁飞空中,常排成“人”字或“一”字形,像在写字,故说“写高寒”。呀呀:象声词。

〔6〕水涡:水流旋转处。纶竿:钓鱼竿。钓艖:钓鱼船。

这首曲用铺叙手法渲染秋景,以衬托游子凄凉的情怀,与柳永写羁旅行役的慢词一脉相承。它画面鲜明,音调谐婉,字句雅丽,不愧清丽派名作。有人认为这是白贲的作品,但根据它和《倩女离魂》中曲词的风格十分接近这点来看,还是算郑光祖的好。

范　康

范康(生卒年不详),字子安,杭州人,能词章,通音律。有杂剧《竹叶舟》。散曲流传不多,仅小令四首,套数一套,都是抒发旷达情怀的。

小　令

仙吕·寄生草[1]

酒

长醉后方何碍?不醒时有甚思!糟腌两个功名字,醅淹千古兴亡事,麹埋万丈虹霓志[2]。不达时皆笑屈原非[3],但知音尽说陶潜是[4]。

〔1〕寄生草:〔仙吕〕宫曲调。句式:三三、七七七、七七,共七句五韵(第一、六句不用韵)。中三句要鼎足对。

〔2〕“糟腌两个功名字”三句:意说喝醉酒可以忘怀一切。糟,酒渣。醅,未过滤的酒。麹,酿酒用的酒母。这里都作“酒”解。虹霓志,

远大的志向。

〔3〕不达时皆笑屈原非:意说屈原不随众人共醉是不达时务,是错了;这是一种愤慨的话。不达时,不识时务。屈原,名平,战国时楚人,他忠君爱国,却被楚王放逐到江滨,渔父问他何以被放,他说:“众人皆浊我独清,众人皆醉我独醒,是以见放。”

〔4〕陶潜:一名渊明,字元亮,浔阳柴桑(今江西九江)人。他性喜饮酒,故作者引他为知音。

原作共四首,分咏酒、色、财、气,这是其中的第一首。通篇盛道喝酒的好处,说要借喝醉酒来忘怀世事,埋葬功名;结处更笑屈原的独醒为不识时务。实际上都是愤世嫉俗的心情,以反语出之。中间三句鼎足对,意思相仿而用词多变,显示出作者运用语言的功力。《尧山堂外纪》以此曲为白朴作,不确。

曾　瑞

曾瑞(生卒年不详),字瑞卿,号褐夫,河北大兴人,后移家杭州。《录鬼簿》说他"神采卓异","志不屈物"。不愿出仕,优游于市井。他工画山水,学范宽;又善隐语,工小曲。作有杂剧《才子佳人误元宵》。散曲现存小令九十五首,套数十七套,多写闺情之作。

小　令

南吕·四块玉

酷吏

官况甜,公途险,虎豹重关整威严[1],仇多恩少人皆厌。业贯盈[2],横祸添,无处闪。

〔1〕虎豹重关:虎豹守着重叠的门,形容门禁森严。屈原《招魂》:"虎豹九关,啄害下人些。"

〔2〕业贯盈:罪恶积累到尽头。

对于那些作威作福的贪官酷吏来说,在他们官况正甜时,实际已踏上了险道;在他们威风凛凛时,实际已招来了人们普遍的厌恶,到头来就无法避免灾难的临身。这教训十分深刻,对我们今天的干部来说,还是一面镜子。

南吕·骂玉郎过感皇恩采茶歌

闺中闻杜鹃

〔骂玉郎〕无情杜宇闲淘气[1],头直上耳根底[2],声声聒得人心碎[3]。你怎知,我就里[4],愁无际。 〔感皇恩〕帘幕低垂,重门深闭。曲阑边,雕檐外,画楼西。把春酲唤起[5],将晓梦惊回。无明夜,闲聒噪,厮禁持[6]。 〔采茶歌〕我几曾离这绣罗帏?没来由劝我道不如归!狂客江南正着迷,这声儿好去对俺那人啼。

〔1〕杜宇:即杜鹃。古代传说蜀王杜宇失帝位后死去,魂化杜鹃鸟,鸣声悲切,像说"不如归去"。

〔2〕头直上:头顶上。

〔3〕聒:声音吵闹。

〔4〕就里:内中情况,指内心的思想感情。

〔5〕酲(chéng 成):喝醉了酒神志不清。

〔6〕厮:相。禁持:折磨,纠缠。

这首带过曲由〔南吕〕宫的〔骂玉郎〕、〔感皇恩〕、〔采茶歌〕三支曲调组成，内容写一个闺中少妇听到杜鹃啼声，勾起了对远客江南的丈夫的思念。把杜鹃“声声聒得人心碎”的情景，描写得淋漓尽致。末曲埋怨杜鹃找错对象，说它应该把“不如归去”的声音，向着在“江南正着迷”的“那人”啼才对，更深一层地写出盼望“那人”早日归来的心情。

中吕·山坡羊过青哥儿

过分水关〔1〕（二首选一）

〔山坡羊〕山如佛髻，人登鳌背〔2〕，穿云石磴盘松桧〔3〕。一关围，万山齐，龙蟠虎踞东南地〔4〕，岭头两分了银汉水〔5〕。高，天外倚；低，云涧底。　〔青哥儿〕行人驱驰不易，更那堪暮秋天气，拂面西风透客衣。山雨霏微〔6〕，草虫啾唧；身上淋漓，脚底沾泥。痛恨杀伤情鹧鸪啼：“行不得〔7〕！”

〔1〕分水关：一名大关，在福建崇安县西北，为闽、赣交通要隘，俗称入闽第一关。

〔2〕登鳌背：意说好像登上海中神山。参看王和卿〔拨不断〕《大鱼》注〔2〕。

〔3〕磴：石阶。

〔4〕龙蟠（pán 盘）虎踞：形容形势的雄壮。蟠，曲屈、盘绕；踞，蹲。

〔5〕岭头两分了银汉水：是说山顶的水流向两面，好像平分天河

的水。

〔6〕霏微:细雨迷蒙的样子。

〔7〕行不得:古人认为鹧鸪鸣声像是“行不得也哥哥”。

作者用比喻、夸张等手法,细致地描写了分水关的险峻,和他在暮秋“山雨霏微”中经过时的艰困情景。风格豪放瘦硬,与他别的作品不同。结句借景抒情,蕴藉有味。

施　惠

施惠(生卒年不详),字君美,杭州人,以坐贾为业。《录鬼簿》说他"好谈笑",与人交接,"多有高论","诗酒之暇,惟以填词和曲为事"。相传曾作南戏《幽闺记》,散曲仅存套数一套。

套数

南吕·一枝花

咏剑

〔一枝花〕离匣牛斗寒[1],到手风云助。插腰奸胆破,出袖鬼神伏。正直规模。香檀把虎口双吞玉[2],沙鱼鞘龙鳞密砌珠[3]。挂三尺壁上飞泉[4],响半夜床头骤雨。

〔梁州第七〕金错落盘花扣挂,碧玲珑镂玉妆束,美名儿今古人争慕。弹鱼空馆[5],断蟒长途[6]。逢贤把赠[7],遇寇即除。比莫邪端的全殊,纵干将未必能如[8]。曾遭遇诤朝谗烈士朱云[9],能回避叹苍穹雄夫项羽[10],怕追陪报私仇侠客专诸[11]。价孤,世无,数十年是俺家藏物。吓人魂,射人目，相伴着万卷图书酒一壶，遍历江湖。

〔尾声〕笑提常向尊前舞，醉解多从醒后赎。则为俺未遂封侯把他久担误。有一日修文用武，驱蛮静虏，好与清时定边土〔12〕。

〔1〕离匣牛斗寒：是说剑出鞘时闪闪发光。牛斗，指牵牛、北斗二星。《晋书·张华传》载：张华发现斗牛之间常有紫气，邀雷焕一同观看，雷焕认为这是宝剑精气冲天之故。后来果然在地下掘得龙泉、太阿二剑。

〔2〕香檀把虎口双吞玉：香檀木做的剑把，握手处镶着玉。虎口，拇指和食指之间连接的部分。

〔3〕沙鱼鞘龙鳞密砌珠：鲨鱼皮做的剑鞘，皮上好像密密地嵌着珍珠。

〔4〕挂三尺壁上飞泉：剑挂在壁上像飞泉一样明亮。三尺，指剑，古代的剑约长三尺。

〔5〕弹鱼空馆：战国时齐人冯谖，在孟尝君门下作客，因不满于他得到的待遇，曾弹铗（剑把）歌道："长铗归来乎，食无鱼！"

〔6〕断蟒长途：传说刘邦做亭长时，送犯人到郦山，晚上喝醉了酒，经过大泽，前面报告有大蛇挡路，刘邦即拔剑斩蛇为两段，路就通了。

〔7〕逢贤把赠：春秋时吴公子季札使鲁，路过徐国，徐君喜欢他的剑，但没有说出，季札决定回来时赠他。后来再经徐国，徐君已死，季札就解剑挂在他墓前的树上。

〔8〕"比莫邪端的全殊"二句：是说莫邪、干将都比不上这把剑。莫邪、干将是古代的宝剑，相传为战国时吴人干将、莫邪夫妇所造。

〔9〕曾遭遇诤朝谗烈士朱云：朱云，西汉人，为人耿直，敢于反对权贵，成帝时为槐里令，上书说愿借上方宝剑，斩佞臣张禹之头。成帝怒，

要将他斩首,御史将他拉下殿,他攀折殿槛,大呼道:“臣得从龙逢、比干(均殷代贤臣)游地下足矣。”成帝见状,将他赦免。诤,直言劝谏。朝谗,朝中谗臣,指张禹。

〔10〕能回避叹苍穹雄夫项羽:项羽被刘邦围困垓下(今安徽灵璧县东南),对部将说:“此天之亡我,非战之罪也。”奋战失败后不肯渡乌江,自刎而死。叹苍穹,指项羽把失败归之于天。全句意为:项羽失败后用剑自杀。

〔11〕报私仇侠客专诸:春秋时吴公子光想篡位,蓄侠客专诸,趁筵席上进鱼时,以匕首刺死吴王僚。

〔12〕清时:政治清明的时代。

题目是咏剑,实际上是“未遂封侯”的悲愤。前半把剑从外形、作用到有关它佐主立功、诛除奸佞的典故,反复描叙,写得气势凛凛。后半结合写剑的主人:那样一位“相伴着万卷图书酒一壶,遍历江湖”的豪士,却因“未遂封侯”,把剑“久担误”了,这是多么令人扼腕的事!作者成功地运用了反跌的手法,前面对宝剑的描写越充分,就越显出它的主人蹭蹬不遇的悲愤。然而这位抒情主人公并不绝望,曲的结尾表示要“驱蛮静虏”,安边定国,仍然是豪气未除的表现,读之令人振作。

睢景臣

睢景臣(约1275—约1320),一作舜臣,字景贤,扬州人。他自幼好学,仕途上却不得志;嗜音律,写过《屈原投江》等三个杂剧,都不传;散曲也只留下套数三套。

套 数

般涉调·哨遍

高祖还乡

〔哨遍〕社长排门告示[1],但有的差使无推故[2]。这差使不寻俗[3],一壁厢纳草除根[4],一边又要差夫[5]:索应付[6]。又言是车驾,都说是銮舆,今日还乡故[7]。王乡老执定瓦台盘[8],赵忙郎抱着酒胡芦[9],新刷来的头巾[10],恰糨来的绸衫[11]:畅好是妆幺大户[12]。

〔耍孩儿〕瞎王留引定伙乔男女[13],胡踢蹬吹笛擂鼓[14]。见一飚人马到庄门,匹头里几面旗舒[15]:一面旗白胡阑套住个迎霜兔[16],一面旗红曲连打着个毕月乌[17],一面旗鸡学舞[18],一面旗狗生双翅[19],一面旗蛇缠胡芦[20]。

〔五煞〕红漆了叉,银铮了斧[21]。甜瓜苦瓜黄金镀[22]。明晃晃马镫枪尖上挑[23],白雪雪鹅毛扇上铺[24]。这几个乔人物,拿着些不曾见的器仗,穿着些大作怪衣服。

〔四〕辕条上都是马,套顶上不见驴[25]。黄罗伞柄天生曲[26]。车前八个天曹判[27],车后若干递送夫[28]。更几个多娇女[29],一般穿着,一样妆梳。

〔三〕那大汉下的车,众人施礼数。那大汉觑得人如无物。众乡老展脚舒腰拜,那大汉那伸着手扶。猛可里抬头觑[30],觑多时认得,险气破我胸脯。

〔二〕你须身姓刘,你妻须姓吕[31]。把你两家儿根脚从头数[32]:你本身做亭长耽几盏酒[33],你丈人教村学读几卷书,曾在俺庄东住;也曾与我喂牛切草,拽坝扶锄[34]。

〔一〕春采了桑,冬借了俺粟,零支了米麦无重数[35]。换田契强秤了麻三秤,还酒债偷量了豆几斛。有甚胡突处[36],明标着册历[37],见放着文书[38]。

〔尾〕少我的钱,差发内旋拨还[39];欠我的粟,税粮中私准除[40]。只道刘三,谁肯把你揪捽住?白甚么改了姓[41],更了名,唤做汉高祖!

〔1〕社长:元代乡村组织,五十家为一社,选乡绅为社长。排门:挨家挨户。告示:通知。

〔2〕但有的:所有的。无推故:不得借故推托。

〔3〕不寻俗:不平常。

〔4〕一壁厢:一边,一方面。纳草除根:《太平乐府》作“纳草也根”,此从《雍熙乐府》。有人认为“除根”是“输粮”之误。

〔5〕差夫:摊派劳役。

〔6〕索:须要。

〔7〕车驾、銮舆:都是皇帝所坐的车子,常用作皇帝的代称。

〔8〕瓦台盘:瓦制的托盘。

〔9〕酒胡芦:装酒的葫芦。

〔10〕新刷来的:刚洗刷了的。

〔11〕恰糨(jiàng匠)来的:刚刚洗浆了的。糨,同浆,衣服洗净后打一层米汁在上面,晒干后熨平。

〔12〕畅好是:真正是。妆幺:装模作样。大户:有财势的人家。

〔13〕王留:元曲中常用的乡下人名字。乔男女:不三不四的人。

〔14〕胡踢蹬:胡乱地。也可能是村人名字。

〔15〕匹头里:当头,迎头。舒:展开。

〔16〕白胡阑:白色的环。“胡阑”是“环”的合音。迎霜兔:白兔。这句指月旗(相传月中有兔捣药)。由此以下至〔四煞〕曲,都是写乡民眼中所见的仪仗。

〔17〕红曲连:红色的圈,指太阳。“曲连”是“圈”的合音。毕月乌:乌鸦。这句指日旗(相传太阳里有三脚乌)。

〔18〕鸡学舞:指凤凰旗。

〔19〕狗生双翅:指飞虎旗。

〔20〕蛇缠胡芦:指龙戏珠旗。

〔21〕银铮:银镀。

〔22〕甜瓜苦瓜黄金镀:指金瓜锤。

〔23〕明晃晃马镫枪尖上挑:指朝天镫。

〔24〕白雪雪鹅毛扇上铺:指鹅毛宫扇。

〔25〕套顶:套车的绳的顶端。

〔26〕黄罗伞:指皇帝乘舆的车盖,形状像一把弯柄大伞。

〔27〕天曹判:天上的判官。这里指皇帝侍从人员。

〔28〕递送夫:指奔走服侍的人。

〔29〕多娇女:指宫女。

〔30〕猛可里:突然间。

〔31〕你妻须姓吕:刘邦的妻子叫吕雉,即吕后。

〔32〕根脚:根底。

〔33〕你本身做亭长耽几盏酒:据《史记·高祖本纪》载,刘邦年轻时做过泗水亭长,喜欢喝酒。亭长,秦时十里为一亭,亭有亭长。耽,嗜好。

〔34〕拽(zhuài 踹去声):拉。坝:通"耙"。

〔35〕无重数(chóng shǔ 虫暑):数不清。

〔36〕胡突:糊涂。

〔37〕明标着册历:明白记载在账册上。

〔38〕文书:指借据一类。

〔39〕差发内旋拨还:在官差钱内扣除。差发,当官差。当时人民要被征发当官差,有钱的人可用钱雇人代替。旋,随即。

〔40〕私准除:暗中扣除。

〔41〕白:平白地,无缘无故地。

这是历来传诵的元曲名篇。据历史记载,汉高祖刘邦于汉十二年(公元前195年)十月平定淮南王英布后,曾回到故乡沛县,与父老宴饮。但这套曲写的并不是当时的真实情况,而是通过虚构的情节,从一个过去与刘邦有瓜葛的被抓差迎驾的乡民的眼中,写皇帝到来前乡官的忙乱,皇帝仪仗的装腔作势,汉高祖刘邦的志得意满,最后揭出他流氓无赖的本来面目,使"天子神圣"的光环一下子破灭,这在封建时代是大胆的、进步的。艺术上构思巧妙，语言幽默、辛辣，富于生活气息，成就很高。故《录鬼簿》记载说："维扬诸公，俱作《高祖还乡》套数，惟公〔哨遍〕制作新奇，诸公者皆出其下。"

鲜于必仁

鲜于必仁(生卒年不详),字去矜,号苦斋,渔阳郡(今河北蓟县)人。他与海盐杨梓的两个儿子国材、少中交好。杨氏家蓄有擅长南北曲的家童多人,形成了戏曲中的海盐腔,故必仁亦以擅长乐府著称。散曲存小令二十九首,绝大部分歌咏名胜风景。风格端谨,也偶有淡远、雄秀的。

小 令

中吕·普天乐〔1〕

平沙落雁

稻粱收,菰蒲秀。山光凝暮〔2〕,江影涵秋〔3〕。潮平远水宽,天阔孤帆瘦。雁阵惊寒埋云岫〔4〕,下长空飞满沧洲〔5〕。西风渡头,斜阳岸口,不尽诗愁。

〔1〕普天乐:〔中吕〕宫常用曲调。句式:三三、四四、三三、七七、四四四,共十一句六韵(第一、三、五、九、十句可不用韵)。首二句,第三、

四句,第五、六句可相对,末三句也有作鼎足对的。第八句作上三下四句法。

〔2〕山光凝暮:写傍晚的远山景色。

〔3〕江影涵秋:写江上的秋景倒映。

〔4〕云岫:峰峦似的云层。

〔5〕沧洲:水边。

这是“潇湘八景”中的一首。曲子先铺叙秋晚水边景色,后特写雁落渡头、岸口,画面平远开阔,景中有情,诗意盎然。

双调·折桂令

芦沟晓月〔1〕

出都门鞭影摇红〔2〕。山色空濛,林景玲珑。桥俯危波〔3〕,车通远塞,栏倚长空。起宿霭千寻卧龙,掣流云万丈垂虹〔4〕。路杳疏钟〔5〕,似蚁行人,如步蟾宫〔6〕。

〔1〕芦沟:指卢沟桥,在今北京市西南永定河(旧称卢沟河)上。桥长六百六十尺,有十一孔,上有大小狮子五百馀只。俗谚云“卢沟桥的狮子——数不清”。早晨残月映波,荡漾有致,故“卢沟晓月”为燕京八景之一。

〔2〕鞭影摇红:马鞭的影子在晨光中摇动。

〔3〕桥俯危波:指桥跨河上。

〔4〕“起宿霭千寻卧龙”二句:写拂晓中的卢沟桥隐约可见,似尚带宿霭和流云。宿霭,隔晚的云气。卧龙、垂虹,均形容桥的壮丽。

〔5〕路杳疏钟:远处传来疏落的钟声。杳,遥远。

〔6〕“似蚁行人”二句:描写行人赶路。蟾宫,月宫。相传月中有蟾蜍。

作者有“燕山八景”八首,为我们记录了金元时代北京地区的名胜风光。这首描写作者拂晓策马出京郊所看到的卢沟桥景色,桥的本身和车马行人都写到了,仿佛一幅精美的写实画。

虞　集

虞集(1272—1348),字伯生,蜀郡人,侨居临川崇仁(今江西崇仁),大德初荐授大都路儒学教授,官至翰林直学士兼国子祭酒,奎章阁侍书学士,他是元祐、至顺间最负盛名的文人,描写江南春景的名句"杏花春雨江南",就出于他的手笔。有《道园学古录》传世,散曲则只存小令一首。

小　令

双调·折桂令

席上偶谈蜀汉事,因赋短柱体〔1〕

銮舆三顾茅庐〔2〕,汉祚难扶〔3〕,日暮桑榆。深渡南泸〔4〕,长驱西蜀,力拒东吴〔5〕。美乎周瑜妙术〔6〕,悲夫关羽云殂〔7〕。天数盈虚,造物乘除〔8〕。问汝何如,早赋归欤〔9〕。

〔1〕短柱体:词曲中俳体的一种,每句必须押两韵以上,两字或数字一韵。

〔2〕 銮舆三顾茅庐:指刘备三次到襄阳(今湖北襄樊市)隆中诸葛亮家,请他出来做事。

〔3〕 汉祚难扶:指蜀汉终于失败。祚,王位。

〔4〕 “日暮桑榆”二句:指诸葛亮晚年率军南征,平定南中诸郡叛乱。桑榆,傍晚太阳在桑树和榆树间,故以喻人的晚年。泸,泸水,今金沙江。

〔5〕 “长驱西蜀”二句:指诸葛亮于赤壁之战后挥兵入蜀,佐刘备建立蜀汉政权,与东吴对峙。

〔6〕 美乎周瑜妙术:称赞周瑜在赤壁之战中的才能。

〔7〕 悲夫关羽云殂:悲叹关羽在荆州战败被杀。殂(cú 徂),死亡。

〔8〕 “天数盈虚”二句:意说世间事物均有盈、虚、消、长的变化。

〔9〕 归欤:归去。陶渊明做彭泽(今江西湖口县东)令,到官数日,便“眷然有归欤之情”。

词曲中有一种“俳体”或“巧体”,往往从词语、句法、声律、押韵等方面别出心裁,以收因难见巧之效,如集人名、地名、药名、词曲牌名、数目、五色、五声、集句、短柱等是。这首曲写刘备请诸葛亮出山辅佐,与曹魏、孙吴争霸的事,认为蜀汉政权终于失败,是“天数”注定的,劝人及早归隐,不要白费心力去建功立业,思想内容是比较消极的。但是它使用了句中押韵的“短柱”体,而且两字一韵,韵密声促,用字极难稳贴:而作者却写得流畅自然,笔无滞意,显出了深厚的文字功力,得到了古代曲论家的称赞,故录以备一格。

薛昂夫

薛昂夫(生卒年不详),名超吾,字九皋,回鹘(今新疆)人。汉姓马,故亦称马昂夫。曾官三衢路达鲁花赤,晚年退出官场,大约在杭县皋亭山一带隐居。他善篆书,有诗名,与诗人萨都剌有唱和,与张可久有交往。《南曲九宫正始序》说:“昂夫词句潇洒,自命千古一人。”《太和正音谱》说:“薛昂夫之词如雪窗翠竹。”可想见其风格。现存小令六十五首,套数三套。他和贯云石都是汉化较深的维吾尔族作家,流传散曲也较多。他们的散曲都称赏西湖景物的美好,人物的清华,反映当时江南地区封建经济与文化的高度发展,及其对北来少数民族作家的影响。他的小令多连章之作,如〔朝天子〕二十首咏史,有不少独到见解;〔楚天遥过清江引〕三首送春,意境阔大,气象豪迈,格调上也有独创性。

小令

正宫·塞鸿秋

凌歊台怀古

凌歊台畔黄山铺，是三千歌舞亡家处[1]。望夫山下乌江渡，是八千子弟思乡去[2]。江东日暮云，渭北春天树[3]。青山太白坟如故[4]。

〔1〕“凌歊（xiāo 消）台畔黄山铺”二句：凌歊台，在安徽黄山上，南朝宋武帝刘裕所建，台上蓄有三千个歌舞女子。许浑《凌歊台》诗：“宋祖凌歊乐未回，三千歌舞宿层台。”亡家，指歌女被召入宫，失去家庭。

〔2〕“望夫山下乌江渡”二句：望夫山，在安徽当涂县西北四十里。乌江渡，在安徽和县东北。项羽兵败逃到这里，乌江亭长请他渡江，他说：我和江东子弟八千人渡江而西，现在没有一个人回来，我有何面目见江东父老？遂自刎而死。参阅施惠〔一枝花〕《咏剑》注〔10〕。

〔3〕“江东日暮云”二句：杜甫《春日忆李白》诗：“渭北春天树，江东日暮云。”指两人分隔渭北（指长安）、江东两地，这里只是借用来表示对李白的怀念。

〔4〕青山：在安徽当涂县东南。太白坟：李白坟，在青山西北。

这首曲慨叹凌歊台上刘裕的三千歌舞，如今安在；项羽的八千子弟，亦已烟消云散，只有李白在青山的坟墓依然如故。表现了帝王每以荒淫亡国，而诗人遗泽长存的思想。

中吕·朝天子（二十首选二）

其一

沛公，大风，也得文章用[1]。却教猛士叹良弓，多了游云梦[2]。驾驭英雄，能擒能纵，无人出彀中[3]。后宫，外宗，险把炎刘并[4]。

〔1〕“沛公”三句：刘邦起事反秦时，被众人立为沛公。后来他建立汉朝，于汉十二年（公元前195年）十月还乡（参阅睢景臣〔哨遍〕《高祖还乡》说明），在沛宫置酒作乐，酒酣作歌曰：“大风起兮云飞扬，威加海内兮归故乡，安得猛士兮守四方！”后人因名曰《大风歌》。得文章用，指其有文采的一面。

〔2〕“却教猛士叹良弓”二句：汉高祖六年（公元前201年），有人告韩信谋反，刘邦用陈平之计，伪游云梦（今湖北东南部），想袭击韩信，信自度无罪，往见刘邦，为武士所缚，信曰：“果若人言：‘狡兔死，良狗烹；高鸟尽，良弓藏；敌国破，谋臣亡。’天下已定，我固当烹。”

〔3〕彀：本指箭射出去所能达到的有效范围，后用以指牢笼、圈套。

〔4〕“后宫”三句：汉高祖死后，吕后擅权称制，大封诸吕，杀害刘氏诸王。后宫，指吕后。外宗，指吕产、吕禄等人。炎刘，古代迷信五行之说，刘氏自称以火德兴起，故称炎刘。“并”字失韵，似应作“送”。

作者咏史的小令共二十首，分咏刘邦、姜尚、伍员等二十位古人，颇多翻案文章和独到之论，表现了作者的批判精神。

这是原作的第一首，批判汉高祖刘邦玩弄权术诛杀功臣；讽刺他因信任吕后，几乎断送了江山。

其二

董卓[1]，巨饕[2]，为恶天须报。一脐然出万民膏，谁把逃亡照？谋位藏金，贪心无道，谁知没下梢[3]。好教，火烧，难买棺材料。

〔1〕董卓：东汉临洮人。灵帝死，他带兵进京诛宦官，后又杀少帝及何太后，立献帝，进位为相国。他性情残暴，经常残杀大臣和老百姓，袁绍起兵反对他，他挟献帝迁都长安，自为太师，筑郿坞，收藏了无数金银珠宝，并想篡位自立。后来王允使吕布杀死他，把尸体拿到街上示众。因为他很肥大，守尸人晚上在他肚脐中点灯，光明达旦。

〔2〕饕（tāo 涛）：古代传说的一种恶兽，喻恶人。

〔3〕没下梢：没有好下场。

这是原作的第十二首，对董卓因"为恶"多端而遭到可耻的下场表示快意，是对贪财、残暴官僚的严厉批判。

双调·楚天遥过清江引（三首选一）

〔楚天遥〕花开人正欢，花落春如醉。春醉有时醒，人老欢难会[1]。一江春水流，万点杨花坠。谁道是杨花，点点离人泪[2]。　〔清江引〕回首有情风万里,渺渺天无际。愁共海潮来,潮去愁难退。更那堪晚来风又急。

〔1〕难会:难以碰到。

〔2〕“谁道是杨花”二句:苏轼《水龙吟·杨花词》:“细看来不是杨花,点点是离人泪。”

这首曲从春归引起盛年不再、离愁无尽的情绪,艺术上既融化前人诗句,又吸收民歌手法,写来回环往复,酣畅淋漓。

张可久

张可久（1280？—1348以后），字小山，庆元（今浙江鄞县）人。仕途不得志，只做过路吏、典史、幕僚、监税等小官。平生踪迹，曾到过江、浙、皖、闽、湘、赣的很多地方，但以在杭州西湖住得最久，放浪于山水间。他专致力于散曲，不写杂剧。有《小山乐府》六卷，存小令八百多首，套数九套，是作品传世数量最多的元散曲作家。作品内容多歌唱山水风景，抒写放逸情怀，风格清新秀丽，善于熔铸诗词作法入曲，讲究词藻、格律、韵味，为一些从诗词转向散曲的作者开了一条路，因此很受文人欢迎，对后世影响很大。

小令

黄钟·人月圆〔1〕

山中书事

兴亡千古繁华梦，诗眼倦天涯。孔林乔木，吴宫蔓草，楚庙寒鸦〔2〕。　　数间茅舍，藏书万卷，投老村家〔3〕。山中何事？松花酿酒，春水煎茶。

〔1〕人月圆:〔黄钟〕宫曲调。句式:上片七五、四四四,下片四四四、四四四,共十一句四韵(第二、五、八、十一句押韵),与词调全同。但曲调用韵往往较密,三组四字句文多作鼎足对,还是有它的特点。

〔2〕"孔林乔木"三句:指昔日繁华,如今都尽,空剩下草木寒鸦。孔林,在山东曲阜孔子墓地,林广十馀里。吴宫,指三国时吴在建业(今南京)建的宫殿。李白《登金陵凤凰台》诗:"吴宫花草埋幽径。"楚庙,指战国时楚国的宗庙。

〔3〕投老村家:将老年生活投放于乡村。

这是作者晚年山居之作。内容说走遍天涯,觉得千古兴亡,都不过繁华一梦;不如隐居山中,过清闲自在生活。但除头两句外,全用形象说话;构图疏淡,用笔清雅,颇见艺术功力。

双调·折桂令

酸斋学士席上

岸风吹裂江云,迸一缕斜阳,照我离樽。倚徙西楼,留连北海,断送东君〔1〕。传酒令金杯玉笋〔2〕,傲诗坛羽扇纶巾〔3〕。惊起波神,唤醒梅魂。翠袖佳人,白雪阳春〔4〕。

〔1〕"倚徙西楼"三句:意说在酸斋处快乐地过了一天。倚徙、留连,均徘徊留恋不舍得离去之意。北海,指东汉孔融,见马致远〔双调·夜行船〕

《秋思》注〔22〕,这里借指酸斋。东君,古代日神,指白日。

〔2〕传酒令金杯玉笋:是说美人捧金杯传酒令。酒令,宴会时劝饮助兴的一种游戏。玉笋,喻美人手指。

〔3〕羽扇纶巾:指摇羽扇、裹青丝头巾的人,即书生。

〔4〕“翠袖佳人”二句:指佳人唱曲。白雪、阳春,均古代歌曲名。

这首曲写在贯云石(酸斋)的饯行席上喝酒、行令、吟诗、听曲的情况。它成功地运用词家精警的句法,给自然景物涂上强烈的感情色彩。如开头三句,不是平铺直叙地写岸风如何凄紧,江云如何黯淡,斜阳如何明灭,而是让它们环绕着离樽,一步逼紧一步地活动起来。这就融情入景,不言惜别而惜别之情自见。苏轼不喜柳永词,独欣赏他的“渐霜风凄紧,关河冷落,残照当楼”,以为不减唐人。对照柳词,可见乔、张一派散曲作家是如何运用词家手法入曲的。

中吕·红绣鞋

天台瀑布寺〔1〕

绝顶峰攒雪剑〔2〕,悬崖水挂冰帘。倚树哀猿弄云尖〔3〕。血华啼杜宇〔4〕,阴洞吼飞廉〔5〕。比人心山未险。

〔1〕天台:山名,在浙江天台县北。瀑布寺:在天台山上。

〔2〕攒:积聚。雪剑:指山峰积雪洁白而尖锐似剑。

〔3〕弄:本指奏曲,这里指猿啼。

〔4〕血华啼杜宇：指杜鹃凄厉的啼声。相传杜鹃啼时嘴上有血。

〔5〕飞廉：传说中的风神，指风。

这首曲写天台山瀑布的高险，善于形容描状。末句发挥联想，针砭世情。笔法刚健、瘦硬，在小山散曲中别具一格。

越调·天净沙

江上

嗈嗈落雁平沙〔1〕，依依孤鹜残霞〔2〕，隔水疏帘几家。小舟如画，渔歌唱入芦花。

〔1〕嗈（yōng 拥）嗈：雁叫声。

〔2〕依依孤鹜残霞：见卢挚〔沉醉东风〕《秋景》注〔2〕。

这首曲写江上傍晚景色如画。渔歌的渐隐，带来了余音袅袅的诗意。

双调·庆东原

次马致远先辈韵(九首选一)

诗情放,剑气豪,英雄不把穷通较。江中斩蛟,云间射雕,席上挥毫。他得志笑闲人,他失脚闲人笑。

原作共九首,都以“他得志笑闲人,他失脚闲人笑”结尾,表现了勘破世情的态度,格调确近马致远。这是第五首,表现英雄不计较穷通得失、要过一种豪放生活的思想,是九首中表现得比较积极的。

双调·落梅风

江上寄越中诸友

江村路,水墨图,不知名野花无数。离愁满怀难寄书,付残潮落红流去。

写野景、离愁,自然亲切。

中吕·卖花声[1]

怀古(二首选一)

美人自刎乌江岸[2],战火曾烧赤壁山[3],将军空老玉门关[4]。伤心秦汉,生民涂炭[5],读书人一声长叹。

〔1〕卖花声:又名〔升平乐〕、〔秋云冷〕,〔中吕〕宫曲调。句式:七七七、四四七,共六句六韵。首三句多作鼎足对,也有只对首二句的,词调《浪淘沙》也叫《卖花声》,但句式互异。

〔2〕美人自刎乌江岸:美人,指虞姬。项羽被困垓下,作歌别姬,在乌江渡自刎,姬亦自刎而死。

〔3〕战火曾烧赤壁山:指三国时的赤壁之战。

〔4〕将军空老玉门关:汉班超尝通西域(今新疆一带),封定远侯,在西域三十一年,年老上书请还,有“但愿生入玉门关”之语。玉门关,在甘肃敦煌县西,古代通西域要道。

〔5〕涂炭:指陷入困境,如坠泥涂炭火中。

这首曲慨叹秦汉时代统治阶级之间的战争,和国内不同民族之间的战争,给老百姓带来深重的痛苦。这样带有同情人民思想的作品,在《小山乐府》中是比较难得的。

南吕·骂玉郎过感皇恩采茶歌

杨驹儿墓园

〔骂玉郎〕莓苔生满苍云径,人去小红亭。题情犹是酸斋赠。我把那诗韵赓[1],书画评,阑干凭。 〔感皇恩〕茶灶尘凝,墨水冰生。掩幽扃[2],悬瘦影,伴孤灯。琴已亡伯牙[3],酒不到刘伶[4]。策短藤[5],乘暮景,放吟情。〔采茶歌〕写新声,寄春莺。明年来此赏清明,窗掩梨花庭院静,小楼风雨共谁听!

〔1〕赓:续。

〔2〕扃(jiōng 坰):门扇。

〔3〕琴已亡伯牙:指自己痛失知己。伯牙,春秋时著名音乐家,每次弹琴,他的好友钟子期都能听出乐曲主题所在;后钟子期死,伯牙痛失知音,终身不复弹琴。

〔4〕酒不到刘伶:李贺《将进酒》诗:"酒不到刘伶坟上土。"意说人死了就不能再喝酒。刘伶,晋人,平生嗜酒。

〔5〕短藤:指藤杖。

杨驹儿是作者眷恋过的一位名妓,在她死后的第一个清明日,作者来到她的墓园、居室,凭吊徘徊,看到的一切都使他睹物思人,不胜惆怅伤感,因此写下了这首调子凄咽而真挚动人的名篇。

中吕·普天乐

道情

北邙烟〔1〕，西州泪〔2〕。先朝故家，破冢残碑。樽前有限杯，门外无常鬼〔3〕。未冷鸳帏合欢被，画楼前玉碎花飞〔4〕。悔之晚矣，蒲团纸被，归去来兮〔5〕！

〔1〕北邙：山名，在河南洛阳县北，为东汉王侯公卿葬地。这里借指杭州南宋陵墓。

〔2〕西州泪：西州，故址在今江苏南京市西。《晋书·谢安传》载：羊昙为谢安所爱重，谢安病时曾坐车进西州门，他死后，羊昙走路从不经过那里，以免触动哀思。一次大醉，不觉走到了水西门，发觉后恸哭而返。

〔3〕“樽前有限杯”二句：指欢饮时间有限，死亡很快就要到来。

〔4〕“未冷鸳帏合欢被”二句：指鸳梦不长，美人很快就要玉碎香消。

〔5〕“蒲团纸被”二句：指归依宗教，过蒲团纸被的简朴生活。

“道情”原指道士乐歌，散曲中用作标题，则指寓有劝诫之意的一种体裁，往往带有厌世的宗教色彩。这首曲从凭吊南宋陵墓而悲叹帝王后妃的转眼身亡，劝人及早归依宗教，思想不免消极；但也反映了元代文人在民族压迫下的故国之思。

中吕·山坡羊

闺思

云松螺髻[1],香温鸳被。掩春闺一觉伤春睡。柳花飞,小琼姬[2],一声"雪下呈祥瑞"[3],团圆梦儿生唤起[4]。谁,不做美?呸,却是你!

〔1〕云松螺髻:指头发松乱。云,形容妇女头发浓密卷曲如云。螺髻,螺旋形的发髻。

〔2〕小琼姬:美丽的小丫鬟。

〔3〕雪下呈祥瑞:古人认为冬天下雪,为来年丰收的吉祥之兆。

〔4〕生唤起:硬被叫醒。

这首曲以嗔怪小丫头欢呼下雪,唤醒"团圆梦儿",来表现女主人公对离人的思念,构思十分巧妙。语言简洁生动,刻画人物声口,尤为传神。

中吕·普天乐

西湖即事

蕊珠宫,蓬莱洞[1]。青松影里,红藕香中。千机云锦重,一片银河冻[2]。缥缈佳人双飞凤,紫箫寒月满长空[3]。阑干晚风。菱歌上下[4],渔火西东。

〔1〕“蕊珠宫”二句:以仙境形容西湖的美丽。蕊珠宫,道教传说中的天上宫殿。蓬莱,传说中的海上仙山。

〔2〕“千机云锦重”二句:形容彩霞映在湖面上,像织女机上织出的千重云锦,映在一片清寒的银河上。

〔3〕“缥缈佳人双飞凤”二句:写湖上箫声引起诗人的幻想,以为是双骑飞凤的仙女在月满长空中吹奏。

〔4〕菱歌:采菱人所唱的歌。

这首曲以幻想中的神仙境界写西湖月夜的清寒、瑰丽,表现浓厚的浪漫主义色彩。一结又回到现实,极凄清寂寥之致,用笔舒卷自如。

双调·水仙子

怀古

秋风远塞皂雕旗[1],明月高台金凤杯[2]。红妆肯为苍生计,女妖娆能有几?两蛾眉千古光辉[3]:汉和番昭君去,越吞吴西子归。战马空肥!

〔1〕秋风远塞皂雕旗:指昭君远嫁匈奴,使匈奴与汉朝保持和好关系。皂雕旗,古代匈奴人旗帜,色黑,上绘雕鸟图案。

〔2〕明月高台金凤杯:春秋时越王勾践为吴王夫差所败,献美女西施求和,夫差很宠爱西施,常和她在姑苏台喝酒作乐,终于为越所灭,西施也回到越国。高台,指姑苏台,故址在今江苏苏州。

〔3〕"红妆肯为苍生计"三句:赞美昭君、西施二人能为国家、人民着想,千古犹有光辉。红妆、女妖娆、蛾眉,均指年轻妇女。

这首曲歌颂昭君、西施为国家人民利益而牺牲个人幸福,是"千古光辉"的"蛾眉",这种妇女观还是进步的。末句陡转,责备亡国之臣,是点睛之笔。

越调·凭阑人

江夜

江水澄澄江月明[1],江上何人搊玉筝[2]?隔江和泪听,满江长叹声[3]。

〔1〕澄澄:清澈貌。

〔2〕搊:以手弹奏。

〔3〕满江长叹声:写筝声的感人。

这首曲写月夜江上筝声,空灵含蓄,意境似唐人绝句。

正宫·醉太平[1]

刺世

人皆嫌命窘[2],谁不见钱亲?水晶环入面糊盆,才沾粘便滚[3]。文章糊了盛钱囤[4],门庭改做迷魂阵[5],清廉贬入睡馄饨[6]。胡芦提倒稳[7]。

〔1〕醉太平:〔正宫〕曲调。句式:四四七四、七七七四,共八句八韵。首二句可对,七言三句可作鼎足对。

〔2〕命窘:命运不好,穷困。

〔3〕“水晶环入面糊盆”二句:比喻清白的人一旦和面糊一样的金钱打交道,就被沾粘上,变污浊了。

〔4〕文章糊了盛钱囤:指读书人把文章作为升官发财的手段。囤,用竹篾或席箔围成的盛粮食财物的器物。

〔5〕门庭改做迷魂阵:指贪财的人一旦做了官,门庭便变成了坑害人的迷魂阵。

〔6〕清廉贬入睡馄饨:清廉的人被贬斥为糊涂懵懂。馄饨,同“混沌”,懵懂愚昧的样子。

〔7〕胡芦提倒稳:糊涂倒反安稳。胡芦提,胡涂。

这首曲讽刺世人见钱眼开,读书作文为了升官发财,做了官更加贪污敛财;清浊倒置,贤愚莫辨。通篇全用俗语写成,一反作者平日典雅清丽的作风。

双调·落梅风

书所见

柳叶微风闹,荷花落日酣。拂晴空远山云淡。红妆女儿十二三,采莲归小舟轻缆。

这首曲写傍晚明丽的景物中，一位小姑娘采莲归来，仿佛一幅清丽的彩墨画。

越调·小桃红

淮安道中〔1〕

一篙新水绿于蓝，柳岸渔灯暗。桥畔寻诗驻时暂。散晴岚，依微半幅云烟淡〔2〕。杨花乱糁〔3〕，扁舟初缆，风景似江南。

〔1〕淮安：今江苏淮安。

〔2〕依微：依稀微茫，隐隐约约。

〔3〕糁（sǎn伞）：米粒。这里指像米粒一样散落。

这首曲写从水路到淮安所看到的暮春风光；明丽似画。

仙吕·一半儿〔1〕

秋日宫词

花边娇月静妆楼，叶底苍波冷翠沟，池上好风闲御舟。可怜秋,一半儿芙蓉一半儿柳。

〔1〕一半儿:〔仙吕〕宫常用曲调。句式:七七七、三九,共五句五韵。首二句宜对,或并第三句作鼎足对。有人以结句两“儿”字为衬字,去掉则与词调《忆王孙》句式全同;殊不知这两“儿”字是不能去掉的,且句中“一半儿”必须两用,这是本调的定格,也是调名的由来,它使曲调显出通俗风趣的韵味,与词调大异其趣。结句多用上声字煞尾,亦与词调的一律平收不同。

写秋日宫中妆楼闲静、翠沟冷落的景象,衬托出宫人的寂寞。白居易诗云:“芙蓉如面柳如眉。”可见“一半儿芙蓉一半儿柳”,实在是借景喻人。

套 数

南吕·一枝花

湖上晚归

〔一枝花〕长天落彩霞,远水涵秋镜[1]。花如人面红,山似佛头青[2],生色围屏[3]。翠冷松云径,嫣然眉黛横[4]。但携将旖旎浓香[5],何必赋横斜疏影[6]。
〔梁州〕挽玉手留连锦英[7],据胡床指点银瓶[8]。素娥不嫁伤孤另[9]。想当年小小[10],问何处卿卿[11]?东坡才调,西子娉婷，总相宜千古留名[12]。吾二人此地私行，六一泉亭上诗成[13]。三五夜花前月明[14]，十四弦指下风生[15]。可憎[16]，有情，捧红牙合和伊州令[17]。万籁寂，四山静，幽咽泉流水下声[18]，鹤怨猿惊。

〔尾〕岩阿禅窟鸣金磬[19]，波底龙宫漾水晶[20]。夜气清，酒力醒；宝篆销[21]，玉漏鸣[22]。笑归来仿佛二更，煞强似踏雪寻梅灞桥冷[23]。

〔1〕远水涵秋镜：是说宽阔的湖面像明亮的镜子一样。

〔2〕佛头青：深青色。林逋《西湖》诗："晚山浓似佛头青。"

〔3〕生色围屏：指湖光山色像设色的画屏一样美丽。

〔4〕"翠冷松云径"二句：指在松林中走，看到远山前横。嫣然，美好的样子。眉黛，用青黑色画的眉，这里指山。

〔5〕旖旎浓香：指美人。旖旎，娇柔貌。

〔6〕横斜疏影：指梅花。林逋《梅花》诗："疏影横斜水清浅，暗香浮动月黄昏。"

〔7〕锦英：指花丛。

〔8〕胡床：即交椅，或称交床，一种可以折叠的轻便绳床。指点银瓶：意为索酒喝。杜甫《少年行》："指点银瓶索酒尝。"

〔9〕索娥：即嫦娥，传说她偷吃了西王母给后羿的不死之药，奔往月宫，成为月中仙子。

〔10〕小小：即苏小小，南齐钱塘名妓。

〔11〕卿卿：古代说话时称对方为"卿"，后多以"卿卿"称所爱的女子。

〔12〕"东坡才调"三句：苏轼《饮湖上初晴后雨》诗："欲把西湖比西

子,淡妆浓抹总相宜。”这里化用苏轼诗意,认为美人才子,合当千古留名。娉婷,指女子姿态优美。

〔13〕六一泉:在孤山南,是苏轼为纪念自号六一居士的欧阳修而命名的。

〔14〕三五夜:即阴历十五的晚上。

〔15〕十四弦:古代弦乐器。宋孟珙《蒙鞑备录》:“国王出师,亦以女乐随行,率十七八美女,极慧黠,多以十四弦等弹大官乐,拍子为节,甚低,其舞甚异。”

〔16〕可憎:爱极之词,即“可爱”。

〔17〕红牙:红色的拍板。伊州令:乐曲名。

〔18〕幽咽泉流水下声:形容乐声像水流幽咽。白居易《琵琶行》:“幽咽泉流水下滩。”

〔19〕岩阿:山岩曲处。禅窟:指佛寺。

〔20〕波底龙宫漾水晶:这句用龙宫在水中荡漾,形容湖上建筑的倒影。

〔21〕宝篆:结成篆字形状的薰香。

〔22〕玉漏:古代以铜壶滴水作计时器,称漏;水不断从一个铜壶滴到下一个铜壶,发出声响,故说“玉漏鸣”。

〔23〕踏雪寻梅灞桥冷:传说唐诗人孟浩然爱雪,曾说诗思在灞桥风雪中的驴子背上,所以雪天骑驴到灞桥欣赏梅花。

这套曲是张可久的名作,内容写携美人游西湖,从黄昏到深夜,两人在一起观花、赏月、饮酒、赋诗、弹琴、唱曲,直到二更才回来,是封建文人风流生活的写照。但曲子写景清幽恬静,与人物潇洒风流的活动和谐地结合在一起,构成一幅旖旎清丽的图画。作者既融化前人诗句,又自设新喻,自铸新词,音韵悠扬,俊语如珠,显出了过人的艺术功力。明人李开先推为“古今绝唱”,沈德符也把它和马致远的〔双调·夜行船〕《秋思》套并称为“一时绝唱”，可见前人对它的推重。

乔　吉

乔吉(1280—1345),字梦符,号笙鹤翁,又号惺惺道人,山西太原人,流寓杭州。他美容仪,善辞章,博学多能,尤以乐府(即杂剧、散曲)见称。曾提出作乐府的"凤头、猪肚、豹尾"六字诀,就是"起要美丽,中要浩荡,结要响亮",被后人奉为圭臬。但是他"平生湖海少知音",流落江湖四十年,欲刊所作,竟无法成事。至正五年(1345)二月,病卒于家。著有杂剧十一种,今存《两世姻缘》等三种。散曲尤为著名,元明间辑有《惺惺道人乐府》、《文湖州集词》、《乔梦符小令》三种。《全元散曲》收小令二〇九首,套数十一套,是仅次于张可久的多产作家。

乔吉一生潦倒,流落江湖,寄情诗酒,自称"江湖醉仙"或"江湖状元",故散曲多啸傲山水、闲适颓放和青楼调笑之作,偶然也有些不满现实的作品。他的风格以清丽见长,注意词藻和格律的锤炼,少用衬字,表现了典雅化的倾向,但还有少数质朴、奇特之作。他和张可久同是后期散曲的重要作家,明代朱权、李开先,清代厉鹗、刘熙载等人都给他很高的评价。

小 令

正宫·六幺遍[1]

自述

不占龙头选[2],不入名贤传。时时酒圣,处处诗禅[3]。烟霞状元,江湖醉仙[4],笑谈便是编修院[5]。留连,批风抹月四十年[6]。

〔1〕六幺遍:一名〔绿幺遍〕、〔柳梢青〕,〔正宫〕曲调。此调少见,《全元散曲》只收有乔吉的这一首。句式:五五、四四、四四七、二七,共九句八韵,《太和正音谱》所录无名氏散套,与此大异。

〔2〕龙头选:指中状元。

〔3〕"时时酒圣"二句:意说随时随地都以诗酒为乐。酒圣,酒中之圣;诗禅,诗中之佛;是深于诗酒、精于诗酒之意。

〔4〕"烟霞状元"二句:说自己是山水间的状元,江湖中的醉仙。

〔5〕笑谈便是编修院:笑谈古今,就像编修院的官员一样。编修,负责编写国史的官员。

〔6〕批风抹月四十年:指四十年来过的都是吟风弄月的生活。批,切削;抹,涂擦。

这是作者自述生活、志趣的作品,从中可见他一生四十多年都潦倒不得志,过着流连诗酒、风月的生活。辛酸之情,以旷达出之。

中吕·满庭芳

渔父词(二十首选二)

其一

秋江暮景,胭脂林障[1],翡翠山屏[2]。几年罢却青云兴[3],直泛沧溟[4]。卧御榻弯的腿疼[5],坐羊皮惯得身轻。风初定,丝纶慢整[6],牵动一潭星。

〔1〕胭脂林障:枫林经霜后叶子变红,色如胭脂。

〔2〕翡翠山屏:青绿的山,像一面翡翠屏风。

〔3〕青云兴:做官的兴头。

〔4〕沧溟:指海。

〔5〕卧御榻弯的腿疼:汉·严光隐居富春山,经常披着羊裘在江边钓鱼,光武使人找他来,与他同睡一床。后来严光还是回去隐居了。御榻,皇帝睡的床。

〔6〕丝纶:钓鱼用的丝线。

乔吉的〔渔父词〕共有二十首,都是借写渔父生活表现对功名富贵的否定的,并不是真正的写实,因此带有浓厚的理想色彩,实际上是逃避现实、不愿与统治者合作的封建文人生活和心情的写照。

这是原曲的第十六首，开头把“秋江暮景”——渔父生活的环境写得很美，然后用严光“卧御榻”的“弯的腿疼”同他“坐羊皮”垂钓的轻身自在作对比，更显出渔父生活的适意。

其二

携鱼换酒，鱼鲜可口，酒热扶头〔1〕。盘中不是鲸鲵肉〔2〕，鲟鲊初熟。太湖水光摇酒瓯〔3〕，洞庭山影落鱼舟。归来后，一竿钓钩，不挂古今愁。

〔1〕酒热扶头：酒热使人易醉。扶头，指醉后状态。李清照词：“险韵诗成，扶头酒醒，别是闲滋味。”

〔2〕盘中不是鲸鲵肉：意说没有为朝廷作帮凶。鲸鲵，生活在水中的大型哺乳动物，雄的叫鲸，雌的叫鲵；封建文人习惯用来比叛逆人物。

〔3〕酒瓯：酒杯。

这是原曲的第十七首，写一面喝酒吃鱼，一面欣赏湖光山色；傍晚无忧无虑地归来。“盘中”句透露了对统治阶级的不满。

中吕·山坡羊

冬日写怀

朝三暮四，昨非今是〔1〕。痴儿不解荣枯事〔2〕。攒家私〔3〕，宠花枝[4],黄金壮起荒淫志,千百锭买张招状纸[5]。身,已至此;心,犹未死!

〔1〕“朝三暮四”二句:意说世事反复无常。

〔2〕痴儿不解荣枯事:宋·黄庭坚《登快阁》诗:“痴儿了却公家事”,用《晋书·傅咸传》“生子痴,了官事”语意。这里“痴儿”也指做官的人。不解荣枯事,意指他们不懂得荣华之后跟着来的是枯槁。

〔3〕儹:同攒,积聚。

〔4〕花枝:指美妾。

〔5〕锭:古代计算金银的单位,每锭重五两或十两。招状纸:犯人供认罪状的纸。

这是对官场人物的当头棒喝。指出他们贪财好色,荒淫无耻,必将落得个身败名裂的下场。

越调·凭阑人

金陵道中

瘦马驮诗天一涯,倦鸟呼愁村数家。扑头飞柳花,与人添鬓华[1]。

〔1〕鬓华:两鬓的白发。

写暮春时节在前往金陵路上的天涯倦旅之感。把景物拟人化的结果,使作品显得纸短而情长。

双调·折桂令

荆溪即事[1]

问荆溪溪上人家:“为甚人家,不种梅花?”老树支门,荒蒲绕岸,苦竹圈笆。庙不灵狐狸漾瓦[2],官无事乌鼠当衙[3]。白水黄沙,倚遍阑干,数尽啼鸦。

〔1〕荆溪:水名,在江苏宜兴县南,流入太湖。

〔2〕漾瓦:摔瓦。

〔3〕乌鼠:指吏役辈。

这首曲不但写荆溪两岸的荒寒,还讽刺了吏治的黑暗。正像狐狸漾瓦,由于庙神的不灵;吏役当权,也由于长官的不管事。这就把溪上人家的穷困跟地方政治的腐朽联系起来看。在元人散曲里,这样讽刺地方官吏的作品是很少的。

双调·水仙子

吴江垂虹桥[1]

飞来千丈玉蜈蚣，横驾三天白螮蝀[2]，凿开万窍黄云洞[3]。看星低落镜中[4]，月华明秋影玲珑。赑屃金环重[5]，狻猊石柱雄[6]。铁锁囚龙[7]。

〔1〕垂虹桥:在江苏吴江县,有七十二涵洞,上有垂虹亭。

〔2〕三天:道教的玉清、上清、太清三境,亦称三天。此指天空。螮蝀(dì dōng 帝冬):虹。

〔3〕凿开万窍黄云洞:形容桥洞之多。窍,孔。以上三句形容桥的雄姿。

〔4〕看星低落镜中:指星星在水中的倒影。

〔5〕赑屃(bì xì 必细):大龟,这里指龟形石座。

〔6〕狻猊(suān ní 酸尼):狮子,这里指石柱上的雕刻。

〔7〕铁锁囚龙:形容桥跨吴江。

写垂虹桥景色雄伟壮丽。描写具体,比喻生动,与《重观瀑布》等篇,是曲中写景的雄奇之作。《太和正音谱》所谓"乔梦符之词,如神鳌鼓浪",李开先说他的作品"种种出奇,而不失之怪",从这些曲里可见一斑。

前　调

寻梅

冬前冬后几村庄，溪北溪南两履霜，树头树底孤山上[1]。冷风来何处香？忽相逢缟袂绡裳[2]。酒醒寒惊梦，笛凄春断肠[3]。淡月昏黄。

〔1〕孤山：在杭州西湖，多梅。

〔2〕缟（gǎo 稿）袂：白绢做的衣袖。绡裳：薄绸做的衣裳。这是以淡妆素衣的美人形容梅花。

〔3〕笛凄春断肠：指笛声引起惆怅。古笛曲有《梅花落》，故云。

这首曲分三层写寻梅：先写寻梅的艰难；接写意外的发现；最后写别后的怀念。“忽相逢缟袂绡裳”，就把梅花人格化了。

前　调

怨风情

眼中花怎得接连枝[1]？眉上锁新教配钥匙[2]，描笔儿勾销了伤春事〔3〕。闷葫芦铰断线儿〔4〕,锦鸳鸯别对了个雄雌〔5〕。野蜂儿难寻觅〔6〕,蝎虎儿乾害死〔7〕,蚕蛹儿毕罢了相思〔8〕。

〔1〕结连枝:结成连理枝,表示姻缘成就。

〔2〕眉上锁新教配钥匙:意说双眉紧锁,要配钥匙打开。

〔3〕描笔儿:画笔。

〔4〕闷葫芦铰断线儿:意说不明白对方为什么中断了和自己的关系。闷葫芦,哑谜。铰断,剪断。

〔5〕锦鸳鸯别对了个雄雌:指对方别有所爱。

〔6〕野蜂儿难寻觅:指对方踪迹难寻。古代常用蜜蜂采花来比喻男子追求女子,故云。

〔7〕蝎虎儿乾害死:意说白为这样的对方守贞。蝎虎儿,即壁虎,又名守宫。古人认为把丹砂喂养的守宫捣碎,名为"守宫砂",点在妇女身上,可防淫逸。乾害死,白白的害死。

〔8〕蚕蛹儿毕罢了相思:意说从此对爱情绝望。蚕能吐丝,"丝"与"思"谐音,常代指男女相思。

这是妇女爱情失意的怨词。通篇使用比兴手法,写自己的困惑、伤心、失望。句法恢奇多变,或正或反或侧,多方面表现怨情。又多用衬字,具有"俚曲"的特点。

前　调

重观瀑布

天机织罢月梭闲，石壁高垂雪练寒[1]，冰丝带雨悬霄汉[2]，几千年晒未干。露华凉人怯衣单[3]。似白虹饮涧，玉龙下山，晴雪飞滩。

〔1〕“天机织罢月梭闲”二句：描写瀑布像天上织女织出的白绢，挂在石壁上。月梭，指新月像织布的梭子。雪练，雪白的绢。

〔2〕霄汉：天空。

〔3〕露华：露水。

作者有〔水仙子〕《乐清白鹤寺瀑布》，这首是再度观瀑时所作。瀑布在浙江乐清县，疑即雁荡山之大龙湫或小龙湫。作品用奇丽的语言，巧妙的比喻，夸张的手法，描写了瀑布的壮观。

前　调

咏雪

冷无香柳絮扑将来，冻成片梨花拂不开。大灰泥漫了三千界[1]，银稜了东大海[2]。探梅的心噤难捱[3]。面瓮儿里袁安舍[4]，盐堆儿里党尉宅[5]，粉缸儿里舞榭歌台。

〔1〕漫：弥漫，铺满。三千界：即佛家语“三千大千世界”，指整个世界。

〔2〕稜：镶，镀。

〔3〕心噤：指因寒冷而从心里打哆嗦。

〔4〕面瓮儿里袁安舍：袁安住宅像埋在面瓮里。袁安，东汉人，住在洛阳，有一次碰到大雪，他僵卧家中不起来。

〔5〕盐堆儿里党尉宅：党太尉住宅像埋在盐堆里。党尉，指宋太尉党进，他遇到雪天，常在家里饮酒作乐。

这首曲用大笔渲染法，写出了一片白茫茫的雪景，比喻奇特，造语新颖，风格与《怨风情》相近。

套 数

商调·集贤宾

咏柳忆别

〔集贤宾〕恨青青画桥东畔柳,曾祖送少年游[1]。散晴雪杨花清昼,又一场心事悠悠。翠丝长不系雕鞍,碧云寒空掩朱楼。揎罗袖试将纤玉手[2],绾东风摇损轻柔[3]。同心方胜结[4],缨络绣文毬[5]。

〔逍遥乐〕绾不成鸳鸯双扣,空惊散梢头、一双锦鸠。何处忘忧?听枝上数声黄栗留[6],怕不弄春娇巧啭歌喉。惊回好梦,题起离情,唤醒闲愁。

〔醋葫芦〕雨晴珠泪收,烟颦翠黛羞[7],殢风流还自怨风流[8]。病多不奈秋,未秋来早先消瘦,晓风残月在帘钩。

〔浪里来煞〕不要你护雕阑花甃香[9],荫苍苔石径幽。只要你盼行人终日替我凝眸,只要你重温灞陵别后酒[10]。如今时候,只要向绿阴深处缆归舟。

〔1〕祖送:古人出行时祭祀路神叫“祖”,因称送别为祖送。

〔2〕揎:卷起。

〔3〕绾(wǎn 晚):系住。

〔4〕同心方胜:古代妇女首饰,以两块斜方形彩绸折合成心形。

〔5〕缨络绣文毬:妇女头上饰物,用线结成,下面缀以绣着花纹的布毬。

〔6〕黄栗留:即黄鹂。

〔7〕烟颦翠黛羞:形容妇女皱眉。颦,皱眉。翠黛,本指青黑色颜料,古代女子用以画眉,故称眉为翠黛。

〔8〕殢(tì 替):留恋。

〔9〕花甃(zhòu 宙):雕花的井壁。

〔10〕灞陵:在长安东郊,地临灞水,上有灞桥,古人常送客至此,折柳赠别。

我国古代有折柳赠别的风俗,故咏柳往往与伤别有关。这套曲即以一位思妇的口吻,通过恨柳来回忆与爱人的分别,并叙述别后的相思苦况。末曲把柳拟人化,让女主人公对着它款款诉说盼望丈夫归来的心情,真是幽怨凝绝,令人神伤。

钟嗣成

钟嗣成(约1279—约1360),字继先,号丑斋,原籍古汴(今河南开封),长期移居杭州,早年师事名儒邓善之、曹克明、刘声之三先生。曾以明经屡试于有司,不得遇。从吏则有司不能辟,亦不屑就。乃杜门家居,从事著述。他与同时曲家曾瑞、施惠、乔吉、张可久、睢景臣、钱霖、徐再思等均有交往,对曲坛情况很熟悉,因以毕生精力,三易其稿,写成《录鬼簿》一书,记述了元曲家的事迹和作品,有意为"门第卑微,职位不振"的元曲家张目,是研究元曲的重要资料。他又善音律,作有《章台柳》、《钱神论》等杂剧七种,今俱不存。散曲今存小令五十九首,套数一套,风格通俗豪放,往往寓愤懑于嘲讽。

小令

正宫·醉太平(三首选一)

风流贫最好[1],村沙富难交[2]。拾灰泥补砌了旧砖窑[3],开一个教乞儿市学[4]。裹一顶半新不旧乌纱帽,穿一领半长不短黄麻罩[5],系一条半联不断皂环绦[6]:做一个穷风月训导[7]。

〔1〕风流贫最好:意说宁愿风流而贫穷。风流,这里指无拘无束的洒脱生活。

〔2〕村沙富难交:意说不愿和富贵而粗蠢的人结交。村沙,粗俗、愚蠢。

〔3〕砖窑:砖砌的窑洞,穷人住处。

〔4〕教乞儿市学:教穷孩子们读书的村学。

〔5〕黄麻罩:麻制的黄色外衣。

〔6〕皂环绦:黑色的丝腰带。

〔7〕穷风月训导:贫穷而潇洒的教书先生。风月,清风明月,指潇洒脱俗。训导,本是负责州县学政的教官,这里借指教书先生。

这首曲写一个落魄文人的生活,从表面的自得其乐中透露出他们的辛酸和愤慨。

套 数

南吕·一枝花

丑斋自述

〔一枝花〕生居天地间,禀受阴阳气。既为男子身,须入世俗机,所事堪宜,件件可咱家意[1]。子为评跋上惹是非,折莫旧友新知,才见了着人笑起[2]。

〔梁州第七〕子为外貌儿不中抬举,因此内才儿不得便宜[3]。

半生未得文章力,空自胸藏绵绣,口唾珠玑[4]。争奈灰容土貌[5],缺齿重颏[6];更兼着细眼单眉,人中短、髭鬓稀稀[7]。那里取陈平般冠玉精神[8],何晏般风流面皮[9];那里取潘安般俊俏容仪[10]。自知,就里[11],清晨倦把青鸾对[12],恨杀爷娘不争气。有一日黄榜招收丑陋的[13],准拟夺魁[14]。

〔隔尾〕有时节软乌纱抓扎起钻天髻[15],干皂靴出落着簌地衣[16]。向晚乘闲后门立,猛可地笑起,似一个甚的?恰便似现世钟馗吓不杀鬼[17]!

〔牧羊关〕冠不正相知罪[18],貌不扬怨恨谁?那里也尊瞻视貌重招威[19]!枕上寻思,心头怒起。空长三十岁,暗想九千回。恰便似木上节难镑镙[20],胎中疾没药医[21]。

〔贺新郎〕世间能走的不能飞,饶你千件千宜,百伶百俐。闲中解尽其中意,暗地里自恁解释[22]。倦闲游出塞临池:临池鱼恐坠,出塞雁惊飞[23]。入园林俗鸟应回避。生前难入画,死后不留题[24]。

〔隔尾〕写神的要得丹青意[25],子怕你巧笔难传造化机[26]。不打草两般儿可同类:法刀鞘依着格式,装鬼的添上嘴鼻[27]。眼巧何须样子比!

〔哭皇天〕饶你有拿雾艺冲天计,诛龙局段打凤机[28]。近来论世态,世态有高低。有钱的高贵,无钱的低微,那里问风流子弟!折末颜如灌口[29],貌赛神仙,洞宾出世[30],宋玉重生[31]。没答了镘的,梦撒了寮丁,他采你也不见得[32]。枉自论黄数黑,谈说是非[33]!

〔乌夜啼〕一个斩蛟龙秀士为高弟,升堂室今古谁及[34]。一个射金钱武夫为夫婿,韬略无敌,武艺深知[35]。丑和好自有是和非,文和武便是傍州例[36]。有鉴识,无嗔讳[37],自花白寸心不昧[38],若说谎上帝应知。

〔收尾〕[39]常记得半窗夜雨灯初昧[40],一枕秋风梦未回。见一人,请相会;道咱家,必高贵;既通儒,又通吏;既通疏,更精细。一时间,失商议;既成形[41],悔不及。子教你,请俸给[42];子孙多,夫妇宜;货财充,仓廪实;禄福增,寿算齐。我特来,告你知;暂相别,恕情罪。叹息了几声,懊悔了一会。觉来时记得,记得他是谁?原来是不做美当年的捏胎鬼[43]!

〔1〕“须入世俗机”三句:意说要投世俗人的机,就必须事事叫相宜,件件说可意,即不问是非,处处点头叫好。所事,一切事。

〔2〕“子为评跋上惹是非”三句:上文就世俗的投机取巧设想,这三句回到自己。意说只为自己在评论上与世俗不同,因此惹是生非,遭到人们的耻笑。子为,同“只为”。评跋,评论。折莫,尽管、即使。亦作“折末”,“遮莫”。

〔3〕“子为外貌儿不中抬举”二句:意说只因外貌不好看,所以有才能也得不到便宜。不中,不合、不堪。抬举,照顾、提拔。

〔4〕“半生未得文章力”三句:意说枉有才学,却从未中举做官。

〔5〕争奈:怎奈。灰容土貌:形容容貌的丑陋。

〔6〕重颏(kē 科):即俗所谓双下巴,指脸的下部过于宽厚。

〔7〕人中:鼻子与上唇之间稍凹的地方。髭(zī 姿):上唇的胡子。

鬓:近两耳边的头发。

〔8〕陈平般冠玉精神:《汉书·陈平传》说陈平貌美如冠玉。

〔9〕何晏般风流面皮:魏何晏美姿仪,“面至白,魏明帝疑其傅粉。”(见《世说新语·容止》)

〔10〕潘安般俊俏容仪:晋潘岳,字安仁,貌美,每出游,妇女们都向他投掷果子。

〔11〕就里:内中情况。

〔12〕倦把青鸾对:意为懒得照镜。青鸾,镜上的图饰,这里即指镜。

〔13〕黄榜:皇帝的文告,因用黄纸书写,故称黄榜。

〔14〕准拟:一定。夺魁:夺得头名。

〔15〕抓扎:梳扎。钻天髻:梳得很高的髻。

〔16〕乾皂靴:干净的皂靴。出落:显出。簌地衣:拂地的长衣。

〔17〕现世:当世。钟馗(kuí 葵):古代传说中会捉鬼的神,貌极丑。

〔18〕冠不正相知罪:意说冠不正还可怪罪相知的朋友。

〔19〕那里也尊瞻视貌重招威:那里说得上用庄重的仪表赢得别人尊敬。尊瞻视,使仪表尊严。《论语·尧曰》:“君子正其衣冠,尊其瞻视,俨然人望而畏之。”貌重招威,容貌庄重,使人敬畏。《论语·学而》:“君子不重则不威。”

〔20〕镑镤(bàng bào 棒抱):削刨使平。

〔21〕胎中疾:从胎中带来的病。

〔22〕“世间能走的不能飞”五句:这五句以生物的能走不能飞,暗喻才貌不能两全,自我宽解。儹,即使,就算。

〔23〕“临池鱼恐坠”二句:反用西施临池,鱼见之沉没;昭君出塞,雁见之惊飞,形容他的奇丑。

〔24〕“生前难入画”二句:意说因相貌奇丑,生前不好画像,死后也无人题咏。

〔25〕写神的:画像的人。丹青意:绘画的道理。

〔26〕巧笔难传造化机:指难以画好这样丑陋的像。造化机,自然的奥秘。

〔27〕“不打草两般儿可同类”三句:意说画像不用打草稿,只要依着法刀鞘的格式,或在装鬼的假脸上添上嘴鼻就是。法刀,刽子手执法行刑的刀,俗称鬼头刀。装鬼的假面具一般要空出鼻子以下的部分,以便呼吸、言语。鞘(qiào俏),刀剑套。

〔28〕“饶你有拿雾艺冲天计”二句:意说就算你有很大的本事。拿雾艺、冲天计、诛龙局段、打凤机,都指出色的才智。局段,手段。机,计谋。

〔29〕灌口:指灌口二郎神。

〔30〕洞宾:唐代吕岩,字洞宾,传说的八仙之一,状貌清奇。

〔31〕宋玉:战国楚人,屈原的弟子,美容仪。

〔32〕“没答了镘的”三句:意说缺少钱财,人家就不理你。没答,亦作“抹搭”,怠慢、没有之意。镘,钱的背面叫镘,代指钱。梦撒,用光,没有。寮丁,钱。

〔33〕“枉自论黄数黑”二句:意说发尽议论也是枉然。论黄数黑,说长论短。

〔34〕“斩蛟龙秀士为高弟”二句:指面貌丑陋的澹台灭明成为孔子的高弟子。澹台灭明,字子羽,貌丑,一次过延津,有两蛟夹舟,他挥剑把蛟斩死。孔子起初认为他薄材,他退而修行,南游,有弟子三百人,名满诸侯。故孔子说:“以貌取人,失之子羽。”升堂室,即升堂入室,比喻学问上有了高深的造诣。

〔35〕“射金钱武夫为夫婿”三句:五代前蜀王元膺貌丑,“猳喙龅齿,蛇眼黑色,目视不正”,但武艺出众,能射钱中孔。元·杨显之有《丑驸马射金钱》杂剧,题材或指此事,惜已佚。

〔36〕文和武便是傍州例：意说上面所说的一文一武就是个好例子。傍州例，榜样，例子。

〔37〕“有鉴识”二句：有了鉴别和认识，就不会生气和忌讳。

〔38〕花白：讥刺。不昧：不隐藏。

〔39〕〔收尾〕全曲：借捏胎鬼入梦表现自己在才能上的自信和对前途的乐观。从第三句以下可以增句，句格是三字一句，两句一韵。

〔40〕灯初昧：灯刚熄。

〔41〕既成形：指既生成丑形。

〔42〕请俸给：受官府俸禄。

〔43〕不做美：不做好事。迷信说法：人在胎中时，有个鬼把他的相貌、性格、命运都捏好了，这个鬼就叫捏胎鬼。

在古代社会，有些状貌奇丑的人，如墨翟，如左思，都见解超群，才华出众，表现突出的心灵美；反之，有些状貌姣好的人，如邓通，如黄贤，却成为帝王的弄臣，祸国的权奸，心灵丑恶不堪。因此以貌取人，向来为有识者所不取。作者自号丑斋，在这篇散套里，尽情刻画了自己面貌的丑陋，并诉说因貌丑而遭受歧视，表示了对世俗以貌取人的愤慨。作品还进一步说明有才有貌都比不上有钱好，这就更揭露了世态的凉薄。通篇写得诙谐奇谲，妙趣横生，是不可多得的当行之作。本篇原见元刊《太平乐府》，题为“自序丑斋”，现据明散曲选集《雍熙乐府》改。

苏彦文

苏彦文，生平不详，《录鬼簿》说他写过一些"极佳"的散曲，现在仅存套数一套。

套数

越调·斗鹌鹑

冬景

〔斗鹌鹑〕地冷天寒，阴风乱刮。岁久冬深，严霜遍撒。夜永更长，寒侵卧榻。梦不成，愁转加。杳杳冥冥，潇潇洒洒〔1〕。
〔紫花儿序〕早是我衣服破碎〔2〕，铺盖单薄，冻的我手脚酸麻。冷弯做一块，听鼓打三挝〔3〕。天那，几时捱的鸡儿叫更儿尽点儿煞！晓钟打罢，巴到天明〔4〕，划地波查〔5〕。
〔秃厮儿〕这天晴不得一时半霎，寒凛冽走石飞沙。阴云黯淡闭日华，布四野，满长空、天涯。
〔圣药王〕脚又滑，手又麻，乱纷纷瑞雪舞梨花。情绪杂，囊箧乏〔6〕，若老天全不可怜咱，冻钦钦怎行踏〔7〕！

〔紫花儿序〕这雪袁安难卧[8],蒙正回窑[9],买臣还家[10];退之不爱[11],浩然休夸[12]。真佳,江上渔翁罢了钓槎,便休题晚来堪画!休强呵映雪读书[13],且免了这扫雪烹茶[14]。

〔尾声〕最怕的是檐前头倒把冰锥挂[15],喜端午愁逢腊八[16]。巧手匠雪狮儿一千般成,我盼的是泥牛儿四九里打[17]。

〔1〕“杳杳冥冥”二句:形容雪天景色。杳冥,深远幽暗。

〔2〕早是我:意即我早已。

〔3〕挝(zhuā 抓):敲打。这里作量词用,同“下”。

〔4〕巴:盼望。

〔5〕划地:平白地,无故地。波査:受磨折。

〔6〕囊箧乏:指缺乏衣物、钱银。囊箧,盛衣物的布袋、箱子。

〔7〕行踏:走路。

〔8〕袁安难卧:见乔吉〔水仙子〕《咏雪》注〔4〕。

〔9〕蒙正回窑:吕蒙正,北宋初年人,曾三次做宰相。他少时家贫,住在洛阳城南破瓦窑中。

〔10〕买臣还家:朱买臣,西汉人,做过丞相长史等官。他少时家贫,靠卖柴度日。

〔11〕退之不爱:韩愈,字退之,因谏唐宪宗迎佛骨,被贬为潮州刺史,侄孙韩湘来送行,韩愈写了一首诗给他,中有“雪拥蓝关马不前”之句,意说雪挡住了马的去路,故曰“不爱”。

〔12〕浩然休夸:唐诗人孟浩然曾在雪天骑驴到灞陵赏梅花。

〔13〕休强呵映雪读书:晋孙康好学而家贫,没钱买油点灯,冬夜曾

映雪（利用雪的反光）读书。休强，不要勉强。

〔14〕扫雪烹茶：《清异录》：“陶穀买党太尉家姬，遇雪，取雪水烹团茶。”

〔15〕冰锥：锥形的冰，此指檐前冰箸。

〔16〕喜端午愁逢腊八：旧俗以五月初五为端午，十二月初八为腊八，端午当仲夏，气候温暖；腊八则已入隆冬，气候严寒，故说“喜端午愁逢腊八”。

〔17〕我盼的是泥牛儿四九里打：泥牛儿，即土牛或春牛。据《东京梦华录》载：“立春前一日，开封府进春牛入禁中鞭春”，表示春天到来，农事即将开始。四九，古代把冬至以后八十一天分为九九，四九约在立春前几天。全句意为：我盼的是春天到来。

这套曲写雪中寒士的生活，他“衣服破碎，铺盖单薄”，冻得不能入睡，因此这场雪在他眼中就显得可愁可怕。雪景和人物心情都写得很细致。作者使用了“文而不文，俗而不俗”的语言，构成了这套曲豪辣灏烂的风格。

刘时中

刘时中(约1255—约1335),名致,号逋斋,石州宁乡(今山西中阳)人。因曾依姚燧在江西龙兴(今南昌)居住,故又自称“古洪刘时中”。他少时随父在广东,父殁后游宦于湖南、江西、河南等地,曾任湖南宪府吏、永新州判、河南行省掾、翰林待制、浙江行省都事等职。一说元代有两个刘时中,写〔正宫·端正好〕《上高监司》的是另一个潦倒的文人。

小令

中吕·山坡羊

与邸明谷孤山游饮[1]

诗狂悲壮,杯深豪放,恍然醉眼千峰上。意悠扬,气轩昂,天风鹤背三千丈[2],浮生大都空自忙。功,也是谎;名,也是谎。

〔1〕邸明谷:作者友人,曾作万户。

〔2〕天风鹤背三千丈:意说仿佛进入神仙境界。古人以骑鹤表示登仙,三千丈指高空。

这首曲否定功名,主张放情诗酒。笔调豪放,但也流露消极思想。

双调·殿前欢

醉颜酡〔1〕,太翁庄上走如梭。门前几个官人坐,有虎皮驮驮〔2〕。呼王留唤伴哥,无一个,空叫得喉咙破。人踏了瓜果,马践了田禾。

〔1〕醉颜酡:喝醉了脸红。

〔2〕虎皮驮驮:虎皮包,是游牧民族用的。驮驮,形容沉重。

这首曲写官吏的害民,他们带着大批人马到乡下来,把瓜果、田禾踏坏,急得庄上的太公到处找人去制止,把喉咙都喊破了。描状生动,使人仿佛如见。

套 数

正宫·端正好

上高监司[1]

〔端正好〕众生灵遭魔障[2],正值着时岁饥荒。谢恩光拯济皆无恙,编做本词儿唱。

〔滚绣球〕去年时正插秧,天反常,那里取若时雨降？旱魃生四野灾伤[3]！谷不登,麦不长,因此万民失望,一日日物价高涨。十分料钞加三倒[4],一斗粗粮折四量[5]:煞是凄凉。

〔倘秀才〕殷实户欺心不良[6],停塌户瞒天不当[7],吞象心肠歹伎俩[8]:谷中添粃屑[9],米内插粗糠,怎指望他儿孙久长!

〔滚绣球〕甑生尘老弱饥[10],米如珠少壮荒。有金银那里每典当[11]？尽枵腹高卧斜阳[12]。剥榆树餐[13],挑野菜尝,吃黄不老胜如熊掌[14],蕨根粉以代餱粮[15]。鹅肠苦菜连根煮[16],荻笋芦莴带叶咗[17]。则留下杞柳株樟。

〔倘秀才〕或是捶麻柘椆调豆浆[18],或是煮麦麸稀和细糠,他每早合掌擎拳谢上苍。一个个黄如经纸[19],一个个瘦似豺狼,填街卧巷。

〔滚绣球〕偷宰了些阔角牛,盗研了些大叶桑。遭时疫无棺活葬，贱卖了些家业田庄。嫡亲儿共女，等闲参与商[20]，痛分离是何情况？乳哺儿没人要撇入长江。那里取厨中剩饭杯中酒，看了些河里孩儿岸上娘，不由我不哽咽悲伤！

〔倘秀才〕私牙子船湾外港[21]，行过河中宵月朗，则发迹了些无徒米麦行[22]。牙钱加倍解[23]，卖面处两般装[24]。昏钞早先除了四两[25]。

〔滚绣球〕江乡相[26]，有义仓[27]，积年系税户掌[28]。借贷数补搭得十分停当，都侵用过将官府行唐[29]。那近日劝粜到江乡[30]，按户口给月粮，富户都用钱买放[31]，无实惠尽是虚桩[32]。充饥画饼诚堪笑[33]，印信凭由却是谎[34]，快活了些社长知房[35]。

〔伴读书〕磨灭尽诸豪壮[36]，断送了些闲浮浪[37]。抱子携男扶筇杖[38]，尫羸伛偻如虾样[39]，一丝游气沿途创[40]，阁泪汪汪。

〔货郎〕见饿莩成行街上[41]，乞丐拦门斗抢，便财主每也怀金鹄立待其亡[42]。感谢这监司主张，似汲黯开仓[43]。披星带月热中肠，济与粜亲临发放；见孤孀疾病无皈向[44]，差医煮粥分厢巷，更把赃输钱分例米多般儿区处的最优长[45]。众饥民共仰，似枯木逢春，萌芽再长。

〔叨叨令〕有钱的贩米谷置田庄添生放[46]，无钱的少过活分骨肉无承望；有钱的纳宠妾买人口偏兴旺，无钱的受饥馁填沟壑遭灾障。小民好苦也么哥[47]，小民好苦也么哥！便秋收鬻妻卖子家私丧。

〔三煞〕这相公爱民忧国无偏党[48],发政施仁有激昂。恤老怜贫,视民如子,起死回生,扶弱摧强。万万人感恩知德,刻骨铭心,恨不得展草垂缰[49]！覆盆之下,同受太阳光[50]。

〔二〕天生社稷真卿相,才称朝廷作栋梁。这相公主见宏深,秉心仁恕,治政公平,莅事慈祥[51]。可与萧曹比并[52],伊傅齐肩[53],周召班行[54]。紫泥宣诏[55],花衬马蹄忙[56]。

〔一〕愿得早居玉笋朝班上[57],伫看金瓯姓字香[58]。入阙朝京,攀龙附凤[59],和鼎调羹[60],论道兴邦。受用取貂蝉济楚[61],衮绣峥嵘[62],珂珮丁当[63]。普天下万民乐业,都知是前任绣衣郎[64]。

〔尾声〕相门出相前人奖[65],官上加官后代昌。活彼生灵恩不忘,粒我烝民德怎偿[66]！父老儿童细较量,樵叟渔夫曾论讲。共说东湖柳岸旁,那里清幽更舒畅,靠着云卿苏圃场[67],与徐孺子流芳挹清况[68]。盖一座祠堂人供养,立一统碑碣字数行[69],将德政因由都载上,使万万代官民见时节想。

〔1〕监司:监察州郡的官。《元史·百官志》载:“至元十四年,始置江南行御史台……以监临东南诸省,统制各道宪司,而总诸内台,初置大夫、中丞、侍御史、治书侍御史各一员,统淮东、淮西、湖北、浙东、浙西、江东、江西、湖南八道提刑按察司”。高监司,可能指侍御史高昉,他于仁宗延祐二年(1315)任此职。

〔2〕生灵:指百姓。魔障:佛家语,这里指灾难。

〔3〕旱魃(bá 拔):旱神。

〔4〕十分料钞加三倒:意说十足的钞票也被看成烂钞,要加三计算来倒换米粮。钞,元代的钞票。倒,倒换。

〔5〕一斗粗粮折四量:粮商出售粮食,一斗要扣去四升。折,扣除。

〔6〕殷实户:富户。

〔7〕停塌户:囤积粮食的人家。

〔8〕吞象心肠:俗语"人心不足蛇吞象",指贪心。

〔9〕秕(bǐ 笔):不饱满的谷粒。

〔10〕甑(zèng 赠):古代做饭用的瓦器。

〔11〕那里每:向那里去。每,语气词,略同"么"。

〔12〕枵腹:空着肚子。高卧斜阳:一直躺到太阳落山。

〔13〕餐:吃。

〔14〕黄不老:疑即黄檗,又叫黄柏,落叶乔木,果实如黄豆,蒸熟后呈黑色;果实和树皮里层都是药材,可食,但味极苦。

〔15〕蕨根粉:蕨,多年生草本植物,根茎多淀粉,可供食用。糇粮:干粮。

〔16〕鹅肠:野菜的一种,即蘩缕,茎细长,蔓延地上。苦菜:又称荼,嫩苗可食。

〔17〕荻笋芦莴:荻和芦都是生长在水边的野草,笋指嫩芽,莴指嫩茎。哇(zhuāng 庄):吃,吞咽。

〔18〕捶麻柘稠调豆浆:把麻柘捶碎浓浓地搅拌在豆浆里。麻柘(zhè 这),柘树的果实,形似桑葚。

〔19〕黄如经纸:古代抄印佛经的纸都是黄色的,这里用来形容人的面色枯黄。

〔20〕等闲参与商:意说轻易地不复相见,指卖掉儿女。参(shēn 身)、商,指二十八宿中的参宿与心宿,两星出没互不相见。

〔21〕私牙子:未得官方许可的经纪商人。

〔22〕无徒:无赖之徒。

〔23〕牙钱:经纪商应得的佣金。解:送交,给与。

〔24〕两般装:指卖面过秤时作弊。

〔25〕昏钞:破烂的钞票。先除了四两:指扣下四成,即十两银子的纸币只值六两。

〔26〕江乡相:江乡,近江的乡村。相,疑即厢字,那边意。

〔27〕义仓:旧时地方设立以备救荒的粮仓。

〔28〕积年:历年。系:是。税户:纳税的富户。掌:掌管。

〔29〕"借贷数补搭得十分停当"二句:指掌管义仓的人侵用了积谷,却十分妥当地假造了借贷账目,蒙蔽官府。补搭,补救。行唐,搪塞,蒙蔽。

〔30〕劝粜:指官府派员主持平粜(平价卖粮)。

〔31〕买放:买通官吏,不用放粮平粜。

〔32〕无实惠尽是虚桩:指饥民未得实惠。虚桩,虚假的事情。

〔33〕充饥画饼:即画饼充饥,古代成语,比喻虚而不实的事。

〔34〕印信:官府图章。凭由:文书凭据。

〔35〕社长:见睢景臣〔哨遍〕《高祖还乡》注〔1〕。知房:族长。

〔36〕磨灭:消磨泯灭。

〔37〕闲浮浪:没有正业的流浪汉。

〔38〕筇(qióng 穷)杖:竹做的手杖。

〔39〕尪羸(wāng léi 汪雷):身体瘦弱。伛偻(yǔ lǚ 宇吕):驼背。

〔40〕一丝游气沿途创:只剩下一口气还要到处乱跑。创,同闯。

〔41〕饿莩(piǎo 瞟):饿死的人。

〔42〕便:即使。鹄(hú 胡)立:像天鹅般伸长脖子站着。

〔43〕汲黯开仓:汲黯在汉武帝时巡视河内(今河南省黄河以北地区)火灾,他见到那里的人民因水旱无食,就自己做主,开仓赈济饥民。

〔44〕 皈(guī 归)向:归依。

〔45〕 "更把"句:指高监司把各种不同的钱粮分别处理得很好。赃输钱,对贪污、盗窃者的罚款。分例米,饥民按规定每份应得的粮食。

〔46〕 生放:放债。

〔47〕 也么哥:曲中惯用的语尾助词,略同"啊"。

〔48〕 偏党:偏向。

〔49〕 恨不得展草垂缰:意说恨不得来生作犬马来报答高监司。展草,三国时,李信纯蓄一狗,常随之外出。一天,李酒醉卧草地上,草地着火,狗跳到水沟里,沾上水把草地弄湿,李因此得救,但狗却疲极而死(见《搜神记》)。垂缰,十六国时,前秦苻坚为慕容冲所追,鞭马急逃,半途掉在水里,那匹马就跪在水边,垂下缰绳,让他抓住爬上,然后上马逃脱(见《异苑》)。

〔50〕 "覆盆之下"二句:"覆盆不照太阳晖",是元代的一句成语。意思是翻盖着的盆子底下,照不进太阳的光辉,比喻在黑暗的环境下受苦受难。这里翻用其意,歌颂高监司,说他荒年救活百姓,使他们在覆盆之下,共同享受到太阳的光辉。

〔51〕 莅事:临事。

〔52〕 萧曹:萧何、曹参,均汉代名相。

〔53〕 伊傅:伊尹、傅说,均殷代名相。

〔54〕 周召:周公旦、召公奭,均周初名臣。

〔55〕 紫泥宣诏:皇帝的诏书用紫泥封印,故称紫泥宣诏。这里指高昉被召回朝。

〔56〕 花衬马蹄忙:前人有"春风得意马蹄疾"和"踏花归去马蹄香"的句子,这里把它缀合起来,形容春风得意,歌颂高昉的升官。

〔57〕 玉笋朝班:朝廷大臣上朝时排列的队伍叫朝班。"玉笋"形容其美好。

〔58〕金瓯姓字香:好名声传遍全国。金瓯,指国家。

〔59〕攀龙附凤:指在帝王身边建功立业。

〔60〕和鼎调羹:比喻大臣辅佐君主治理好国家。

〔61〕貂蝉:汉代高官所戴帽子,上面饰有貂尾、蝉文。济楚:整齐、漂亮。

〔62〕衮绣:指绣着龙纹的衮衣,古代天子和高级官员的礼服。峥嵘:这里指华贵。

〔63〕珂珮:古代官员礼服上佩带的玉饰。

〔64〕绣衣郎:汉代侍御史有绣衣直指,这里指高昉。

〔65〕相门出相:高昉的祖上在金时曾以功封太师,相当于宰相的职位,故称。

〔66〕粒我烝民:使人民得到饭吃。粒,这里作动词用,指吃饭。烝民,人民。

〔67〕云卿:即苏云卿,南宋隐士,在豫章(今江西南昌)东湖结庐居住,自己辟了个菜园种菜过活,人称为苏圃。

〔68〕徐孺子:东汉徐稺,字孺子,家贫而品格清高,不肯应征做官,筑室隐居,常亲自耕稼,人称为南州高士。挹:接。

〔69〕一统:一块。

在元代散曲中,接触到重大社会问题的,真是凤毛麟角。刘时中的两套〔端正好〕《上高监司》,算是十分突出的。

这两套散曲大约写于元仁宗延祐三年(1316)。延祐元年的秋天和第二年春天,江西等地连续遭受水、旱灾害,发生了严重的灾荒。江南行台侍御史高昉以宣抚使的身份主持救灾工作,他"爱民忧国","发政施仁",减轻了人民的痛苦,受到了人民的称赞。延祐三年十月,他奉召还朝,任中书参知政事,行前作者写了这两首曲献给他,反映了当时社会的一些情况和吏治的腐败。

这里选的一套，描写了元末江西饥荒的生活画面。在这里，有灾民吃野菜充饥、卖儿鬻女、流离失所、尸填沟壑的悲惨遭遇，有富户、商人投机倒把、侵占救灾粮的丑恶嘴脸，深刻地反映了封建时代天灾人祸给老百姓带来的深重灾难。鲜明的爱憎，细致的描写，平实的语言，是这套散曲几个显著的特点。但结尾对高监司的过分歌颂，则反映了作者的阶级局限。

另外一套是谈钞法的，叙述了库藏的积弊和胥吏的狼狈为奸，长达三十四支曲，是散曲中罕见的长篇。但由于思想局限较大，艺术性也较差，这里就不选了。

王元鼎

王元鼎，生平不详，天一阁本《录鬼簿》称他为"学士"，列于"前辈名公有乐章传于世者"一栏内。《青楼集》记他与名伶顺时秀交好的事迹。现存小令七首，套数二套。

小令

正宫·醉太平

寒食

声声啼乳鸦，生叫破韶华〔1〕。夜深微雨润堤沙，香风万家。画楼洗净鸳鸯瓦〔2〕，彩绳半湿秋千架。觉来红日上窗纱，听街头卖杏花。

〔1〕生：生生地，硬是。韶华：春光。

〔2〕鸳鸯瓦：互相成对的瓦。

写寒食景物：一夜微雨过后，清晨，红日高照，香风万家；鸳瓦净洗，秋千半湿；乳鸦声声，与卖花声相应；一片明丽春色！杜甫《春夜喜雨》诗："随风潜入夜，润物细无声"。"晓看红湿处，花重锦官城"。

陆游《临安春雨初霁》:“小楼一夜听春雨,深巷明朝卖杏花”。这首曲化用其意,而不露斧凿痕迹。全曲意境和谐,加上清词丽句,悠扬声韵,真是中人欲醉。

李　洞

李泂（生卒年不详），字溉之，滕州（今山东滕县）人，性颖悟强记，善作文，姚燧力荐于朝，授翰林国史院编修官。天历（1328—1330）间，特授奎章阁承制学士，预修《经世大典》。书成后，因病告归，卒年五十九。他才思敏捷，所作文章纵横多变化；又善书法，篆、隶、草、真皆精；散曲仅存套数一套。

套数

双调·夜行船

送友归吴

〔夜行船〕驿路西风冷绣鞍〔1〕，离情秋色相关。鸿雁啼寒，枫林染泪，撺断旅情无限〔2〕。
〔风入松〕丈夫双泪不轻弹，都付酒杯间。苏台景物非虚诞〔3〕，年前倚棹曾看〔4〕。野水鸥边萧寺〔5〕，乱云马首吴山。
〔新水令〕君行那与利名干，纵疏狂柳羁花绊。何曾畏，道途难？往日今番，江海上浪游惯。

〔乔牌儿〕剑横腰秋水寒,袍夺目晓霞灿。虹霓胆气冲霄汉,笑谈间人见罕。

〔离亭宴煞〕束装预喜苍头办[6],分襟无奈骊驹趱[7]。容易去何时重返?见月客窗思,问程村店宿,阻雨山家饭。传情字莫违,买醉金宜散。千古事毋劳吊挽,阖闾墓野花埋[8],馆娃宫淡烟晚[9]。

〔1〕驿路:古代交通大道。

〔2〕撺断:怂恿,引申为引起。

〔3〕苏台:即姑苏台,在苏州胥门外姑苏山上,春秋时吴王夫差所建。

〔4〕倚棹:停舟。

〔5〕萧寺:南朝梁武帝萧衍好造佛寺,故后世称佛寺为萧寺。

〔6〕苍头:仆人。

〔7〕分襟:指分别。骊驹:纯黑色的马;此泛指马。趱:快行。

〔8〕阖闾墓:阖闾,春秋时吴国主,其墓在今苏州虎丘剑池下。

〔9〕馆娃宫:在苏州西南灵岩山上,旧有灵岩寺,即其故址。

本篇以秋色写离情入手,“鸿雁啼寒,枫林染泪”,极悲凉之致,想见这友人不是衣锦荣归,而是失意南返的。接着以“丈夫双泪不轻弹”一笔荡开,然后放笔写马首吴山的壮观,江海浪游的狂态,实际是以壮游的快意,排解他失路的悲伤。到尾曲又回到客路的凄凉与别后的怀念,似乎再没有别话可说了,忽又以“千古事毋劳吊挽”荡开一笔,见得阖闾、夫差的霸主事业,也终归荒烟蔓草,言外即含有勿为功名失意而抑郁伤怀之意。全篇立意既高,文情亦跌宕有致。

任　昱

任昱(生卒年不详),字则明,四明(今浙江嵊县一带)人。少年喜狎游,写过很多小曲,在歌妓中传唱。晚年锐志读书。工写七言诗。散曲现存小令五十九首,套数一套,多咏西湖景物和抒写闲情,风格秀淡。

小　令

双调·沉醉东风

宫词

鳷鹊层楼夜永[1],芙蓉小苑秋晴[2]。金掌凉[3],银汉莹[4],按霓裳何处新声[5]?懒下瑶阶独自行,怕羞见团团桂影[6]。

〔1〕鳷鹊层楼:指鳷鹊楼,汉代宫观名。

〔2〕芙蓉小苑:即芙蓉园,在长安东南曲江南部。杜甫《秋兴》诗:“芙蓉小苑入边愁。”

〔3〕金掌:汉武帝在建章宫外建铜人,以手掌捧盘承露。

〔4〕银汉:天河。莹:光亮。

〔5〕霓裳:霓裳羽衣曲,这里代指宫廷乐曲。

〔6〕桂影:相传月中有丹桂,故称月亮为桂影。

反映宫人生活的题材,在唐诗中很多,元曲则较少。这首曲写一个失意的宫人,在夜凉如水、明月高挂的秋夜,听到别殿传来阵阵乐声的痛苦心情,客观上反映出皇帝的后宫埋葬了不少妇女的青春。表现方法委婉含蓄。

双调·清江引

题情

南山豆苗荒数亩,拂袖先归去〔1〕。高官鼎内鱼,小吏罝中兔〔2〕。争似闭门闲看书。

〔1〕“南山豆苗荒数亩”二句:陶渊明《归园田居》:“种豆南山下,草盛豆苗稀。”又《归去来辞》:“田园将芜胡不归。”这里借用,说明应赶紧辞官归家。

〔2〕罝(jū居):捕兽的网。

这首曲题作“题情”,但同其他同题作品不一样,它抒写的不是男女之情,而是辞官归隐之情。“高官”两句,巧作比喻,道出了元代官场的险恶。

钱　霖

钱霖(生卒年不详),字子云,江苏松江人。曾出家为道士,更名抱素,号素庵,又号泰窝道人。徐再思〔折桂令〕《钱子云赴都》云:“赋河梁渺渺予怀,今日阳关,明日秦淮。鹏翼风云,龙门波浪,马足尘埃。”可见他明初曾应朱元璋的征召到南京去。他擅长乐府词曲,编有选集《江湖清思集》。《录鬼簿》说他自作的曲集《醉边馀兴》“词语极工巧”;又有词集《渔樵谱》,今皆失传。仅存散曲〔清江引〕四首,〔哨遍〕一套。

套数

般涉调·哨遍

〔哨遍〕试把贤愚穷究,看钱奴自古呼铜臭[1]。徇己苦贪求[2],待不教泉货周流[3]。忍包羞,油铛插手[4],血海舒拳,肯落他人后?晓夜寻思机彀[5]。缘情钩距[6],巧取旁搜。蝇头场上苦驱驰[7],马足尘中厮追逐。积攒下无厌就。舍死忘生,出乖弄丑。

〔耍孩儿〕安贫知足神明佑,好聚敛多招悔尤[8]。王戎遗下旧牙筹,夜连明计算无休[9]。不思日月搬乌兔[10],只与儿孙作马牛。添消瘦,不调祻鼎[11],迯逞戈矛[12]。

〔十煞〕渐消磨双脸春,已彫飕两鬓秋[13],终朝不乐眉长皱。恨不得柜头钱五分息招人借,架上袦一周年不放赎[14]。狠毒性如狼狗,把平人骨肉,做自己膏油。

〔九〕有心待拜五侯[15],教人唤甚半州[16],忍饥寒儹得家私厚。待垒做钱山儿倩军士喝号提铃守[17],怕化做钱龙儿请法官行罡布气留[18]。半炊儿八遍把牙关叩[19],只愿得无支有管,少出多收。

〔八〕亏心事尽意为,不义财尽力掊[20],那里问亲弟兄亲姊妹亲姑舅。只待要春风金谷骄王恺[21],一任教夜雨新丰困马周[22]。无亲旧,只知敬明眸皓齿[23],不想共肥马轻裘[24]。

〔七〕资生利转多,贪婪意不休,为锱铢舍命寻争斗[25]。田连阡陌心犹窄,架插诗书眼不瞅。也学采东篱菊,子是个装呵元亮,豹子浮丘[26]。

〔六〕恨不得扬子江变做酒,枣穰金积到斗[27]。为几文赚背钱受了些旁人咒[28]。一斗粟与亲眷分了颜面[29],二斤麻把相知结下寇仇。真纰缪[30],一味的骄而且吝,甚的是乐以忘忧。

〔五〕这财曾燃了董卓脐[31],曾枭了元载头[32],聚而不散遭殃咎。怕不是堆金积玉连城富[33],眨眼早野草闲花满地愁。乾生受[34],生财有道,受用无由。

〔四〕有一日大小运并在命宫,死囚限缠在卯酉[35],甚的散得疾子为你聚来得骤。恰待调和新曲歌金帐,逼临得□□佳人坠玉楼[36]。难收救,一壁厢投河奔井,一壁厢烂额焦头。

〔三〕窗槅每都飐飐的飞,椅桌每都出出的走,金银钱米都消为尘垢。山魈木客相呼唤,寡宿孤辰厮趁逐[37]。喧白昼,花月妖将家人狐媚,虚耗鬼把仓库潜偷[38]。

〔二〕恼天公降下灾,犯官刑系在囚,他用钱时□□难参透。待买他上木驴钉子轻轻钉[39],弔脊筋钩儿浅浅钩。便用杀难宽宥[40]。魂飞荡荡,魄散悠悠。

〔尾〕出落他平生聚敛的情[41],都写做临刑犯罪由。将他死骨头告示向通衢里甃[42],任他日炙风吹慢慢朽。

〔1〕看钱奴:元人对于悭吝人的通称。铜臭:是骂那些富有钱财而品质卑鄙的人的话。

〔2〕徇己:曲从自己的欲望。

〔3〕泉货:金钱货币。周流:流通。

〔4〕油铛(chēng 撑):油锅。

〔5〕机彀(gòu 够):机关圈套。这里指贪求钱财的各种窍门。

〔6〕缘情:指根据不同情况而变换手段。钩距:一作钩钜,即钩取。

〔7〕蝇头场上:指有小利可逐的地方。蝇头:比喻细小的事物。

〔8〕悔尤:灾祸怨恨。

〔9〕"王戎遗下旧牙筹"二句:晋代王戎贪财,《晋书·王戎传》载:"戎性好兴利,每自执牙筹,昼夜计算,恒若不足。"牙筹,牙骨做的筹码。

〔10〕不思日月搬乌兔:意说不考虑时光过得快。乌兔,指日月。

〔11〕不调裀鼎:指不顾自己的衣食。裀,夹衣。鼎,古代烹饪的器具。

〔12〕恣逞戈矛:指恣意争夺钱财。

〔13〕“渐消磨双脸春”二句:指熬得人都老了。彫飕,凋零。

〔14〕袙:字书无此字,从句意看,当指当铺货架上顾客的当物。

〔15〕有心待拜五侯:意为想做高官。五侯,五等诸侯,即公侯伯子男。这里泛指高官。

〔16〕教人唤甚半州:要人叫他什么半州。元代有些大地主往往被人叫作某半州,意说他占有半个州的田地。

〔17〕“待垒做钱山儿”句:意说要把搜刮来的钱堆做钱山,请军士看守。倩,请。

〔18〕“怕化做钱龙儿”句:意说怕这些钱化龙飞去,请道士作法留住。法官,迷信活动中会耍弄法术的道士。行罡布气,指道士耍弄法术。罡(gāng 刚),北斗七星的斗柄。

〔19〕半炊儿八遍把牙关叩:半顿饭工夫便敲了八遍牙关。形容为聚敛钱财而苦思苦想。

〔20〕掊(póu 抔):聚敛。

〔21〕只待要春风金谷骄王恺:意说只想如石崇那样以富贵骄人。《晋书·石苞传》载:石崇官荆州刺史,劫商客致富,置金谷别墅于河阳。他常与贵戚王恺争胜斗宝,武帝常助恺,一次,赐王恺一枝二尺多高的珊瑚树,石崇随手击碎,王恺责问他,他随命左右拿出自己的珊瑚树,有高三四尺者六七株,王恺恍然自失。春风,指得意。

〔22〕一任教夜雨新丰困马周:意说不管像马周那样贫穷困厄的人。《旧唐书·马周传》载:马周不得意,“西游长安,宿于新丰逆旅,主人唯供诸商贩而不顾待周,遂命酒一斗八升,悠然独酌。”新丰,在今陕西临潼县东。

〔23〕只知敬明眸皓齿:意为只知拿钱追欢买笑。明眸皓齿,指美人。

〔24〕不想共肥马轻裘:意说有肥马轻裘,却不想借给朋友。

〔25〕锱铢:锱和铢都是古代极微小的重量单位,六铢等于一锱,四锱等于一两。

〔26〕“也学采东篱菊”三句:意说他也学陶潜采菊东篱,但却是骗人的,外表和善,内里凶狠。装呵,装模作样。元亮,陶潜字。豹子,宋元时给一些凶狠的人起的外号。浮丘,传说中的仙人浮丘伯。

〔27〕枣穰金:像枣穰一样颜色的金子,指赤金。

〔28〕賧(dàn旦)背钱:賧,恐为“垫”字之讹。旧时迷信风俗以硬币或其他贵重物置于仰卧之死尸背后,称垫背钱,与“口含钱”类同。

〔29〕分了颜面:伤了和气,闹翻了。

〔30〕纰(pī批)缪:错误荒谬。

〔31〕燃了董卓脐:见薛昂夫〔朝天子〕《董卓》注〔1〕。

〔32〕枭了元载头:元载,唐代宗时官至同中书门下平章事,权倾内外,聚敛资财不可胜计,大历十二年(777)三月,被杖杀禁中。(见《旧唐书·元载传》)枭,古刑法,即斩首。

〔33〕连城富:形容十分富有,财产价值相当于好几座城池。

〔34〕乾生受:白白地辛苦。

〔35〕“有一日大小运并在命宫”二句:意说总有一天要倒霉受罪。大小运、命宫、卯酉,都是古代星命家的词汇。

〔36〕“恰待调和新曲歌金帐”二句:正准备演奏新曲在金帐下歌舞取乐,却不料逼得佳人跳楼自杀。佳人坠玉楼指绿珠事。她是石崇爱妾,美而慧,善吹笛,孙秀求之,崇不与,后秀矫诏收崇,绿珠坠楼自尽。

〔37〕“山魈木客相呼唤”二句:意说遭到妖魔的侵袭和厄运的追迫。山魈(xiāo消),动物名,猴的一种。木客,山魈的别名。但当时人们把它看作山林中的妖怪。寡宿,孤寡的星宿。孤辰,孤单的时辰,如甲子旬中无戌亥,戌亥即为孤辰。旧时迷信说法,孤辰寡宿主人的孤寡。

〔38〕“花月妖将家人狐媚”二句:意说花月妖媚惑他的子弟,虚耗鬼暗偷了他的仓库。花月妖指娼妓一类人物,虚耗鬼指败家子之类。

〔39〕上木驴:元代有一种酷刑,把罪人钉在四脚凳上凌迟处死,木驴即指这种凳子。

〔40〕便用杀难宽宥:意说即使用尽金钱想买通别人,也难以减轻刑罚。

〔41〕出落:拿出,显出。

〔42〕将他死骨头告示向通衢里甃:意说把他的尸骨放在大街上示众。通衢,大街。甃(zhòu 宙),本意为砌砖,这里指堆放。

据《录鬼簿》载:“某人以善经纪,积赀至钜万计,而既鄙且吝”,曾向作者炫耀富贵,故作者写了这套曲来讽刺他。作品写这位“看钱奴”想尽一切办法,巧取豪夺,贪得无厌,“把平人骨肉,做自己膏油”,甚至反脸无情,六亲不认。作者警告他最终将落得财散人亡的下场。作品语言辛辣尖刻,冷嘲热骂,挖苦讽刺,极刻画形容之能事,使人感到痛快淋漓。这种取材于现实而又加以典型概括的作品,其意义已超出了单纯讽刺某一个人,而整整鞭挞了某一类社会现象。

周德清

周德清(生卒年不详),号挺斋,江西高安人,北宋词人周邦彦之后。据《中原音韵·后序》,有"予作乐府三十年"之语,后序作于泰定甲子(1324),则德清生年当不迟于1280年。虞集盛称他"工乐府,善音律"。有感于当时北曲创作格律上的混乱,著《中原音韵》一书,总结了北曲用字、用韵等格式上的规律,为散曲创作做出了有益的贡献。他创作的散曲也较多,语多工丽,琐非复初誉为"不惟江南,实当时之独步也",虽不免过分,但也说明他在当时有较大影响。惜大部分已散失,仅存小令三十一首,套数三套。

小　令

正宫·塞鸿秋[1]

浔阳即景[2]

长江万里白如练,淮山数点青如澱[3],江帆几片疾如箭,山泉千尺飞如电。晚云都变露,新月初学扇,塞鸿一字来如线[4]。

〔1〕塞鸿秋:〔正宫〕曲调。句式:七七七七、五五七,共七句六韵(第五句不用韵),宜多用偶句。

〔2〕浔阳:今江西九江。

〔3〕淮山:指淮河流域的远山。澱,青色染料,同靛。

〔4〕塞鸿:从边塞飞来的鸿。

写浔阳所见景物,辽远开阔。全篇以工巧的比喻与排叠的句法组成,艺术上自成风格。

中吕·满庭芳

看岳王传

披文握武〔1〕,建中兴庙宇〔2〕,载青史图书〔3〕。功成却被权臣妒,正落奸谋〔4〕。闪杀人望旌节中原士夫,误杀人弃丘陵南渡銮舆〔5〕。钱塘路〔6〕,愁风怨雨,长是洒西湖。

〔1〕披文握武:即读书史,掌兵权。指岳飞兼有文武之才。

〔2〕建中兴庙宇:建立了中兴的事业。庙宇,指宗庙社稷。

〔3〕载青史图书:指岳飞抗金事迹被载入史册。古代以青竹简记事,后因称史册为青史。

〔4〕“功成却被权臣妒”二句:宋高宗绍兴十年(1140),岳飞大破金兵于朱仙镇,本欲指日渡河,收复失地,但当时主和派秦桧为相,一日以

十二道金牌召岳飞还朝,并与万俟卨等勾结,诬陷岳飞入狱。

〔5〕“闪杀人望旌节中原士夫”二句:意说南宋的统治者抛弃了中原南渡,害得那里的人民日夜盼望恢复。靖康元年(1126),金兵攻陷汴京,掳徽、钦二帝北去,宋高宗赵构仓惶南渡,建立南宋政权,此指其事。闪杀人,害死人。旌节,朝廷使臣所持的符节。士夫,泛指人民。丘陵,指祖宗陵墓。銮舆,天子的车驾,代指天子。

〔6〕钱塘路:指临安(今杭州)。临安古名钱塘。

这是一首读《岳飞传》引起的咏史曲,对宋室南渡、岳飞抗金被害,表现了很大的悲愤,写得深挚感人。

中吕·喜春来

秋思

千山落叶岩岩瘦[1],百结柔肠寸寸愁。有人独倚晚妆楼。楼外柳,眉叶不禁秋[2]。

〔1〕岩岩瘦:即瘦岩岩,瘦削的样了。

〔2〕眉叶:指像眉毛一样细长的柳叶。

这首曲写思妇秋晚倚楼,见肃杀之景而引起愁思,写得委婉含蓄。

双调·折桂令

倚蓬窗无语嗟呀〔1〕,七件儿全无〔2〕,做甚么人家。柴似灵芝,油如甘露,米若丹砂〔3〕。酱瓮儿恰才梦撒〔4〕,盐瓶儿又告消乏。茶也无多,醋也无多,七件事尚且艰难,怎生教我折柳攀花〔5〕。

〔1〕蓬窗:茅舍之窗。嗟呀:叹息。

〔2〕七件儿:俗以柴、米、油、盐、酱、醋、茶,为“开门七件事”。

〔3〕“柴似灵芝”三句:指柴、油、米价都很贵。灵芝、甘露、丹砂,都是人们所说的仙物,名贵异常。

〔4〕梦撒:又作孟撒,与下句的“消乏”同义,即缺乏之意。

〔5〕折柳攀花:本指狎妓,这里指过优游写意的生活。

这首曲自述家境的贫困,可见元代下层文人生活的一斑。以“开门七件事”逐一铺叙,形式通俗而颇见巧思。

贯云石

贯云石(1286—1324),原名小云石海涯,号酸斋,又号芦花道人,维吾尔族人。初袭父官,为两淮万户府达鲁花赤;仁宗时拜翰林侍读学士、中奉大夫,知制诰,同修国史。后称疾归隐江南,年三十九卒。

云石出身将门,少年时能腾身上马,运槊生风。后弃武就文,从姚燧学。诗、文、书法皆有可观。他是元后期著名散曲作家,与徐再思(甜斋)齐名,并有唱和,后人收辑他们的作品为《酸甜乐府》。现存小令七十多首,套数八套,内容多描摹湖山风月,抒写诗酒生涯,反映他逃避政治风波的心情;还有不少儿女风情之作。笔调俊快,风格豪放,艺术上成就较高。

小令

正宫·塞鸿秋

代人作

战西风几点宾鸿至[1],感起我南朝千古伤心事。展花笺欲写几句知心事,空教我停霜毫半晌无才思。往常得兴时[2],

一扫无瑕疵[3]。今日个病厌厌刚写下两个相思字[4]。

〔1〕战西风:迎着西风。宾鸿:鸿雁是候鸟,《礼记·月令》有“鸿雁来宾”的话,说它像来宾一样秋去春来(在南方则春去秋来)。

〔2〕得兴时:有兴致时。

〔3〕一扫无瑕疵:一挥笔就写好了。

〔4〕刚:只。

北宋灭亡后,由宋入金的吴激《人月圆》词:“南朝千古伤心事,犹唱后庭花。旧时王谢,当前燕子,飞向谁家。”传诵一时。此曲借吴激词起兴,显然是从前代的亡国联想到元朝的现实情势,也正在一步步走向败亡。结处借儿女相思,表现他的忧国忧君,是“以儿女喻君臣”的传统写法。

中吕·红绣鞋

挨着靠着云窗同坐,偎着抱着月枕双歌。听着数着愁着怕着早四更过。四更过情未足,情未足夜如梭[1]。天哪,更闰一更儿妨甚么[2]!

〔1〕夜如梭:指光阴过得像穿梭一样的快。

〔2〕闰:添,增加。

这首曲写男女欢会时的景况、心理很大胆,为诗词所未见。用词通俗和运用重叠、顶真等民歌惯用的手法,使它显出特殊的风味。

双调·清江引

弃微名去来心快哉[1],一笑白云外。知音三五人[2],痛饮何妨碍?醉袍袖舞嫌天地窄。

〔1〕去来:就是去,指辞官归去。来是语助词,无义。

〔2〕知音:相互了解很深的朋友。

原作共三首,都写弃官归隐的乐趣。这里选第一首,描写从功名利禄中解放出来的愉快心情。笔调十分豪纵。

前　调

惜别

若还与他相见时,道个真传示[1]。不是不修书,不是无才思,绕清江买不得天样纸。

〔1〕真传示:真实情况的传达,真消息。

用买不到天样大的纸这一夸张手法,来说明相思之情的难以写尽,颇见巧思。

双调 · 落梅风

新秋至,人乍别,顺长江水流残月。悠悠画船东去也,这思量起头儿一夜。

这首曲写别后第一夜的相思滋味。看到“残月”顺着江水流去,说明他一夜无寐,思绪万千。

徐再思

徐再思(生卒年不详),字德可,嘉兴(今浙江嘉兴)人。好吃糖食,故号甜斋。曾为嘉兴路吏。从他的〔折桂令〕《钱子云赴都》看,到明初尚在世。散曲与贯云石(酸斋)齐名,后人因辑两家作品为《酸甜乐府》。现存小令一百〇三首,擅于即景抒怀及闺怨闺情之作,与酸斋风格有某些相近之处,但豪放不及酸斋,而清丽则过之。

小 令

南吕·阅金经

春

紫燕寻旧垒〔1〕,翠鸳栖暖沙,一处处绿杨堪系马。他,问前村沽酒家。秋千下,粉墙边红杏花〔2〕。

〔1〕旧垒:旧巢。

〔2〕粉墙边红杏花:叶绍翁《游园不值》诗:"春色满园关不住,一枝红杏出墙来。"此化用其意。

在明媚的春景中，写游人的沽酒和少女的秋千戏，生趣盎然。

中吕·喜春来

皇亭晚泊[1]

水深水浅东西涧，云去云来远近山，秋风征棹钓鱼滩。烟树晚，茅舍两三间。

〔1〕皇亭：疑皋亭之讹，皋亭在杭州西北。

这首曲写秋晚泊舟皇亭所见，景物疏淡，像一幅水墨画。

双调·沉醉东风

春情

一自多才间阔[1]，几时盼得成合？今日个猛见他门前过，待唤着怕人瞧科[2]。我这里高唱当时水调歌[3]，要识得声音是我！

〔1〕多才：指所爱的人。间阔：久别。

〔2〕瞧科:看见。科,元剧术语,表示人物的动作或情态。

〔3〕水调歌:古乐府曲,隋炀帝时所制,声韵怨切。

这首曲写女主人公看到心上人在门前经过,想叫又不敢叫,忽然灵机一动,唱起了当日常唱的歌曲来打动他。心理刻画细腻,描写饶有风趣。

双调·折桂令

姑苏台〔1〕

荒台谁唤姑苏?兵渡西兴,祸起东吴〔2〕。切齿仇冤,捧心钩饵〔3〕,尝胆权谋〔4〕。三千尺侵云粪土〔5〕,十万家泣血膏腴〔6〕。日月居诸,台殿丘墟〔7〕;何似灵岩〔8〕,山色如初。

〔1〕姑苏台:《越绝书》:“吴王夫差破越,越进西施,吴王筑姑苏台,五年乃成,高二百丈。”台在苏州胥门外姑苏山上。

〔2〕“兵渡西兴”二句:指吴王夫差出兵伐越,军队从西兴(今浙江萧山县西北)渡江,直取会稽(今浙江绍兴)。

〔3〕捧心钩饵:指越王勾践献西施以腐蚀吴王。捧心,据说西施有心痛病,常以手捧心而颦眉,姿态很美。

〔4〕尝胆权谋:指越王勾践战败归国后,矢志复仇,“悬胆于户,出入尝之。”(见《吴越春秋》)

〔5〕三千尺侵云粪土:指越王勾践起兵灭吴,姑苏台等高耸云霄的

宫殿毁于一旦。

〔6〕十万家泣血膏腴：意说姑苏台等宫殿的兴建，耗费了千万人民的膏血。

〔7〕“日月居诸”二句：指随着光阴的流逝，高台宫殿变成了废墟。《诗经·邶风·日月》：“日居月诸，照临下土。”居、诸均叹词。

〔8〕灵岩：山名，在吴县木渎镇西北，山上有灵岩寺，相传即吴时馆娃宫遗址。

这首曲写吴王夫差因胜利而骄奢淫逸，建姑苏台，拥西施取乐，终为越国所灭，使千万人民膏血建成的台殿化为粪土，有借古讽今之意。一结以灵岩山色的万古长存作对比，更衬托出封建帝王享乐的不长。

中吕·普天乐

垂虹夜月

玉华寒，冰壶冻。云间玉兔，水面苍龙〔1〕。酒一樽，琴三弄〔2〕，唤起凌波仙人梦〔3〕，倚阑干满面天风。楼台远近，乾坤表里，江汉西东〔4〕。

〔1〕“玉华寒”四句：写月光照在垂虹桥上。玉华，指月亮的光华。冰壶，指清冷的吴江。云间玉兔，指月亮。水面苍龙，指吴江上的垂虹桥。

〔2〕三弄:三支曲子。

〔3〕凌波仙人梦:曹植《洛神赋》中说他曾于洛川边梦见洛水女神,凌波微步而来。

〔4〕“乾坤表里”二句:形容江面境界的开阔。

这是作者《吴江八景》中的一首。写垂虹桥上的月夜,清景无限,幽兴满怀,境界开阔。“唤起凌波仙人梦”的想象,尤富于浪漫色彩。

双调·清江引

相思

相思有如少债的,每日相催逼〔1〕。常挑着一担愁,准不了三分利〔2〕。这本钱见他时才算得〔3〕。

〔1〕“相思有如少债的”二句:患了相思的人就像欠了债的人一样,每日被人催逼。少债的,欠债的人。

〔2〕“常挑着一担愁”二句:意说整天发愁也消除不了相思。准,抵。

〔3〕这本钱见他时才算得:意说只有见了心上人才还清相思的债。

这首曲用具体的比喻来写抽象的相思,构思颇为新颖。语言全用口语,去尽诗词痕迹。

双调·水仙子

夜雨

一声梧叶一声秋，一点芭蕉一点愁，三更归梦三更后。落灯花棋未收[1]，叹新丰孤馆人留[2]。枕上十年事[3]，江南二老忧[4]，都到心头。

〔1〕灯花：油灯上结成花形的馀烬。

〔2〕叹新丰孤馆人留：用马周被困新丰事，感叹自己淹滞他乡。马周事见钱霖〔般涉调·哨遍〕注〔22〕。

〔3〕枕上十年事：在枕上回忆十年的往事。

〔4〕二老：指父母。

这首曲写作客他乡，夜闻雨声而感怀身世，思念双亲，不胜伤感。情景相生，声调流美，特别是起首的三句鼎足对。

曹　德

曹德(生卒年不详),字明善,松江人。曾官衢州路吏,山东宪吏,与薛昂夫、任昱有唱和。现存小令十八首。《录鬼簿》说他“华丽自然,不在小山之下”。

小　令

双调·清江引(二首选一)

长门柳丝千万缕〔1〕,总是伤心树。行人折嫩条,燕子衔轻絮,都不由凤城春做主〔2〕。

〔1〕长门:汉宫名,汉武帝陈皇后失宠曾居此。

〔2〕凤城:相传秦穆公女弄玉吹箫,凤降其城,因号丹凤城。后世因称京城为凤城。

原作共两首。据《辍耕录》载:“太师伯颜擅权之日,剡王彻彻都、高昌土帖木儿不花,皆以无罪杀。山东宪吏曹明善时在都下,作〔岷江绿〕(即〔清江引〕)二曲以风之,大书揭于午门之上。伯颜怒,令左右暗察得实,肖形捕之。明善出避吴中一僧舍。居数年,伯颜事败,方再入京。”说明这是为讽刺伯颜而作的,而且引起了一场政治风波。这里选的是第二首,曲中以长门柳丝的任人攀折,暗喻大臣的被害;以凤城春的做不得主,暗喻皇帝的无权;写得还是比较隐蔽的。

真　氏

真氏，名字与生卒年均不详，建宁（今福建建瓯）人，歌妓。存小令一首。

小　令

仙吕·解三酲

奴本是明珠擎掌〔1〕，怎生的流落平康〔2〕！对人前乔做作娇模样，背地里泪千行。三春南国怜飘荡，一事东风没主张。添悲怆，那里有珍珠十斛，来赎云娘〔3〕！

〔1〕明珠擎掌：即掌上明珠之意。

〔2〕平康：唐代长安平康里，即北里，为歌妓聚居之处，后世因用作妓院的代称。

〔3〕云娘：唐人传奇《裴航》载：秀才裴航在蓝桥驿遇仙女云英求婚，云英母说："欲娶云英，须以玉杵臼为聘，为捣药百日乃可。"后航终求得玉杵臼捣药百日，娶云英而仙去。唐宋以来称青年女子为娘子，故这里称云英为云娘，借以自喻。

《辍耕录》卷二十二"玉堂嫁妓"条，记姚燧在玉堂设宴时，见歌妓真氏向他泣诉身世，自称是名儒真德秀的后人，流落娼家。姚燧因替她赎身改嫁。此曲不见《辍耕录》，据吴梅《顾曲麈谈》转录，疑后来好事者所为。曲词写妓女痛苦生活，真切动人，因为选录。

景元启

景元启，一作杲元启，生平不详。现存小令十五首，套数一套，多勾栏调笑之作。

小 令

双调·殿前欢

梅花

月如牙，早庭前疏影印窗纱。逃禅老笔应难画[1]，别样清佳。据胡床再看咱[2]。山妻骂："为甚情牵挂？"大都来梅花是我，我是梅花。

〔1〕逃禅老笔：指作者自己的笔。逃禅，以信奉佛教来避世。禅是佛教的一个宗派。

〔2〕胡床：即交椅。见张可久〔南吕·一枝花〕《湖上晚归》注〔8〕。

这首曲写诗人对着月下的梅花出神，深被它那"别样清佳"的幽姿所吸引，以致为妻子责怪，以为他牵挂窗外什么人；不知他沉醉在艺术创作中，已达到物我一体的境界了。写得很有风趣。末二句既是颂梅，也是颂人，着眼点是清高的品格。

查德卿

查德卿，生平不详。现存小令二十二首，内容多歌颂高隐，谴责宦途，作风比较泼辣。

小令

仙吕·寄生草

感叹

姜太公贱卖了磻溪岸〔1〕，韩元帅命博得拜将坛〔2〕，羡傅说守定岩前版〔3〕，叹灵辄吃了桑间饭〔4〕，劝豫让吐出喉中炭〔5〕。如今凌烟阁一层一个鬼门关〔6〕，长安道一步一个连云栈〔7〕！

〔1〕姜太公贱卖了磻溪岸：意说姜太公离开磻溪去做官很不值得。姜太公事参看王和卿〔拨不断〕《大鱼》注〔5〕。磻溪，在今陕西宝鸡市东南。

〔2〕韩元帅命博得拜将坛：指韩信被汉王刘邦筑坛拜将，后又被杀

死。参看马致远〔折桂令〕《叹世》注〔5〕。

〔3〕羡傅说守定岩前版:意说傅说要是不出仕才是值得羡慕的。傅说,殷高宗时贤相,传说他曾隐于傅岩(今山西平陆县),当地有涧水坏道,傅说用版把水道筑好,以供食用。后来殷高宗梦见他,召他为相。版,筑墙用的板。

〔4〕叹灵辄吃了桑间饭:意说灵辄不该受赵宣子之恩而为他卖命。据《左传·宣公二年》载:晋灵公的大夫赵宣子到首阳山打猎,在桑阴中休息时,见到饥饿的灵辄,便赐给他饭食,还让他带回去给母亲吃。后来晋灵公想刺杀赵宣子,灵辄是伏兵之一,他却倒戈救了宣子。

〔5〕劝豫让吐出喉中炭:意说豫让不值得为智伯卖命。豫让,战国时晋人,事智伯,甚被尊宠,智伯为赵襄子所灭,豫让全身涂漆为癞,吞炭为哑,使人认不出来,准备行刺赵襄子,为智伯报仇,后事败为襄子所获。

〔6〕凌烟阁:唐代殿阁,唐太宗曾将二十四位功臣的画像悬挂其中。

〔7〕长安道一步一个连云栈:形容仕途险恶。连云栈,见张养浩〔朝天子〕《退隐》注〔3〕。

借评说历史人物否定出仕和为统治阶级卖命,末二句感慨深沉,语尤警策。

吴西逸

吴西逸，生平不详。现存小令四十七首，擅于写景和抒闲适之情。

小令

越调·天净沙

闲题（四首选一）

长江万里归帆，西风几度阳关〔1〕，依旧红尘满眼。夕阳新雁，此情时拍阑干〔2〕。

〔1〕西风几度阳关：意说西风萧飒时仍不断出门作客。阳关，地名，在今甘肃敦煌县西南。王维《送元二使安西》诗："西出阳关无故人。"

〔2〕此情时拍阑干：这句表现自己的满腹牢骚。辛弃疾〔水龙吟〕《登建康赏心亭》："把吴钩看了，阑干拍遍，无人会，登临意。"

原作共四首，都写夕阳西下时江关萧瑟景象，抒发旅愁离恨。这首写客中作客，江上归来，恼恨西风新雁时，犹淹滞他乡，故“时拍阑干”，以抒抑郁愤懑之气。

张鸣善

张鸣善(生卒年不详),名择,号顽老子,山西平阳(今临汾)人,家于湖南,流寓扬州,曾官宣慰司令史。著《英华集》及杂剧三种,今俱不存。散曲现存小令十三首,套数二套。

小 令

中吕·普天乐

嘲西席[1]

讲诗书,习功课。爷娘行孝顺[2],兄弟行谦和。为臣要尽忠,与朋友休言过[3]。养性终朝端然坐,免教人笑俺风魔。先生道学生琢磨[4],学生道先生絮聒[5],馆东道不识字由他[6]。

〔1〕西席:古人以坐西面东为客位,故对教书先生称西宾或西席。

〔2〕行(háng 航):那边,面前。

〔3〕休言过:不要说别人的过失。

〔4〕先生道学生琢磨:老师告诉学生,要把上述道理好好体会。

〔5〕絮聒:啰嗦。

〔6〕馆东:书馆主人,学生家长。

这首曲嘲讽教馆先生的迂腐说教,不但学生嫌他啰嗦,连家长都不认真对待,行文极有风趣。

双调·水仙子

讥时

铺眉苫眼早三公〔1〕,裸袖揎拳享万钟〔2〕,胡言乱语成时用〔3〕。大纲来都是哄〔4〕!说英雄谁是英雄?五眼鸡岐山鸣凤〔5〕,两头蛇南阳卧龙〔6〕,三脚猫渭水非熊〔7〕。

〔1〕铺眉苫眼早三公:意说装模作样的早已位至三公。铺眉苫(shàn善)眼,挤眉弄眼,装模作样。铺和苫都是覆盖的意思。三公,大司马、大司徒、大司空;这里泛指高官。

〔2〕裸袖揎拳享万钟:意说会吵会闹的人享受万钟俸禄。裸袖揎(xuān宣)拳,捋起袖子,露出拳头,准备打架的样子。钟,古代量器,合六斛四斗。

〔3〕成时用:适合当时之用,吃得开。

〔4〕大纲来:大概,总之。哄:胡闹意,原误作烘,现改正。

〔5〕五眼鸡岐山鸣凤:意为把五眼鸡当作岐山鸣凤。下二句句法

同。五眼鸡,或作忤眼鸡、乌眼鸡,一种好斗的鸡。岐山鸣凤,传说周朝兴起时,有凤凰鸣于岐山。岐山在今陕西岐山县。

〔6〕两头蛇:头部歧生的蛇,相传有剧毒。南阳卧龙:指诸葛亮。《三国志·蜀志·诸葛亮传》:"徐庶谓先主曰:'诸葛孔明,卧龙也,将军宜枉驾顾之。'"南阳,在今河南省西南部。

〔7〕三脚猫:俗指专会败事的人。渭水非熊:指吕尚。传说周文王出猎前占卜,有"非熊非罴,非龙非螭,霸王之辅"的话,接着就在渭水边遇到吕尚。(参阅王和卿〔拨不断〕《大鱼》注〔5〕。)

作者直言不讳地把黑白颠倒、贤愚莫辨的丑恶现实揭露得十分深刻,把当朝权贵骂得痛快淋漓。艺术上善于形容和巧譬,把意思表达得十分形象。末三句结合民间俗语与文人雅词,构成工整的鼎足对,是散曲中的警句。

杨朝英

杨朝英(生卒年不详),号澹斋,山东青城人。曾编选元人散曲为《阳春白雪》及《太平乐府》二书。作品现存小令二十七首,多疏隽之作。

小令

双调·清江引

秋深最好是枫树叶,染透猩猩血。风酿楚天秋,霜浸吴江月。明日落红多去也。

写秋天深红的枫叶,背景开阔远大,而微有惜其好景不长、易得飘零之意。

双调·水仙子

雪晴天地一冰壶,竟往西湖探老逋[1],骑驴踏雪溪桥路[2]。笑王维作画图[3],拣梅花多处提壶。对酒看花笑,无钱当剑沽,醉倒在西湖。

〔1〕老逋:北宋诗人林逋隐居西湖孤山,他很喜欢梅花,在周围种了很多梅树。这里即以老逋代指梅。

〔2〕骑驴踏雪溪桥路:指孟浩然踏雪寻梅事。见苏彦文〔越调·斗鹌鹑〕《冬景》套注〔12〕。

〔3〕笑王维作画图:王维曾画《雪溪图》,故云。

这首曲写诗人湖上踏雪寻梅的豪情胜概,表现出元人以回归自然求得身心解脱的特征。

王举之

王举之,生平不详,从现存散曲看,他是元代后期在杭州一带活动的作家,存小令二十三首。

小令

双调·折桂令

赠胡存善

问蛤蜊风致何如〔1〕?秀出乾坤,功在诗书。云叶轻盈,灵华纤腻,人物清癯〔2〕。采燕赵天然丽语,拾姚卢肘后明珠〔3〕,绝妙功夫。家住西湖〔4〕,名播东都〔5〕。

〔1〕蛤(gé隔)蜊风致:比喻杂剧、散曲有着不同于正统诗文的特殊风味。蛤蜊,动物名,栖浅海沙中,肉可食。

〔2〕“云叶轻盈”三句:描写胡存善外貌清瘦,如叶之轻盈,如花之纤腻。

〔3〕“采燕赵天然丽语”二句:指胡存善作曲能广泛吸收各家所长。

燕、赵，春秋时国名，在今河南、河北、山西一带，是杂剧、散曲的发源地，名剧作家关汉卿、王实甫、白仁甫、郑光祖等都是这一带人。姚、卢，指姚燧和卢挚，是当时影响较大的散曲作家。

〔4〕家住西湖：据《录鬼簿》载，胡存善是杭州人。

〔5〕东都：本指洛阳，这里借指汴京。

《录鬼簿》"胡正臣"条下说：正臣善唱词曲，"其子存善能继其志。《小山乐府》、仁卿《金缕新声》、瑞卿《诗酒馀音》，至于《群玉》、《丛珠》，裒集诸公所作，编次有伦……亦士林之翘楚也。"看来是个对散曲有特殊爱好的人。这首曲对胡的为人和散曲创作成就做了高度的赞美，写得活泼、风趣。

汪元亨

汪元亨(生卒年不详),号云林,别号临川佚老。元末饶州(今江西波阳)人。做过浙江省属吏,后徙居常熟。著杂剧三种,今已佚。散曲存《云林小令》百篇,几乎全是警世、归隐之作,风格疏放。

小令

正宫·醉太平

警世

憎苍蝇竞血,恶黑蚁争穴。急流中勇退是豪杰,不因循苟且〔1〕。叹乌衣一旦非王谢〔2〕,怕青山两岸分吴越〔3〕,厌红尘万丈混龙蛇〔4〕。老先生去也。

〔1〕因循苟且:照旧时样子得过且过。

〔2〕叹乌衣一旦非王谢:嗟叹富贵转眼成空。乌衣,指乌衣巷,在南京,晋代王导、谢安等贵族均聚居于此,后来都衰落了。刘禹锡《乌衣巷》诗:"朱雀桥边野草花,乌衣巷口夕阳斜。旧时王谢堂前燕,飞入寻

常百姓家。”

〔3〕怕青山两岸分吴越：意说害怕争雄竞霸的争斗。春秋时吴越两国山水相接，经常发生战争，后来吴为越所灭。

〔4〕厌红尘万丈混龙蛇：厌恶尘世的纷扰。红尘，指浑浊的社会。混龙蛇，贤愚相混。

这首曲表示憎恶世人的争名夺利，要急流勇退，反映了作者对元代社会现实的失望。

杨维桢

杨维桢(1296—1370),字廉夫,浙江诸暨人。幼时父亲在铁崖山上筑楼,令其闭门读书,故自号铁崖。善吹铁笛,又号铁笛道人。泰定四年(1327)进士,曾任江西等处儒学提举,参加过辽、金、宋三史的编修。他是元代著名的诗人,诗作被称为铁崖体;古乐府的影响更大。有《铁崖先生古乐府》、《东维子文集》传世。

《全元散曲》根据《新编南九宫词》和王伯良《曲律》的记载,把〔夜行船〕一套定为杨维桢之作。从曲中对历史的熟悉谙练,笔法的挺拔、苍劲来看,它出于杨氏之手是可能的。

套 数

双调·夜行船

吴宫吊古

〔夜行船〕霸业艰危,叹吴王端为、苎罗西子〔1〕。倾城处,装出捧心娇媚〔2〕。奢侈,玉液金茎,宝凤雕龙,银鱼丝鲙〔3〕。游戏,沉溺在翠红乡〔4〕,忘却卧薪滋味〔5〕。

〔前腔〕乘机,勾践雄徒,聚干戈要雪、会稽羞耻〔6〕。怀奸计,越赂私通伯嚭〔7〕。谁知,忠谏不听,剑赐属镂,灵胥空死〔8〕。狼狈,不想道请行成,北面称臣不许〔9〕。

〔斗蛤蟆〕堪悲,身国俱亡,把烟花山水,等闲无主。叹高台百尺〔10〕,顿遭烈炬。休觑,珠翠总劫灰,繁华只废基。动情的,叵耐范蠡扁舟,一片太湖烟水〔11〕。

〔前腔〕听启,槜李亭荒,更夫椒树老,浣花池废〔12〕。问铜沟明月,美人何处?春去,杨柳水殿攲〔13〕,芙蓉池馆摧。恼人意,只见绿树黄鹂,寂寂怨谁无语。

〔锦衣香〕馆娃宫〔14〕,荆榛蔽;响屧廊〔15〕,莓苔翳〔16〕。可惜剩水残山,断崖高寺,百花深处一僧归〔17〕。空遗旧迹,走狗斗鸡。想当年僭祭〔18〕,望郊台凄凉云树〔19〕,香水鸳鸯去〔20〕。酒城倾坠〔21〕,茫茫练渎〔22〕,无边秋水。

〔浆水令〕采莲泾红芳尽死〔23〕,越来溪吴歌惨凄〔24〕,宫中鹿走草萋萋〔25〕。黍离故墟〔26〕,过客伤悲。离宫废,谁避暑?琼姬墓冷苍烟蔽〔27〕。空园滴,空园滴,梧桐秋雨。台城上〔28〕,台城上,夜乌啼。

〔尾声〕越王百计吞吴地,归去层台高起,只今亦是鹧鸪飞处〔29〕。

〔1〕“霸业艰危”三句:是说吴王夫差因宠爱西施而使霸业遭到失败。端为,只是为着。苎罗西子,指西施,据说她是苎罗山(在浙江诸暨县南)卖柴人之女。

〔2〕“倾城处”二句:写西施娇媚之态。倾城,形容女子的美丽。

《汉书·外戚传》载李延年歌曰:“北方有佳人,绝世而独立。一顾倾人城,再顾倾人国。宁不知倾城与倾国,佳人难再得。”捧心娇媚,见徐再思〔折桂令〕《姑苏台》注〔3〕。

〔3〕“奢侈”四句:写吴王夫差生活的奢侈。玉液,美酒。金茎,本是汉武帝金人承露盘的铜柱,这里借指珍贵的饮料。宝凤雕龙,疑指华丽的酒器。

〔4〕翠红乡:即温柔乡,指女色。

〔5〕忘却卧薪滋味:吴王夫差父阖闾为越王勾践所败,受伤身死,夫差矢志复仇,三年,终于破越,此指其事。卧薪尝胆本越王勾践事,这里借指吴王败越后就忘了以前艰苦的日子。

〔6〕“乘机”四句:指越王乘吴王骄奢之时,操练兵马,要雪会稽之耻。吴王击败越兵,困勾践于会稽(今浙江绍兴),见《史记·越王勾践世家》。

〔7〕“怀奸计”二句:指越王用财物收买吴太宰伯嚭,使之成为在吴国的内奸。

〔8〕“谁知”四句:指吴王不听相国伍子胥的忠谏,反而赐剑令他自杀。灵胥,即伍子胥,曾助吴王阖闾破楚,又助夫差败越。他自刎后,吴王令人把他的尸首抛在江里。相传每当江潮涨时,他的尸首就逐潮而来,故称为灵胥。属镂,夫差赐子胥自杀的剑名。

〔9〕“狼狈”三句:越败夫差,围吴王于姑苏山上。吴王请求北面称臣事越,越王不许,吴王遂自杀。

〔10〕高台百尺:指姑苏台,见徐再思〔折桂令〕《姑苏台》注〔1〕。

〔11〕“动情的”三句:指范蠡助勾践灭吴后,认为他可以共患难,不可以共安乐,泛舟太湖而去。叵耐,原意为难耐,这里是说难得。

〔12〕“听启”四句:指昔日吴越争霸的地方已成废迹。槜李,在浙江嘉兴县南,勾践击败吴王阖闾处;最后吴王夫差又败于此。夫椒,在江

苏吴县西南太湖中,夫差击败越王勾践处。

〔13〕 攲(qī 七):倾斜,这里指倒塌。

〔14〕 馆娃宫:见李泂〔双调·夜行船〕《送友归吴》注〔9〕。

〔15〕 响屧(xiè 谢)廊:吴宫中廊名,相传以梓板铺地,西施穿屧走过则响,故名。屧,木底鞋。

〔16〕 翳(yì 艺):遮蔽。

〔17〕 "断崖高寺"二句:指后人在吴宫旧址上建的灵岩寺。白居易《灵岩寺》诗:"馆娃宫畔千年寺,水阔云多客到稀。闻说春来更惆怅,百花深处一僧归。"

〔18〕 僭(jiàn 建)祭:超越本分的祭祀。

〔19〕 郊台:天子祭天曰郊。郊台,指吴王祭天的台。

〔20〕 香水鸳鸯去:指香水溪的鸳鸯已远去了。香水溪,吴宫附近香山旁的一条小溪,相传吴王种香花于山上,花落时一片水香,并传西施曾在此洗浴。

〔21〕 酒城:在鱼城之西,原是吴郡的一个城。

〔22〕 练渎:灵岩附近的一条小河。

〔23〕 采莲泾:在今江苏吴县城内。

〔24〕 越来溪:在今江苏吴县西南,相传越兵由此溪入吴。

〔25〕 宫中鹿走:相传伍子胥谏吴王,吴王不听,他感慨地说:"臣今见麋鹿游姑苏之台也。"

〔26〕 黍离:《诗经·王风》有《黍离》篇。《诗序》说:"闵(悯)宗周也。周大夫行役至于宗周,过故宗庙宫室,尽为禾黍,闵周室之颠覆,彷徨不忍去而作诗。"这里借以叹吴国的衰亡。

〔27〕 琼姬墓:《吴郡志》:"阳山(今江苏吴县西)有琼姬墓,吴王女也。"

〔28〕 台城:三国吴的后苑城,在今江苏南京玄武湖侧。这里疑借指

吴国禁城。

〔29〕“越王百计吞吴地”三句:李白《越中览古》诗:“越王勾践破吴归,义士还家尽锦衣。宫女如花满春殿,只今惟有鹧鸪飞。”意说越王也走上了骄奢亡国的道路。

这套曲是作者登苏州灵岩山,想起吴宫故迹,凭吊兴亡之作。作品前半概括吴越战争史事,指出吴王夫差因好色荒淫,不听忠谏,对越丧失警惕,终于“身国俱亡”,昔日繁华,一旦都尽,从而总结了吴越兴亡的历史教训。后半凭吊吴宫废迹,用感伤的语言,凄凉的情调,极力描写它的零落荒废,充分反映出这一段历史的悲剧性。最后说胜利的越王勾践也走上了骄奢亡国的道路,宫殿烟消云散,进一步深化了主题。

明·梁辰鱼《浣纱记·泛湖》一出戏文,整段借用了这套曲的〔锦衣香〕〔浆水令〕曲,可见它的艺术影响。

倪　瓒

倪瓒(1301—1374),字元镇,号云林,又号风月主人,江苏无锡人。家有清閟阁,多藏书籍、名画、古玩。元末疏散家财,浪迹于太湖、泖湖间,自称懒瓒。他性情高洁,爱作诗,精音律,尤善绘画,为“元四家”之一。诗文有《清閟阁集》。散曲现存小令十二首,多触景伤怀之作,风格雅淡,颇近于词。

小　令

黄钟·人月圆

伤心莫问前朝事,重上越王台〔1〕。鹧鸪啼处〔2〕,东风草绿,残照花开。怅然孤啸,青山故国,乔木苍苔〔3〕。当时明月,依依素影,何处飞来?

〔1〕越工台:在浙江绍兴西南会稽山上,相传越王勾践曾在此驻兵。

〔2〕鹧鸪啼处:鹧鸪,鸟名,俗谓其啼声似“行不得也哥哥”。

〔3〕“怅然孤啸”三句:意说对着故国的青山和乔木、苍苔,独自长啸。啸,撮口发出长而清越的声音。故国,旧国,前朝。乔木,高大的

树木。

这首曲是伤心宋亡之作。古代封建文人严夷夏之防，对元蒙的入主中原，总是耿耿于怀；加上民族压迫深重，所以直到元末，作者还写出这样一首低回感叹的作品。

施耐庵

施耐庵，元末江苏兴化人（一说钱塘人），一般认为他是《水浒传》的作者。

套　数

北双调·新水令

秋江送别——赠鲁渊、刘亮[1]

〔新水令〕西窗一夜雨濛濛，把征人归心打动。五年随断梗，千里逐飘蓬。海上孤鸿，飞倦了这黄云陇。
〔驻马听〕落尽丹枫，莽莽长江烟水空。别情一种，江郎作赋赋难工[2]。柳丝不为系萍踪，茶铛要煮生花梦[3]。人懵懂，心窝醋味如潮涌。
〔沉醉东风〕经水驿三篙波绿，向山程一骑尘红。恨磨穿玉洗鱼[4]，怕唱彻琼箫凤。尽抱残茗碗诗筒。你向西来我向东，好倩个青山互送。
〔折桂令〕记当年邂逅相逢，玉树蒹葭，金菊芙蓉，应也声同[5]。花间啸月,竹里吟风。夜听经趋来鹿洞,朝学书换去鹅笼[6]。笑煞雕龙,愧煞雕虫。要论交白石三生,要惜别碧海千重。

〔沽美酒〕到今日,短檠前,倒碧筒;长铗里,掣青锋。更如意敲残王处仲[7]。唾壶痕,击成缝;蜡烛泪,滴来浓。

〔太平令〕便此后隔钱塘南北高峰,隔不断别意离悰。长房缩地恐无功[8],精卫填波何有用?你到那山穷,水穷,应翘着首儿望侬。莽关河,有月明相共。

〔离亭宴带歇拍煞〕说什么草亭南面书城拥,桂堂东角琴弦弄。收拾起剑佩相从。撩乱他落日情,撩乱他浮云意,撩乱他顺风颂。这三千芥子多做了藏愁孔,便倾尽别筵酒百壶犹嫌未痛。那堤上柳赠一枝,井边梧题一叶,酒中梨倾一瓮。低徊薜荔墙,惆怅蔷薇栊。待他鹤书传奉,把两字儿平安,抵黄金万倍重。

〔1〕本篇录自一九八四年江苏古籍出版社《曲苑》第一辑。据赵振宜、黄俶成在《民间传抄为施耐庵作的一套散曲》中介绍,是一九五二年兴化县施耐庵史料陈列室的同志从丁正华同志处抄得。它原保存在兴化白驹镇施氏后人施逸琴先生手里。鲁渊字道原,淳安人,元进士,张士诚起义,曾被聘为博士。刘亮字明甫,吴郡人,亦曾仕于张士诚。

〔2〕江郎作赋:指南朝梁江淹作的《别赋》。

〔3〕茶铛要煮生花梦:意说生花妙笔已无所用。梦笔生花,是李白的故事。

〔4〕玉洗鱼:玉洗,洗笔用的玉瓯;鱼,瓯中纹饰。

〔5〕“玉树蒹葭”三句:意说如蒹葭倚玉树,金菊傍芙蓉,同声相应,相得益彰。蒹葭倚玉树,见《世说新语·容止》。

〔6〕“夜听经趋来鹿洞”二句:上句用唐·李渤隐居白鹿洞读书故事,下句用晋·王羲之为山阴道士书《黄庭经》换鹅故事,以示从此隐居不出之意。

〔7〕如意敲残王处仲:晋·王敦以玉如意击唾壶,歌曹操“老骥伏枥,志在千里”诗,唾壶被击缺。处仲,王敦字。

〔8〕长房缩地:相传东汉费长房有缩地术,千里之外,顷刻可至。

据《明史·张士诚传》,士诚以元顺帝至正二十三年(1363)在平江(今苏州)自立为吴王,好招延宾客。至至正二十七年九月,为朱元璋所平定,前后恰五年。“五年随断梗”当即指施耐庵与鲁渊、刘亮在这五年里的共同生活。全曲点染秋江秋色,充满消极情绪,跟他们在士诚败亡之际各自离散的情境颇为符合,恐非后人所能伪托。但这施耐庵是否即属《水浒传》的作者,仍应存疑。

刘庭信

刘庭信(生卒年不详),行五,身长而黑,人称黑刘五。《录鬼簿续编》说他“风流蕴藉,超出伦辈,风晨月夕,唯以填词为事”。散曲存小令三十九首,套数七套,擅写离情相思,风格俊丽。

小 令

双调·折桂令

忆别

想人生最苦离别,唱到阳关,休唱三叠[1]。急煎煎抹泪揉眵[2],意迟迟揉腮撧耳[3],呆答孩闭口藏舌[4]。“情儿分儿你心里记者[5],病儿痛儿我身上添些,家儿活儿既是抛撇,书儿信儿是必休绝。花儿草儿打听的风声,车儿马儿我亲自来也[6]。”

〔1〕“唱到阳关”二句:唐·王维《送元二使安西》诗:“渭城朝雨浥轻尘,客舍青青柳色新。劝君更尽一杯酒,西出阳关无故人。”后人把它

谱乐歌唱,当作送别曲,并把末句反复歌唱三遍,称《阳关三叠》。这里说“休唱三叠”,是强调因伤心而不忍卒听。

〔2〕揉眵(chī 吃):擦眼睛。眵,眼睛里的分泌物,俗称眼屎。

〔3〕揉腮撧(juē 撅)耳:擦腮搔耳,表示不耐烦。撧,“撅”的假借字。《广雅·释诂》:“撅,搔也。”

〔4〕呆答孩:呆呆地。

〔5〕情儿分儿你心里记者:意说你心里要记住我的情分。记者,记住。

〔6〕“花儿草儿打听的风声”二句:意说如打听到你拈花惹草的消息,我就要坐着车马来跟你算账。花、草,指不正经的女人。

这首曲写一位妇女与爱人分别时的场面,她揉腮擦泪,琐琐碎碎地嘱咐了对方很多话语;希望他多寄音书,警告他不要在外面拈花惹草,充分显出既多情又爽辣的性格。曲辞明快泼辣,富有特色。

双调·水仙子

相思

恨重叠、重叠恨、恨绵绵、恨满晚妆楼,愁积聚、积聚愁、愁切切、愁斟碧玉瓯,懒梳妆、梳妆懒、懒设设、懒爇黄金兽〔1〕,泪珠弹、弹珠泪、泪汪汪、汪汪不住流,病身躯、身躯病、病恹恹、病在我心头。花见我、我见花、花应憔瘦,月对咱、咱对月、月更害羞,与天说、说与天、天也还愁。

〔1〕爇(ruò弱):点燃。黄金兽:指铜做的兽形香炉。

这首曲写相思苦况,内容一般;但连环反复,使用联珠体和重叠字,却写得流畅自然,在曲中极为罕见。

兰楚芳

兰楚芳(生卒年不详),西域人,曾任江西元帅。《录鬼簿续编》说他"丰神秀美,才思敏捷"。他与刘廷信交好,在武昌互相唱和,人比他们作元、白。但现存作品几全为狎妓之作,开后来"嘲调风情"一体。现存小令九首,套数三套。

小 令

南吕·四块玉

风情

我事事村[1],他般般丑。丑则丑村则村意相投,则为他丑心儿真,博得我村情儿厚。似这般丑眷属,村配偶,只除天上有。

〔1〕村:蠢笨;这里作反话用,有"老实"之意。

这首曲歌颂一对"村"、"丑"夫妻。正因为他"事事村",才对妻子"情儿厚";正因为她"般般丑",才对丈夫"心儿真"。夫妻生活十分美满。这实际上是对郎才女貌婚姻观念的一个否定。又《青楼集》有“般般丑”小传,乃湖湘名妓,不知与此有联系否。

无名氏

小 令

南吕·干荷叶

南高峰,北高峰,惨淡烟霞洞〔1〕。宋高宗〔2〕,一场空。吴山依旧酒旗风,两度江南梦〔3〕。

〔1〕“南高峰”三句:杭州西湖有南、北高峰,遥遥相对,烟霞洞在南高峰下。

〔2〕宋高宗:名赵构,徽宗第九子。靖康二年(1127),金人陷汴京,掳徽、钦二帝北去,赵构南逃至南京(商丘),即位称帝,后又于杭州建都,史称南宋。

〔3〕“吴山依旧酒旗风”二句:意说江山如旧,而历史上两个建都杭州的王朝,都像梦一样破灭了。吴山,在杭州市南。两度江南梦,指五代吴越与南宋两个建都杭州的偏安王朝。

这首曲因西湖景物而凭吊南宋亡国,情调感伤。一般曲集和选本以为刘秉忠作,误。秉忠卒于南宋亡国前四年,平生足迹未到江南,不可能有这样即景抒情的作品。残元本《阳春白雪》后集丁刘太保名下录〔干荷叶〕四首,每首提行分列;接下又录“南高峰”等四首,不是提行分列，而是连行抄录，但于前后首间加圈以示别。据此，似应属无名氏作品。

正宫·醉太平

堂堂大元，奸佞专权，开河变钞祸根源[1]，惹红巾万千[2]。官法滥刑法重黎民怨，人吃人钞买钞何曾见[3]，贼做官官做贼混愚贤。哀哉可怜！

〔1〕开河：元至正十一年（1351），以贾鲁为工部尚书兼总治黄河使，征集民夫二十多万，开黄河故道，修治堤防，民夫辛苦服役，而工粮却被贪官污吏克扣，以致民怨沸腾。变钞：元至元二十四年（1287），始行钞法（纸币），称至元钞；到至正十年（1350），更定钞法，是为至正钞，纸质低劣，不久即腐烂，不堪转换，弄到物价腾贵，民不聊生。

〔2〕红巾：指元末以韩山童、刘福通为首的农民起义军。由于起义者都用红巾包头，故称红巾军。

〔3〕钞买钞：指更定钞法后，至元钞和至正钞的倒换买卖。

这首曲最早见于《辍耕录》，揭露元末奸佞专权，政治黑暗，十分大胆直露；据说“自京师以至江南，人人能道之”。

前调

讥贪小利者

夺泥燕口,削铁针头,刮金佛面细搜求,无中觅有。鹌鹑膆里寻豌豆[1],鹭鸶腿上劈精肉,蚊子腹内刳脂油;亏老先生下手!

〔1〕膆:鸟类的食管中贮藏食物的部分。

这首曲用高度夸张的手法,描写贪利者无微不至的搜刮,形容尽致,是元曲的名篇。

南吕·骂玉郎过感皇恩采茶歌

鏖兵

〔骂玉郎〕牛羊犹恐他惊散,我子索手不住紧遮拦[1]。恰才见枪刀军马无边岸,吓的我无人处走,走到浅草里听,听罢也向高阜处偷睛看。　〔感皇恩〕吸力力振动地户天关[2],吓的我扑扑的胆战心寒。那枪忽地早刺中彪躯,那刀亨地掘倒战马,那汉扑地抢下征鞍。俺牛羊散失,您可甚人马平安。把一座介休县〔3〕,生扭做枉死城,却翻做鬼门关〔4〕。〔采茶歌〕败残军受魔障,得胜将马奔顽〔5〕,子见他歪剌剌赶过饮牛湾〔6〕,荡的那卒律律红尘遮望眼〔7〕,振的这滴溜溜红叶落空山。

〔1〕子索:只得。

〔2〕吸力力振动地户天关:是说两军战斗声震天地。吸力力,形容战斗的声响。关,门。

〔3〕介休县:今山西介休。

〔4〕枉死城、鬼门关:均旧时迷信所指地狱阴司之处。枉死,死非其宜。

〔5〕“败残军受魔障”二句:指败军溃退,胜军狂追。魔障,灾难。

〔6〕歪剌剌:即哗剌剌,形容军马声。

〔7〕卒律律:形容尘土迷漫。

这首曲通过一个牧人的眼,写两军战斗情景,以及它给人民带来的灾难。描写生动,使人如身临其境。

中吕·朝天子

志感

不读书有权,不识字有钱,不晓事倒有人夸荐。老天只恁忒心偏，贤和愚无分辨！折挫英雄，消磨良善，越聪明越运蹇〔1〕。志高如鲁连〔2〕，德过如闵骞〔3〕，依本分只落的人轻贱。

〔1〕运蹇（jiǎn 检）：指运气不好。蹇，跛足。

〔2〕鲁连：即鲁仲连，战国齐人，善画策，但不肯出仕。曾为赵解秦之围，平原君谢以千金，仲连笑曰："所贵乎天下之士者，为人排患释难，解纷乱而无所取也。即有取者，是商贾之事也。"遂辞而去。故这里说他"志高"。

〔3〕闵骞：即闵子骞，春秋鲁人，孔子弟子，以德行著称。

这首曲对当时社会颠倒贤愚的现象表示深切的不满，是对元统治者摧残文化、轻视读书人的愤怒谴责。

中吕·满庭芳

狂乖柳青〔1〕，贪食饿鬼，劫镘妖精〔2〕。为几文口含钱做死的和人竞〔3〕，动不动舍命亡生。向鸣珂巷里幽囚杀小卿，丽春园里迭配了双生〔4〕。莺花寨埋伏的硬〔5〕，但开旗决赢，谁敢共俺娘争？

〔1〕狂乖：做事乖张不讲理。柳青：本唐歌妓，因曲牌有〔柳青娘〕，而妓女称鸨母作娘，遂用歇后语柳青来代指鸨母。

〔2〕劫镘：抢钱。镘，钱的背面，借指钱。

〔3〕口含钱：死人入殓时放在口里的钱。

〔4〕“向鸣珂巷里幽囚杀小卿”二句：指双渐、苏卿爱情被拆散事，参看关汉卿〔大德歌〕说明。鸣珂巷，本是唐人小说《李娃传》中妓女李娃的住处，这里泛指妓院。丽春园，苏小卿住处。迭配，封建时代的一种刑罚，即发配、充军。

〔5〕莺花寨：指妓馆。

在封建社会里，鸨母是直接剥削妓女的吸血虫。为了赚钱，她们残酷地驱使妓女去承受百般的凌辱。元代戏曲中有不少作品，如关汉卿的《金线池》、石君宝的《曲江池》，就是把批判的矛头指向她们的。这首曲用辛辣的语言，给歹毒贪财的鸨母以淋漓尽致的咒骂，可说是从妓女反对鸨母的斗争中迸发出来的火花。

中吕·十二月过尧民歌

相思

〔十二月〕看看的相思病成，怕见的是八扇帏屏：一扇儿双渐苏卿[1]，一扇儿君瑞莺莺[2]，一扇儿越娘背灯[3]，一扇儿煮海张生[4]。　〔尧民歌〕一扇儿桃源仙子遇刘晨[5]，一扇儿崔怀宝逢着薛琼琼[6]，一扇儿谢天香改嫁柳耆卿[7]，一扇儿刘盼盼昧杀八官人[8]。哎，天公、天公，教他对对成，偏俺合孤另！

〔1〕双渐苏卿：见关汉卿〔大德歌〕说明。

〔2〕君瑞莺莺:指张君瑞与崔莺莺的爱情故事,见元稹《莺莺传》及王实甫杂剧《西厢记》。

〔3〕越娘背灯:故事见《青琐高议·越娘记》。越娘是越地女子,受辱后自缢于松林,鬼魂与杨舜愈初会时,面壁背灯不语。元人有《凤凰坡越娘背灯》杂剧,今不传。

〔4〕煮海张生:指张生与龙女结合的神话故事。元人有《沙门岛张生煮海》杂剧演其事。

〔5〕桃源仙子遇刘晨:指东汉刘晨、阮肇误入桃源遇仙子的故事。元人有《晋刘阮误入桃源》杂剧演其事,今佚。

〔6〕崔怀宝逢着薛琼琼:故事见《岁时广记》及《丽情集》。宫女薛琼琼清明游春踏青,书生崔怀宝见而悦之,经乐供奉杨羔撮合,结成婚姻。元人有《崔怀宝月夜闻筝》戏文演其事,现存佚曲十一支,见钱南扬《宋元戏文辑佚》。

〔7〕谢天香改嫁柳耆卿:指妓女谢天香与书生柳耆卿结合故事。柳耆卿与谢天香热恋,不想进取功名,钱大尹把谢天香娶回家中,逼使耆卿上京应考,及第后,让他们夫妻团圆。见关汉卿《钱大尹智宠谢天香》杂剧。

〔8〕刘盼盼昧杀八官人:妓女刘盼盼沦落风尘,与八官人结为夫妻。元人有《刘盼盼》杂剧演其事,今不传。

在我国漫长的封建社会里,不少男女青年为求得婚姻的自由幸福,进行过各种斗争,出现了不少令人传颂的故事。这些故事经过民间艺人和文人的艺术加工,日趋完善,并使男女双方以美满团圆结束。这首曲中所列的富有喜剧性的爱情故事,尽管有它的历史局限,但在一定程度上表现了反对封建礼教的色彩,寄托着人们追求恋爱自由的愿望。作者正是通过这些为人们所传颂的爱情故事,衬托出一个少女追求婚姻自由的心情。从曲子的选材和格调看,很可能出自勾栏艺人之手。

商调·梧叶儿

嘲谎人

东村里鸡生凤,南庄上马变牛,六月里裹皮裘。瓦垄上宜栽树〔1〕,阳沟里好驾舟〔2〕。瓮来大肉馒头,俺家的茄子大如斗。

〔1〕瓦垄:房上瓦脊。

〔2〕阳沟:屋檐下流水的明沟。

这首曲用现实生活中根本不可能有的几件事来说明说谎者的荒唐可笑,讽刺辛辣。

越调·小桃红

别忆

断肠人寄断肠词,词写心间事,事到头来不由自。自寻思,思量往日真诚志。志诚是有,有情谁似,似俺那人儿。

这首曲内容是一般的别后相思,但用顶真体(又称联珠体)而抒情不隔,笔调流转自如,颇不容易。

越调·寨儿令

鸳帐里,梦初回,见狞神几尊恶像仪:手执金槌,鬼使跟随,打着面独脚皂纛旗[1],犯由牌写得精细[2]。疋先里拿下王魁[3],省会了陈殿直[4]。李勉那厮也听者[5]:奉帝敕来斩你伙负心贼。

〔1〕皂纛旗:黑色的军中大旗。

〔2〕犯由牌:写着犯人罪状的牌子。

〔3〕疋先里拿下王魁:据《侍儿小名录拾遗》引《摭遗》载:王魁下第遇桂英同居,得其照顾;次年又赴试,将行,盟于海神庙。后魁登第,竟再婚于崔氏,桂英闻知,自刎而死,魂索魁命。宋戏文有《王魁负桂英》,今佚。疋先里,即劈先里,首先意。

〔4〕省会了陈殿直:指陈叔文负兰英事,见《青琐高议》,略云:陈叔文授常州宜兴簿,家贫不能赴任,得妓女兰英相助,便瞒着妻子与兰英结婚同去。三年后解官归家,他怕事发被讼,把兰英和女奴推落水中,两人化鬼复仇,索取陈命。元人有《陈叔文三负心》杂剧,今佚。省会,知会,即通知。殿直,官名。

〔5〕李勉:《武林旧事》录宋官本杂剧,有《李勉负心》一种,今不传。钱南扬《宋元戏文辑佚》辑得佚曲六支,从中推断故事为:李勉娶妻韩氏

后，在春游时遇见一女子，双双私逃外地，生了二子。后李勉回家，受了岳丈的斥责，竟迁怒韩氏，把她鞭死。

王魁负桂英，陈叔文负兰英，李勉负韩氏，是宋元戏曲反映爱情生活的另一类典型，也一直是人们在要求男女双方爱情忠贞时所唾弃的对象。这首曲通过一位女子对梦境的回忆，表现她对男子负心的愤慨，和要求爱情忠贞的强烈愿望。在男女不平等的封建社会里，有它一定的进步意义。

双调·水仙子

打着面皂雕旗招飐忽地转过山坡，见一伙番官唱凯歌，呀来呀来呀来呀来齐声和。虎皮包马上驼，当先里亚子哥哥〔1〕。番鼓儿劈飑扑桶擂〔2〕，火不思必留不剌扑〔3〕，簇拥着个带酒沙陀〔4〕。

〔1〕亚子：五代晋王李克用之子，名存勖，亚子为其小字，骁勇善战。后称帝，为后唐庄宗。

〔2〕劈飑扑桶：形容擂鼓声。

〔3〕火不思：乐器名，形似琵琶。必留不剌：形容火不思的声响。扑：弹奏。

〔4〕沙陀：唐五代时突厥的一个部族，李亚子即沙陀人。

这首曲写少数民族野外军事生活，曲辞全用俗语，且多象声词，显得新鲜活泼。

仙吕·寄生草

相思

有几句知心话,本待要诉与他。对神前剪下青丝发,背爷娘暗约在湖山下,冷清清湿透凌波袜〔1〕。恰相逢和我意儿差,不刺〔2〕,你不来时还我香罗帕!

〔1〕凌波袜:指袜子。曹植《洛神赋》:“凌波微步,罗袜生尘。”

〔2〕不刺:感叹词,略同“啊”。

这首曲写一个热恋中的女子埋怨男子的背盟负心,很是大胆直率。

套 数

南吕·一枝花

金陵渔隐

〔一枝花〕不沽朝野名,自守烟波分。斜风新箬笠,细雨旧丝纶。志访玄真〔1〕,家与秦淮近,清时容钓隐。相看着绿水悠悠,回避了红尘滚滚。

〔梁州第七〕结交些鱼虾伴侣,搭识上鸥鹭亲邻,忘机怕与儿曹混〔2〕。寻了些六朝往事,吊了些千古英魂,悲了些陈宫禾黍,叹了些梁殿荆榛。本是个虚飘飘天地闲人,乐陶陶江汉逸民。有时摇棹近白鹭洲笑采青蘋〔3〕,有时推蓬向朱雀桥闲看晚云〔4〕,有时湾船在乌衣巷独步斜曛〔5〕,有时满身衣襟爽透荷香润。旋折来柳条嫩,穿得鲜鲜出网鳞,归去黄昏。

〔骂玉郎〕一篝灯下篘佳酿〔6〕,身趔趄〔7〕,醉醺醺,高歌细和沧浪韵〔8〕。全不受利名拘,那里将兴亡记?把什么荣枯问!

〔感皇恩〕守着这萧索江滨,冷淡柴门。凉露湿蓑衣,清风生酒罍,明月照盘飧。樵夫野叟,相近相亲。昨日离石头城〔9〕,今朝在桃叶渡〔10〕,明日又杏花村〔11〕。

〔采茶歌〕山妻也最甘贫,稚子也颇通文,无忧无虑度朝昏。但得年年生意好,武陵何用访秦人〔12〕!

〔尾〕茫茫烟水无穷尽,泛泛萍踪少定根。为甚生平怕求进?想王侯大勋,博渔樵一哂,争似我一叶江湖钓船稳!

〔1〕志访玄真:表示要学玄真子那样隐于渔钓。玄真,唐张志和号。志和肃宗时曾任翰林待诏,后不复仕,隐居江湖,自号烟波钓徒、玄真子。他写过三首〔渔歌子〕词,表现归隐江湖的思想。

〔2〕忘机:忘却机心,不与人勾心斗角。儿曹:指宦海中人。

〔3〕白鹭洲:在今南京市西南长江中。

〔4〕朱雀桥:六朝都城建康朱雀门外的大桥,东晋王导、谢安等豪

族住在附近。

〔5〕乌衣巷:见汪元亨〔醉太平〕《警世》注〔2〕。斜曛:斜阳。

〔6〕篘佳酿:指喝刚刚滤出的好酒。

〔7〕趔趄:走路不稳的样子。

〔8〕沧浪韵:《孟子·离娄》载:"有孺子歌曰:'沧浪之水清兮,可以濯我缨;沧浪之水浊兮,可以濯我足。'"沧浪,汉水的下游,这里泛指江水。

〔9〕石头城:三国吴孙权所建,故城在今南京市西石头山后。

〔10〕桃叶渡:在南京秦淮河与青溪合流处。

〔11〕杏花村:杜牧《清明》诗:"借问酒家何处有,牧童遥指杏花村。"这里疑指秦淮附近的一个村庄。

〔12〕武陵何用访秦人:此句用陶渊明《桃花源记》故事,意说渔隐生活已很好,又何用寻访避乱桃源的秦人呢?

归隐渔樵,在封建王朝矛盾重重、江河日下时,往往成为一些封建文人的精神寄托。作品里的这个渔隐,其实也是不渔不隐的。他寻六朝旧迹,想陈宫禾黍,叹深殿荆榛,但不懂得它们为什么要灭亡;吊古伤今,也不可能为当朝的末世找出一条治救的良方,因而借渔樵诗酒,寄托他的满腹牢骚。这种"无可奈何花落去"的思想,渗透了归隐生活的始终,使作品带有浓厚的消极厌世情绪。

曲词明畅,是元人的本色。

明代散曲

汤　式

汤式(生卒年不详),字舜民,号菊庄,元末象山(今属浙江)人。曾补本县县吏,后来落魄江湖。明成祖登位以前,对他“宠遇甚厚”;到了永乐年间,更是“恩赉常及”。他在明代,可说是颇受皇帝知遇的文人,但似乎并没有担任过什么官职。他为人滑稽,所作乐府、套数、小令甚多。散曲集名《笔花集》,今存钞本。作品多写景、怀古,夹杂着流落江湖的感受,颇工巧可读;题情、赠妓之作亦多,但可取者少。他还著有杂剧《瑞仙亭》、《娇红记》二种,今俱不存。

小　令

北正宫·小梁州[1]

上巳日登姚江龙泉寺分韵得暗字[2]

天风吹我上巉岩,正值春三[3]。残红飞絮点松杉,轻摇撼,无数落青衫。(幺)登临未了斜阳暗,借白云半榻禅龛。发笑谈,论经谶。老龙惊惮,拖雨过江南。

〔1〕小梁州:北〔正宫〕曲调。句式:上阕七四、七三五,下阕七七、三三四五,共十一句十一韵。第七句作上三下四句法。

〔2〕上巳:古代节日,一般定为三月初三,也有以三月上旬的巳日为节日的。姚江:今浙江余姚县。

〔3〕春三:暮春三月。

这首曲写登山入寺所见,调子轻快放逸。结句富于想象,亦见豪情。

北商调·望远行[1]

春

杏花风习习暖透窗纱,眼巴巴颙望他[2]。不觉得月儿明钟儿敲鼓儿挝。梅香,你与我点上银台蜡,将枕被铺排下。他若是来时节,那一会坐衙[3],玉纤手忙将这俏冤家耳朵儿掐。嗏,实实的那里行踏[4]?乔才[5],你须索吐一句儿真诚话!

〔1〕望远行:北〔商调〕曲调,较少用,句式亦极不统一,汤式作四首为:七五七、五五五五七、一四五,共十一句九韵(第六、九二句不用韵)。

〔2〕颙(yóng 永阳平)望:举头久望。

〔3〕坐衙:本指官吏坐衙审判,这里借指女主人公要装得一本正经地责问对方。

〔4〕行踏:行走。这里指冶游。

〔5〕乔才:骂人的话,即无赖、坏蛋之意。

写一位少妇因所欢不来而引起的痛恨,显示她热情而泼辣的性格,当是勾栏调笑之作。语言明快爽利,属本色一路。

套 数

北仙吕·赏花时〔1〕

送人应聘

〔赏花时〕五彩云开丹凤楼〔2〕,万雉城连白鹭洲〔3〕。天堑望东流〔4〕。天长地久,今古帝王州。

〔幺〕虎豹关深肃剑矛〔5〕,鹓鹭班趋拜冕旒〔6〕。廊庙总伊周〔7〕。青云趁逐,犹自卧林丘。

〔赚煞〕既奉紫泥宣〔8〕,合拂斑衣袖〔9〕。正桂子西风暮秋。整顿着千尺丝纶一寸钩,笑谈间钓出鳌头。莫迟留,壮志应酬,不负平生经济手。稳情取金花玉酒,银章紫绶。教人道凤凰台上凤凰游〔10〕。

〔1〕仙吕·赏花时:北〔仙吕〕宫套数,一般由一、两支〔赏花时〕和〔煞尾〕组成,篇幅较短,小令不单独使用。

〔2〕丹凤楼:这里指南京凤凰台,遗址在今南京市南。

〔3〕白鹭洲:在今南京市西南长江中。

〔4〕天堑:天然的壕沟。这里指长江。《南史·孔范传》:“长江天堑,古来限隔,虏军岂能飞渡?”

〔5〕虎豹关:指守卫森严的宫门。《楚辞·招魂》:“虎豹九关。”

〔6〕鹓鹭班:指朝见皇帝的百官行列。鹓和鹭飞行时整齐有序,故称。冕旒:古代帝王所戴的礼帽,也用作皇帝的代称。

〔7〕廊庙总伊周:指朝中尽是贤臣。伊周,伊尹和周公,商、周开国功臣。

〔8〕紫泥宣:皇帝的宣诏。用紫泥封印,故称。

〔9〕合拂斑衣袖:指该离开父母出仕。斑衣,彩衣。相传老莱子曾着彩衣为儿戏以娱亲,后因借以形容对父母的孝养。

〔10〕凤凰台上凤凰游:本李白《登金陵凤凰台》诗中句子,此处用以称颂对方的功名得意。

明太祖朱元璋立国之后,为了选拔有文化、有才能的人来协助他治理国家,不时派使臣到各地访求贤才。从这首曲的内容看来,作者这位应聘的友人,大概是在洪武年间被征聘赴南京的。由于朱元璋结束了元末二十年战乱的局面,采取了一些促进社会发展的政策,所以这时期的知识分子出来为皇朝做事,是应该加以肯定的。这首曲反映了明朝开国之初的新兴气象,以及知识分子对新皇朝充满希望的心情。对比元代知识分子的抑郁牢骚,真不可同日而语。因此曲中虽有“稳情取金花玉酒,银章紫绶”等热衷功名的庸俗词句,却不能简单地加以否定。

宋方壶

宋方壶(生卒年不详),名子正,华亭(今上海松江)人,是由元入明的作家。现存小令十三首,套数五套。

小 令

北双调·清江引

托咏

剔秃圞一轮天外月[1],拜了低低说。是必常团圆,休着些儿缺。愿天下有情底都似你者。

〔1〕剔:同忒,特别之意。秃圞:即团圞,圆的样子。秃、团,一音之转。

这是一幅闺中拜月图。愿月圆无缺,“天下有情底都似你者”,是封建时代少女的善良愿望,也是具有反封建礼教意义的主题。

套 数

北越调·斗鹌鹑

踏青

〔斗鹌鹑〕蝶使双双，蜂媒对对[1]，燕语关关，莺声呖呖。仕女把芳寻，丫环将翠拾。节序宜，景物奇；丽日迟迟，和风习习。

〔紫花儿序〕娇滴滴三春佳景，翠巍巍一带青山，景重重满目芳菲。端的是宜晴宜雨，堪咏堪题。畅好是幽微，嫩柳夭桃傍小溪[2]。时遇着春光明媚，人贺丰年，民乐雍熙[3]。

〔小桃红〕雕阑花簇绣屏围，四季春为贵，万紫千红引人意。啭黄鹂，鸳鸯如锦池塘睡。玩不尽山水无穷景致。更那堪花下杜鹃啼。

〔调笑令〕赏奇葩异卉，休直待景离披，多感谢春工造化机。彩绳悬画板秋千戏。遍郊园幕天席地[4]，动笙歌一派音韵美，列山灵水陆筵席[5]。

〔耍厮儿〕花萼拆香风拂鼻，柳丝垂翠蔼攒眉。我则见蜂蝶趁花莺燕飞。且欢赏，莫催逼，对饮尊罍。

〔圣药王〕就着这花满溪，柳满堤，掩映着数株红杏出疏篱。

风吹的酒力微，景助的诗兴起。见滴溜溜墙外舞青旗[6]，直吃的醉扶归。

〔尾声〕庆风调雨顺升平日，保一统江山社稷。托赖千千载仁主圣明朝，齐仰贺万万岁吾皇大明国[7]。

〔1〕蝶使蜂媒：词曲中对为男女双方通情达意者的称呼。这里泛指蜂蝶。

〔2〕夭桃：《诗经·周南·桃夭》："桃之夭夭，灼灼其花。"夭夭，美盛貌。

〔3〕雍熙：形容社会的和平兴旺。

〔4〕幕天席地：以天为幕，以地为席，形容野外生活，语本刘伶《酒德颂》。

〔5〕列山灵水陆筵席：《西厢记》第二本第二折："舒心的列山灵，陈水陆。"山灵水陆，意即山珍海错。

〔6〕墙外舞青旗：指酒店的招子。

〔7〕吾皇大明国："国"字出韵，当系"帝"字之误。

这套散曲借一次春天的郊游，反映明初政治安定、社会繁荣的景象，歌颂了朱元璋结束元末群雄并起的纷乱局面、建立统一皇朝的功绩。放在当时的历史环境看，是有一定代表性的作品。作者生活在农业生产高度发展的苏南，擅长散曲创作，故能以浓丽流畅之笔，写郊原春色之美，但写的偏于贵游人物的生活，依然存在着局限。

朱有燉

朱有燉(1379—1439),号诚斋,又号锦窠老人。明太祖第五子周定王橚长子,袭封周王,谥宪,世称“周宪王”。他精通音律,作有杂剧三十一种,现均存。散曲有《诚斋乐府》二卷,共收作品约三百首,多风月闺情和赏花写景之作;艺术上也因袭元人,没有明显的特色。但因为音调谐协,流传颇广,“中原弦索多用之”。(王世贞语)李梦阳《汴中元宵绝句》说:“中山孺子倚新妆,赵女燕姬总擅场。齐唱宪王新乐府,金梁桥外月如霜。”牛恒《周藩王宫辞》也说:“夜来行乐雁池头,侍女分行秉烛游。唱彻宪王新乐府,不知明月下樊楼。”可见他的曲在当日流传的盛况。他在〔白鹤子〕《咏秋景》的序引中论南、北曲的流别,提出北曲曲调来自金元“女真体”之说,颇有见地。

小　令

北中吕·珠履曲

咏剡溪棹雪

乘兴去虽然美话,兴阑归也自由他。着梢公怎地不嗟呀?忍着饥催去棹，捱着冷又还家。把一个老先生埋怨煞。

《世说新语·任诞》篇记载：王子猷（名徽之，王羲之的儿子）住在山阴，一个大雪的晚上，他半夜醒来，忽然想起住在剡县的朋友戴安道（名逵），就连夜乘小船去找他。船走了一个晚上才抵达目的地，可是到了门前，王子猷却不进去就回头了。人家问他什么缘故，他说："我本乘兴而来，现在兴尽而返，又何必一定要见到安道呢？"这件事一向传为晋代知识分子生活放诞任性的美谈。这首曲却从那位替他撑船的梢公的角度，批判了这种任性行为。"忍着饥催去棹，捱着冷又还家。"这是那位三杯下肚、雅兴勃发的名士所意想不到的吧？明代民歌《挂枝儿》有这样一首："送情人直送到丹阳路，你也哭，我也哭，赶脚的也来哭。赶脚的你哭是因何故？道是：'去的不肯去，哭的只管哭；你两下里调情也，我的驴儿受了苦！'"可谓异曲同工。

北双调·沉醉东风

秋日湖边晚行

泛远水衰蒲败苇，护村居瘦竹疏篱。天寒沙鸟栖，日晚渔舟系。望湖光万顷玻璃，山色空濛雨亦奇[1]，宜写在丹青画里。

〔1〕山色空濛雨亦奇:借用苏轼《饮湖上初晴后雨》诗中句子。空濛,烟雾迷茫的样子。

这首曲写秋日湖边晚景,疏旷淡远。

套数

北南吕·一枝花

代人劝歌者从良。歌者,乡外乐籍中角妓[1],善于歌舞

〔一枝花〕夷山风月精,艮岳烟花分。中州新岁景,梁苑旧时春[2]。卖俏家门,歌舞为营运,诙谐是立身。燕莺期甚日成巢,鸳鸯债何时证本[3]?
〔梁州第七〕赶赛处空熬了岁月[4],酒席间枉费了精神。便有那俊庞儿出落着多风韵,也子索每日价巡门绕户,论年价撞疃沿村。唱的来唇乾口燥,舞的来眼晕头昏。便赏与十文钱也子索欢欣,便得的五斗麦也子索平分。不觉地伴风尘憔悴了杏脸桃腮,偎红翠消瘦了金莲玉笋,刮顽涎枯干了皓齿朱唇。也索自忖,急回头又早三十尽。你便有百般娇、十分俊,眼见的白发新添镜里人;早寻个叶落归根。
〔尾声〕我欲待楚阳台乞半纸云雨常晴论[5],你便索平康巷

化一个金蝉脱壳身[6]。稳拍拍的前程不须问,趁着你蝶粉蜂黄尚存[7],若得这凤友鸾交做亲,不愿从良你也算的是个蠢!

〔1〕乐籍:古指乐户的名籍,后为妓女登记册的通称。角妓:古时对艺妓的称呼。

〔2〕“夷山风月精”四句:指这位歌者为汴梁名妓。夷山,即夷门山,在河南开封县城内东北隅。艮岳,宋徽宗时所建的内苑,故址在今河南开封铁塔上方寺左右。中州,古豫州地处九州中间,称为中州;河南为古豫州地,故亦称中州。梁苑,园囿名,汉梁孝王刘武所筑,故址在今河南开封东南。

〔3〕“燕莺期”二句:指这位歌女不知何日才能脱籍从良。

〔4〕赶赛:指妓女们被官府征集到一起演出。

〔5〕“我欲待”句:指欲为这位妓女脱籍。阳台、云雨,喻男女欢会,屡见;此处的“云雨常晴”,就是比喻这种生活的结束。

〔6〕平康巷:唐代长安的平康坊,为妓女聚居之所,后世因泛指妓女所居处。这句指这位歌女从妓籍脱身。

〔7〕蝶粉蜂黄尚存:指青春尚在。

这首曲是作者为劝一位歌妓嫁给他的朋友而写的,原属于风月场中买笑追欢一类的作品。但曲中所述说的种种理由,却也道出了烟花妓女们生活的苦况。她们岁岁年年,酒席间轻歌曼舞,色笑承欢,折磨得朱颜憔悴,白发暗添;人老珠黄,等待着她们的是彻底被抛弃的下场。因此劝她“早寻个落叶归根”,这是善于为歌妓们着想的。

杨廷和

杨廷和(1459—1529),字介夫,四川新都人。成化十四年(1478)进士。正德二年(1507),由詹事入东阁,专典诰敕。以指斥宦官刘瑾,改南京吏部左侍郎。刘瑾败,论功进太傅,寻兼太子太师华盖殿大学士。嘉靖初以议大礼削职归。散曲集有《乐府遗音》,收作品约一百二十首,内容多表现通脱放达的隐逸思想;文字尚流利,但缺乏出色之作。

小 令

北中吕·普天乐

秋雨

五更风,终朝雨。禾头生耳〔1〕,屋角生芝〔2〕。东乡米似珠,西市薪如桂,滴得愁人心如碎,怨天公不禁龙师。荒村下里〔3〕,孤儿寡妇,更是愁时。

〔1〕禾头生耳:庄稼因雨涝生黑穗病。

〔2〕芝:真菌的一种。

〔3〕下里:指偏僻落后的里巷。

写秋雨成灾,有同情人民思想。曲词亦明白可喜。

北越调·天净沙

三月十三日竹亭雨过(二首选一)

风阑不放天晴[1],雨馀还见云生,刚喜疏花弄影。鸟声相应,偶然便有诗成。

〔1〕风阑:疑指风停。

写雨后初晴之景,清新自然。

王九思

王九思(1468—1551),字敬夫,号渼陂,陕西鄠县人。弘治九年(1496)进士,由庶吉士授检讨。正德初,宦官刘瑾专政,他被任为吏部郎中。后瑾败,以瑾党谪寿州同知。一年后复被勒致仕,退居乡里四十年,年八十四乃终。

王九思和康海同里同官,又同以刘瑾党被废,常相聚于浒东、鄠杜之间,征歌度曲,自比俳优,以寄其怫郁不平之气。他的散曲今存有《碧山乐府》二卷,《乐府拾遗》、《碧山续稿》、《碧山新稿》各一卷,计小令、套数三百余首。前人对他的评价相当高,认为他的声价"不在关汉卿、马东篱下"(王世贞《艺苑卮言》);他的曲"叙事抒情,宛转妥协,不失元人遗意"(《四库全书总目提要》)。这些话可能有些夸大。但是明初一百馀年,曲坛是比较衰落的,只是到了正德以后,才逐渐活跃起来,终于掀起了散曲创作的第二个高潮。在这里,王九思是最早出现的著名作家之一。他遭到宰相李东阳等人的打击,对朝政、世事有许多不满;性情又傲睨疏脱,故所作多沉著痛快,豪放轩爽。又时值承平,一种村闾间的丰乐景象,也时盈溢于笔墨之外。相传他曾出重金招募著名乐工,杜门学习琵琶、三弦和乐曲,尽其技而后出。所以他的散曲守律谨严,读来铿锵谐婉。

王九思也擅长诗词,是"前七子"之一,有诗文集《渼陂集》。又有《沽酒游春》杂剧,据说是讽刺李东阳的,还有《中山狼》杂剧(一折),均存。

小 令

北双调·水仙子带过折桂令

归兴

〔水仙子〕一拳打脱凤凰笼，两脚蹬开虎豹丛，单身撞出麒麟洞。望东华人乱拥[1]，紫罗襕老尽英雄[2]。参详破邯郸一梦[3]，叹息杀商山四翁[4]，思量起华岳三峰[5]。　〔折桂令〕思量起华岳三峰，掉臂淮南，回首关中。红雨催诗[6]，青春作伴，黄卷填胸。骑一个蹇喂儿南村北垅[7]，过几处古庄儿汉阙秦宫。酒盏才空，齁睡方浓。学得陈抟[8]，笑杀石崇[9]。

〔1〕东华：东华门，明代紫禁城的东门。

〔2〕紫罗襕：紫色官服。南北朝以来，紫服为高级官员的服色。

〔3〕参详破邯郸一梦：看破了做官不过是一场梦。参详，参酌详审。邯郸一梦，唐·沈既济《枕中记》载：卢生在邯郸客店中昼寝入梦，历尽富贵繁华，梦醒，主人炊黄粱尚未熟。

〔4〕商山四翁：汉初隐居陕西商山的四个老翁，名东园公、绮里季、夏黄公、甪里先生。他们后来曾辅佐汉太子，故作者认为是值得叹息的事。

〔5〕华岳:指华山,在陕西华阴县南,古称西岳,为我国名山之一。山之中峰曰莲花峰,东峰曰仙人掌,南峰曰落雁峰,世称华岳三峰。

〔6〕红雨:比喻落花。李贺《将进酒》诗:“况是青春日将暮,桃花乱落如红雨。”

〔7〕蹇喂儿:疑应作“蹇驴儿”。

〔8〕陈抟:五代宋初道士。后唐时举进士不第,隐居华山,宋太宗赐号希夷先生。马致远有《陈抟高卧》杂剧,演其事。

〔9〕石崇:字季伦,西晋人,永熙元年为荆州刺史,以劫掠客商致富。

这是碧山有名的“雄爽”之作,表现摆脱官场、归隐田园的思想。头三句鼎足对,颇有气魄。“望东华”二句,王世贞许为“名语”。

北双调·水仙子

紫泥封不要淡文章〔1〕,白糯酒偏宜小肚肠,碧山翁有甚高名望?也则是乐升平不妄想,听濯缨一曲沧浪〔2〕。瞻北阙心还壮〔3〕,对南山兴转狂,地久天长。

〔1〕紫泥封:见汤式《送人应聘》曲注〔8〕。

〔2〕濯缨一曲沧浪:《楚辞·渔父》载渔父歌曰:“沧浪之水清兮,可以濯吾缨;沧浪之水浊兮,可以濯吾足。”后世因用以寄托避世隐居或清高自守的意思。濯缨,洗涤冠缨。

〔3〕北阙:古代宫殿北面的门楼,为臣子等候朝见或上书之处,亦用为朝廷的别称。

既然“淡文章”不为朝廷所重视,那就归隐江湖,以酒自娱吧!

曲子表面上写得很恬静,实际上包含着深沉的怨望。

北越调·寨儿令

夏日即事

豆角儿香,麦索儿长,响嘶唧茧车儿风外扬。青杏儿才黄,小鸭儿成双,雏燕语雕梁。红石榴花满西窗,黄蜀葵叶扫东墙。泥金团扇影,香玉紫纱囊。将,佳节遇端阳。

将端阳节前的农村风光,写得充满诗情画意。仿佛使人闻见那豆角的香味,看到那麦穗的茁壮,听到那缫车的声响。一派生气蓬勃的景象,令人心旷神怡。

北双调·清江引

农圃生涯宜照管,禾黍鸡豚散。不贪眼角飧〔1〕,自吃犁头饭。莫怪先生腰折懒〔2〕。

〔1〕眼角飧:疑指别人赐与的饭食。

〔2〕腰折:指对别人低声下气。用晋陶潜不为五斗米折腰故事。

散曲写隐居乐闲的很多,但像这一首表示要照管“农圃生涯”,

自食其力的，却并不多见。

南仙吕·醉罗歌[1]

闺情（四首选一）

北山北山石常烂，东海东海水曾干。此情若比海和山，今世里成姻眷。石头烂也情离较难，水波干也情离较难，苍天万古为公案。休辜负，莫浪攀，交人容易可人难[2]。

〔1〕醉罗歌：南〔仙吕〕宫曲调，由〔醉扶归〕、〔皂罗袍〕、〔排歌〕三曲组成，这种曲调称为集曲，南曲很多这样的体裁。句式：首四句为〔醉扶归〕，作七七七五；第五、六、七句为〔皂罗袍〕，作七七七；第八、九句为〔排歌〕，作三三七。

〔2〕可人：使人满意的人。

这首曲反映了一位妇女渴望找到有情人结成姻眷的心情。既不要“辜负”姻缘，也不能“浪攀”（随便攀附）姻缘。表现上接受民歌影响，以海枯石烂反衬两情的坚定。

唐　寅

唐寅(1470—1524),字伯虎,一字子畏,号六如居士,江苏吴县人。他性格不羁,少年时与同里张灵纵酒,不事诸生业。后得祝允明规劝,乃闭户读书,举弘治十一年(1489)乡试第一。会试时因牵涉科场舞弊案被黜,谪为吏,他耻不愿就,归家益放浪。宁王宸濠厚币聘之,他佯狂使酒,终于被放还。于是筑室于桃花坞,与客日饮其中,年五十四而卒。

唐寅多才多艺,诗文书画均擅长。与祝允明、文征明、徐祯卿合称"吴中四才子";又与沈周、文征明、仇英合称画坛"明四家"。有《六如居士全集》。他的散曲被近人辑录为《伯虎杂曲》二卷,计小令五十首,套数十五套。大抵以写闺情闺怨的居多,间有叹世之作,题材比较狭隘。他是较早出现的以南曲著名的曲家。作品受诗词影响,倾向纤雅绮丽一路,重视词藻和文句的修饰;又善用联珠体,给人以缅缅相贯之感。前人评他的小令"翩翩有致","纤雅绝伦",是不错的。

小　令

南商调·黄莺儿〔1〕

细雨湿蔷薇,画梁间燕子归,春愁似海深无底。天涯马蹄,灯前翠眉,马前芳草灯前泪。魂梦迷,云山满目,不辨路东西。

〔1〕黄莺儿:南〔商调〕常用调,声情流美。句式:五六七、四四七、三四五,共九句八韵(第八句不用韵)。“天涯马蹄”二句律皆为“平平仄平”。

这是想念远人之作。首三句刻画春景工细,由景入情,逗出“春愁”主旨。中以“天涯”与“灯前”反复对比,点明春愁的内容。末以梦魂难辨远人去路作结,意境凄婉。

南商调·山坡羊[1]

失题(十一首选二)

其一

嫩绿芭蕉庭院,新绣鸳鸯罗扇。天时乍暖,乍暖浑身倦。整金莲,秋千画架前。几回欲上,欲上羞人见。走入纱橱枕泪眠。芳年,芳年正可怜;其间,其间不敢言。

〔1〕山坡羊:南〔商调〕曲调,与北曲属〔中吕〕宫的不同。句式:六六七、三五七七、二五二五,共十一句十一韵。这首曲有两个顶真句,其实都是一个句子。

这首曲刻画一位少女的怀春心理,姿态横生。乍暖的天气,春意盎然的庭院,鸳鸯罗扇,都足以触动她的情怀。她走到秋千架前,几回欲上，又怕人见，悄悄地躲到纱橱里哭了。这使我们想起了《牡丹亭》中的杜丽娘。她在游园时见到了姹紫嫣红的春光之后，意兴阑珊地跑回了闺房，也唱着同调的一曲〔山坡羊〕，意境相似。

其二

信迢迢无些凭准，睡惺惺何曾安稳。东风吹散，吹散梨花影。软怯身轻，身轻草上尘。只愁镜里，镜里朱颜损。栲栳量金难买春〔1〕。伤神，伤神额黛颦；堪嗔，堪嗔薄倖人。

〔1〕栲栳量金难买春：栲栳，用柳条或竹篾编成的笆斗。唐·卢延让《樊川寒食》诗："五陵年少粗于事，栲栳量金买断春。"此处反用其意，表现惜春之情。

这首曲写少妇伤春。良人远去，音信无凭，春闺寂寞，好梦难成。她担心就这样耽搁了青春，不禁埋怨良人的薄幸。在表现手法方面，用"东风吹散梨花影"写春去，用"栲栳量金难买春"写惜春，都蕴藉有致；顶真句的大量运用，更增加了委婉的情致。

王　磐

王磐(约1470—1530),字鸿渐,高邮(今属江苏)人。曾作诸生,厌其拘束,弃去,终身不应举求官。性好楼居,筑楼于城西僻地,日与名士谈咏其间,因自号曰西楼。他工诗能画,尤善音律,常常丝竹觞咏,彻夜忘倦。散曲有《王西楼乐府》一卷,多庆节、赏花、记游、咏物之作;但对于权贵们的倒行逆施,也时有讽刺;这在明代曲坛中是比较难能可贵的。风格以清丽精雅为主,也偶有豪辣或俳谐之作。

小　令

北正宫·醉太平

秋雨晚霁

泼空来雨声,滚地也雷鸣。须臾云散晚天晴,看秋光倒影。断虹斜插珊瑚柄,斜阳倒挂轩辕镜,残霞乱摆锦帏屏。助西楼画景。

写城郊秋天雨后晚晴的景物有特色。鼎足对三句写"断虹"、

"斜阳"、"残霞",连用三个比喻,都新鲜而贴切;对仗亦工巧。

北正宫·脱布衫过小梁州〔1〕

秋夜同陆秋水湖上泛舟〔2〕

〔脱布衫〕画船儿满载诗豪,问先生何处游遨?水晶宫中闻品箫〔3〕,广寒乡尽回头棹〔4〕。　〔小梁州〕分付鱼龙稳睡著,等闲间休放波涛。老夫今夜弄风骚,搜诗料,翻动水云巢〔5〕。一天星斗都颠倒,爱银蟾水底光摇。我这里用手捞,不觉的翻身落。也是俺形神俱妙,飞上紫金鳌〔6〕。

〔1〕脱布衫过小梁州:北〔正宫〕带过曲。〔脱布衫〕句式为:七七七七,共四句四韵。〔小梁州〕句式为:七四、七三五、七七、三三四五,共十一句九韵(第八、十两句可不用韵)。

〔2〕陆秋水:当为作者友人,生平不详。

〔3〕水晶宫:传说中的龙王宫殿。

〔4〕广寒宫:传说月中有广寒宫。

〔5〕水云巢:云水相接的地方,指有倒影的湖水。

〔6〕紫金鳌:鳌为传说中的海中神物,此指像巨鳌的仙山。

这首曲表现作者秋夜湖上泛舟时的豪情胜概,富于浪漫主义的想象和夸张描写。

北中吕·朝天子

咏喇叭

喇叭，锁哪，曲儿小腔儿大。官船来往乱如麻，全仗你抬声价。军听了军愁，民听了民怕，那里去辨甚么真共假。眼见的吹翻了这家，吹伤了那家，只吹的水尽鹅飞罢。

蒋一葵《尧山堂外纪》载："正德间，阉寺当权，往来河下者无虚日，每到辄吹号头，齐丁夫，民不堪命。"阉寺（宦官）的当权是明朝政治的一病。从英宗时期开始，由于皇帝的长期不问政事，大权旁落到宦官手里。他们除了在政治上弄权以外，在经济上也大事搜括。武宗正德时期，宦官刘瑾、谷大用等人，更肆意妄为，在京城内外广置田园庄所，到各地搜刮金银财宝。这首曲就是讽刺他们在运河沿岸装腔作势、鱼肉百姓的罪恶行径的。曲子借官船喇叭为题，用嘲讽和夸张的手法尽情发挥，"兴发于此而义归于彼"，把所咏的物和所讽的人关合得相当巧妙，使人读后感到十分痛快。像这样针对当权者嬉笑怒骂的作品，在曲坛上是比较少见的。

前　调

瓶杏为鼠所啮

斜插,杏花,当一幅横披画。毛诗中谁道鼠无牙〔1〕,却怎生咬倒了金瓶架! 水流向床头,春拖在墙下,这情理宁甘罢? 那里去告他,何处去诉他? 也只索细数著猫儿骂。

〔1〕毛诗中谁道鼠无牙:《诗经·召南·行露》有“谁谓鼠无牙,何以穿我墉”之句。《诗经》为毛公所传,故称毛诗。

这首曲和下面的一首〔满庭芳〕《失鸡》,表现了作者乐观开朗的性格。对生活中有些并不如意的事,毫不在乎,信手拈来,写得俳谐戏谑,风趣横生,故一向为人称道。但从另一角度看,也可以说这两首曲是运用比兴手法,讽刺了像老鼠和偷鸡者一样的害民贼,他们破坏了美好的事物,偷走了别人的东西,老百姓却奈何不得。这首曲“这情理”以下数句,活画出受害后的有冤无处诉之情。下一首就索性倒贴烧饼、胡椒,让偷鸡者吃得更痛快了。可见在封建社会里,受损害的老百姓是多么无奈。

北中吕·满庭芳

失鸡

平生淡薄,鸡儿不见,童子休焦。家家都有闲锅灶,任意烹炮。煮汤的贴他三枚火烧[1],穿炒的助他一把胡椒。到省了我开东道。免终朝报晓,直睡到日头高。

〔1〕火烧:即烧饼。

古调蟾宫[1]

元宵

听元宵往岁喧哗,歌也千家,舞也千家。听元宵今岁嗟呀,愁也千家,怨也千家。那里有闹红尘香车宝马?只不过送黄昏古木寒鸦。诗也消乏,酒也消乏。冷落了春风,憔悴了梅花。

〔1〕古调蟾宫:即〔双调·蟾宫曲〕,又名〔折桂令〕。

据《尧山堂外纪》载:弘治、正德时,"高邮元宵最盛,好事者多携佳灯美酒，即西楼为乐。……后经荒岁苛政，闾阎凋敝，良宵遂索然矣。"可作为这首曲的注脚。曲子采用今昔对比的写法，以昔日的千家歌舞，反衬今日的千家愁怨。洋溢在作品中的感伤情调，不是作者个人主观因素的产物，而是正德以后地方社会经济日渐衰退的反映。

套 数

北南吕·一枝花

久雪

〔一枝花〕乱飘来燕塞边，密洒向程门外[1]。恰飞还梁苑去[2]，又舞过灞桥来[3]。攘攘皑皑[4]，颠倒把乾坤碍[5]，分明将造化埋。荡磨的红日无光，威逼的青山失色。
〔梁州〕冻的个寒江上鱼沉雁杳，饿的个空林中虎啸猿哀，不成祥瑞翻成害。侵伤陇麦，压损庭槐；眩昏柳眼，勒绽梅腮。遮蔽了锦重重禁阙宫阶，填塞了绿沉沉舞榭歌台。把一个正直的韩退之拥住在蓝关[6]，将一个忠节的苏子卿埋藏在北海[7]，把一个廉洁的袁邵公饿倒在书斋[8]。哀哉，苦哉！长安贫者愁无奈。猛惊猜，忒奇怪，这的是天上飞来的冷祸胎，遍地下生灾。
〔尾声〕有一日赫威威太阳真火当头晒，有一日暖拍拍和气春风滚地来，就有千万座冰山一时坏[9]。扫彤云四开，现青天一块，依旧晴光瑞烟霭。

〔1〕密洒向程门外：宋程颐门人杨时、游酢，一日往见颐，遇大雪，颐瞑目而坐，二人侍立不去，等颐醒来，两人才辞别，门外已雪深一尺。（见《宋史·杨时传》）

〔2〕梁苑：汉梁孝王刘武所筑之园。谢惠连《雪赋》，写梁孝王在雪中游兔园，命司马相如作《雪赋》。后人因称梁苑为雪苑，或兔园。

〔3〕又舞过灞桥来：灞桥，桥名，在长安东。唐·郑綮说："诗思在灞桥风雪中驴子上。""灞桥风雪"因此成为诗人常用的典故。

〔4〕攘攘：纷乱。皑（ái 癌）皑：洁白。

〔5〕颠倒：这里意为真正。

〔6〕把一个正直的韩退之拥住在蓝关：见苏彦文〔越调·斗鹌鹑〕《冬景》注〔11〕。

〔7〕将一个忠节的苏子卿埋藏在北海：西汉苏武，字子卿，奉命出使匈奴被扣，匈奴贵族多方威胁诱降，把他迁到北海（今贝加尔湖）边牧羊，餐雪吞毡，坚持十九年不屈。

〔8〕把一个廉洁的袁邵公饿倒在书斋：东汉袁安，字邵公，他饿倒书斋的事见乔吉〔水仙子〕《咏雪》注〔4〕。

〔9〕冰山：比喻权势的不能长久。

用夸张的手法尽情渲染大雪的淫威给人们带来灾难，最后希望有朝一日太阳出来，把"千万座冰山一时坏"：写的是自然现象，实际上是谴责贪暴的当权者。

康　海

康海(1475—1540),字德涵,号对山,又号沜东渔父,陕西武功人。弘治十五年(1502)一甲进士第一,任翰林院修撰。他也是“前七子”之一,与李梦阳等互相唱和。刘瑾当政时,以海为同乡,又慕其才,欲招致之,他不肯就。后梦阳因事下狱,以片纸书“对山救我”,康海乃往谒瑾,以诡辞说瑾释梦阳。瑾败,他因名列瑾党而免官。梦阳这时却不援手,他遂作《中山狼》杂剧以讽之。

康海罢官家居后,以山水、声伎自娱,行为放浪。他善弹琵琶,常自制新词,自弹自歌,到处遨游。又与王九思时相过从,散曲风格亦相近。《沜东乐府》二卷,收小令二百三十余首,套数三十五套,大部分为叹世、闲适之作,豪放跌宕,改变明初曲坛软弱纤丽的习气。但因逞才使气,又好袭用元曲中已经过时的方言俗语,时露造作痕迹。论者以为与王九思比肩而稍逊。著作还有诗文集《对山集》。

小令

北双调·沉醉东风

答客

国史院咱曾视草[1],奸和正不必提着。文书上恁样来,条款里偌般造。画葫芦难减分毫。但把丹心自系牢,管甚么零煎细炒!

〔1〕国史院咱曾视草:国史院,纂修国史的官署,属翰林院。视草,看稿。康海曾为翰林院修撰,故称。

慨叹史书上的是非不分:来自上头的"文书"怎么说,史书上就得怎么写,不得有丝毫增减,这该颠倒了多少是非。但只要抱定丹心,可以不管人家怎么摆弄打击,说得颇有气魄!

北双调·雁儿落带过得胜令[1]

饮闲[2]

〔雁儿落〕数年前也放狂,这几日全无况[3]。闲中件件思,暗里般般量。 〔得胜令〕真个是不精不细丑行藏,怪不得没头没脑受灾殃。从今后花底朝朝醉,人间事事忘。刚方,傒落了膺和滂[4]。荒唐,周全了籍与康[5]。

〔1〕雁儿落带过得胜令:〔双调〕带过曲。〔雁儿落〕句式:五五五五,共四句三韵(第三句不用韵)。此调不单独作小令使用。〔得胜令〕句式:五五五五、二五二五,共八句七韵(第三句不用韵)。

〔2〕饮闲:饮中闲咏。

〔3〕无况:无味。况,况味。

〔4〕"刚方"二句:意说李膺和范滂因刚方而遭人奚落。刚方,刚直方正。傒落,讥笑嘲讽;这里有杀害之意。膺,李膺,字元礼,东汉末年人,桓帝、灵帝时一再反对宦官专权,后终于失败为宦官所杀。滂,范滂,字孟博,与李膺同时反对宦官,被逮死狱中。

〔5〕籍与康:阮籍与嵇康,均魏晋时"竹林七贤"人物,以嗜饮、蔑视礼教著名于世。

刚直方正没有好下场,只有喝酒忘世才能全身:满腔牢骚愤懑之气,以放达之言出之。

北仙吕·寄生草

读史有感

天应醉,地岂迷?青霄白日风雷厉,昌时盛世奸谀蔽,忠臣孝子难存立。朱云未斩佞人头〔1〕,祢衡休使英雄气〔2〕。

〔1〕朱云:西汉人,字游,成帝时曾上书,愿借上方剑,斩佞臣张禹之头。帝怒,欲杀之,以辛庆忌救得免。

〔2〕祢衡:东汉人,字正平,气刚傲物。与孔融交好,融荐之于曹操。操召为鼓吏,令其改服击鼓,欲辱之。衡于操前裸身更衣,后又至操营门外大骂。操乃送衡于刘表,表又送之于江夏太守黄祖处,终为黄祖所杀。

这首曲对忠臣孝子被害、奸臣得志的现象,表示愤慨,在当时有一定现实意义。结韵以朱云、祢衡的史例告诫人们,说明这皇朝的没落已无可挽回。

北中吕·满庭芳

华山[1]

名山自好,三峰俱俊,四望都高。分明云气涵灵灏[2],瀑响箫韶[3]。玉女池光摇天表,仙人掌翠捧丹霄[4],小可的如何到[5]? 十洲三岛[6],望似酒杯饶[7]。

〔1〕华山:见王九思〔水仙子带过折桂令〕《归兴》注〔5〕。

〔2〕灵灏:浩荡无际的天空。

〔3〕瀑响箫韶:瀑布发出像箫韶一样的声响,箫韶,乐器名,即大磬。

〔4〕丹霄:指天空。

〔5〕小可的:轻易的。

〔6〕十洲三岛:传说中神仙居住的地方,在大海中。

〔7〕饶:多或丰富之意,这里意为大小。“似酒杯饶”,即像酒杯一样大小。

写华山俊伟颇有气魄,带有浪漫色彩。

套数

北中吕·粉蝶儿

代友人宦邸书怀

〔粉蝶儿〕退食官衙,坐秋窗一篝灯下,冷清清人远天涯。平白地弃坟垢,辞亲戚,那个是功名无价?见如今狼虎相狎,眼睁睁许多愁怕。

〔醉春风〕不得官日日叹沉埋,恰得官时时防倒塌。那里有安车驷马拥高牙[1],倒煎聒的我傻、傻。吃紧的留也难留[2],去也难去,罢也难罢。

〔红绣鞋〕转眼间俄为中夏,到官时尚未初腊。新催科旧拖欠乱如麻。磣可可穷百姓[3],恶狠狠甚刑法。你便是铁心肠怎下的打!

〔满庭芳〕到晚来才能下榻,怎当他萧萧客枕,灿灿灯花。吃紧的无情雨打芭蕉衩[4],惊的我梦转天涯。则俺这倚门娘褒封在那答?乾交那望天人虚度年华[5]。泪点儿双双下。趱趱的晨钟又发[6]。眼睁睁红影上窗纱。

〔上小楼〕少不的骑鞍压马,升堂佥画[7]。甫能的出几纸批儿,勾几个人儿,怎当他名是人差,问着他口兀剌[8],虚惊诡怕。你便是炳灵神也百错千差[9]。

〔幺〕想着那官家礼法，都被这奸豪厮诈。他结交的吏典滑熟，人情通透，上下欢洽。既不曾拿住他，又怎么下重罚？他反关门，倒又把别人诓吓，怪不的整年家事无捉拗[10]。

〔十二月〕从今后周询细察，那怕他利齿灵牙。他便会神藏鬼掩，也难逃亩履升查[11]。自古道一夫一马，怎能得千做千差。

〔尧民歌〕可不道官清法正自无哗，见如今流离逃窜未安插。家徽口敛百忙里杂，女哭儿啼甚行踏[12]。听咱：爱民如爱花，休使风霜乍[13]。

〔耍孩儿〕少年时豪气天来大，动不动要做英雄俊雅。到如今行步紧钳拿，是多少海样波查[14]。指望待春风禁柳行骢马，倒做了落日庭槐数暮鸦。愿的是风雨顺收禾稼。落一个民安事妥，说甚么紫绶黄麻。

〔尾声〕论孤高须索向青门学种瓜[15]。论读书怎可似庄周言飘瓦[16]。趁明时休负了平生价[17]，觅一个循吏名儿兀的不可喜煞[18]！

〔1〕高牙：牙旗，将军用的旗帜，旗竿上用象牙装饰，故称。

〔2〕吃紧的：同“赤紧的”，真正是。

〔3〕傪可可：凄惨的样子。

〔4〕芭蕉衩（chà 岔）：衩，本为衣裙两旁开裂的缝子，这里借指芭蕉两叶之间的缝隙。

〔5〕望天人：指妻子。“天”字疑“夫”字之误。

〔6〕趆趨：即撺掇，怂恿、催促意。

〔7〕佥画:签名画押。

〔8〕口兀剌:口里哗啦哗啦地讲不清楚。

〔9〕炳灵神:显赫的神灵。宋真宗曾封泰山之神为炳灵公。

〔10〕捉拗:把握、捉摸之意。

〔11〕亩履升查:一亩亩地步量,一升升地检查,仔细查问之意。

〔12〕行踏:原意为行走,这里指行为、情景。

〔13〕风霜乍:受风霜的突然袭击。乍,忽然,猝然。

〔14〕海样波查:形容苦难之多之深。波查,苦难、折磨。

〔15〕青门学种瓜:汉初邵平,本秦东陵侯,秦亡后,种瓜于长安城东。相传瓜味甜美,俗名东陵瓜。阮籍《咏怀诗》:"昔闻东陵瓜,近在青门外。"故也称青门瓜。

〔16〕庄周言飘瓦:《庄子·达生》:"虽有忮心者,不怨飘瓦。"意说瓦飘下来打伤人,人不会埋怨瓦,因为它是无心的。

〔17〕明时:政治清明的时代。

〔18〕循吏:旧时称遵理守法的官吏。

写一个"循吏"的思想活动甚为细致:这里有宦游的思家,居官的恐惧,对老百姓的同情,对奸豪的憎恶。可见在封建时代要做一个好官是不容易的。

杨　慎

杨慎(1488—1559),字用修,号升庵,四川新都人。正德六年(1511)殿试第一,授翰林修撰。嘉靖三年(1524),因事谪戍云南永昌卫。投荒三十余年,颇多感愤,往往纵酒自放。年七十二卒于戍所。

他自幼警敏,曾受李东阳赏识,诗文颇得其指授。一生肆力古学,谪戍时读书尤多。兼擅诗、词、文、曲。其论古考证之作,范围颇广,但也时有疏失。著作达一百余种,后人辑其重要的为《升庵集》。散曲有《陶情乐府》,共收作品一百余首。王世贞曾说他的曲"才情盖世","而不为当家所许"(《艺苑卮言》),那是因为他对南北曲的腔调不太熟悉的缘故。但因为他备尝忧患,故也颇有些真挚爽朗的作品。

小　令

南商调·黄莺儿

客枕恨邻鸡,未明时又早啼,惊人好梦回千里。星河影低,云烟望迷,鸡声才罢鸦声起。冷凄凄,高楼独倚,残月挂天西。

此篇可能是谪戍云南时途中所作。把拂晓时鸡声、残月等景物写得十分凄清，以烘托旅途凄苦之情，有较强的艺术感染力。

北正宫·醉太平

春雨

阻莺俦燕侣，渍蝶翅蜂须。东风帘幕冷珍珠，寒生院宇。响琮峥滴碎瑶阶玉，细溟濛润透纱窗绿，湿模糊洗淡画阑朱。这的是梨花暮雨。

这首曲对春雨的刻画相当细致。由于背景涉及“帘幕”、“院宇”、“瑶阶”、“纱窗”、“画阑”，又有开头两句象征爱情的描写，故充满旖旎色彩。

北双调·驻马听〔1〕

和王舜卿舟行〔2〕（四首选二）

其一

明月中天，照见长江万里船。月光如水，江水无波，色与天连。垂杨两岸净无烟，沙禽几处惊相唤。丝缆停牵，乘风直上银河畔。

其二

远客长宵，一点渔灯伴寂寥。潮生瓜步[3]，霜冷芜城[4]，月落枫桥[5]。玉人何处教吹箫[6]？愁心怕听凄凉调。一枕无聊，鼕鼕五鼓催行早。

〔1〕驻马听：北〔双调〕曲调。小令中较少使用。句式：四七、四七、七七、三七，共八句六韵（第一、三句可不用韵）。

〔2〕王舜卿：作者友人，生平不详。

〔3〕瓜步：镇名，在江苏六合县东南，古时南临长江。

〔4〕芜城：指广陵（今江苏扬州）。南朝宋鲍照有《芜城赋》，写广陵在经过竟陵王刘诞叛乱以后的荒凉景象，后人因别称广陵为芜城。

〔5〕枫桥：桥名，在江苏苏州阊门外的枫桥镇。唐·张继《枫桥夜泊》诗："月落乌啼霜满天。"

〔6〕玉人何处教吹箫：杜牧《寄扬州韩绰判官》："青山隐隐水迢迢，秋尽江南草木凋。二十四桥明月夜，玉人何处教吹箫。"

写作客长江，舟行万里所见的景色和感受。第一首着重写江天如画的月色，第二首着重写羁旅惆怅的心情。词句比较清丽，又善于融化前人诗句入曲。

套数

北仙吕·点绛唇

〔点绛唇〕万里云南，九层天栈千盘险。一发中原，回望青霄远。

〔混江龙〕自离了蓬莱阆苑[1]，晓风残月挂秋帆。江蓠漠漠，水荇田田[2]。落日山川虎兕号，长风洲渚蛟龙战。鸿雁池头，鲤鱼山下，鸬鹚堰底，鹦鹉洲边[3]。扬舲常恨水云迟[4]，授衣又早寒暄变[5]。恰似萍流蓬转，几曾匏系藤牵[6]。

〔油葫芦〕白雪江陵古渡边[7]，解征帆，上征鞍。楚塞霜寒枫叶丹[8]，沅澧波香兰芷鲜[9]，武陵春老桃花怨[10]。千里望云心[11]，九叠悲秋辩[12]。又不是南征马援，壶头山愁望飞鸢[13]。

〔天下乐〕瘦马凌兢蝶梦残[14]，雾𠍗风𠍗[15]。怎消遣，断角残钟，几度孤城晚！回首送衡阳去雁[16]，忍泪听泸溪断猿[17]。乱云堆何处是西川[18]？

〔那吒令〕怕见他盘江河毒瘴愁烟，关索岭冰梯雪巘，香炉峰獠寨苗川[19]。千寻井下坡难，万丈梯登山倦，硬黄泥污尽旧青衫。

〔鹊踏枝〕一封书意悬悬，万里路恨绵绵。谁信道东下昆池[20]，又胜如西出阳关[21]。但得他平安两字，休问他何日归年。

〔寄生草〕空弹剑,频问天。比潮阳山水多乡县[22],比江州月夜无弦管[23],比夜郎春夏饶风霰[24]。今日个闻鸡晓度碧鸡关[25],怎记得鸣鸾晚值金銮殿?

〔幺〕难缩壶中地[26],休寻屏上船[27]。五华台望望愁心远,双洱河渺渺波涛限,七星关叠叠云岚嵌。琵琶亭下泪偏多,鹧鸪岭畔肠先断[28]。

〔金盏儿〕风儿酸,雨儿寒,雨霁风清抬望眼,西楼明月几回圆?辞家衣线绽,去国履痕穿。只道是愁来倾竹叶[29],不信说米尽折花钿。

〔赚尾〕且听沧浪吟[30],休诵卜居篇[31]。爱碧山石磴红泉,策杖行歌兴渺然。醒来时对陶令无弦,醉来时学苏晋逃禅[32],不似他憔悴骚人泽畔[33]。任苍狗白衣屡变[34],笑蛙声紫色争妍[35]。浮名与我无萦绊,再休寻无事散神仙。

〔1〕蓬莱:传说中的三神山之一。阆苑:传说中的神仙居处。这里借指京城北京。

〔2〕江蓠:香草名,又名蘼芜。漠漠:形容满布的样子。水荇:一种水生植物,即荇菜。田田:形容浮在水面的荇叶。唐·李郢《江亭春霁》诗:"江蓠漠漠荇田田。"

〔3〕"鸿雁池头"四句:泛说经过了许多地方,不一定实指。

〔4〕扬舲:指舟行。舲,小船。

〔5〕授衣:古代于九月霜始降时制备冬衣,称授衣。《诗经·豳

风·七月》:“九月授衣。”

〔6〕“恰似”二句:形容终日飘流,站不住脚跟。匏,匏瓜,攀缘植物。

〔7〕江陵:今湖北江陵县。

〔8〕楚塞:即楚地,指两湖一带。

〔9〕沅澧:沅水和澧水,均湖南境内河流,流入洞庭湖。兰芷:均香草名。屈原《九歌·湘夫人》:“沅有芷兮澧有兰。”

〔10〕“武陵春老”句:陶渊明《桃花源记》写武陵渔人无意中发现通往桃花源的路,两岸桃花相夹,落英缤纷。武陵,今湖南省常德县。

〔11〕望云心:指思念父母之心。《旧唐书·狄仁杰传》载:“(仁杰)登太行山,南望见白云孤飞,谓左右曰:‘吾亲所居,在此云下!’瞻望伫立久之。”

〔12〕悲秋辩:指宋玉《九辩》。因开头有“悲哉秋之为气也”一句,故称“悲秋辩”。“辩”即“遍”之意,即音乐上的一阕。

〔13〕“又不是”二句:马援,东汉初年人,屡立战功,拜伏波将军。他进击武陵“五溪蛮”时,从险隘的壶头山进军,士卒多中疫,他自己也因而病死。壶头山在今湖南沅陵县。“愁望飞鸢”,是马援对官属述说他征交趾时的事,当时“下潦上雾,毒气熏蒸,仰视飞鸢跕跕堕水中”。(见《后汉书·马援传》)

〔14〕凌兢:恐惧的样子。蝶梦:《庄子·齐物论》:“昔者,庄周梦为胡蝶,栩栩然蝶也。”后因称梦为蝶梦。

〔15〕雾僽风僝:风雾(旅途风物)引起烦恼之意。僽僝,烦恼,愁苦。

〔16〕衡阳去雁:湖南衡阳有回雁峰,相传雁飞至此即回头而去。

〔17〕泸溪:即泸水,今称金沙江。

〔18〕西川:唐方镇名,治所在成都府,辖境约相当今四川省西部。

〔19〕盘江河:河名,在云南、贵州境内。关索岭:在今云南昆明市以东约七十公里。香炉峰:在今贵州凯里。

〔20〕昆池:昆明池的简称,即滇池,在今云南省昆明市南。

〔21〕阳关:故址在今甘肃省敦煌县西南。王维《送元二使安西》诗:"西出阳关无故人。"

〔22〕"潮阳山水"句:指韩愈因谏迎佛骨,被贬为潮州刺史事。潮阳,在今广东省东部,唐时属潮州府。

〔23〕"江州月夜"句:指白居易于元和十年被贬为江州司马事。白居易《琵琶行》诗叙江州月夜送客,有"举酒欲饮无管弦"之句。江州,今江西省九江市。

〔24〕"夜郎春夏"句:指李白因参加永王璘幕府,被长流夜郎事(但实际上未至即遇赦东还)。夜郎,古县名,治所在今贵州省正安县西北。

〔25〕碧鸡关:故址在今云南昆明市西南。

〔26〕难缩壶中地:相传东汉方士费长房从壶公学仙,有缩地术。(见《后汉书·方术列传》)

〔27〕休寻屏上船:屏上船,指陈季卿坐竹叶舟事。唐李玫《异闻实录》载:江南人陈季卿游长安,十年不归。一日,于青龙寺访僧不遇,见壁间有寰瀛图,叹曰:"得此径归,不悔无成。"旁有一翁笑曰:"此何难!"乃折阶前竹叶,置图上渭水中,谓陈曰:"注目于此,如愿矣。"陈熟视之,恍然登舟,至家团聚。待复返青龙寺,山翁尚拥褐而坐。

〔28〕"五华台"五句:泛说在云南的思乡之情,地名不一定实指,也难以一一考实。

〔29〕竹叶:指竹叶青,酒名。

〔30〕沧浪吟:见元无名氏〔南吕·一枝花〕《金陵渔隐》注〔8〕。

〔31〕卜居篇:指《楚辞·卜居》,主旨在卜"所以自处之方"。

〔32〕苏晋逃禅:见杜甫《饮中八仙歌》:"苏晋长斋绣佛前,醉中

往往爱逃禅。”苏晋，唐玄宗时人，历任吏部、户部侍郎。王嗣奭云：“醉酒而悖其教，故曰逃禅；后人以学佛为逃禅，误矣。”仇兆鳌云：“逃禅，犹云逃墨逃杨（不尊重墨翟、杨朱学说），是逃而出，非逃而入。”此处似亦沿“以学佛者为逃禅”之误，但习非成是，“逃禅”之义，一般反以此说为常见。

〔33〕憔悴骚人泽畔：骚人，指屈原。《楚辞·渔父》：“屈原既放，游于江潭，行吟泽畔，颜色憔悴，形容枯槁。”

〔34〕苍狗白衣：即白衣苍狗，比喻世事变幻无常。杜甫《可叹》诗：“天上浮云如白衣，斯须改变如苍狗。”

〔35〕蛙声紫色：喻争名夺利的小人。蛙声言其聒噪，紫色言其非正色。

杨慎本是一位才子，却不料以议大礼谪戍云南。间关万里，远离乡国，使他感到痛苦不堪。这套曲大概是他初抵云南永昌时所写。其中道路之险，旅途之苦，心情之悲凉，都写得淋漓尽致。风格苍凉萧瑟。称得起是一篇力作。

陈　铎

陈铎(1465？—1521？)，字大声，号秋碧，原籍下邳(今江苏邳县)，迁居金陵。睢宁伯陈文曾孙。正德间以世袭官指挥。他为人风流倜傥，常和朋友谈宴于秋碧轩、七一居中，置正事于不顾。又精通音律，善弹琵琶，常常牙板随身，高歌一曲，被教坊子弟称为“乐王”。还工于诗词和绘画。散曲集有《秋碧乐府》、《梨云寄傲》、《月香亭稿》、《可雪斋稿》、《滑稽馀韵》等，明汪廷讷辑为《陈大声乐府全集》。词集有《草堂馀意》。杂剧有《花月妓双偷纳锦郎》、《郑耆老义配好姻缘》。传奇有《纳锦郎》。

陈铎散曲多写男女风情和闺怨相思，这大概是声色场中供歌妓们清唱的，因此缠绵幽怨，显得纤弱萎靡。不过艺术上却有相当成就：铺叙委婉细致，抒情哀艳浓冽，语言精致丽密。这些作品多是用南曲写的，故吕天成评为“南音嘹亮”，明人的南曲选本多所选录。他还有些抒写个人逸怀和写景咏物的作品，大都流丽自然，清新可读。

陈铎在明代曲坛能取得较高的地位，是因为他创作了一卷《滑稽馀韵》，反映了当时城市生活的面影。它一共描写了六七十种手工业工匠和其他劳动人民的生活，三十多种店铺的经营，还揭露了大量的社会害人虫。其接触到的社会生活面之广，是词曲家中少见的。在描写劳动人民的时候，往往带着赞美和同情的态度，这又是难能可贵的。这些作品基本上采用当时的口语，通俗而又风趣地对各种人物、事物进行描写，直露而不迂曲，不事藻绘雕琢，可能是根据当时的“时调”写成的，同作者的其他作品在艺术风格上有很大的差异。由于世界观的局限，这些作品中有些对下层人民态度冷淡，甚至揶揄和嘲弄，有的语言油滑。这些都影响了它们的成就。

小 令

南中吕·驻云飞[1]

丽情（四首选一）

杏脸桃腮，展转思量不下怀。新月思眉黛[2]，春草伤裙带[3]。嗏，独坐小书斋。自入春来，欲待看花，反被花禁害[4]。情思昏昏眼倦开。

〔1〕驻云飞：南〔中吕〕宫曲调。句式：四七五五、一五、四四五七。共十句八韵（第五、八句可不用韵）。第五句为单字句，多用感叹词“嗏”字，别有韵味。明清民间小曲也有此调，且极为流行。句式与南曲相同。

〔2〕新月思眉黛：《天宝遗事》：“明皇幸蜀，令画工作十眉图，如横云、斜月，皆其名也。”宋末王沂孙《眉妩·新月》词，将新月比画眉，有“画眉未稳，料素娥犹带离恨”之句。

〔3〕春草伤裙带：五代牛希济《生查子》词：“记得绿罗裙，处处怜芳草。”

〔4〕禁害:苦恼,折磨。

这首曲写一位书生因思念意中人而情思困倦的状态。“杏脸桃腮”的记忆,因“新月”、“春草”而引起的联想,勾勒了对方娇媚的形象,构成了曲子绮艳的色彩。

北正宫·小梁州

咏闺情(十二首选一)

碧纱窗外月儿高,秋到芭蕉,和衣刚得眼合着。谁惊觉?花底一声箫。(幺)吹来总是相思调,把闲愁唤上眉梢。展转听,伤怀抱。粉香花貌,一夜为君消。

作者的十二首〔小梁州〕《咏闺情》曲,都用“碧纱窗外月儿”起兴,分咏思妇在不同情境下的不同情态。这一首写思妇秋夜被箫声唤起,触动愁怀,不能成寐,意境凄清。

北中吕·满庭芳

摇橹

常依小艇,惊飞野鸟,荡散浮萍。几回欸乃风初静[1],雾渚莎汀。乱南浦波心月明,碎浔阳江上潮声[2]。记不得当年恨,篷窗酒醒,感起故乡情。

〔1〕欸(ǎi 蔼)乃:行船摇橹声。

〔2〕浔阳江:指长江流经浔阳县境一段,在今江西九江市北。

明写摇橹,暗写旅人;飘泊之感,油然而生。画面苍凉寂寥。

北双调·水仙子

葬士[1]

寻龙倒水费殷勤[2],取向敛穴无定准[3],藏风聚气胡谈论。告山人须自忖[4]:拣一山葬你先人,寿又长身又旺,官又高财又稳,不强如干谒侯门?

〔1〕葬士:替人占看葬地风水的术士,即堪舆家。

〔2〕寻龙倒水:旧时堪舆家以山势为龙,称其起伏绵亘的脉络为龙脉,气脉所结为龙穴;寻龙即寻找龙穴。倒水,疑指避开地下水。

〔3〕取向敛穴:向,方向;穴,墓穴;敛,即殡殓。取向敛穴,即选取方向,以埋棺入穴,这是堪舆家的话。

〔4〕山人:旧时对卜卦、算命、看风水者的称呼。

这首曲拆穿葬士搞风水迷信的无稽。“告山人”以下,是诘问,也是讽刺。

前　调

瓦匠

东家壁上恰涂交[1]，西舍厅堂初瓦了[2]，南邻屋宇重修造。弄泥浆直到老，数十年用尽勤劳。金张第游麋鹿，王谢宅长野蒿[3]，都不如手镘坚牢[4]。

〔1〕壁上：墙壁。涂交：涂抹完泥水交工。

〔2〕瓦（wà袜）：通“瓦”，作动词用，盖瓦。

〔3〕“金张第游麋鹿”二句：是说历史上富贵显赫的世家大族都已衰落。金张，汉宣帝时的显宦金日磾和张安世，两家后裔累世富贵，后借指世代显贵之家。王谢，六朝时王、谢两姓世为望族，后以为高门世族的代称。

〔4〕手镘：指从事瓦匠工作。镘，用泥土、石灰等物涂抹墙壁的工具，俗称“抹子”，一种小瓦刀。

这首曲赞美泥瓦匠的勤劳和他们给社会做出的贡献；并认为世家大族都不可靠，只有从事劳动是最靠得住的，表现了民主的观点。

北双调·雁儿落带过得胜令

机匠

〔雁儿落〕双臀坐不安,两脚登不办[1]。半身入地牢,间口啉荤饭[2]。 〔得胜令〕逢节暂松闲,折耗要赔还[3]。络纬常通夜[4],抛梭直到晚。捋一样花扳[5],出一阵馊酸汗[6]。熬一盏油干,闭一回瞌睡眼。

〔1〕登:同“蹬”,踩踏。登不办,疑即蹬不动。

〔2〕间口啉荤饭:意说不能常吃到好饭菜。间(jiàn 建),隔开、间断之意。啉(zhuāng 庄),同“哇”,吃。荤,指鱼肉类食品。

〔3〕折耗:指原料亏损。

〔4〕络纬:把纬线绕在线架上。

〔5〕捋(luō 罗阴平):用手把物脱下,这里意为扳动。花扳,指织不同花纹用的不同扳机。

〔6〕馊(sōu 馊):同“馊”,食物经久发出的酸臭味。

明代中叶,我国江南一些城镇出现了资本主义的萌芽,出现了一些以织布为业的机户。他们开设作坊,雇工劳动。而自己没有织机的机匠,则只好出卖劳动力,“计日受值”。这首曲描写了机匠们牛马般的生活,他们日夜坐在织机上工作,劳动强度很大,吃的东西却很差。“半身入地牢”,这是他们血泪凝成的辛酸话。作者对他们是充满同情的。

北中吕·朝天子

媒人

这壁厢取吉，那壁厢道喜，砂糖口甜如蜜。沿街绕巷走如飞，两脚不沾地。俏的矜夸，丑的瞒昧，损他人安自己。东家里怨气，西家里后悔，常带着不应罪。

旧社会，媒婆是害人虫之一。她们利用青年男女不得私相接触、婚姻必须由媒人作介的封建习俗，到处乱点鸳鸯谱，不管缔姻双方的年龄、健康、性格是否合适——更不用说有无爱情了。因为在"盲婚"制度下，爱情是不可能在婚前产生的——只管自己赚取几文谢媒钱，害得许多人痛苦一辈子。因此从明代以来，小说、戏曲里就出现了不少丑恶的媒婆形象。这首曲，用挖苦讽刺的口吻，对媒人的丑恶行径进行了漫画式的勾勒，富于散曲冷嘲热讽的辛辣味。

前　调

搭材

篾篁儿紧扎[1]，木植儿巧搭[2]，利脚手分高下[3]。一关一捩旋生发[4]，就里工夫大。自己寻常，傍人惊怕，半空中难作耍。舍卫城建塔[5]，蓬莱宫上瓦，不是我谁承架？

〔1〕篾篁（tán坛）儿：竹篾，薄竹片。

〔2〕木植儿巧搭：指用竹、木搭建筑棚。

〔3〕利脚手：疑指脚手架。

〔4〕一关一捩（liè列）旋生发：指用竹篾搭棚时翻来覆去的动作。关，正手折过来；捩，反手扭过去。生发，意即生成。

〔5〕舍卫城：古印度城名，在今印度西北部拉普地河南岸，相传释迦牟尼曾居此。

这首曲歌颂搭棚工人手艺的高强，以及他们对建筑事业做出的贡献。用自叙口吻，充满自豪感。

北正宫·醉太平

挑担

麻绳是知己,匾担是相识。一年三百六十回,不曾闲一日。担头上讨了些儿利,酒房中买了一场醉,肩头上去了几层皮。常少柴没米。

这首曲写担夫一年到头的辛勤劳动和困苦生活,充满同情。曲词通俗流畅,明白如话,继承了元人本色当行的传统。

套 数

北黄钟·醉花阴

秦淮游赏

〔醉花阴〕深浅荷花二三里,仿佛似王维画里。凉雨过,晚风微,小舫轻移,来往垂杨底。好风景,喜追陪,万斛尘襟皆荡洗。

〔喜迁莺〕人生佳会,与词林三五相知,忘机。尽都是儒林布衣,睥睨乾坤更许谁〔1〕?湖海气,一会价藏阄赌令〔2〕,一会价射覆分题〔3〕。

〔出队子〕五陵佳气〔4〕,笑谈间出众奇。一个个子瞻文藻许相齐,司马才华可并推,杜牧疏狂堪共比。

〔幺篇〕东吴佳丽,水云乡事事宜。几行沙鸟傍人飞,数点征帆带雨归,一片渔歌花外起。

〔刮地风〕多少兴亡残照里,锁苍烟禾黍高低。慨凄凉自古繁华地,物换星移。一处处古台幽砌,一丛丛野花荒荠。梁家争,晋家霸,你兴我废。从前不索题,笑呵呵且自衔杯。

〔四门子〕列金钗十二云鬟立。绮罗交,珠翠围,秦淮十里南风醉。问仙姝来怎迟?金缕歌,象板催,乐陶陶尽拚沉醉归。锦瑟又弹,凤管又吹,一弄儿歌声润美〔5〕。

〔水仙子〕将将将日坠西,见见见雪浪惊涛拍岸回。纷纷纷宿鸟飞还,闪闪闪残霞飘坠,呀呀呀两三家半掩扉,喜喜喜送黄昏远寺钟声碎,看看看灯火见依稀。

〔尾声〕载酒重来是何日?重来时切莫相违。常言道闲处光阴能享几!

〔1〕睥睨(pì nì 僻逆):斜视,这里是小看之意。

〔2〕藏阄:即藏钩,一种猜别人手中藏物的游戏。赌令:即比赛酒令,宴会时助兴的一种游戏。

〔3〕射覆:酒令游戏之一,用字句隐寓事物,令人猜度。分题:酒席上众人分韵题诗。

〔4〕五陵：长安汉朝皇帝的五个陵墓，附近多居住豪门贵族。

〔5〕一弄儿：一派。

这套曲写的是秦淮河上的游赏。写景抒情，随意挥洒；意境开阔，语辞清丽。特别是〔水仙子〕一曲，每一句都使用了叠字，配合精彩的景物描写，画境与声情并胜。

秦淮是妓乐集中的地区，又是贵族子弟寻欢行乐的所在，作者在抒写他们的豪情胜概时，流露了及时行乐的思想。

沈　仕

沈仕(1488？—1565？)，字懋学，又字子登，号青门山人。浙江仁和(今杭州)人。他生于官宦之家，弱冠即有才名，却不愿参加科举考试，而喜欢到处漫游，足迹遍江淮、齐鲁、燕蓟、闽峤等地。性格疏放，常常一掷千金。

沈仕的散曲原有《唾窗绒》一集，后来失传了。近人任中敏据明人选本辑得小令七十四首，套数十二套。这些作品，几乎全是写艳情的。这和从明代梁伯龙以来各家关于沈仕散曲的记述相符。在明代，他的散曲早就以“冶艳”出名，被称为“青门体”，仿效的人不少，俨然为“香奁”之宗，可说是开了明代中叶以后散曲向香艳发展的趋势。这样的作品，内容自然是比较庸俗的，少数还语涉色情淫秽。不过在艺术上，作者却时有巧思佳句，沁人心脾。

沈仕也能诗，有《沈青门诗集》流传，写得苍凉慷慨，和他的散曲面目大不相同。他善画花鸟山水，绘画也有名。

小 令

南南吕·懒画眉[1]

春日闺中即事

东风吹粉酿梨花,几日相思闷转加。偶闻人语隔窗纱,不觉猛地浑身乍[2]。却原来是架上鹦哥不是他!

〔1〕懒画眉:南〔南吕〕宫曲调。句式:七七、七五七,共五句五韵。曲调幽雅,宜于抒写闲适、幽艳心情。

〔2〕乍:冲动、兴奋的意思。

写春闺少妇的情态十分巧妙,连听到鹦鹉的声音都浑身兴奋,误以为是情郎的归来。

前　调

春怨

倚阑无语掐残花,蓦然间春色微烘上脸霞。相思薄倖那冤家,临风不敢高声骂,只教我指定名儿暗咬牙。

通过“掐残花”、脸红、咬牙低骂的外部动作，表现封建时代思妇的内心活动，相当动人。

常　伦

常伦(1492—1525),字明卿,号楼居子,山西沁水人。正德六年(1511)进士。官大理寺评事,谪寿州判官,因得罪上司,弃官归。旋迁知宁羌州,不赴。醉中舞刀驰马渡水,马惊蹶,刀穿腹而死,年仅三十四岁。

他多力善射,好谈兵击剑;又颖悟过人,自幼能诵书赋诗。性格疏狂,弃官后更纵情诗酒声伎,醉即自度新声,悲壮艳丽,步武元人。散曲现存《写情集》一卷,包括小令一百五十馀首,套数九套。内容多写颓放生活,思想与康、王相近,但才力不及;又多谈铅汞修炼,殊无谓。诗集有《常评事集》。

小　令

南商调·山坡羊

闷葫芦一摔一个粉碎[1],臭皮囊一挫一个蝉蜕[2],鸦儿守定兔窠中睡。曲江边混一回[3],鹊桥边撞一回[4]。来来往往,无酒也三分醉。空攒下个铜斗儿家缘也[5],单买那明珠大似椎。恢恢,试问青天我是谁[6];飞飞,上的青霄咱让谁?

〔1〕闷葫芦:扑满的俗名,也叫闷葫芦罐儿。以此比喻难以猜透的世事。

〔2〕臭皮囊:指人的肉体,佛、道二家以其中藏有涕、痰、粪、尿等污物,故称。

〔3〕曲江:即曲江池,唐代长安城南的一个游览胜地。

〔4〕鹊桥:传说七夕乌鹊在天河所搭以渡牛郎织女的桥。

〔5〕铜斗儿家缘:意指巨大的家财。

〔6〕恢恢:宽广貌。

表现超脱于世俗的豪放思想。功名、财富,甚至自身的肉体,都要来个“粉碎”和“蝉蜕”,而过那绝对自由的大解脱的生活,看来颇受庄子思想的影响。语言通俗本色,使作品增添了豪放恣肆的韵味。

南商调·黄莺儿

金勒玉骢骄,軃丝鞭过小桥〔1〕,青莎芳草平沙道〔2〕。绿摇着柳条,红映着小桃,山光岚气纱笼罩。赏东郊,少年行乐,最称意是春朝。

〔1〕軃(duǒ 朵):下垂。

〔2〕莎(suō 梭):草名。

明媚的景色与轻快的人物相映衬,活画出一幅春郊行乐图。

黄　峨

黄峨(1498—1569),字秀眉,四川遂宁人。幼通经史,能诗文。二十岁嫁杨慎为妻。嘉靖三年(1524),杨慎谪戍云南;后二年,迎夫人至贬所。嘉靖八年(1529),慎父廷和死,她奔丧返新都。从此留在家乡,与丈夫分手达三十年。杨慎死后,她还寡居十年才死。

黄峨善写散曲,有《杨夫人乐府》传世。她多情善感,与丈夫长年仳离,作品充满了相思的愁苦。这些饱含着身世悲哀的作品,与为文造情的无病呻吟是大不相同的,因而缠绵悲切,真挚感人。至于她其他的作品,也多写风情闺怨,宛转有情思,不脱妇女本色;文字亦清丽可喜。王端淑评为"幽思绮语,溅人齿牙",不愧是曲中的李易安。

小　令

北双调·雁儿落带过得胜令

〔雁儿落〕俺也曾娇滴滴徘徊在兰麝房,俺也曾香馥馥绸缪在鲛绡帐。俺也曾颤巍巍擎他在手掌儿中,俺也曾意悬悬阁他在心窝儿上。　　〔得胜令〕谁承望:忽剌剌金弹打鸳鸯,支楞楞瑶琴别凤凰。我这里冷清清独守莺花寨,他那里笑吟吟相和鱼水乡。难当,小贱才假莺莺的娇模样;休忙,老虔婆恶狠狠做一场。

这首曲以一位妇女的口吻，叙述她从前与丈夫的恩爱。后来丈夫移情别恋，使她独守空闺；因而痛恨那个“假莺莺模样”的“小贱才”——她丈夫的新欢。这反映了封建时代妇女在爱情、婚姻问题上的不平，不能简单地看作无聊的争风吃醋。风格爽利泼辣，抒情主人公情态如见。

北南吕·骂玉郎带过感皇恩采茶歌

仕女图

〔骂玉郎〕一个摘蔷薇刺挽金钗落。一个拾翠羽，一个撚鲛绡，一个画屏侧畔身斜靠。一个竹影遮，一个柳色潜，一个槐阴罩。　〔感皇恩〕一个绿写芭蕉，一个红摘樱桃。一个背湖山，一个临盆沼，一个步亭皋。一个管吹凤箫，一个弦抚鸾胶。一个倚阑凭，一个登楼眺，一个隔帘瞧。　〔采茶歌〕一个愁眉雾锁，一个醉脸霞娇。一个映水匀红粉，一个偎花整翠翘。一个弄青梅攀折短墙梢，一个蹴起秋千出林杪，一个折回罗袖把做扇儿摇。

这首曲是吟咏一幅“仕女图”的。每句都用数量词“一个”领起，组成二十四个排比句，分别描写了图画上二十四位女性的姿态，可谓穷形尽相,气象万千。它充分满足了读者视觉形象的要求,在他们眼前打开了一个瑰丽多彩的世界。在行文上,它又打破了曲调不同的界限,一气呵成,使这由三支曲调组成的带过曲浑然融为一体,在音律上也产生特别协调的效果。像这样因难见巧的作品,在整个散曲史上也不多见,具见作者才情。

南南吕·罗江怨〔1〕

寄远

〔香罗带〕空庭月影斜,东方既白,金鸡惊散枕边蝶〔2〕。长亭十里唱阳关也。　　〔一江风〕相思相见,相见何年月?泪流襟上血,愁穿心上结,鸳鸯被冷雕鞍热。

〔1〕罗江怨:南〔南吕〕宫曲调,集〔香罗带〕、〔一江风〕二曲而成。句式:五四七八、四五五五七,共九句七韵(第二、五两句可不用韵)。〔香罗带〕结句末字照例用“也”字,如全曲不用“车遮”韵,则在其前一字押韵。

〔2〕金鸡惊散枕边蝶:鸡声把人唤醒。枕边蝶,用庄周梦蝶故事,谓梦醒。

这是黄氏寄给远谪的夫婿的一支曲。曲中回忆了别离的情景,抒发了相思的痛苦,当是初别之作。结句以鸳被冷与雕鞍热对举,分写闺中的长期孤寂与行人的长途跋涉,更见精警。

南商调·黄莺儿

苦雨

积雨酿轻寒,看繁花树树残。泥途满眼登临倦。云山几盘,江流几湾,天涯极目空肠断。寄书难,无情征雁,飞不到滇南。

这是黄氏传诵的名篇。抒写她思念夫婿之苦,情景结合,感情真挚。

吴承恩

吴承恩(1500? —1582?),字汝忠,号射阳山人,淮安山阳(今江苏淮安)人。髫龄即有文名,但科举屡遭挫折,至嘉靖二十三年(1544)始补岁贡生。以后曾作过短期的浙江长兴县丞。仕途困顿,长期过的是卖文自给的清苦生活。所作诗文表现出对当时社会现实的不满。并在民间传说和前人创作的基础上完成了著名的长篇小说《西游记》。诗文集有《射阳先生存稿》。散曲仅存小令五首,套数二套,文笔亦自不弱。

小　令

北中吕·满庭芳

春游

山间水涯,莺迁乔木,燕剪香沙[1]。东郊过雨春如画,碧草丹霞。一壁厢驮红袖银鞍细马,一壁厢舞青旗茅店桃花。垂杨下,传杯弄斝,不醉也不归家。

〔1〕燕剪香沙:写燕子在沙上飞过的姿态。燕尾形如剪刀,故称燕剪。

写春日郊野风光的明媚,游人的杂遝,色调鲜明,场景如画,同时表现了作者的豪情胜概。

套数

南南吕·梁州序

咏雪

〔梁州序〕连天一色,随风千变,六出是谁裁剪[1]? 世间何物,比他皎洁轻纤? 漫道是银龙坠甲[2],玉凤梳翎,粉蝶儿飞撩乱。素娥妆阁上,倚婵娟[3],错认杨花扑绣帘。(合)[4]清幽景,最堪恋,向销金帐底同欢宴,羊羔酒,美人劝[5]。

〔前腔〕溪山如塑,园林如染,楼阁尽行妆点。凭高一望,白云铺满琼田[6]。见了些水晶宫阙,云母轩窗,莹彻琉璃殿[7]。更爱那疏篱茅店外,小桥边,斜压梅梢映画帘。(合前)

〔前腔〕伴清光唯有残蟾[8],渐略约东风催转。笑远山微露,半痕眉浅。尚犹自鹤迷琪树[9],鹭隐冰沙,芦雁惊银箭[10]。

渔翁江上晚，一蓑悬，闲载琼瑶压钓船。（合前）

〔前腔〕对冰湖表里山川[11]，正老子兴来非浅。漫试拈铁笛，倚空吹断。管甚么舟回剡曲[12]，兵破淮西[13]，□打卑田院[14]。灞桥驴背上，耸吟肩，风卷寒花扑帽檐[15]。（合前）

〔节节高〕曾经祝向天，乞丰年。天公果肯从人愿，行方便，瑞气旋，占书验。一连三白黄金贱[16]，遗蝗宿瘴消除遍。（合）不似春秋月和花，时节到了寻常见。

〔前腔〕闲烹小凤团[17]，扫来煎。一瓯香带余酣咽。尘襟换，展蜀笺[18]，磨端砚[19]，吴毫写入新诗卷，新诗教与山童念。（合前）

〔馀音〕今宵醉醒怀同伴，共邹枚曾赏兔园[20]，草就相如赋一篇[21]。

〔1〕六出：指雪花，因其成六角形。

〔2〕银龙坠甲：形容飞雪。宋·张元《雪》诗："战罢玉龙三百万，败鳞残甲满天飞。"以下二句亦形容飞雪。

〔3〕"素娥妆阁上"二句：指贵家妇女在妆楼上徘徊。素娥，本月中女神，此指贵家妇女。

〔4〕合：即合头。南曲中的同一曲调，如果连用二次以上，而最后几句相同的，称为"合头"。在第一次出现的合头上注一"合"字，以下出现的同调曲文即不再重出，仅注"合前"二字，意即谓"合头同前"。合头往往由数人合唱，但也有独唱的。

〔5〕"向销金帐底"三句：北宋时太尉党进，每逢下雪天，就与家姬在"销金帐底，浅斟低唱，饮羊羔美酒"。

〔6〕白云铺满琼田:形容大地铺满白雪,遥望似一片白云。琼田,晶莹如玉的田地。

〔7〕“见了些水晶宫阙”三句:形容大地上的建筑物尽为大雪所笼罩。

〔8〕清光:指雪的光辉。残蟾:指将西坠的月亮。这句写雪月交辉之景。

〔9〕琪树:神话中的玉树。

〔10〕芦雁:芦苇中的宿雁。银箭:指雪中的芦叶。

〔11〕冰湖:“湖”应作“壶”。“冰壶”,形容雪后的山川。

〔12〕舟回剡曲:即王子猷雪夜访戴事,见朱有燉〔中吕·珠履曲〕《咏剡溪棹雪》的说明。

〔13〕兵破淮西:指李愬雪夜下蔡州事。唐宪宗元和十年,淮西节度使吴元济反,朝廷遣裴度宣慰淮西行营,以愬为邓州节度使,率兵讨伐。十二年,愬率师雪夜袭蔡州,生擒吴元济,淮西平。

〔14〕□打卑田院:当指郑元和风雪卑田院事。元·石君宝《曲江池》杂剧写郑元和为鸨母赶出,曾于风雪天乞食。卑田院,乞丐收容所。

〔15〕“灞桥驴背上”三句:写诗人雪中吟诗。唐·郑綮曾说:“诗思在灞桥风雪中驴子上。”

〔16〕三白:指雪。苏轼《次韵王觌正言喜雪》:“行当见三白,拜舞欢万岁。”

〔17〕小凤团:茶名。宋初在建州造团茶,置龙凤模,以供宫廷之用。

〔18〕蜀笺:四川所制之笺纸,唐宋以来甚为名贵,宋费著有《蜀笺谱》,载蜀笺种类甚详。

〔19〕端砚:以广东德庆县端溪产石所制之砚。自唐以来,即为人所重。

〔20〕兔园:见王磐〔北南吕·一枝花〕《久雪》注〔2〕。邹枚,邹阳

和枚乘，二人均曾为梁孝王客。枚乘有《梁王兔园赋》。

〔21〕相如赋：谢惠连《雪赋》写梁孝王游兔园时，要司马相如作《雪赋》。

这套曲描写雪景。运用了各种各样的比喻和有关雪的典故，从不同的环境、角度，层层展开描写，展示了许多优美的画面。在这皎洁晶莹的琉璃世界里，有一个豪兴非浅的人物在，那就是作者自己。他时而倚空吹笛，时而烹茶赋诗，以欣赏、赞美的眼光，注视着这大自然的奇景。曲子的基调是明朗、轻快的。

沈义父《乐府指迷》论咏物忌犯题字，说："咏物词，最忌说出题字。如清真梨花及柳，何曾说出一个梨、柳字？梅川不免犯此戒，如〔月上海棠〕《咏月出》，两个月字，便觉浅露。他如周草窗诸人，多有此病，宜戒之。"这套曲连用了七支曲子，洋洋数百言，却通篇不用一个"雪"字，虽不一定说这就是掌握了咏物的三昧，却可见作者追求用字不露的努力。

李开先

李开先（1502—1568），字伯华，号中麓，山东章丘人。嘉靖八年（1529）进士，除户部主事，改吏部，历员外郎中，擢太常寺少卿，提督四夷馆。年四十罢归，家居近三十年。他同王慎中、唐顺之、陈束、赵时春、熊过、任瀚、吕高等并称"嘉靖八才子"。诗文之外，更精于词曲。曾因事至西北，访王九思、康海于鄠、杜之间，赋诗度曲，彼此相见恨晚。家中藏书很多，而词曲尤富，有"词山曲海"之称。生平著述甚富，传奇有《宝剑记》，院本有《打哑禅》、《园林午梦》，诗文集有《闲居集》，散曲有《中麓乐府》、《中麓小令》，往往尚未脱稿，已为里巷传歌。时人认为"与东篱、小山并驱争先"。

小　令

南仙吕·傍妆台[1]（二首）

其一

雨丝丝，冲风跃马欲何之？闲游正喜风吹袂，况有雨催诗。休图云里栽红杏，好向山中觅紫芝[2]。磨而不磷，涅而不缁[3]。得随时处且随时。

其二

曲弯弯，一轮残月照边关。恨来口吸尽黄河水，拳打碎贺兰山〔4〕。铁衣披雪浑身湿，宝剑飞霜扑面寒。驱兵去，破虏还，得偷闲处且偷闲。

〔1〕傍妆台：又名〔临镜序〕，南〔仙吕〕宫曲调。句式：三七、五五、五五、三三七，共九句六韵（第三、五、七句不用韵）。

〔2〕“休图云里栽红杏”二句：是说不要希望做官，最好还是归隐。唐·高蟾《下第后上永崇高侍郎》诗：“天上碧桃和露种，日边红杏倚云栽。”紫芝，道教徒所说的一种灵芝，据说服食后可以却病延年。

〔3〕“磨而不磷”二句：《论语·阳货》：“不曰坚乎？磨而不磷；不曰白乎？涅而不缁。”磷，是说因磨而致薄损；涅，本指黑色染料，这里是说用黑色染料染物。缁，黑色。

〔4〕贺兰山：在今宁夏回族自治区西北边境和内蒙古自治区接界处。

作者的〔傍妆台〕曲共一百首，即《中麓小令》，是他归田后写的。从表面看来，几乎全是“自了汉”的言语：举凡人情、世态、宦途、名利、是非、成败，都一举而空之；乐在逍遥散诞，诗酒烟霞；思想未免消极。但实际上官场的黑暗，人情的险恶，也就在这样的言辞中揭露出来了。作者自己说，这些曲子“中多悲愤之音，激烈之辞”，王九思认为“感情激烈，有正有谑”，都是不错的。

这里选了两首。第一首写弃官归隐的乐趣：“闲游正喜风吹袂，况有雨催诗”，多么优游自在！结处引用《论语》表示耿介不移的话，而加以否定，好像是提倡“得随时处且随时”的“随大流”哲学，实际是借此发牢骚。〔傍妆台〕百首结句构造相同，很多都应作如是观。第二首写边关将士惊人的豪迈气概和辛勤地执行任务，直至破虏而还；而最后却以“得偷闲处且偷闲”来一笔勾销，也是一种“悲愤之音”。

张　铼

张铼(生卒年不详),字伯纯,嘉靖进士,官至湖南按察司佥事。有《经济录》、《太乙诗集》。他是康海的外甥,善作曲,有《双溪乐府》二卷,收小令一百九十多首,套数三十多套,大抵是"志忘驰骛,景会幽便"之作,内容不脱悟世乐闲,间杂风情之篇。他的曲,有风格豪放接近康海的一面,但词句比较清丽、妥帖。

小　令

北双调·沉醉东风

阅世(三首选一)

背地里瞒神吓鬼,向人前苫眼铺眉〔1〕。战兢兢捉虎心,恶狠狠牢龙计,讨别人多少便宜!百岁逢场闹几回,做不到卢生梦尾〔2〕。

〔1〕苫眼铺眉:挤眉弄眼。见元·张鸣善〔双调·水仙子〕《讥时》注〔1〕。这里有故作热情友好之意。

〔2〕卢生梦尾:用《邯郸记》故事,参看王九思〔水仙子带过折桂令〕《归兴》注〔3〕。

作者的《阅世》曲共三首,都尖锐地讽刺当日的世态人情。这一首揭露了那种当面装笑脸,背后放暗箭,专一损人利己者的嘴脸。最后两句讽刺他们"做不到卢生梦尾",表面上说的是不能享尽富贵荣华,实际上是说他们没有好下场。

北正宫·醉太平

京邸寄友

和风摆柳丝,细雨润花枝。客窗啼鸟梦回时,恨飘零浪子。高堂冷落斑衣事〔1〕,幽闺想象回文字〔2〕,兰亭辜负赏花诗〔3〕:为功名半纸。

〔1〕高堂冷落斑衣事:指不能侍奉双亲。斑衣,见汤式〔北仙吕·赏花时〕《送人应聘》注〔9〕。

〔2〕幽闺想象回文字:指让妻子在家中思念。晋·窦滔因罪徙流沙,其妻苏蕙织锦为《回文旋图诗》以寄。

〔3〕兰亭辜负赏花诗:指不能随意游赏。晋·王羲之曾与谢安等人在山阴兰亭"修禊",传有《兰亭序》。

悔恨为功名而飘零在外,这是封建时代知识分子常有的思想状态。曲子写得比较真实朴素。中间三句鼎足对,淋漓酣畅,一结较含蓄。

金　銮

金銮（生卒年不详），字在衡，号白屿，甘肃陇西人。嘉靖、万历间侨寓南京，常与留都人士选胜征歌，命觞染翰；并往来淮扬、两浙间，结交四方豪士。他性情豪爽，洞解音律，酒酣据几高吟长咏，中节可听，四座忘疲。卒时年九十。有诗文集《徙倚轩集》。

金銮是嘉靖间著名散曲家之一。散曲集《萧爽斋乐府》共收小令一百三十三首，套数二十四套。作品内容比较丰富，摆脱一般曲家喜写闺情闺怨或隐居乐道的状况，而把题材扩大到即景抒情、忧时讥世、应酬赠答的领域，把散曲当作诗词一样来使用。风格比较多样，有萧爽俊逸的，有清丽绵密的；还有俳谐俚俗的嘲调小曲。何元朗评论他说："南都自徐髯仙后，惟金在衡最为知音。"可见当时人对他的推重。

小　令

北双调·沉醉东风

忧旱

我则见赤焰焰长空喷火，怎能够白茫茫平地生波。望一番云雨来,空几个雷霆过。只落得焦㸬㸬煮海煎河[1]。料着这露水珠儿有几多,也难与俺相如救渴[2]。

〔1〕焦㸬(bó 博)㸬:火烧得焦干的样子。

〔2〕也难与俺相如救渴:是说救不了灾,也解不了忧。相如,指汉代辞赋家司马相如,他有消渴病(即糖尿病),常需要大量喝水。这里借以比喻自己忧旱的焦灼心情。

大旱望云霓,是老百姓的共同心愿;能够有这样的感受,在封建文人中是比较难得的。曲子写得本色通俗。叠字形容词的反复运用,增强了语言的表现力。

前　调

风情嘲戏

人面前瞒神吓鬼,我根前口是心非。只将那冷语儿劖[1],常把个血心来昧[2]。闪的人寸步难移。便要撑开船头待怎的?谁和你一篙子到底!

〔1〕冷语儿劖(chán 婵):用冷言冷语来刺人。劖,凿、刺之意。

〔2〕昧:隐瞒。

这是作者的"嘲调小曲"之一,嘲讽那些对爱情不忠实的人。他们在妇女面前,口是心非,昧着良心做事,把别人折磨得寸步难移。

最后用比喻的方式,表示对这种人的唾弃,是吸收了民歌的惯用手法。

北双调·落梅风

咏蝇

从交夏,攘到秋〔1〕,缠定了不离左右。饶你满身都是口〔2〕,尝得出那些儿香臭?

〔1〕攘:骚扰。
〔2〕饶:任凭,尽管。

这是作者又一类型的"嘲调小曲"。它借苍蝇的从夏到秋——生命的一辈子——缠定腐臭的东西,讽刺那些整天追名逐利的市侩小人。像这一类的曲子,还有《咏虱》、《咏蚊》、《咏蚤》等好几首。

北双调·水仙子

广陵夜泊〔1〕

城边灯火几家楼,江上风波一叶舟,月中箫鼓三更后。听谁家犹唤酒？正烟花二月扬州[2]。人已去锦窗鸳甃[3]，物犹存青蒲细柳，怨难平舞态歌喉。

〔1〕广陵：今江苏扬州市。

〔2〕正烟花二月扬州：李白《黄鹤楼送孟浩然之广陵》诗："烟花三月下扬州。"这里为了避免重字，把"三月"改为"二月"。

〔3〕锦窗鸳甃：指富贵人家的住宅。鸳甃，即"鸳瓦"，是互相成对的瓦。

这首曲记夜泊扬州时的所见所闻所感。灯火辉煌的高楼上，三更后犹闻箫鼓，是谁在唤酒行乐呢？这触起了作者的感怀。意境颇似杜牧的《泊秦淮》。"人已去"以下数句，有物是人非之意。扬州自昔为歌舞繁华地，当年的"锦窗鸳甃"，如今已经人去楼空；"舞态歌喉"，亦已烟消云散。这对当时那些迷恋青楼歌舞的人来说，是一服清凉剂。曲子写得凄清艳丽，俊语如珠。

南双调·锁南枝

风情集常言（八首选二）

其一

闲言来嗑[1]，野话儿劖，偷嘴的猫儿分外馋。只管里吓鬼瞒神，吃的明吃不的暗。搭上了他，瞒定了俺。七个头，八个胆。

其二

心肠儿窄,性气儿粗,听的风来就是雨。尚兀自拨火挑灯,一密里添盐加醋[2]。前怕狼,后怕虎。筛破的锣,擂破的鼓。

〔1〕嗑(kè 课):即“嗑牙”,指多话。

〔2〕一密里:也作“一味里”,有一直、一向意。

作者的《风情集常言》共八首,大抵是秦楼楚馆风情调笑之作。这里选的两首,都是以妓女的口吻来说话的。第一首是责骂男的既缠上了她,又偷偷地勾搭上别人。第二首是责怪男的心肠窄小,听到一点风声,就疑神疑鬼,不再跟自己来往。内容本无甚可取,但语言通俗泼辣,确是当时市井下层人物的口吻,有些至今仍可在一定的范围内使用,故录以备一格。

套 数

北仙吕·点绛唇

送汪小村归广陵[1]

〔点绛唇〕四海高情,五湖佳兴。诗中景,都收入半卷丹青。落魄煞,拍手歌随心令[2]。

〔混江龙〕他可也乐天知命,不通姓字不言名。渔樵故侣,鸥鹭闲盟。欢乐较多愁较少,道情为重利为轻。身不离棋枰药裹,口常谈酒颂茶经[3]。满面儿春风和气,一腔儿秋水澄清。

〔天下乐〕落得个半世青袍白发生,想着他前程水上萍。畅好是哭穷途阮步兵[4],才看破眼角儿怕待睁,惯转动脚跟儿怕待行,刚温热心肠儿怕待冷。

〔那吒令〕想着他与风云状形[5],笔精于右丞;托江山寄情,诗工于少陵。今日个困林泉此生,气平于祢衡[6]。甘守着原宪贫[7],枉耽了相如病[8],常自惺惺[9]。

〔鹊踏枝〕爱你个老先生最多情,不忘了十载交游,又无甚千里途程。驾着个苕溪小艇,紧弯住曲水闲亭[10]。

〔寄生草〕只把你为平仲[11],休猜咱是管宁[12]。我和你五侯七贵曾相并[13],几番家九衢六市闲相竞,看了些千红万紫争相胜。还只待新篘一醉洞庭春[14],谁承望故人三叠阳关令[15]。

〔幺篇〕渐渐的秋容改,看看的暮景生。我只见半天残照风帆正,数声短笛渔舟横,霎时间一江凉月芦花映。明朝骑鹤上扬州[16],何时载酒来陶径[17]?

〔六幺序〕听落叶千林响,正潮回两岸平,最相关此际离情。你可甚门掩孤檠,漏下三更,尚犹自拥寒衾梦绕金陵。我这里愁心况复逢衰病,怎禁他一片秋声。芙蓉未老霜华冷,蓦忽地凉飔渐起,残月犹明。

〔赚煞尾〕还将来岁盟，重与今宵订。须记得江南风景。切莫教霜寒雁影，等闲间花老莺声。锦层层只恁般水秀山明，依旧王孙芳草青〔18〕。遮莫你楼书着摘星，桥题着广陵，争如俺莫愁湖畔石头城〔19〕。

〔1〕汪小村：作者友人，生平不详。

〔2〕随心令：随意唱的曲子。

〔3〕酒颂：即《酒德颂》，晋·刘伶作。茶经：书名，唐·陆羽撰。

〔4〕哭穷途阮步兵：晋阮籍曾为步兵校尉，世称阮步兵。《晋书·阮籍传》说他"时率意独驾，不由径路，车迹所穷，辄恸哭而返"。

〔5〕与风云状形：为风云（指大自然景物）描写形状。

〔6〕祢衡：见康海〔寄生草〕《读史有感》注〔2〕。

〔7〕甘守着原宪贫：原宪，春秋时鲁人，孔子学生。传说他蓬户、褐衣、疏食，不减其乐。后来诗文里多用以泛指贫士。

〔8〕相如病：见作者〔沉醉东风〕《忧旱》注〔2〕。

〔9〕惺惺：清醒，聪明。

〔10〕"驾着个"二句：指汪小村到南京来访自己。苕溪小艇，指小村的艇。苕溪为浙江吴兴胜景，宋·胡仔曾隐于此。曲水闲亭，晋·王羲之与谢安等人在山阴兰亭修禊，"为流觞曲水，列坐其次"。

〔11〕只把你为平仲：称赞对方笃于友情。平仲，春秋齐晏婴字，《论语》说他"善与人交"。

〔12〕休猜咱是管宁：是说自己对朋友不会寡情。管宁，三国魏人，少时与华歆同席读书，有人乘轩冕过门，歆废书往观，管宁遂与他割席分座。

〔13〕五侯七贵曾相并：是说二人同游之乐。五侯七贵，泛指权贵。李白《流夜郎赠辛判官》诗："昔在长安醉花柳，五侯七贵同杯酒。"

〔14〕新篘一醉洞庭春：是说饮新酿好的美酒。篘(chōu)，用篾编成的滤酒工具。新篘，指新滤出的酒。洞庭春，酒名。

〔15〕三叠阳关令：指离别。屡见。

〔16〕骑鹤上扬州：典出《商芸小说》，但这里只是取其字面意义，有离开之意。

〔17〕陶径：借指自己居处。陶渊明《归去来辞》："三径就荒，松菊犹存。"

〔18〕依旧王孙芳草青：指依旧远游在外。《楚辞·招隐士》："王孙游兮不归，春草生兮萋萋。"

〔19〕"遮莫你"三句：意说你去广陵不如我在南京好。遮莫，尽教。摘星，楼名，相传为殷纣王所建。莫愁湖、石头城，均南京地名。

这是送别之作。开篇至〔那吒令〕写汪小村的为人，历历如见。但是功名蹭蹬，"半世青袍"，作者对他充满同情。〔鹊踏枝〕、〔寄生草〕二曲，写他们在南京的同游。〔寄生草·幺篇〕以下，写他们的分别，并预订后会之期，表现出恋恋不舍的情意。全曲大开大合，感慨淋漓，语言清丽，声调悠扬。但用典过多，有的不大切合，表现封建文人的习气。

北双调·新水令

晓发北河道中[1]

〔新水令〕晓钟残月乱鸡声，我这里望长河，水天相映。馀薰香未冷，残睡酒初醒。薄利浮名，锁不住故园兴。

〔雁儿落〕我则见烟空草际平，雨洗山光净。几声霜杵高[2]，一点风帆正。

〔得胜令〕千里盼归程，万种切离情。松菊三秋老[3]，风尘两鬓星。伶仃，酒病兼愁病；飘零，长亭更短亭。

〔落梅风〕干了些朱门贵，谒了些黄阁卿，将他那五陵车马跟随定[4]。把两片破鞋磨的来无踪影，落一个脚跟干净。

〔庆东原〕那里也鸣孤凤？何曾是钓巨鲸？卧龙的终久逢三聘[5]。空惹的心离了管宁，情疏了晏平，义绝了张衡[6]。还自待担书策，走齐滕；奋羽翼，游梁邓[7]。

〔川拨棹〕我而今盼不的到秣陵[8]。水云深，霜露冷；鹭约鸥盟，鹤唳猿声，月榭风亭，酒伴诗评，到处里幽溪峻岭，有谁来闲论争？

〔梅花酒〕只恁般假志诚，携手儿同行，笑脸儿相迎，满口儿应承。他恰才眼角儿不睁，我可甚耳朵儿偏灵？这塔儿须记省[9]，谁拙也谁能？谁浊也谁清？枉了我营营[10]，误了我惺惺，辞别了贤兄，归去也先生。

〔收江南〕我只待闲来江上坐吹笙，几回花底听调筝，等闲风浪不须惊。休得要再逞，青袍今已误儒生[11]。

〔1〕北河：旧称河北永定诸河为北河，这里疑指北运河。

〔2〕几声霜杵高：这句写霜天中传来一阵阵捣衣声。杵，捣衣用的槌棒。

〔3〕松菊三秋老：想象故园的松菊已在秋风中衰老。

〔4〕“干了些朱门贵”三句:指干谒贵官侯门。黄阁卿,本指宰相一类的官,这里泛指高官。五陵车马,指豪门贵族。参看陈铎〔北黄钟·醉花阴〕《秦淮游赏》注〔4〕。

〔5〕“那里也鸣孤凤”三句:承接上文,感叹自己干谒侯门,无所成就。钓巨鲸,用神话龙伯国大人钓鳌的故事。卧龙的终久逢三聘,指诸葛亮隐居隆中,刘备三顾草庐的故事。

〔6〕“空惹的”三句:意说为功名疏远了朋友。心离了管宁,指管宁割席分座事,见前篇注〔12〕。晏平,即晏平仲,见前篇注〔11〕。张衡,东汉人,《后汉书》有传,说他“才高于世”,却“不好交接俗人”。

〔7〕“还自待”四句:形容自己的奔走四方。还自待,还要。齐滕,指山东一带。梁邓,指河南一带。

〔8〕秣陵:即今江苏南京。

〔9〕这塔儿:这里。

〔10〕营营:奔波劳碌。

〔11〕青袍今已误儒生:青袍,亦作“青衿”,古代儒生(读书人)的服装。

作者的生平不易查考,从这套曲看来,他曾经北上求取功名,却失意南归。在鸡声残月的霜晨,他驾着一叶风帆出发了。凄清的景物,触动了他感伤的情怀,于是酣畅淋漓地写下了这首曲。这里有干谒朱门的自怨自艾,有游子思归的迫切心情,有鹭约鸥盟的隐居渴望,有世态人情的刻画揶揄,可见作者生活、思想和散曲风格的一斑。

高应玘

高应玘(qǐ),字仲子,号笔峰,山东章丘人,生卒年月不详。他是李开先的弟子,生活于嘉靖年间。作有杂剧《北门锁钥》,为当代作家所称赞。他的散曲集《醉乡小稿》和诗集《笔峰诗草》中,都有些富有人民性的作品。从《醉乡小稿》的自序来看,他是个"僻性散逸,酷嗜词曲",并且"耽于游赏"的人,隆庆时曾为元城县丞。作品对世态人情多所讽刺。

小 令

北双调·庆宣和[1]

爽约

竹叶风筛金珮摇,泪眼偷瞧,疑是听琴那人到:错了,错了!

〔1〕庆宣和:北〔双调〕曲调。句式:七四、七二二,共五句五韵。末二句一般要重叠,有轻倩风趣的韵味。

这是等待情人来赴约的小镜头,是从"隔墙花影动,疑是玉人来”的诗意化出的。

北正宫·醉太平

阅世

花花草草,攘攘劳劳。近来时世恁蹊跷,百般家做作。蛆心狡肚伏机窍,损人利己为公道,翻黄造黑驾空桥[1]。老先生笑倒!

〔1〕翻黄造黑驾空桥:比喻无中生有,捏造事实,播弄是非。

这是对那种机关算尽、损人利己的人的尖锐抨击。中间的鼎足对三句尤为豪辣。

冯惟敏

冯惟敏(1511—约1580),字汝行,号海浮,山东临朐人。嘉靖十六年(1537)乡试中举,其后“屡上南宫不第”,家居二十馀年。嘉靖四十一年(1562)进京谒选,授直隶涞水县令。做官廉明,为豪右所忌,不久被劾解官。以后又做过镇江教授和保定通判,但都不很得意。隆庆六年(1572)回到故乡海浮山下,度过晚年。

惟敏与兄惟健、弟惟讷少时即以诗文著名齐鲁间,“填词尤号当家,西北人往往被之弦索。”(《大泌山房集·冯氏家传》)与李开先、沈仕、金銮等人有交往。现存作品有诗文集《冯海浮集》、《石门集》,散曲集《海浮山堂词稿》四卷,还有北杂剧《不伏老》和《僧尼共犯》。

《海浮山堂词稿》中的作品具有比较丰富的内容和深刻的思想,除了一般的抒情、言志、写景、咏物、庆吊、赠答外,还涉及到官吏的横暴,社会的黑暗,人民的疾苦。冯惟敏把散曲引向揭露当代社会的矛盾,特别是以相当多的篇幅来关注天灾人祸中的农民,这在散曲作家中是极为少见的。正因为这样,他进一步增强了散曲的生命力,提高了散曲的战斗性,使散曲成为更加有力地反映社会生活的武器。

明代中叶以后,南曲兴起,北曲日渐衰落,但冯惟敏的作品却大多数是北曲。他艺术上继承了元代优秀作家的传统,以豪放刚劲的风格,清新朴素的语言,充分发挥了北曲“劲切雄丽”(王世贞语)的特色,成为明代北曲的有力殿军。他的作品数量很多,计小令五百馀首,套数五十套,这也是同时许多人所不及的。

当然,冯惟敏也有一些粗率庸滥的作品,像未能忘情于中举做官,无聊地嘲戏妓女,以及一些作品语言上的粗糙生硬等。这在明代中叶日趋腐朽的社会风气影响下的封建作家,是难于避免的。

小 令

北双调·胡十八〔1〕

刈麦有感(四首选二)

其一

八十岁老庄家,几曾见今年麦!又无颗粒又无柴。三百日旱灾,二千里放开。偏俺这卧牛城〔2〕,四十里忒毒害。

其二

穿和吃不索愁,愁的是遭官棒。五月半间便开仓,里正哥过堂〔3〕,花户每比粮〔4〕。卖田宅无买的,典儿女陪不上。

〔1〕胡十八:北〔双调〕曲调,较少用,从现存的作品看来,句式很不统一。这两首的句式是:六六七、五五六六,共七句五韵(第一、六两句不用韵)。

〔2〕卧牛城:本指北宋都城汴京,这里借指临朐县城。

〔3〕里正:古代的乡官。过堂:指提犯人过堂审问。

〔4〕花户:指乡民。古代造户口册子,把人名叫作“花名”,户口叫作“花户”。比粮:指官吏催逼乡民纳粮。

作者于隆庆六年(1572)辞职回到故乡临朐以后,接触到农村的现实,亲眼看到了农民身受的痛苦,写下了不少反映农村灾难的作品。万历元年(1573)山东发生大旱,粮食歉收,农民挣扎在死亡线上。作者满怀同情,在这年的夏天写下了这一凄惨的情景。原作共四首,这里选了两首。第一首写旱情的严重和受灾地区的广阔,农民所种的麦子颗粒无收;第二首写里正之类的乡官却还在那里加紧催租,逼得人们卖田宅、儿女。把天灾和人祸都展示出来了,是散曲中少有的现实主义之作。

北双调·折桂令

刈谷有感(二首)

其一

自归来农圃优游,麦也无收,黍也无收。恰遭逢饥馑之秋,谷也不熟,菜也不熟。占花甲偏憎癸酉[1],看流行正到奎娄[2]。官又忧愁,民又漂流。谁敢替百姓担当,怎禁他一例诛求!

其二

近新来百费俱捐，官也无钱，民也无钱。远乡中一向颠连[3]，村也无烟，市也无烟。贫又逃富又逃前催后趱，田也弃房也弃东走西迁。幸赖明贤，招抚言旋[4]。毒收头先要合封[5]，狠催申又讨加添[6]。

〔1〕占花甲偏憎癸酉：意说癸酉年是个令人憎厌的年头（因为它遭遇饥荒）。占，占卜。花甲，干支相配，六十年为一花甲；这里指年头。癸酉，这里指明神宗万历元年，即公元1573年。

〔2〕看流行正到奎娄：意说天灾流行到山东一带。奎宿和娄宿是二十八宿中的两座星宿，我国古代把地上的州域和天上的星宿相配，二十八宿各有其所辖的地区，称为“分野”；奎、娄二宿的分野是鲁地，即作者的家乡山东一带。

〔3〕颠连：困顿不堪。

〔4〕言旋：归来。

〔5〕收头：收取租税的粮长。合封：疑指包封好了的贿赂钱。

〔6〕催申：催租的官吏。

这两首曲同前面的《刈麦有感》是姊妹篇，是同一时期里写成的。曲中展示了麦黍无收、菽谷不熟、村市无烟的荒年惨象，同时尖锐揭露了官府吏役不顾百姓死活的“一例诛求”：他们对流亡归来的人户又是要“合封”，又是讨“加添”，真比钩爪锯牙的豺狼还要狠毒！

北中吕·朝天子

自遣(四首选一)

海翁[1],命穷,百不会千无用。知书识字总成空,浮世干和闵[2]。笑俺奔波,从他盘弄,你乖猾,俺懞懂。就中,不同,谁认的鸡和凤!

〔1〕海翁:作者自指。

〔2〕浮世干和闵:意说世上的人都是靠欺骗过日子的。和闵,一作“和哄”,哄骗之意。

海浮功名蹭蹬,五十多岁才开始出来做官。十年奔走,始终不过是县令、通判、教授之类的小官,还经常受上司的腌臜气,所以对自己的命运充满了不平。这首曲说自己被“乖猾”的世人盘弄,牢骚满腹,正话反说,对是非颠倒的世道进行了猛烈抨击。原作共四首,大抵不出同一主题,是作者归田后不久写的。

南正宫·玉芙蓉[1]

喜雨(二首选一)

初添野水涯,细滴茅檐下,喜芃芃遍地桑麻[2]。消灾不数千金价,救苦重生八口家。都开罢,乔花[3]、豆花,眼见的葫芦棚结了个赤金瓜。

〔1〕玉芙蓉:南〔正宫〕曲调。句式一般为五五九、七七、三五十,共八句七韵(第六句可不用韵)。但变化较多。例如这一首,第三句和末尾两句就有些变化。

〔2〕芃(péng朋)芃:草木茂密的样子。

〔3〕乔花:荞麦开的花。

风调雨顺,一向是农民对天时的良好祝愿,何况是大旱后的好雨连绵!这首曲是接在《刈麦有感》等作品之后不久写的,曲中充满了喜悦的感情,与农民有相通之处。"喜芃芃遍地桑麻","都开罢,乔花、豆花,眼见的葫芦棚结了个赤金瓜。"是美好的想象,带有浪漫主义色彩。

前　调

苦风(二首选一)

难将风雨调,无计回天道,簸乾坤昼夜狂飚。秸科折尽泥中倒[1],黍谷磨残水上漂。哀哀告,千劳万劳,谁承望一年勤苦总无聊!

〔1〕秸(jiē 秸)科:秸,通“秸”,农作物的茎秆。科,通“棵”。

宋·范成大诗云:“垂成穑事苦艰难,忌雨嫌风更怯寒。”在靠天吃饭的古代,大风是农作物的灾害之一。这首曲描写了一场簸动“乾坤”的“狂飚”,把农作物都吹倒刮走的情况;表示了对一年辛苦尽成空的农民的同情,有一定的人民性。

玉　江　引[1]

农家苦

倒了房宅,堪怜生计蹙[2]。冲了田园,难将双手扢[3]。陆地水平铺,秋禾风乱舞。水旱相仍,农家何日足?墙壁通连,穷年何处补？往常时不似今番苦，万事由天做。又无糊口粮，那有遮身布？几桩儿不由人不叫苦！

〔1〕玉江引：宫调不明，待考。

〔2〕生计蹙：生活困难。蹙，紧迫。

〔3〕难将双手扤：意说无法可施。扤（wù 勿），蒙盖意。

这首曲写农村遭遇水灾的惨象，喊出了灾区人民的心声。

北中吕·朝天子

卜

睁着眼莽诌[1]，闭着眼瞎诌，那一个知休咎？流年月令费钻求[2]，就里多虚谬。四课三传[3]，张八李九[4]，一桩桩不应口。百中经枕头[5]，卦盒儿在手，花打算胡将就[6]。

〔1〕诌：信口编造。

〔2〕流年：旧时占卦算命的人称人一年的运气为“流年”。月令，指一个月的吉凶休咎。

〔3〕四课三传：泛指各种占卜手段。

〔4〕张八李九：泛指问卜的人。

〔5〕百中经：星命相士用的书。

〔6〕花打算胡将就：随便应付别人之意。

这是对占卦算命先生的一种揭露，有破除迷信作用。

北双调·河西六娘子[1]

笑园六咏（六首选二）

其一

问道先生笑甚么？笑的我一仰一合，时人不识余心乐。呀，两脚跳梭梭，拍手笑呵呵，风月无边好快活。

其二

名利机关没正经，笑的我肚儿里生疼。浮沉胜败何时定？呀，个个哄人精，处处赚人坑，只落得山翁笑了一生[2]。

〔1〕河西六娘子：北〔双调〕曲调，极少用，元曲中只一首，与此处的句式不尽相同。这里的句式是：七七七、一五五七，共七句六韵（一字句不用韵）。

〔2〕山翁：即“山人”之意，作者自指。

这是海浮著名的豪放曲。笑园可能是他给自己的园子起的名字，故这几首曲就抓住“笑”字来写。看他笑得多么厉害，简直到了发狂的程度，为什么？因为他跳出名利圈，过着“风月无边”的生活，回头看到世人的勾心斗角，就都成笑料。

北正宫·醉太平

李中麓醉归堂夜话(二首)

其一

包龙图任满〔1〕,于定国迁官〔2〕,小民何处得伸冤?望金门路远〔3〕!严刑峻法锄良善,甜言美语扶凶犯,死声淘气叫皇天,老天公不管!

〔1〕包龙图任满:宋代包拯曾任龙图阁直学士,他知开封府时,执法严明,不畏权贵,事迹长期流传民间,小说、戏曲多取为题材,作为清官的典型。

〔2〕于定国迁官:于定国,西汉时人,曾任廷尉,决狱审慎,有疑者即从轻处理,人们称他能够"决疑平法"。以上两句是说当时缺乏执法严明的官吏。

〔3〕金门:汉代宫门名,又名金马门。这里指朝廷。

作者于嘉靖壬戌(1562)进京谒选,路过章丘,去探望了退居在那里的李中麓(即李开先)。在李的醉归堂饮酒夜话,对世事颇多感触,回来写了十八首曲,这里选录了两首。

这一首揭露官吏们执法不正,使好人被害,坏人得逞,老百姓有冤无处诉,接触到封建社会的一个尖锐问题。

其二

休随心作歹，莫倚势胡歪[1]，须知暑往有寒来，不多时便改。强梁自有强梁赛，聪明反被聪明害，后人又使后人哀，看斑斑史策[2]。

〔1〕胡歪：胡乱做坏事。

〔2〕"后人又使后人哀"二句：杜牧《阿房宫赋》："秦人不暇自哀，而后人哀之；后人哀之而不鉴之，亦使后人而复哀后人也。"意说不吸取历史教训，就会继续产生悲剧。

这一首警告人们不要倚势作恶，否则形势改变，将受到应有的报应；也是针砭世道之作。

北中吕·朝天子

感述

矫情，撇清[1]，心与口不相应。谁家猫犬怕闻腥？假意儿装干净。掩耳偷铃[2]，踢天弄井[3]，露面贼不自省[4]。丑声，贯盈[5]，迟和早除邪佞。

〔1〕"矫情"二句：故意装腔作势，违反常情，装出清白的样子。

〔2〕掩耳偷铃：比喻自己欺骗自己。故事见《吕氏春秋·自知》和《淮南子·说山》。

〔3〕踢天弄井：当时成语，意说弄神捣鬼，简直闹翻了天。井，二十八宿之一。

〔4〕露面贼：即“漏面贼”，元明时骂人的俗语，意为脸上刺字的囚徒。

〔5〕贯盈：充满之意，多指罪恶而言。《书·泰誓上》：“商罪贯盈，天命诛之。”

这首曲揭露贪官污吏的两面派嘴脸，断言他们决没有好下场。用了许多成语俗谚，使曲子显得形象生动而讽刺尖刻。

北正宫·塞鸿秋

乞休（二首选一）

论形容合不着公卿相，看丰标也没有㨨搜样〔1〕，量衙门又省了交盘账〔2〕，告尊官便准俺归休状〔3〕。广开方便门，大展包容量，换春衣直走到东山上〔4〕。

〔1〕丰标：丰姿，标格。㨨（chōu 抽）搜：威武、轩昂的样子。

〔2〕交盘账：指官府前后任交代时的盘算账目。

〔3〕归休状：辞官乞归的状纸。

〔4〕换春衣直走到东山上：意说做个平民，过逍遥自在的生活。东

山，泛指隐居之地。

这首曲约写于隆庆五年（1571）。当时作者在保定任通判；下半年被擢为“鲁士师”（鲁王府的审理官），他不愿就任，写了两首曲见志。这是其中的第一首。曲中说自己不是做大官的材料，只好请上司准他归休，让他过自由自在的生活。开头两句自我嘲讽的反语，骨子里是对抑沉下僚的不满；“换春衣直走到东山上”，表达出摆脱官场牵绊的愉快。此曲上段以四句排句取势，中间以两句对句过渡，最后以七言单句作结，宜于表现豪放风格的作品。

南仙吕·月儿高〔1〕

闺情

月缺重门静，更残午夜永。手托芙蓉面，背立梧桐影。瘦损伶仃，越端相越孤另〔2〕。抽身转入，转入房栊冷。又一个画影图形，半明不灭灯〔3〕。灯，花烛杳无凭〔4〕！一似灵鹊儿虚嚣，喜蛛儿不志诚〔5〕。

〔1〕月儿高：南〔仙吕〕曲调，句式很不统一。

〔2〕端相：细看。

〔3〕“又一个画影图形”二句：是说从灯光里照出她的影子。

〔4〕灯，花烛杳无凭：古时以灯心馀烬结成花形为喜事的预兆。这里写闺妇因盼望丈夫不见归来，故说它无凭。杳（yǎo 咬），深远。

〔5〕“一似灵鹊儿虚嚣”二句:是说喜鹊叫、蜘蛛结网主有喜事,也同样的不可信。虚嚣,白叫。不志诚,不老实。

海浮的闺情曲,写得婉转蕴藉,不在同时作手之下。这首曲情景相生,写出了思妇的心情,遣词亦比较巧妙。

北双调·蟾宫曲[1]

四景闺词(四首选一)

正青春人在天涯,添一度年华,少一度年华。近黄昏数尽归鸦,开一扇窗纱,掩一扇窗纱。雨丝丝,风翦翦,聚一堆落花,散一堆落花。闷无聊,愁无奈,唱一曲琵琶,拨一曲琵琶。业身躯无处安插[2],叫一句冤家,骂一句冤家。

〔1〕蟾宫曲:即〔折桂令〕。

〔2〕业身躯:积孽的身体。业,同“孽”,罪恶。

原作四首,分四季写闺情,内容也不外是触景伤情地抒写离愁别恨,但在艺术上反复使用有变化的叠句,构成每一段落中相反相成的两种意境,给人新鲜的感觉,音调上也悠扬动听。有人认为这种被称为“重句体”的体裁,始创于汤式的咏《西厢》曲;但《笔花集》中不载,可能还是较晚才产生的。即使不是首创,比之后来的许多仿作,冯惟敏的这几首,还是较有价值的。

套 数

北南吕·一枝花

对驴弹琴

〔一枝花〕知音自古稀,感物非容易。名琴偏爱抚,大耳不曾习[1]。思忆颜回,怎入驴肝肺?难通草肚皮[2]!俺这里勾打吟猱[3],他那里前跑后踢。

〔梁州〕他支蒙着两耳朵长勾一尺[4],俺摩弄着七条弦弹了三回。只见他仰天大叫乔声气[5],吓的宫商错乱[6],聒的音律差池。忽的难调玉轸[7],兀的怎按金徽[8]。张果老赴不的瑶池佳会[9],孟浩然顾不的踏雪寻梅[10]。他也懂不的崔莺莺待月眠迟,他也省不的卓文君飞凰求匹[11],他也晓不的牧犊子晚景无妻[12]。看伊,所为,秋风灌耳空淘气,不知音不达意。这的是世间能走不能飞,草券一张皮[13]。

〔尾〕看了他粗愚痴蠢村沙势[14],似不的禾黍秋风听马嘶,怎怪他不解其中无限意。不遇着子期,谁知道品题[15]?俺索把三尺丝桐收拾起[16]。

〔1〕大耳不曾习:指驴子不会听琴。

〔2〕“思忆颜回”三句:意说像颜回这样的贤人,驴子是不会理解的。颜回,孔子学生,贫居陋巷,箪食瓢饮,而不改其乐,为孔子所称赞。

〔3〕勾打吟猱:琴的四种弹奏手法。猱,疑当作揉。

〔4〕支蒙:竖起。

〔5〕乔声气:指声音难听。乔,宋元时骂人的话,有恶劣、败坏的意思。

〔6〕宫商错乱:同下句的“音律差池”都是指弹错了音调。

〔7〕玉轸:弦乐器上转动弦线的轴叫“轸”,琴轸多镶以玉或贝壳,故称玉轸。

〔8〕金徽:琴面上标志音阶的圆点叫“徽”,多用贝壳或金属制成,故称金徽。

〔9〕张果老:传说中的道教八仙之一,他骑的是驴子。瑶池:传说中西王母所居之处,她常在那里设宴招群仙赴会。

〔10〕“孟浩然”句:据说孟浩然曾在风雪天骑着驴子到灞桥寻梅。以上六句是说:被驴子仰天大叫一吓,什么事情都做不成了。

〔11〕卓文君飞凰求匹:汉临邛富商卓王孙女卓文君寡居在家,司马相如过饮于卓氏,奏《凤求凰》一曲,以琴心挑之,文君夜奔相如,同归成都。

〔12〕牧犊子晚景无妻:牧犊子,战国齐宣王时人,年五十无妻,作《雉朝飞》曲以自伤。(晋崔豹《古今注·音乐》)以上三句是说驴子不懂得曲意。

〔13〕草券一张皮:相传有秀才卖驴,起草一张卖券,写满了三张纸,还不见一驴字。全句意说不如草一张卖券把它卖了。

〔14〕村沙势:粗野、恶劣的样子。

〔15〕“不遇着子期”二句:传说古代善弹琴的伯牙,只有钟子期能理解他的曲意。品题,评论、评价。

〔16〕三尺丝桐:指琴。因琴身多为桐木所造,而张以丝弦。

这套曲是隆庆四年(1570)任保定通判时所作,尽情描写了对驴弹琴的扫兴、徒劳。“怎入驴肝肺,难通草肚皮。”“这的是世间能走不能飞,草券一张皮。”借题发挥,骂尽世间草包之辈。这当然是有所指的,可能就是指他的上司。

刘效祖

刘效祖,字仲修,号念庵,原籍滨州(今山东惠民),寓居北京,故又称宛平(今北京近郊)人。嘉靖二十九年(1550)进士,历任卫辉府推官、户部主事、陕西按察副使。因负才不偶,与时龃龉,坐计吏罢官。于是退居林泉,寄情词曲,以抒其悒郁愤懑。散曲创作颇多,但当时就多已散佚,后由其从子孙在诸家选本中搜集残存,编为《词脔》一卷,收小令一百一十二首,套数一套。作品内容,主要为叹世、乐闲与儿女风情。前者寓牢骚讽刺于旷放通脱之中,后者对市井妇女大胆的爱情心理,揭示得相当透彻。少数写景小曲亦清新可喜。

小令

南双调·锁南枝

团圆梦,梦见他;笑脸儿归来,连声问我:"我在外几载经过,你在家盼望如何?"说一会功名,叙一会间阔。唤梅香把酒果忙排,与俺二人权作贺。万种相思,一笔勾抹。猛追魂三唱邻鸡,急睁眼一枕南柯。

据《词脔》目录,本调原有一百首,存十六首,都是写儿女风情之作。抒情主人公多半为女性，或盼丈夫归来，或怨丈夫薄幸，写得大胆缠绵。这一首写梦中与丈夫细叙间阔的情景，反映出这位妇女盼夫急归的心理。明代中叶资本主义开始萌芽，商业活跃，商人为谋利常作客在外，使家中的妻子牵挂。这首曲所反映的内容，有一定的代表性。

南仙吕·醉罗歌

惜花惜花愁难罢，春去春去病偏加。闲将心事付琵琶，诉不尽离情话。王魁薄倖也不似他，桂英薄命也不似咱〔1〕。恨来提着名儿骂。情嚼蜡，意搦沙〔2〕，空劳魂梦绕天涯。

〔1〕“王魁薄倖”二句：指王魁负桂英事，见元无名氏〔寨儿令〕注〔3〕。

〔2〕“情嚼蜡”二句：嚼蜡，形容毫无趣味；搦沙，形容毫无成效。

这一首是埋怨丈夫不归的，爱恨交加，写得缠绵而又泼辣。

南商调·黄莺儿

堪笑世情薄，百般的都弄巧，李四戴着张三帽。歪行货当高，假东西说好，哄杀人那里辨青和皂！许多遭，科范总好〔1〕，到底被人瞧。

〔1〕科范总好:科范,亦作“科汎”、“科泛”,本元杂剧术语,指剧本中关于动作、表情等方面的舞台指示。这里意为手段。总好,即纵好。

揭露世人弄虚作假,多方欺骗,断言他们的手段终必被人识破。灵活运用成语、口语,显得精警、活脱。

梁辰鱼

梁辰鱼(1520？—1594？)，字伯龙，号少白、仇池外史，江苏昆山人。以例贡为太学生。他性情豪侠，不屑作八股文应举；又好游历，足迹遍吴、楚间。尤其善于度曲。当时同邑人魏良辅发展了昆山腔音乐，伯龙与之相呼应，创作了以昆腔演唱的传奇《浣纱记》，一时风行天下。散曲有《江东白苎》二卷，《续江东白苎》二卷，也是用昆腔演唱的。清词艳曲，流播人间，在当时享有盛名。王世贞有诗记这种盛况说："吴阊白面冶游儿，争唱梁郎雪艳词。"歌儿舞女，不见到梁伯龙，还自以为不祥。张旭初在《吴骚合编》中甚至称他为"曲中之圣"。

当然，梁辰鱼的得名，主要是由于音乐上的原因和作品词藻的艳丽。他的《江东白苎》，从内容上来看，多数为歌咏艳情之作，没有多大的社会意义。其中许多还是代人写的曲子，缺乏自己的真情实感。他喜欢参用词法、诗法来作曲，崇尚文辞的典雅工丽，又讲究曲调的和谐美听。这种作风，被称为"白苎体"，曾经风行一时。他有少数感怀、送别之作，却饶有清丽凄婉的风味。

小 令

南仙吕入双调·玉抱肚[1]

荆州江上别归舟作

孤身犹寄,对归舟不胜惨凄。看片帆高挂西风,恨不随大江东去。故园烽火近何如?为报家人数寄书。

〔1〕玉抱肚:南〔仙吕〕入〔双调〕曲调。句式:四七七七、七七,共六句五韵(第三句可不用韵)。

这是作者旅寄荆州时所作。眼见归舟扬帆东下,自己却不能随之归去,思家之念,情见乎词。曲中提到"故园烽火",可能与倭寇侵扰有关。据史书记载,嘉靖三十二年(1553),倭寇大举进犯,滨海千里,同时告警,上海、昆山、苏州等地,都受到兵火洗劫。揆之作者生平,这首曲可能作于此时。

前 调

春郊邂逅[1]

为贪闲耍,向西郊常寻岁华[2]。霎时间遇着个乔才[3],想今年命合桃花[4]。邀郎同上七香车[5],遥指红楼是妾家[6]。

〔1〕邂逅:偶然的相遇。

〔2〕常寻岁华:常去欣赏春景之意。

〔3〕乔才:本意为坏家伙,但往往为女子对所爱男子的昵称,犹如“可憎才”、“冤家”一样。

〔4〕命合桃花:旧时称爱情得意为走桃花运。命,命运。

〔5〕七香车:用多种香料涂饰的车。

〔6〕遥指红楼是妾家:李白《陌上赠美人》诗:“美人一笑褰珠箔,遥指红楼是妾家。”

这类题目,一般写的是男子的艳遇,这首曲的抒情主人公却是个女的,这就给人一种新鲜的感觉。这位女郎对待爱情的热烈而大方的态度,通过简短的心理和行动描写,跃然纸上。

南南吕·销金帐

夜宿穆陵关客舍[1]

松窗半掩,月落空庭,暗笑孤身在关门店。争奈夜永不寐,剔残灯焰。西风透入,透入茅檐。破苫起[2],弄双剑,惊落疏星千点。谁怜变了,变了苍苍髯髯。

〔1〕穆陵关:古地名,有两处,一在今山东临朐东南大岘山上,一在今湖北麻城北。从作者踪迹所至来看,当指后者。

〔2〕苫(shān 山):用草编成的覆盖物,这里指被。

作者喜欢漫游,"足迹遍吴楚间,"故《江东白苎》中多有羁旅及登临之作。这一首写他独宿客店,夜不能寐,起来舞剑。"惊落疏星千点"的豪气,掩盖不住老去无成的叹息。凄清的景物描写,很好地衬托出凄清的情怀。

套 数

南越调·小桃红

过湘江吊屈大夫

〔小桃红〕星沙旧国[1],罗水空江[2],极目多风浪也。为吊孤忠魄,迢递下潇湘。携桂酒,奠椒浆[3]。试问放何时,黜何方?鱼腹是何年葬也?岁久沉沦徒想像,看烟水微茫,玉殿锁荒凉。

〔下山虎〕江蓠漠漠[4],山树苍苍。庙闷精灵[5],肃残碑半叠砌傍。神何在?月冷兰桡[6],香消药房[7],应是魂兮归故乡。珮环时来往,云惨江昏徙倚望[8],遗范空追想。落月屋梁,赢得年年荐客觞[9]。

〔蛮牌令〕江燕语,集危樯;神鸦舞,送征航。千载游魂招不返,只落得泪徬徨。况凄凄鹃啼庙口,更青青竹映船窗。挹清风山高水长〔10〕,碌碌浮生,甚愧行藏。
〔尾声〕孤臣自分波心丧,襄王何事梦中忙?至今遗笑,云雨高唐〔11〕。

〔1〕星沙旧国:指长沙府。作者经行湘江与汨罗江交流处,属长沙府,故称。

〔2〕罗水:指汨罗江,湘江支流,在湖南省东北部。

〔3〕桂酒:用桂花浸制的酒。椒浆:以椒浸制的酒浆。《楚辞·九歌·东皇太一》:"奠桂酒兮椒浆。"

〔4〕江蓠:香草名,《楚辞》中屡见。漠漠:生长茂盛、密布的样子。

〔5〕閟(bì 必):关闭。精灵:指屈原魂魄。

〔6〕兰桡:疑是"兰橑"之误,因这句和下句都出于《楚辞·九歌·湘夫人》:"桂栋兮兰橑,辛夷楣兮药房。"兰橑,即用木兰树木材造的屋椽。

〔7〕药房:用香草做的房子。药,香草名,又名白芷。

〔8〕"珮环时来往"二句:想象屈原在江畔行吟之状。

〔9〕"落月屋梁"二句:指来往客人都因追念屈原的音容遗范而奠以清酒。杜甫《梦李白》诗:"落月满屋梁,犹疑照颜色。"这里借指屈原。

〔10〕挹清风山高水长:称颂屈原的高风亮节,流传久远。挹,酌取。

〔11〕"孤臣自分波心丧"四句:这几句同情屈原的自沉而谴责楚顷襄王的昏庸。顷襄王即位以后,听信上官大夫的谗言,把屈原放逐到江南,屈原忧心愁悴,遂自沉汨罗江而死。宋玉《高唐赋序》说楚王梦与神女相会于高唐,神女自谓"旦为行云,暮为行雨"。作者用这故事讽刺襄王的荒淫腐朽。

作者在漫游湖广期间，有一次来到湘江，缅怀起屈原的遗范，写下了这一套深情悼念的曲子。开头的〔小桃红〕曲表示他对屈原的被放黜以至自沉的深切同情。接着〔下山虎〕一曲，运用写实和想象相结合——恐怕更多的是想象——的手法，尽情渲染出屈原庙宇所在环境的寂寞凄清，以及屈原魂兮归来的情景，以寄托自己的哀思。〔蛮牌令〕一曲回到写自己"千载游魂招不返，只落得泪徬徨"，留下了不尽的馀哀。最后以责备致屈原于死的昏君作结。借古讽今，表现了诗人的大胆。

自从太史公在《屈原列传》中指出了屈原是"信而见疑，忠而被谤"以后，千古文人，几乎都联系自己的身世，对屈原的不幸遭遇同声感叹，梁伯龙也不例外。他是为自己的流落江湖，不为世用而感伤满怀。这同我们今天肯定屈原的热爱祖国、坚持进步政治理想有所不同。但是像这样以清丽之笔，抒沉挚之情的作品，在《江东白苎》中是极为罕见的了。

张凤翼

张凤翼(1527—1613),字伯起,号灵墟,长洲(今江苏苏州)人。嘉靖四十三年(1564)举人。屡次会试不第,遂弃举业,读书养母,晚年以卖字和诗文为生。他善唱曲,喜为乐府新声,是当时有名的戏曲家之一,有《红拂记》等传奇传世。散曲有《敲月轩词稿》,今不存。他的作品以“纤媚”胜,词藻比较华丽。

小 令

南仙吕·桂枝香[1]

风情

半天丰韵,前生缘分。蓦然间冷语三分,窣地里热心一寸[2]。梦中蝶魂[3],梦中蝶魂,月中花晕[4],暗中思忖可怜人。不知兴庆池边树,何似风流倜傥身[5]?

〔1〕桂枝香:南〔仙吕〕宫曲调。句式:四四六六、四四四七、五五,共十句九韵(第九句不用韵)。第五、六句照例是重句。

〔2〕 窣(sū 苏)地里:突然地。

〔3〕 梦中蝶魂:用庄周梦中化为蝴蝶故事。

〔4〕 月中花晕:似指月下的花影。晕,光影色泽模糊的部分。

〔5〕“不知兴庆池边树”二句:赞美这位少年的风姿。兴庆池,唐代长安兴庆宫内池名,池边多植垂杨。又,南朝齐武帝植蜀柳于灵和殿前,曾赞叹说:“此杨柳风流可爱,似张绪当年时。”张绪是一位美男子,这里引以比少年。风流倜傥,形容一种美丽而潇洒的神态。

这首曲写一位女子的单相思。她见到一位富于风韵的少年,不由自主地爱上了他。这种内容在散曲里是写滥了的。为了显示作者“纤媚”的风格,选录以备一格。

薛论道

薛论道(1531? —1600?),字谈德,号莲溪居士,河北定兴(今易县)人。少时多病,一足残废。未冠,亲殁家贫,遂辍举子业。喜读兵书,中年从军西北,戍边三十年,官至指挥佥事,以神枢参将加副将终老。

薛论道有散曲集《林石逸兴》十卷,共留下小令一千首。作品以描写边塞军旅生活见长,笔下活跃着久戍边庭的将士形象,在充满脂粉气和烟霞气的曲坛上,给人以耳目一新之感。他讽刺世情的作品写得尖锐辛辣,咏物之作也往往有寓意。还有一些抒写个人抱负的作品,则既写出了冲天的壮怀,也表现出宿命论和消极悲观的思想。至于大量的"闺情"之作,则缺乏新鲜的内容。不过总的说来,他不失为明代一位别具面目的作家。

小 令

北中吕·山坡羊

马

他本是天生骐骥[1],如之何终于伏枥[2]?一驰千里,踏碎单于地[3]。太行蹦做泥,盐车其可羁[4]？孤竹失道,虽老夷吾异[5]。冀北空群,当年伯乐奇[6]。常凄,生平知遇稀；一嘶,声名山斗齐。

〔1〕骐骥:良马名。

〔2〕伏枥:蛰伏在马槽中。枥,马槽。

〔3〕单于地:指北方鞑靼地区。

〔4〕“太行蹦做泥”二句:《战国策·楚策》载骐骥拉盐车上太行山的事,比喻有才而遭受抑制,未得其用。这里意说良马不应服拉盐车这样的粗役。蹦,疑应作“踩”。盐车,运盐的车子。羁,系住。

〔5〕“孤竹失道”二句:指老马识路。《韩非子·说林上》:“管仲、隰朋从于桓公伐孤竹,春往冬反,迷惑失道。管仲曰:‘老马之智可用也。’乃放老马而随之,遂得道。”管仲,名夷吾。

〔6〕“冀北空群”二句:韩愈《送温处士赴河阳军序》:“伯乐一过冀北之野,而马群遂空。”伯乐,春秋秦穆公时人,他善于相马,经过冀北,把好马都挑光了。

这首曲借马喻人,叹惜时无伯乐,致名马终于“伏枥”,为才士不遇鸣不平。“一驰千里,踏碎单于地”,明代北方鞑靼、瓦剌各部经常扰边,给人民带来灾难,作者这样写,显得他的忧愤深广。

前　调

吊战场

拥旌麾鳞鳞队队〔1〕，度胡天昏昏昧昧〔2〕。战场一吊，多少征人泪！英魂归未归？黄泉谁是谁〔3〕？森森白骨，塞月常常会〔4〕。冢冢碛堆〔5〕，朔风日日吹。云迷，惊沙带雪飞。风催，人随战角悲。

〔1〕旌麾：古时大将用以指挥军队的用羽毛装饰的军旗。鳞鳞队队：形容队伍的整齐。

〔2〕胡天：指西北少数民族地区。

〔3〕黄泉谁是谁：意说不知死者姓名。

〔4〕“森森白骨”二句：即“寒月照白骨”之意。森森，这里兼有繁多和阴森可怕的意思。

〔5〕碛堆：沙堆。

提起凭吊战场的文学作品，人们很容易想到唐代李华的《吊古战场文》和唐人的边塞诗。但散曲中接触这一题材的却很少。薛论道的这一首，就显得吉光片羽，弥足珍贵了。曲中所写，是明朝和鞑靼战争的惨痛记录。作者久处边庭，压抑不住心头的酸痛，写来力透纸背。

前　调

塞上即事

玉门迢骓蹄奔绽[1]，铁衣寒征袍磨烂。将军战马，岁岁流血汗。功名纸上闲，秋颜镜里残。烽烟历尽，壮志逐云散。酒郡无缘，青丝带雪还[2]。知还，一身得苟安。求全，馀生得瓦全[3]。

〔1〕骓蹄：泛指马蹄。

〔2〕“酒郡无缘”二句：指满头白发，还回不了家乡。《后汉书·班超传》载班超在西域三十年，上疏求归，中有“臣不敢望到酒泉郡，但愿生入玉门关”之语。酒郡，即酒泉郡，今属甘肃省。

〔3〕瓦全：侥幸保全。

这首曲概括了边塞将士的不平遭遇。他们在边塞转战多年，立了许多战功，却得不到一纸功名，只好盼望早日回去，以求保全馀生。“玉门”、“酒郡”都不是实指，曲中使用班超的这一典故，为的是说明他们对长期征战生涯的厌倦。

前　调

冰山

巍巍乎势倾华岳[1],赫赫乎风声载道。飞霜万里,尽把乾坤罩。凌凌草木凋[2],芒芒星斗摇[3]。江湖裂胆,罢了严光钓[4]。朝野寒心,逼弯陶令腰[5]。狂飚[6],三冬任尔飘;休骄,一春看尔消。

〔1〕华岳:指西岳华山。倾:压倒。

〔2〕凌凌:寒冷的样子。

〔3〕芒芒:光芒刺眼的样子。

〔4〕"江湖裂胆"二句:指退隐江湖的人都被寒气吓破了胆,不敢出来垂钓。严光垂钓事见张养浩〔朝天子〕《退隐》注〔4〕。

〔5〕"朝野寒心"二句:指在朝的人都被逼得弯腰屈服了。陶渊明不为五斗米折腰,这里反用其事。朝野,本来兼指朝廷和民间;这里是复词偏义,专指朝廷。

〔6〕飚(biāo 标):暴风。

这首曲运用比喻、双关的手法,极写冰山的赫赫寒威,最后逃脱不了灭亡的命运。讽刺尖锐,可与王磐〔南吕·一枝花〕《久雪》同看。

北中吕·朝天子

不平

清廉的命穷,贪图的运通,方正的行不动。眼前车马闹轰轰,几曾见真梁栋[1]?得意鸱鸮[2],失时鸾凤,大家捱胡撕弄[3]。认不的蚓龙[4],辨不出紫红[5],说起来人心动[6]。

〔1〕真梁栋:真正的国家栋梁之材。

〔2〕鸱鸮(chī xiāo 吃消):猫头鹰一类的鸟,过去认为是恶鸟,这里用来比喻小人。

〔3〕捱胡撕弄:胡来一通。

〔4〕蚓龙:蚯蚓和龙。

〔5〕辨不出紫红:古代以红色为正色,紫色为间色,《论语·阳货》里有“恶紫之夺朱”的话,后世因以紫喻邪恶,以朱喻正义。

〔6〕人心动:令人气愤之意。

这首曲运用对比手法,抨击明代官场的黑白不分,是非颠倒,小人得意,贤士失时,表现出作者的愤懑。

南商调·黄莺儿

边城秋况

无奈楚天高,听征鸿云外号,声声刺入人心窍。风吹战袍,月明宝刀,朱颜红叶皆零落。冷萧萧,乡关何处?万里路迢迢。

写远戍边关战士的思家心情,与秋日边城空阔寥慄的景物相应,是情景交融的写法。

前　调

塞上重阳

荏苒又重阳,拥旌旄倚太行[1],登临疑是青霄上。天长地长,云茫水茫,胡尘净扫山河壮。望遐荒[2],王庭何处[3]?万里尽秋霜。

〔1〕太行:山名,在山西高原与河北平原间。

〔2〕遐荒:荒凉的远方。

〔3〕王庭：匈奴单于的朝廷。

以边关将士的身份，写苍茫辽阔的塞上风光，表现出“胡尘净扫”的豪壮心情。比之前首，更见悲壮。

前调

斗鸡

芥羽一毛轻[1]，倚豪雄起斗争，撄冠披发不恤命[2]。且立且行，且战且鸣，倾心抵死博一胜。总然赢，锦衣零乱，金距血腥腥[3]。

〔1〕“芥羽一毛轻”二句：意说为轻微的利害，恃强斗争。

〔2〕撄冠披发：披头散发的样子，这里形容鸡斗。不恤命：不顾惜性命；恤，忧虑。

〔3〕距：雄鸡脚上突出像趾的部分。

写雄鸡好勇斗狠的情况十分形象，显然是影射一种争名夺利的人；最后对他们发出警告：即使胜利了，也是要受伤的。寓意深长。

南仙吕·桂枝香

宿将自悲

匈奴未灭,壮怀激烈。空劳宵旰忧贤〔1〕,那见虏廷蹀血〔2〕?任胡尘乱飞,污辱郊社〔3〕。堂堂中国,谁是豪杰?萧萧白发长扼腕,滚滚青衫弄巧舌。

〔1〕空劳宵旰(gàn 干去声)忧贤:意说空劳皇帝担心。宵旰,“宵衣旰食”的省称。宵衣,天未明就起来穿衣,旰食,傍晚才进食。这是旧时美化帝王勤于政务的套语。

〔2〕那见虏廷蹀(dié 叠)血:意说没有直捣敌巢。蹀血,踏血;形容杀敌很多,血流遍地。

〔3〕郊社:周代于冬至日祭天于南郊称为“郊”,夏至日祭地于北郊称为“社”,合称“郊社”,意指朝廷。

这首曲写一位老将的悲愤。他满怀壮志要蹀血虏廷,彻底消灭“污辱郊社”的敌人,想不到奸人作梗,直至满头白发,依然报国无门。曲调悲愤激烈,令人感叹。联系到当时的边患,更觉得富于现实意义。

前　调

蚊

形微口利，凌人得计。喜的是半夜黄昏，怕的是青天白日。侵罗帏枕席，惯能乘隙。食人膏血，残人肉皮。趋炎就热图温饱，露冷霜寒何所依？

这首曲是有寓意的。看他把“蚊”这种“食人膏血，残人肉皮”的动物刻画得多么尖刻。它们趋炎就热，在夏天得到温饱，但等“露冷霜寒”的时候一到，它们就要完蛋了：这难道不是肆意害人肥己者的写照么？

北双调·水仙子

寄征衣

西风吹妾妾身单，君戍萧关君自寒[1]，知他定把寒衣盼。提起来心上烦，旧征衣再补从翻[2]。剪刀动心先恸，针线拈泪已残，寄一年一损愁颜。

〔1〕萧关：古关名，故址在今宁夏同心县南，北宋崇宁四年（1105）为防御西夏而筑。这里泛指边关。

〔2〕从：疑应作“重”。

这是边塞题材的一个侧面，深切反映出闺中人怀念戍边战士的心情。“旧征衣再补从翻”，说明这位战士离家已久，这就是这位闺人拿起剪刀、针线就心酸泪下的原因。

前　调

卖狗悬羊[1]

从来浊妇惯撇清[2]，又爱吃鱼又道腥，说来心口全不应。貌衣冠，行市井[3]，且只图屋润身荣[4]。张布被诚何意？饭脱粟岂本情[5]？尽都是钓誉沽名！

〔1〕卖狗悬羊：意即挂羊头卖狗肉。

〔2〕撇清：装作清白。

〔3〕“貌衣冠”二句：意说外表像个正人君子，却干出卑鄙下流的勾当。

〔4〕屋润身荣：指富贵荣华。《礼记·大学》：“富润屋，德润身。”润，增益意。

〔5〕脱粟：粗粮。

揭露一种两面派人物。他们说一套,做一套,沽名钓誉,口是心非。全曲充满挖苦语气,还使用了生动的俗谚,风格尖新泼辣。

史 槃

史槃(1531—1630),字叔考,会稽(今浙江绍兴)人。他是徐渭的门生,工于词曲,并能登场演出。作有杂剧、传奇十多种,今存《樱桃记》等三种。散曲仅存十多首,以爽利工丽为宗。

小 令

南仙吕·醉罗歌

难道难道丢开罢?提起提起泪如麻。欲诉相思抱琵琶,手软弹不下。一腔恩爱,秋潮卷沙;百年夫妇,春风落花。耳边厢枉说尽了从良话。他人难靠,我见已差,虎狼也狠不过这冤家!

这首曲用一位从良妓女的口吻,诉说自己在爱情上的不幸遭遇:那位男子在把她弄到手不久,就把她抛弃了,弄得她“百年夫妇”的希望成为泡影。满腔悲怨,一字一泪,反映了妓女被玩弄的命运。曲词亦本色当行。

朱载堉

朱载堉(1536—1610?),字伯勤,号句曲山人。南直隶凤阳(今安徽)人。明宗室郑恭王朱厚烷之子。厚烷因上书规谏,终以谤讪获罪削爵,锢之中都。载堉笃学有至性,痛父非罪见系,筑土室宫门外,席藁独处者十九年,备尝艰辛。隆庆元年(1567),新帝即位,烷复爵位,堉始返宫。万历十九年,父死,堉累疏恳辞,欲让爵位于佑檽之孙载玺;诏许之,仍以世子禄终其身,封其子孙为东垣王。载堉究心律吕及历数,著有《乐律全书》、《醒世词》等。

小令

南商调·山坡羊

钱是好汉

世间人睁眼观见。论英雄钱是好汉。有了他诸般趁意。没了他寸步也难。拐子有钱走歪步合款。哑巴有钱打手势好看。如今人敬的是有钱。蒯文通无钱也说不过潼关[1]。实言。人为铜钱游遍世间。实言。求人一文跟后侧前[2]。

〔1〕蒯文通:楚汉时人,有辩才。潼关:古代名关,在陕西省。

〔2〕跟后侧前:随人前后逢迎讨好。

讽刺人们对金钱的追求和贪恋,揭露金钱对人性的侵蚀。笔锋犀利。

南商调·黄莺儿

天报应

天心最平和,无私曲有定夺,在人头上查勘过。善的也记著,恶的也记著,报应那个曾饶过。大张罗,古往今来,走脱是谁呵。

劝善惩恶,用佛教因果报应的思想教化百姓多行善,勿作恶。曲文直白而意长。

南商调·鹧鸪天

闲来无事走乡庄,见一妇人碾稻粱。玉腕杆头托,金莲步下忙。轻提扫漫簸扬,几番停立整残妆。汗流粉面花含露,尘染娥眉柳带霜。

明代散曲描写女性的作品一般都是离情别怨，或男欢女爱，或是从男性角度对教坊女子容貌的赞赏，偶尔会有几只描写村妇的作品，但都带有戏谑调笑的色彩。如陈全的《塞鸿秋·村妇道旁便溺》便是一例。然而本曲，则完全以正面的口吻赞美妇女劳作时的形象，把一位年轻农妇劳动时的动作、神态都描绘得如此出神和美丽。

诵子令〔1〕

驴儿样

君子失时不失象〔2〕，小人得志把肚涨。街前骡子学马走，到底还是驴儿样。

〔1〕诵子令：宫调不明。

〔2〕失时不失象：指失意时不失常态。

讽刺小人得志时的装腔作势。后面两句比喻精妙而辛辣。

陈与郊

陈与郊(1544—1611),字广野,号禺阳、玉阳仙史,或署高漫卿、任诞轩,浙江海宁人。曾任太常寺少卿。作有传奇《灵宝刀》、《麒麟罽》、《鹦鹉洲》、《樱桃梦》四种,合称《诊痴符》,均存。杂剧作品存《昭君出塞》、《文姬入塞》、《袁氏义犬》三种。他的诗集《隅园集》中附有散曲一卷,计套数七套,小令五十八首。题材不够广泛,大抵不脱抒写愁怨及闲适自乐之类;但善于白描,词语清俊而不软媚。

小 令

北双调·折桂令

硖山晚别[1]

两船儿分载离愁,云懒西飞,水恨东流。昨夜兰房,今宵桂楫,甚日琼楼? 撒不下虹霓舞袖,带将回烟雨眉头。柳岸沙洲,有限留连,无限绸缪。

〔1〕硖(xiá 侠)山:山名,在浙江海宁东。西有硖石镇,为海宁

县治。

从题目和“撒不下虹霓舞袖”一句来看，这是作者离开家乡与一位乐籍中人分别时写的一首曲子。离愁别恨，给眼前景物染上了凄清的色彩。

赵南星

赵南星(1550—1627),字梦白,号侪鹤,别号清都散客。高邑(今河北元氏)人。万历二年(1574)进士,官至吏部尚书。他是东林党重要人物,与邹元标、顾宪成合称"三君"。天启中,以反对宦官魏忠贤被谪戍代州,病卒。散曲有《芳茹园乐府》,收小令三十八首,套数八套,其中很多是运用民间小曲的形式写成的,笔意淋漓酣畅。清初作家尤侗说:"高邑赵侪鹤冢宰,一代正人也。予于梁宗伯处见其所填歌曲,乃杂取歌谣、里谚、耍弄、打诨,以泄其肮脏不平之气。"是说得颇为中肯的。他还有《笑赞》一书,通过笑话来针砭世情,颇有新意。

小 令

南双调·锁南枝带过罗江怨

丁未苦雨[1]

将天问,要怎么?旱时节盼雨闸定法[2],没情雨破着功夫下。溜街忽流忽刺[3],涮房屋扑提扑塌[4],湿渌渌逃命何方遄[5]？阎王殿挤坏了功曹[6]，古佛堂推倒了那吒[7]。神灵说："我也淋的怕。"哭啼啼哀告天爷，肯将人尽做鱼虾？勾咧勾咧饶了罢[8]！

〔1〕丁未：明神宗万历三十五年（1607）。

〔2〕"旱时节"句：指天旱时盼雨却不下。闸定法，意义费解。闸，截水的闸门。

〔3〕忽流忽剌：形容水到处乱流的样子。

〔4〕涮（shuàn 腨）：以水冲刷。扑提扑塌：形容大水冲击房屋的声音。

〔5〕"湿渌渌"句：是说人们满身湿透，到处找地方逃避。遄（chuán 船），迅速的意思；此字用在这儿不能协韵，疑有误。

〔6〕功曹：指庙中判官。

〔7〕那吒（né zhā 讷阳平渣）：佛教护法神名。

〔8〕勾咧勾咧：疑即"够啦够啦"。

用浪漫主义手法，极写雨水冲倒房舍和人们逃避的狼狈，给人印象甚深。问天、告天，表现了作者同情人民的态度。语言的俚俗朴讷，是后期曲家中少见的。

沈　璟

沈璟(1553—1610),字伯英,号宁庵、词隐,江苏吴江人。万历二年(1574)进士。历任兵部主事、吏部员外郎、行人司正、光禄寺丞等官。因科举事为人攻击,壮年便辞官归里。家居近三十年,致力于戏曲声律的研究,并编写传奇剧本。他反对雕琢词藻,提倡文字朴素;并且特别重视声律,主张“宁协律而词不工,读之不成句而讴之始协,是曲中之工巧”。当时有不少戏曲作家按照他的这一理论来创作,被称为“吴江派”。他的传奇作品有《义侠记》、《博笑记》等十七种,合称《属玉堂传奇》,今仅存七八种。他还订定《南九宫十三调曲谱》,对戏曲的曲调整理有贡献。

散曲有《情痴寐语》一卷,《词隐新词》一卷,《曲海青冰》二卷,今俱不存。近人有新辑本《沈伯英散曲》一卷,存小令十馀首,套数三十馀套。内容以闺情为主,题材、思想都比较单调。他喜欢集曲,又爱翻北曲为南曲,专门在音乐上搞花样变化,文笔则比较平板。也有少数几首写得较为工丽。

小令

南南吕·浣纱刘月莲[1]

缺月怨别

〔浣溪纱〕丹桂枝,嫦娥面,霎时阻隔风烟。虽然千里共婵娟,却怎生不盼杀人也天。　〔刘泼帽〕愿天公到底从人愿,一度圆,照一度人欢忭。　〔秋夜月〕如今离恨难消遣,将兔魄暂剪。　〔金莲子〕不教这孤眠人可怜。又怎奈弄馀辉,剩云和残雨笑孤眠。

〔1〕浣纱刘月莲:〔南吕〕宫曲调,从〔浣溪纱〕、〔刘泼帽〕、〔秋夜月〕、〔金莲子〕各取二三乐句集合而成,故亦称集曲。

借缺月写别恨。想象月缺是因为人有离恨,天公才"将兔魄暂剪"。这多少有点新意,与一般"月圆人未圆"的叹息有所不同。

套数

南商调·金瓯线解酲

招梦

〔金瓯线解酲〕(金梧桐)相思没奈何,离恨难消破。欲倩游魂〔1〕,入梦寻则个〔2〕。当初苦忆他,(东瓯令)眼难合,但合眼依稀得见多。如今梦里也潜逃躲。(针线箱)怨杀那不做美无情狠睡魔,(解三酲)把芳魂锁。惯呵云叱雨〔3〕,特地张罗。

〔浣溪乐〕(浣溪沙)你曾送神女来,高唐左,与襄王结就丝萝。偏生把我多摧挫,直恁地书生缘分薄。(大胜乐)如何是可?把降魔宝剑暗里摩挲。

〔春太平〕(宜春令)我心才动,他却笑呵,道何须烦君太阿〔4〕。你自体疲力倦,赤绳枉向君边过〔5〕。假饶他倩女离魂〔6〕,也摇不动你希夷高卧〔7〕。(醉太平)但得你少眠一和〔8〕,须教送与微步凌波〔9〕。

〔奈子落琐窗〕(奈子花)谢尊神呼醒南柯〔10〕,奈狂生才愧东阿。洛神拟赋,愁怀无那。阁笔处泪珠双堕。(锁窗寒)尽教收入变声歌〔11〕,做成一串珠颗。

〔尾声〕酒在樽,茶留火。不醒不醉睡温和,不信芳魂不见过。

〔1〕倩:请,央求。

〔2〕则个:语助词,用法略同“着”或“者”,表示叮嘱、希望的语气。

〔3〕呵云叱雨:这句与后面的“神女”、“高唐”、“与襄王结就丝萝”等,都是用宋玉《高唐赋》楚襄王梦游高唐,与神女欢会的典故。“呵云叱雨”,指破坏好事。

〔4〕太阿:古宝剑名。

〔5〕赤绳:传说主管男女婚姻之神月下老人有赤绳一条,“以系夫妇之足,虽仇敌之家,贫贱悬隔,天涯从宦,吴楚异乡,此绳一系,终不可逭”。(见李复言《续幽怪录》)

〔6〕倩女离魂:唐·陈玄祐有传奇《离魂记》,写张倩女的离魂跟随王生上京赴考的故事。

〔7〕希夷高卧:五代人陈抟隐居华山,相传他常高卧至百日不起;宋太宗时赐号希夷先生。(见《宋史·隐逸传》)

〔8〕一和:一会。

〔9〕微步凌波:这句与后面的“才愧东阿”、“洛神拟赋”,都说的是曹植《洛神赋》的事。曹植曾封于东阿,他的《洛神赋》写洛神在水上步履的轻盈,有“凌波微步,罗袜生尘”之句。

〔10〕南柯:指梦,出唐·李公佐《南柯太守传》。

〔11〕变声歌:指作者此曲,因它富于声律变化,故称。

相思无奈,梦魂颠倒,这是词曲中常见的。中间借与睡神的问答,写相思之苦,颇见新意。全套用集曲,表现了吴江派的习气。

王骥德

王骥德(？—1623?),字伯良,号方诸生、秦楼外史,会稽(今浙江绍兴)人。少时曾师事徐渭,与汤显祖、沈璟、吕天成等友善。他精研曲学,有戏曲论著《曲律》,对作曲、唱曲、剧本结构等都进行了系统的论述。戏曲作品现存传奇《题红记》和杂剧《男王后》。诗文有《方诸馆集》。

他的散曲有《方诸馆乐府》二卷,久已散佚;近人辑有新本,约存小令五十首,套数三十馀套。内容多写艳情,重视音律,喜欢集曲和翻前人的词为曲,颇见巧思。

小令

南南吕·一江风[1]

见月

月华明,偏管人孤另,后会茫无定。信难凭,两处思量,今夜私相订:“天边见月生,低低叫小名;我低低叫也,你索频频应。”

〔1〕一江风:南〔南吕〕宫曲调。句式:三五五、三四五、五五五五,共十句八韵(第五、九二句可不用韵)。

这是一首见月怀人的曲。从《诗经·陈风·月出》起,就有这种写法。《子夜吴歌》:"夜长不得眠,明月何灼灼。想闻欢唤声,虚应空中诺。"就更形象了。这首曲子的抒情主人公径把东升的月亮当作情人,一叫一应,更见巧思。

南双调·锁南枝

待归

灯花绽,蟢子飞[1],心心盼他郎马归。早起画蛾眉,红楼镇空倚。纱窗暝,日又西,多管是今宵尚欠几行泪。

〔1〕"灯花绽"二句:旧时以灯心的馀烬结成花形为有喜事的预兆,蟢子飞主有亲客至。蟢子,蜘蛛的一种。

写思妇等待丈夫归来,从希望转为失望的心情,了然如见。

前　调

人至

才郎至，喜倒颠，匆匆出迎羞不前。含笑拜嫣然，秋波漫偷转。你把归期误，办取掴打先。谁道见郎时都做一团软！

这首曲写一位妇女对丈夫归来的喜悦。本来准备了一番责备的话，都丢到九霄云外去了。

卜世臣

卜世臣(生卒年不详),字大荒,号蓝水、大荒逋客。浙江秀水(今嘉兴)人。为谨守吴江派格律的戏曲作家,作品存传奇《冬青记》一种。散曲散见于《太霞新奏》等书,近人辑为《卜大荒散曲》一卷,数量不多。风格接近沈璟。

套 数

南仙吕·上马踢

中秋夜集虎丘四望阁〔1〕

〔上马踢〕金天霁爽开〔2〕,虚谷驰清籁〔3〕。林端晚照微,碧空霞散彩。路入三泉〔4〕,额外添潇洒。试上古台〔5〕,纵目雄奇,蟾魄凭阑待。

〔月儿高〕碎影初筛,霎侵斗牛界。万里长烟净,鸿悲蘋濑〔6〕。宋玉愁深,秋光却难买。把一块生公石〔7〕,做了风流寨。

〔蛮江令〕足拥行多碍〔8〕,声喧语不解。狡童和艳女,浪谑饶情态〔9〕。两两携手，拂麈坐青苔〔10〕。耳畔红牙伎〔11〕，对垒通宵赛。

〔凉草蛩〕举卮才畅怀，露凉虫韵改。东方白，晓星在，且收拾琴樽返棹哉。黑甜聊快〔12〕，等月印山塘，还呼酒伴重来。

〔1〕虎丘：在江苏苏州市西北，风景美丽，为著名游赏之地。四望阁：在虎丘山上。

〔2〕金天：秋天。古代以阴阳五行解释季节变化，秋属金，故称。霁爽开：指秋高气爽。

〔3〕清籁：清风。

〔4〕三泉：即"陆羽石井"，俗名"观音泉"，唐·陆羽评为天下第三泉。

〔5〕古台：指吴宫遗址的苏台。

〔6〕蘋濑：长满了蘋草的水滩。

〔7〕生公石：相传为高僧竺道生讲经处，在虎丘山下。

〔8〕足拥行多碍：写游人的拥挤。

〔9〕浪谑：随便开玩笑。

〔10〕拂麈（zhǔ 主）：挥动拂尘（表示打扫）。麈，拂尘。

〔11〕红牙伎：手持红牙拍板的歌伎。

〔12〕黑甜：酣睡。

虎丘是苏州的名胜，明中叶以来，每年中秋之夜，虎丘山都有曲会，通宵达旦，歌吹不断。袁宏道、张岱等的文章中对此都有所描述。这套曲写的也是中秋之夜虎丘曲会的盛况。清词丽句，沁人心脾。如与袁宏道《虎丘记》、张岱《虎丘中秋夜》对看，兴味当更深长。

陈所闻

陈所闻(生卒年不详),字荩卿,浙江仁和(今杭州)人。嘉靖二十五年(1546)举人,曾任玉山知县。后卜居莫愁湖畔,与名士流连诗酒。善词曲,有《濠上斋乐府》,原本已散佚,近人有辑本。计小令一百六十多首,套数五十六套。内容有写景、述怀、闺怨、赠答等,比较多样;作风亦较平实。他编选有《北宫词纪》、《南宫词纪》两部散曲集,保存不少明代散曲。传奇《狮吼记》、《种玉记》、《长生记》等,据说也是他作的。

小令

南中吕·驻马听[1]

拜岳墓[2]

独秉精忠,誓返銮舆未奏功。只落得湖留孤冢,山结愁云,树咽悲风。游人洒泪拜行宫,怎怪那朱仙遥望旌旗恸[3]!试问奸雄,流芳遗臭,孰轻孰重?

〔1〕驻马听:南〔中吕〕宫曲调。句式:四七、四四四、七七、四七,共九句七韵(第三、四句可不用韵)。与北〔双调〕的〔驻马听〕不同。

〔2〕岳墓:岳飞墓,在杭州西湖栖霞岭南。

〔3〕朱仙:镇名,在河南开封西南,岳飞曾追击金兵至此。

悼念岳飞直捣黄龙、迎还二圣的壮志未能实现,谴责秦桧的戕害忠良,有一定思想意义。

前调

阊门夜泊[1]

风雨萧然,寒入姑苏夜泊船。市喧才寂,潮汐还生,钟韵俄传。乌啼不管旅愁牵,梦回偏怪家山远。摇落江天,喜的是蓬窗曙色,透来一线。

〔1〕阊门:苏州城西北的城门。

这首曲写夜泊,写钟声,写乌啼,意境与唐·张继《枫桥夜泊》诗有相似之处。然而张诗写的是半夜,这首曲写的却是从人定至拂晓,时间的跨度长一些。结韵以行人见曙色的喜悦,反衬夜来的愁寂,有振起全篇之势。

南南吕·懒画眉

徐王孙惺予邀泛莫愁湖看莲〔1〕

挐舟深入水云乡〔2〕,荡破湖心一镜光,四山环碧带沧浪。荷花片片迎人放,可似卢姬旧日妆。

〔1〕莫愁湖:在南京市西南,风景幽胜,相传莫愁女曾居此。莫愁为南朝人,古乐府《河中之水歌》:“河中之水向东流,卢家女儿名莫愁。”此曲末句因称她为“卢姬”。徐王孙惺予:当系中山王徐达的后人,生平不详。

〔2〕挐(ná拿)舟:泛船。

在湖光山色中,簇拥着迎人开放的朵朵红莲,从而联想到莫愁女的艳妆,不但切合地方名胜,还唤起读者对历史的回顾。

冯梦龙

冯梦龙(1574—1646),字犹龙,别署龙子犹、顾曲散人、墨憨斋主人等,江苏吴县人。明崇祯贡生,唐王时曾任寿宁知县。清兵渡江时,参加过抗清活动,不久死于故乡。他重视小说、戏曲和通俗文学,辑有话本集《喻世明言》、《醒世恒言》和《警世通言》,世称"三言"。又编有民歌集《挂枝儿》和《山歌》,散曲集《太霞新奏》,笔记《古今谈概》等。此外还改写了小说《平妖传》、《新列国志》,修改了汤显祖、李玉、袁于令诸人的传奇多种,定名《墨憨斋定本传奇》。创作有传奇《双雄记》。

他的歌曲集名《宛转歌》,原本久已散佚,近人有新辑本,存小令六首,套数十八套。内容多写男女恋情,感情真挚,风格朴素似民歌。

小 令

南仙吕入双调·玉抱肚

赠书

频频书寄,止不过叙寒温别无甚奇。你便一日间千遍书来,我心中也不嫌聒絮。书呵原非要紧好东西,为甚一日无他便泪垂!

一封普通的书信,对闺中少妇说来却无比贵重,因为它说明了丈夫的关怀,也报告了他平安的消息。一日千遍书来也不嫌聒絮,一日无它便泪垂,语言朴素流畅,接近民歌。

南仙吕入双调·江儿水[1]

偶述

郎莫开船者!西风又大了些,不如依旧还奴舍。郎要东西和奴说,郎身若冷奴身热,且受用而今这一夜。明日风和,便去也奴心安帖。

〔1〕江儿水:南〔仙吕入双调〕曲调。句式:五三七、七七六、四六,共八句七韵(第七句可不用韵)。

写出闺中少妇对情郎的关心,感情真挚,语言恳切,平白如话。

施绍莘

施绍莘(1581—1640),字子野,号峰泖浪仙,华亭(今上海松江)人。少负隽才,后屡应乡试不第,乃作别业于泖上,又营精舍于西佘山,极烟波花药之美。在那里过着赏鸟观花、征歌选色的生活。用他自己的话说,就是"寄情于诗酒声色","以铺衬林泉"。这是十足的有闲阶级的生活。他的散曲有《花影集》四卷,收套数八十六套,小令七十二首,为明人专集中套数最多的一家。但是内容却无甚可取。因为他的作品,大部分是歌咏山水园林、雪月风花和记述他的风流艳事的。他躲在泖山的别业里,"凡四时风景及山水花木之胜,皆谱撰小词,教山童歌之;客至出以侑酒,兼佐以箫管弦索"(《西佘山居记》)。"每遇佳时艳节,锦阵花营,美人韵事,则配以靡词"(《春游述怀·跋》)。不能不影响他作品的思想性。但是他的艺术表现力却是相当高的,他善于使用清词丽句,描绘优美的景物和内心的感受,而且妙谐音律,可诵可歌。他的套曲大都附有长篇序跋,有的也颇有诗味。

套数

北双调·新水令

夜雨

〔新水令〕没人庭院种芭蕉,惨模糊隔窗烟草。引凄凉来枕畔,欺薄命上花梢。急打轻敲,乱洒斜飘,总送个愁来到。

〔驻马听〕烛影红摇,翦翦风威寒正悄;茶烟青绕,腾腾篆字湿初飘。低杨直接水西桥,鸣蛙总在池边草。一兜儿轩屋小[1],闷开窗可竟是无昏晓。

〔沉醉东风〕盼远信云昏雁杳,怆心期水涨天遥。一阵价孤灯暗盏昏,一阵价万叶临窗闹。打梨花门掩墙高,柔橹咿呀鹜外摇,烟雾里垂杨画阁。

〔折桂令〕一声声空外潇潇。鸡也胶胶[2],漏也寥寥。竹也萧萧,树也摇摇。怎消得帘衣袅袅,窗纸条条。扯淡的把香也烧烧,棋也敲敲,书也枭枭[3],灯也挑挑。

〔离亭宴带歇拍煞〕檐头铁马偏生闹,恹恹残梦才惊觉,这凄凉怎熬!地儿卑,后近山;宅儿小,斜通竹;窗儿矮,前临沼。但从教有泪垂,总只是无人到,白茫茫长暮潮。讨得个风回门自关,雾湿弦初劣,火歇衣刚燥。准备著惜花起早。听得人耳待聋,要得人眉皱了。

〔1〕一兜儿:形容总体的量词,含有一揽子、一包儿的语意。

〔2〕胶胶:鸡鸣声。《诗经·郑风·风雨》:“鸡鸣胶胶。”

〔3〕书也枭(xiāo 消)枭:枭枭即掀掀,指掀开书页。

这套曲写的是雨夜愁怀。作者从雨打芭蕉写起,直到煞曲的铁马惊梦止,旁敲侧击,层层渲染,始终不见一“雨”字,而雨中的凄凉景象自见。他是把赋家“为文造情”的手法运用到散曲中来了。

南北合套仙吕入双调·新水令〔1〕

送张冲如游靖州〔2〕

〔北新水令〕江天风淡酒旗斜,惨骊歌恁将去也〔3〕。好男儿应出众,袖空手走天涯。辛苦担些,磨难经些,料天公成就你英雄者。

〔南步步娇〕莫惜春风轻离别,口内犹馀舌〔4〕,脚头牢硬些。苦到甜时,似倒嚼尝甘蔗。终久辨龙蛇,眼睛边且拭英雄血。

〔北折桂令〕向芳郊秣马脂车〔5〕,挑破头巾,着绽皮靴。看君家寒酸似此,意气豪侠。袖儿中提一尺青萍瘦铁〔6〕,吐虹霓高百丈浩气横斜。到处为家,不用咨嗟,扫乾坤只消你笔底残花。

〔南江儿水〕别路花刚谢,邮亭酒谩赊。坐班荆无奈离愁惹〔7〕,两牵衣仔细叮咛者,告君家此去权聊且。尺水神龙堪借,待他日舒眉,共闲话那年时节。

〔北雁儿落〕君此去望长江一线斜,君此去梦巫岭云千叠。君此去听壶笙夜忆家,君此去弄愁笛秋悲月〔8〕。君此去扪青萝怯暮鸦,君此去经白社凄孤客〔9〕。君此去换征衫裁蛮葛〔10〕,君此去认离魂寻梦花〔11〕。呀,小可是经年别,留不住征车,只愿你好支持强饭些,好支持强饭些。

〔南侥侥令〕此后新诗谁和咱,你得句向谁夸?随分乌丝衷肠写〔12〕。你多应为着咱,我多应为着他。

〔北收江南〕呀,我较长你春秋五岁啊,比似你更穷彻。叹年来飘零书剑满天涯,每到花时不在家。这多应命耶数耶?呀,我与你讨便宜辛苦了几双鞋。

〔南园林好〕笑株守似池鱼井蛙,拚游荡做浮萍浪花。万里关山程涉,方是个放狂踪侠士家,放狂踪侠士家。

〔北沽美酒〕好风吹,雨后花;随马足,衬堤沙。更自有胜水名山随侍他。晃斜阳,隐暮霞;摇青旆,酒胡家〔13〕。系马绿杨之下,擘名纸把囊中句写。你啊,尽潇洒何须闷耶?尽快活何须叹耶?呀,我于此且高歌送君行也。

〔北清江引〕并州客舍随缘者〔14〕,且了青毡债。明年折桂花〔15〕,共对西湖月,那时节换皮毛洗将穷气也。

〔1〕这套曲为南北合套,由北〔双调〕的〔新水令〕、〔折桂令〕、〔雁儿落〕、〔收江南〕、〔沽美酒〕、〔清江引〕和南〔仙吕入双调〕的〔步步娇〕、〔江儿水〕、〔侥侥令〕、〔园林好〕组成。没有尾声,因在南北合套中往往

用〔清江引〕代尾声;《花影集》里好几套曲都有这种情况。

〔2〕张冲如:生平不详。靖州:今湖南靖县。作者自跋云:"即古夜郎地。"

〔3〕骊歌:别离的歌。恁:同"您"。

〔4〕口内犹馀舌:《史记》载张仪为人疑其盗璧,执而掠笞数百,释放后,其妻曰:"子无读书游说,安得此辱乎?"仪张口曰:"视吾舌尚在否?"妻曰:"在也。"仪曰:"足矣。"这里是鼓励对方,只要口舌尚在就一定有出头之日。

〔5〕秣马脂车:指整装待发。秣马,把马喂饱;脂车,一般作"膏车",指在车毂上涂油膏。

〔6〕青萍瘦铁:指宝剑。青萍,古代宝剑名。

〔7〕坐班荆:班荆而坐。把荆条铺在地上坐,以叙友情。

〔8〕壶笙、愁笛:据作者自跋,二者均靖州地方的乐器。壶笙如常笙而"倍蠢劣",愁笛亦如常笛"而加大","蛮丁群聚啸跳而吹之"。

〔9〕白社:山名,在靖州,相传以李白得名。

〔10〕换征衫裁蛮葛:指穿当地布料做的衣服。

〔11〕梦花:作者自跋说:据《舆地志》记载,靖州产梦花,"凡梦者朝起看之,便能记忆。"

〔12〕乌丝:指有黑界线的纸笺。

〔13〕酒胡:卖酒的胡女。辛延年《羽林郎》:"调笑酒家胡。"

〔14〕并州客舍随缘者:劝对方安心作客。并州本指山西,这里借指张冲如前去的靖州。唐·刘皂《旅次朔方》诗:"客舍并州数十霜,归心日夜忆咸阳。无端更渡桑乾水,却望并州是故乡。"把旅居的地方认作故乡,这就是作者劝对方"随缘"的意思。

〔15〕"且了青毡债"二句:劝对方谨守儒业,苦读经书,以便明年高中科举。《晋书·王献之传》:"夜卧斋中,而有偷人入其室,盗物都尽。

献之徐曰:'偷儿,青毡我家旧物,可特置之。'群盗惊走。"后因以"青毡"为故家旧物的代称。

张冲如因何事远游靖州,情况不清楚;从曲文看来,可能是为生计所迫。作品内容可分三大段:第一段,从〔新水令〕至〔折桂令〕,勉励对方要有"好男儿""袖空手走天涯"的气魄,到那里去经受磨炼,终将有出头之日。这颇有点像孟子对"天之将降大任于斯人也"所发的议论。第二段,从〔江儿水〕到〔侥侥令〕,反复诉说离情别意;特别是想象对方此去的远隔天涯,受尽孤独凄寒之苦,是充满同情的。第三段,又再转为宽慰对方,说自己近年来也有着书剑飘零的共同命运,不须为此咨嗟,做个"放狂踪侠士",比"池鱼井蛙"似的株守家园好。全篇感情深挚,意气豪迈;文词悲壮清劲,在子野曲中别具一格。

南仙吕入双调·步步娇

菊花

〔步步娇〕老圃先生闲心计[1],粗了黄花事。东篱插几枝,老雨枯风,自然高寄。全不怕霜欺,变炎凉也只是无趋避。

〔江儿水〕可有幽深意,偏生古秀姿。比佳人较没胭脂腻,比诗人倒没寒酸气,比仙人尚少云霄志。但落寞田园居士,满地黄金,依旧有寒儒风致。

〔清江引〕甘心野蒿同腐死,岂有人间意?自从三径栽[2],渐移入朱门里。多应怪渊明老人多事矣。

〔1〕老圃先生:作者自指。

〔2〕三径栽:陶渊明《归去来辞》:“三径就荒,松菊犹存。”“三径”指他庭院中的小路。

作者性爱花草,自言五六岁时便喜种植;卜居泖上、西佘时,桃柳兰桂,菊竹荷梅,环绕宅前舍后,极花木之胜,故散曲也多歌咏花木之作。这套曲子,歌颂菊花不怕霜欺、自甘寂寞、似“落寞田园居士”的品格。虽然脱不了传统诗人咏菊的调子,然而出于此类题材较少的散曲,还是难能可贵的。沈伯英评云:“咏物之难,难于洒脱;此词正得之笔墨之外。”可说道着了它的佳处。

李翠微

李翠微，明末陕北米脂人。闯王李自成之女。曾随其父参加明末农民起义。李自成起义失败后，逃到楚地，投靠某生之母郇氏。某生返楚后，纳翠微为妾，埋名隐居。后不知所终。

套 数

南正宫·山渔灯犯

元宵艳曲

〔山渔灯犯〕(山渔灯)〔1〕灯如昼，人如蚁。总为赏元宵，装点出锦天绣地。抵多少闹嚷嚷笙歌喧沸，试问取今夕是何夕？这相逢忒煞奇，轻轻说与他，笑声要低。虽则是灯影堪遮掩，也要虑露容光惹是非。爱杀你，果倾城婉丽。　(玉芙蓉)害相思，经今日久，甫得效于飞〔2〕。
〔锦庭乐〕(锦缠道)笑他们振盈盈，村的俏的男女混相携，更喧哗打着灯谜。　(满庭芳)且和你离芳街，步星桥，略寻徙倚。递歌声梅落秾李，响铜壶玉漏频滴。　(普天乐)

一任他攘攘熙熙，偏咱巧遇是这上元之夕。

〔朱奴儿犯〕（朱奴儿）一处处灯辉月辉，一阵阵喧阗鼓鼙，一曲曲升平贺圣禧。大家羡皇都佳气[3]，从今后岁岁如斯。

（玉芙蓉）愿和伊，一双永拟凤鸾栖。

〔六幺令〕夜阑风起，荡春衫香霭遥飞。金鞭欲下马频嘶，归去也，月西移。听云璈噫噫朱门里，听云璈噫噫朱门里[4]。

〔尾声〕归来重把阑干倚，慢慢的唱和新诗赠月姨，直等那斗转参横始掩扉。

〔1〕山渔灯犯：〔山渔灯〕，南曲〔正宫〕曲牌名。犯，即犯调，在南曲中又称集曲，是曲家别出心裁创造的调式。如此曲即由〔山渔灯〕曲上、中大段和〔玉芙蓉〕曲结韵集合而成。下文〔锦庭乐〕、〔朱奴儿犯〕例同。

〔2〕甫得效于飞：才得像凤凰一样地双飞。《诗经·大雅·卷阿》："凤凰于飞，翙翙其羽。"后人因以"凤凰于飞"比喻夫妇的和谐。

〔3〕皇都佳气：此曲描写的是李自成定都西安、建立大顺王朝、在永昌元年（1644）欢度元宵的情景。皇都指西安。

〔4〕听云璈噫噫朱门里：云璈，即云锣，俗称九音锣，是宫廷里用的乐器；噫噫，叹息声。这里流露作者的贵主身份。

本篇据清初王端淑编的《名媛诗纬》迻录。该书有王端淑顺治辛丑（1661）自序，离李自成农民起义的失败不过十几年，所录当可信。篇中写女主人公跟意中人在元宵意外相逢的喜悦，及别后的深沉怀念，颇为真切。可见封建社会，即在农民起义军中，男女礼防也牢不可破。

夏完淳

夏完淳（1631—1647），原名复，字存古，号小隐、灵首（一作灵胥），江苏华亭（今上海松江）人。七岁能诗文，有“神童”之誉。十四岁追随父亲夏允彝、老师陈子龙起兵抗清。允彝兵败自杀，又与陈子龙等倡议，受鲁王封为中书舍人，参谋太湖吴易军事。吴易兵败被执而死后，完淳仍为抗清奔走，事漏被擒，于南京痛骂洪承畴，遭杀害，年仅十七岁。所作诗文词曲，嘉庆间王昶、庄师洛辑为《夏节愍全集》十四卷，今重编有《夏完淳集》。散曲《狱中草词馀》一卷，存小令三首，套数二套，俱狱中抒怀之作。悲歌慷慨，动人心弦。

套 数

南仙吕·傍妆台

自叙

〔傍妆台〕客愁新，一帘秋影月黄昏。几回梦断三江月，愁杀五湖春〔1〕。霜前白雁樽前泪，醉里青山梦里人。（合）英雄恨，泪满巾；响丁东玉漏声频。

〔前腔〕两眉颦,满腔心事向谁论?可怜天地无家客,湖海未归魂。三千宝剑埋何处?万里楼船更几人[2]!(合)英雄恨,泪满巾,何年三户可亡秦[3]!

〔不是路〕极目秋云,老去秋风剩此身。添愁闷,闷杀我楼台如水镜如尘。为伊人,几番抛死心头愤,勉强偷生旧日恩[4]。水鳞鳞,雁飞欲寄衡阳信,素书无准,素书无准[5]。

〔掉角儿序〕我本是西笑狂人[6]。想那日束发从军,想那日霸角辕门[7],想那日挟剑惊风,想那日横槊凌云。帐前旗,腰后印;桃花马,衣柳叶,惊穿胡阵。(合)流光一瞬,离愁一身。望云山,当时壁垒[8],蔓草斜曛。

〔前腔〕盼杀我当日风云,盼杀我故国人民,盼杀我西笑狂夫,盼杀我东海孤臣。月轮空,风力紧。夜如年,花似雨,英雄双鬓。(合)黄花无分,丹荑几人[9]。忆当年,吴钩月下[10],万里风尘。

〔馀音〕可怜寂寞穷途恨,憔悴江湖九逝魂[11],一饭千金敢报恩[12]。

〔1〕“几回”二句:怀念自己的故乡和战斗过的地方。三江,是吴江、钱塘江、浦阳江;五湖,是具区、彭蠡、洮滆、青草、洞庭,这里都是泛指。

〔2〕“三千宝剑”二句:怀念在一起战斗过的吴志葵、吴易部下的抗清战士。

〔3〕三户:《史记·项羽本纪》:“楚虽三户,亡秦必楚也。”反映了当时楚国人民反秦复国的愿望。

〔4〕“为伊人”三句:意说为报君国大仇,故忍辱偷生。“抛死”,疑“拚死”之误。

〔5〕“水鳞鳞”四句:意说欲与在西南的永历抗清政权联系而不可能。相传衡阳之南有回雁峰,雁飞至此即折返。

〔6〕西笑狂人:西望长安而笑,指对帝都的思慕。桓谭《新论·祛蔽》:“人闻长安乐,即出门西向而笑。”

〔7〕“想那日”以下八句:回忆抗清军中的生活。霸角,不知所指,疑画角之误。辕门,军营的门。横槊,横戈。桃花马,白毛红点的马。衣柳叶,似应作“柳叶衣”。

〔8〕当时壁垒:指旧时防御建筑物。

〔9〕“黄花无分”二句:暗示自己不久即要牺牲,不能再在篱边赏菊,登高插茱萸。王维《九月九日忆山东兄弟》:“遥知兄弟登高处,遍插茱萸少一人。”

〔10〕吴钩:古代吴地所造的一种弯形的刀。后泛指锋利的刀剑。

〔11〕九逝魂:指思念故国的灵魂。《楚辞·九章·抽思》:“郢路之辽远兮,魂一夕而九逝。”

〔12〕一饭千金:用《史记·淮阴侯列传》韩信以千金报答漂母一饭之恩的故事。

从军生活的回忆,身陷囹圄的悲痛,国仇未报的愤恨,以身殉国的决心,是本篇和下一篇的共同内容。风格也一样的苍凉激越,慷慨淋漓。如果要指出它们之间的细致区别的话,那么本篇更多的是“愤”,下篇更多的是“悲”。

南仙吕·甘州歌

感怀

〔甘州歌〕兴亡成败,叹英雄黄土,侠骨荒邱。千秋万岁,无限为龙为狗。君不见六朝烟草馀芳乐[1],几片降旗上石头[2]。青天外,白鹭洲[3],暮鸦残照水悠悠。斜阳里,结绮楼[4],湘帘半挂月如钩。

〔前腔〕新寒入敝裘,想霜鞯骏马,飘零难偶。江花江草,秋来剪出离愁。想着我弓开杨叶胡云冷[5],剑拂莲花汉月秋。愁三月,梦九州,归期数尽大刀头[6]。人千里,泪两眸,西风雁字倩谁收。

〔前腔〕吞声哭未休,怅荒烟古渡,衰蒲残柳。清宵无寐,漫将往事追求。珊鞭风软金条脱,宝剑霜生锦臂韝[7]。飙威驶,露影流,隔墙人唱小伊州[8]。杯中物,鬓上秋,梦回酒醒月空楼。

〔前腔〕南冠客楚囚[9],望云山万里,那禁回首!丁丁晓箭[10],难为心坎眉头。几番的空帘剪雨三更梦,我待要望海乘风万里游。雨空逝,水自流,寒江积雾放孤舟。空中影,浪上沤,玉关何地觅封侯[11]!

〔馀音〕我那人呵影何方?书在金陵,客梦西楼。一样西风两地愁。

〔1〕六朝:三国的吴、东晋,南朝的宋、齐、梁、陈,都以建康(吴称建业,今南京)为首都,史称"六朝"。"芳乐",疑"芳藥"之误。

〔2〕"几片降旗"句:指乙酉年(1645)清兵攻陷南京。这里借用刘禹锡《西塞山怀古》"千寻铁锁沉江底,一片降幡出石头"诗意。

〔3〕"青天外"二句:用李白诗意写金陵景物。李白《登金陵凤凰台》:"三山半落青天外,二水中分白鹭洲。"三山,在今南京西南长江边上。白鹭洲,古代长江中的沙洲。在今南京市水西门外。

〔4〕结绮楼:即结绮阁。为陈后主叔宝宠妃张丽华的居处。相传陈叔宝和张丽华正在阁上赋诗作乐,韩擒虎拥兵破门而入。见颜师古《大业拾遗记》。

〔5〕弓开杨叶:《汉书·枚乘传》:"养由基,楚之善射也。去杨叶百步,百发百中。"

〔6〕大刀头:刀头有环,"环"与"还"同音,古人作为还乡的隐语。

〔7〕"珊鞭"二句:回忆军中生活的英姿。条脱,手镯;臂韝,射箭时护臂的革套。

〔8〕小伊州:北小石调有伊州遍,这里泛指曲调。

〔9〕南冠客楚囚:指自己身陷囹圄。《左传·成公九年》:"晋侯观于军府,见钟仪,问之曰:'南冠而絷者谁也?'有司对曰:'郑人所献楚囚也。'"南冠,楚人所戴之冠。

〔10〕晓箭:指清晨的时刻。古时计时铜漏上所刻之标示叫作箭。丁丁,形容漏滴之声。

〔11〕"空中影"三句:指封侯无望。沤,水,水泡。玉关封侯,用班超立功西域,被封为定远侯事,见《后汉书·班超传》。

蒋琼琼

蒋琼琼，明代名妓，生平事迹不详。

小 令

南仙吕·桂枝香

春思

澄湖如镜，浓桃如锦。心惊俗客相邀，故倚绣帏称病。一心心待君，一心心待君。为君高韵，风流清俊，得随君半日桃花下，强如过一生。

这首曲反映了一个妓女渴望与她所爱慕的男子相伴的心情，客观上控诉了娼妓制度的罪恶。

景翩翩

景翩翩，字三昧，建昌（今江西永修）青楼女。生平事迹不详。

小 令

南商调·金络索〔1〕

冬思

〔金梧桐〕银台绛蜡笼，翠屋金钩控。锦帐红炉，独自无人共。月明初转却，　〔东瓯令〕小房栊，不放清光照病容。愁听画角声三弄，　〔针线箱〕吹落梅花一夜风。　〔解三酲〕关山梦，　〔懒画眉〕鱼沉雁杳信难通。　〔寄生子〕孤眠人最怕隆冬，又值隆冬，做不就鸳鸯梦。

〔1〕金络索：南〔商调〕曲调。由〔金梧桐〕、〔东瓯令〕、〔针线箱〕、〔解三酲〕、〔懒画眉〕、〔寄生子〕诸曲集合而成。句式繁琐不录。

以四首〔金络索〕分写四季闺情，是明人散曲中常见的题材。这首冬季闺情写得比较清畅，选录以见一斑。

无名氏

小 令

罗 江 怨[1]

临行时扯着衣衫,问冤家几时回还?要回只待等桃花、桃花绽。一杯酒递与心肝,双膝儿跪在眼前,临行嘱付、嘱付千遍:逢桥时须下雕鞍,过渡时切莫争先;在外休把闲花、闲花恋。得意时急早回还,免得奴受尽熬煎,那时方称奴心、奴心愿。

〔1〕罗江怨:民间小曲,明中叶开始在湖广一带流行。一般十二句,四叠。

写临别情景和女主人公嘱咐的话,比较细致,充分表达她对行人的关怀。喜用叠语,增加了缠绵的情致。

挂枝儿[1]

喷嚏

对妆台忽然间打个喷嚏,想是有情哥思量我寄个信儿。难道他思量我刚刚一次?自从别了你,日日珠泪垂。似我这等把你思量也,想你的喷嚏儿常似雨。

〔1〕挂枝儿:民间小曲,明天启以后极流行。一般为七句。内容多写恋情。冯梦龙编有专集。

据说一个人被人思念时就要打喷嚏,这支小曲巧妙地利用了这一传说,表达了女主人公对“情哥”的日夜思量。设想新奇,富于民歌风趣。

前　调

送别

送情人直送到丹阳路[1],你也哭,我也哭,赶脚的也来哭[2]。赶脚的你哭的因何故?道是:“去的不肯去,哭的只管哭;你两下里调情也,我的驴儿受了苦!”

〔1〕丹阳路:今江苏丹阳县。

〔2〕赶脚的:出赁牲口给人乘坐并替人拉牲口的人。

从赶脚人的哭反衬一对情人的难分难舍,真是匪夷所思,令人忍俊不禁。

山　歌〔1〕

月上

约郎约到月上时,那亨月上子山头弗见渠〔2〕? 咦,弗知奴处山低月上得早;咦,弗知郎处山高月上得迟!

〔1〕山歌:民间小曲,单调四句,二十八字,可大量增加衬字,音调比较自然。明中叶以后颇流行。冯梦龙编有专集,多用吴语写男女私情。

〔2〕那亨:即怎么、为什么,是吴语中常见的。

等候情郎不见到来时的焦灼心情,以天真的揣测之辞淡淡说出,真挚而不落俗套。

劈破玉[1]

耐心

熨斗儿熨不开眉间皱,快剪刀剪不断我的心内愁,绣花针绣不出鸳鸯扣。两下都有意,人前难下手。该是我的姻缘奇耐着心儿守。

〔1〕劈破玉:民间小曲,流行于明中叶以后。格调与〔挂枝儿〕相近,故明代一些刻本也有把两者搞混的。

前　调

虚名

蜂针儿尖尖的做不得绣,萤火儿亮亮的点不得油,蛛丝儿密密的上不得簆[1]。白头翁举不得乡约长[2],纺织娘叫不得女工头[3]。有甚的丝线儿相干也,把虚名挂在傍人口。

〔1〕簆:纺织机上的附件之一,成梳齿状,轻纱从簆齿间穿过。

〔2〕白头翁:鸟名,这里双关老人,故说他做不得乡约长。

〔3〕纺织娘:一种鸣虫,这里双关纺织女工。

善用比喻,是民歌的特点。这两支小曲都充分运用了这一手法,先使用一连串聪明而巧妙的比喻,最后烘托出要歌咏的主旨。前篇是说不必为暂时的难通情愫而发愁,要耐心等待机会。后篇说担个虚名儿(虚有其名)不管用,要真正成就姻缘。都是热烈而真挚的情歌。

山　歌

分离

要分离除非是天做了地,要分离除非是东做了西,要分离除非是官做了吏。你要分时分不得我,我要离时离不得你,就死在黄泉也做不得分离鬼!

连用几件不大可能实现的自然和社会现象来说明要分离的不可能,可见这位抒情主人公对爱情的执著;与汉乐府《上邪》、敦煌词〔菩萨蛮〕(枕前发尽千般愿)有异曲同工之妙。

锁 南 枝[1]

风情

傻俊角我的哥,和块黄泥儿捏咱两个:捏一个儿你,捏一个儿我。捏的来一似活托,捏的来同床上歇卧。将泥人儿摔碎,着水儿重和过。再捏一个你,再捏一个我。哥哥身上也有妹妹,妹妹身上也有哥哥!

〔1〕锁南枝:民间小曲,明中叶开始流行,河南省传唱尤盛。

用捏泥人来表现爱情的深厚,特别是"哥哥身上也有妹妹,妹妹身上也有哥哥",真是形象到极点。由此可见人民群众中蕴藏着丰富的创作才能和智慧。

清代散曲

沈自晋

沈自晋(1583—1665),字伯明,号西来,又号长康,晚称鞠通生,江苏吴江人。沈璟之侄。弱冠补博士弟子员,明亡弃去,隐居吴山。善度曲,尤精音律。词尚家风,而无门户之见;作曲能兼取"吴江派"与"临川派"之长,一时海内词家如范香令、卜大荒、冯梦龙、袁于令等,群相推服。卜与袁为作传奇序;冯所选《太霞新奏》,推为压卷。范有"新推袁沈擅词场"及"幸有钟期沈袁在"之句,亦推许备至。著有《望湖亭》、《翠屏山》、《耆英会》传奇;并将沈璟《南九宫十三调曲谱》增补为《广缉词隐先生增定南九宫十三调词谱》(又称《南词新谱》);散曲有《鞠通乐府》三卷,凡小令七十首,套数十八套;另有令曲九首,套曲十三套,均收入《全清散曲》。明亡为自晋散曲作品的分界,前期风格艳丽;后遭离乱,常写故国之思,风格悲壮。

小 令

南仙吕·解三酲〔1〕

见黄蝶

只道领春风向野花飘洒,却纷飞在战地尘埃。牡丹丛曾染姚家色〔2〕,怕霜信紧旧颜衰。他倒不辞素秋将姿态改,兀自松粉沾衣展翅来〔3〕。还留在,喜得个篱边菊下,且自舒怀。

〔1〕解三酲:南〔仙吕〕曲调。句式:七七七六、七七、三四四,共九句八韵。此调多带换头,如下面一首即是。

〔2〕姚家:宋代洛阳牡丹花有两种名贵的品种,叫"姚黄魏紫"。姚黄,为千叶黄花,相传是姓姚的人家栽培的;魏紫,为千叶肉红花,魏相仁溥所栽。

〔3〕兀自:还自,尚自。

作者生当明清易代之际,乙酉清兵南下,他也尝过逃难的痛苦。这首曲借蝶自喻,表达了今昔之感和劫后余生的欣慰。

前　调

久雨乍晴，同大儿一步春畦[1]，感怀赋此。

〔解三醒〕入春阴侧寒犹峭，懒听他涧底松涛。梅花耐雨心酸早，颦蹙柳，泪含桃。只道东皇吝彩[2]，将咱过半抛，谁知转盼风光若故交。晴和了，喜的是携儿缓步，踏翠东皋[3]。

〔其二，换头〕譬如我血溅戈矛，等闲如刈草。譬如我风雨沉埋何处招；譬如你图南不返迷荒徼[4]，使我穷泪眼望归轺[5]；譬如你纷华未断还来入市朝，使我愁见蒙茸一锦貂[6]。今番好，喜的是承颜无恙[7]，洗耳能逃[8]。

〔1〕畦(qí 旗)：五十亩为畦，这里泛指农田。

〔2〕东皇：春神。

〔3〕东皋：指田野。

〔4〕图南不返迷荒徼：意指投奔南方的抗清政权，如鲁王、唐王等。图南，语本《庄子·逍遥游》。徼(jiào 叫)，边界。

〔5〕轺(yáo 遥)：古代轻便的马车。

〔6〕蒙茸一锦貂：指当时清人的服饰。茸(róng 荣)，柔软的兽毛。

〔7〕承颜：指顺承父母的颜色。《晋书·孝友传序》："柔色承颜，怡怡尽乐。"

〔8〕洗耳能逃：意说能够不出来做官。《高士传》载尧欲召许由为

九州长，许由不想听这些话，“洗耳于颍水滨。”

松涛懒听，梅心酸早，深沉地表现出离乱时遗民的伤痛。下片意说譬如我抗清被杀，血溅戈矛；又譬如你投奔南方鲁王、唐王，起兵抗清，或投降清军，改穿满装，都不如“今番好”，可以父子相聚，又听不到种种不入耳的议论。这反映了明清易代之际许多封建文人的共同看法：他们既不愿起兵抗清，又不愿投降清军，而是选择了一条逃避现实、消极抵抗的道路。

南羽调·胜如花[1]

避乱思归(寓子昂村东)

思燕玉，忆楚萍，老去愁饥畏冷[2]。蓦然间塞鼓烽烟，顷刻来飘蓬断梗，博得个孤舟贫病。捱一番朝惊晚惊，又一番风行雨行。数点秋萤，早六花飞进[3]。遏不住鲈乡归兴[4]。盼西流可是江城？盼西流可是江城？

〔1〕胜如花：南〔羽调〕曲调。句式：三三六、七七、七七七、四五、七七七，共十三句十一韵。结末多为重句。

〔2〕“思燕玉”三句：指因年老愁饥畏冷而思暖身充饥之物。杜甫《独坐》诗：“暖老须燕玉，充饥忆楚萍。”燕玉是燕地所产的一种美玉，据说夏寒冬温，故思用以暖身。楚萍指粗粝的食物。

〔3〕六花：即雪花。其状为六角形，故称。

〔4〕鲈乡归兴:指思乡之情。事见《晋书·张翰传》。

这首曲通过诗人“朝惊晚惊”、“风行雨行”的切身遭遇,反映出清兵南下时人民颠沛流离的苦况。

南仙吕·解酲乐〔1〕

偶作(窃笑词家煞风景事)〔2〕(三首选一)

〔解三酲〕觑传奇喜巧镌图像〔3〕,最堪憎妄肆评量。只合从头按拍无疏放〔4〕,一入览便成腔。 〔大胜乐〕那得胡圈乱点涂人目,漫假批评玉茗堂〔5〕。坊间伎俩〔6〕,更莫辨词中衬字,曲白同行。

〔1〕解酲乐:南〔仙吕〕曲调,系集〔解三酲〕、〔大胜乐〕两词部分乐句而成。句式:七七、七六、七七、四四四。共九句七韵。

〔2〕煞风景:比喻败兴的事情。胡仔《苕溪渔隐丛话前集》卷二十二引《西清诗话》:“义山《杂纂》,品目数十,盖以文滑稽者。其一曰杀风景,谓清泉濯足,花下晒裈,背山起楼,烧琴煮鹤。”

〔3〕觑(qù去)传奇:觑,细看;传奇,泛指戏曲剧本。巧镌图像:指加入插图。

〔4〕疏放:任意。这里指散漫无序。

〔5〕漫假批评玉茗堂:指假托玉茗堂评点的戏曲刻本。玉茗堂,明代戏曲家汤显祖所居的堂名。

〔6〕 坊间:指民间刻书铺子。

明代中叶以后,书籍商品化的现象严重;不少书商为了谋利,大量刊印书籍,粗制滥造,谬误百出,一直为后世有识者所非议。这首曲对刊刻传奇作品中的胡圈乱点、正衬不识、曲白不分、假借名人评点的现象揭露得十分深刻,针砭世情不留面子,是沈自晋不可多得的佳作。

南仙吕入双调·步步娇〔1〕

旅中雨况(三首选一)

眼底云山皆愁绪,惨淡花深处,春光有似无。入夜狂飏,雨又朝和暮。恁般雨雨更风风,天还不惜离人苦。

〔1〕 步步娇:南〔仙吕入双调〕曲调。句式:七五五、四四五五,共七句五韵。

写旅中遇雨时的愁怀,风格淡远,近似北宋人小词。

贾应宠

贾应宠(约1590—约1676),字退思,一字晋蕃,号凫西、澹圃。因喜说鼓词,又自号木皮散客。山东曲阜人。明崇祯末年,以明经起为直隶(今河北)固安县令,后任户部主事、刑部郎中。因为人所忌,辞官归里。清初曾被逼补旧职,非所愿,遂于官署中大说鼓词,不久便因此被免职。他为人正直狂放,归家后常取《论语》演为鼓词,端坐市坊,击鼓板演唱。嬉笑怒骂,以抨击世态。因不容于乡里,遂移家滋阳,闭门著书。但直到八十多岁,仍说鼓词笑骂不倦。著有《木皮散人鼓词》、《澹圃恒言》、《澹圃诗草》。

鼓词[1](节选[尾声])

忠臣孝子是冤家,杀人放火的天怕他。仓鼠偷生得宿饱,耕牛便死把皮剥。河里游鱼犯了何罪?刮了鲜鳞还嫌刺札。杀人的古剑成至宝,看家的狗儿活砸杀。野鸡兔子不敢惹祸,剁成肉酱加上葱花。杀妻的吴起倒挂了元帅印[2],可怎么顶灯的裴瑾捱了些咀巴[3]。玻璃玉盏不中用,倒不如锡镴壶瓶禁磕打。打墙板儿翻上下,运去铜钟声也差。管教他来世的莺莺丑似鬼,石崇托生没个板渣[4]。海外有天天外有海,你腰里有几串铜钱休浪夸。俺虽没有临潼斗的无价宝〔5〕，只这三声鼍鼓走遍天涯〔6〕。

〔1〕鼓词：明清时流行于我国北方的一种曲艺，可以由一个人自击鼓板演唱，也可以增加数人用三弦等乐器伴奏，唱词基本为七字句和十字句。

〔2〕“杀妻的吴起”句：吴起，战国时卫人，好用兵。事鲁君时，齐人攻鲁，鲁君想用他为将，却因为他的妻子是齐人，有所顾虑；吴起遂杀妻，表明不倾向齐国，鲁君遂用他为将，攻齐，大破之。

〔3〕“顶灯的裴瑾”句：未详，待考。

〔4〕“管教他”二句：意说天道循环，事物会向反面转化，莺莺貌美，来世会变丑；石崇富贵，来世会贫穷。（石崇事参阅王九思《归兴》曲注〔9〕）板渣，疑指小而薄的钱。板，铜板，铜钱。

〔5〕临潼斗的无价宝：传说春秋时秦穆公想称霸天下，用百里奚计，奏于周景王，命十八国诸侯大会临潼，各出传国之宝，互相角胜。元明间无名氏有《十八国临潼斗宝》杂剧，演其事。

〔6〕三声鼍鼓：指说唱鼓词。

贾凫西的《鼓词》，把一部中国历史，从“混沌初开”直说到明代初年，有说有唱。对历史上坏人得道、好人遭殃的现象，深致愤慨。宗旨是褒扬忠烈，鞭挞邪佞，为世道人心一惩。这里节选的尾声，便是这一主题的高度概括。字里行间，可以充分窥见作者内心感情的激荡。当然，作者评价历史的标准与我们不同，《鼓词》全书中的具体人物评价，是应该有分析地对待的。

毛　莹

毛莹，初名培征，字湛光，一字休文，晚号大休老人、净因居士，江苏松陵（今吴江）人。明诸生。入清不应试，结庐松陵禊湖之滨，日事吟咏，萧闲送老。著有《竹香斋词》、《晚宜楼集》，散曲有《晚宜楼杂曲》一卷，存小令三十一首，套数五套。

小　令

南正宫·玉芙蓉

梁姬道昭，清标绝俗，有盛名于时，以株累为当事者所困〔1〕，社中共惜之。爰作二曲，酒次按歌，以讽世间有心人能慨然为古押衙者〔2〕。

其一

沉沦露水司，狼藉烟花市〔3〕，想断云残雨，瘦损腰肢。槛猿笼鸟三生事〔4〕，煮鹤烧琴一霎时〔5〕。星前誓凭谁主持？乍提起狠阎罗〔6〕，血泪洒胭脂。

其二

霜凋杨柳枝，风剪鸳鸯翅。恨无端业火〔7〕，锻炼芳姿。梦回香阁消魂死，默祷莲台肠断时〔8〕。从前事，朝思暮思。任安排女膺滂〔9〕，不算好男儿。

〔1〕株累:被别人犯罪所连累。

〔2〕讽:以委婉的语言暗示一种希望。古押衙:唐人薛调《无双传》小说中的一个人物，曾舍生救人，成人之美，后世多用为“侠士”的代称。

〔3〕“沉沦露水司”二句:指妓女生涯。

〔4〕槛猿笼鸟三生事:槛猿笼鸟，指不自由的生活。三生，即三世，本佛教用语，指前生、今生、来生。佛家有因果报应之说，谓今生一切遭遇皆前生所种。

〔5〕煮鹤烧琴:比喻糟蹋美好的事物。见沈自晋〔解酲乐〕《偶作》注〔2〕。

〔6〕狠阎罗:比喻极凶恶的人，这里指“当事者”。

〔7〕业火:佛教名词，以火比喻害身的恶业。

〔8〕莲台:佛教名词。指莲花的台座，即诸佛菩萨的宝座。

〔9〕膺滂:李膺和范滂。见康海〔北双调·雁儿落带过得胜令〕《饮闲》注〔4〕。这里的“女膺滂”似即指梁姬道昭，她可能是为反对豪强而被害的。

这两首曲写青楼女子梁道昭遭受凌辱、任人宰割的悲惨命运，揭露“当事者”行为的狠毒，并委婉表示希望有人能为之仗义援手，表现作家对被压迫者的深切同情。

南仙吕入双调·玉抱肚

社集沈若一斋中醉后作[1](二首选一)

年华荏苒,隙中驹何堪着鞭[2]。赖君家有酒如渑[3],任他们有笔如椽[4]。此身不是玉堂仙[5],字挟风雷不值钱[6]。

〔1〕社集:古代文人喜欢结社,社集即社团成员的集会。沈若一,生平不详。

〔2〕隙中驹:即白驹过隙,形容光阴过得极快。《庄子·知北游》:"人生天地间,若白驹之过隙,忽然而已。"

〔3〕有酒如渑:形容酒多。渑,水名,在山东。

〔4〕有笔如椽:有一支像椽木那样的大笔,这本是称赞别人有文才的,但作者这里说的是反话。《晋书·王珣传》:"珣梦人以大笔如椽与之,既觉,语人曰:'此当有大手笔事。'俄而帝崩,哀册谥议,皆珣所草。"椽,屋梁上的木条。

〔5〕玉堂仙:唐宋以后,称翰林院为玉堂;玉堂仙即翰林学士。

〔6〕字挟风雷:指文字写得好,像挟风雷之势似的。

这是不遇者的牢骚。慨叹年华易逝,一事无成,只好借酒消愁,一结对"文以人贵"的现象深致不满。

套数

南南吕·懒画眉

小窗晚坐，内人历叙旧事[1]，感而有作

〔懒画眉〕午梦初回启窗纱，刚值蜂王放晚衙[2]。池塘蛙鼓更喧哗[3]，比朱门热闹谁真假？我只是闲垦荒田课种瓜。

〔不是路〕黄卷生涯[4]，也曾学江郎弄笔花[5]。虚悬价，一双空手送金华[6]。漫嗟呀，道孤灯权守三冬寡，怎苦海横担半世枷！干休罢，撩天白眼难禁架[7]。惹人嘲骂，任人嘲骂。

〔掉角儿〕没来由乌衣旧家[8]，好扯淡小乔初嫁[9]。生纽做燕尔夫妻[10]，早熬成龙钟爹妈。更休提拥双鬟，将百辆，引千觞，陈八簋[11]，诸般古话。江心捉兔，山头觅虾。只打点饭来张口，好似神鸦[12]。

〔尾声〕平泉台馆无全瓦[13]，有茅屋粗安且结跏[14]。你须晓陵谷翻腾都是耍[15]。

〔1〕内人：旧时称自己的妻子。

〔2〕蜂王放晚衙:指蜜蜂聚集。古人认为蜜蜂早晚聚集,像衙门参拜的样子,因称为“蜂衙”。

〔3〕蛙鼓:蛙鸣。

〔4〕黄卷:指书籍。《通雅》:“古人用黄卷,有误,可以雌黄涂之,又能防蠹。”

〔5〕江郎:指南朝人江淹,少有文名,世称江郎。相传他曾梦笔生花,醒后文思大进。

〔6〕金华:金色的年华,指青春的意思。

〔7〕白眼:《晋书·阮籍传》载阮籍能为青白眼,见礼俗之士,以白眼对之。后因以白眼表示鄙薄厌恶。

〔8〕乌衣旧家:指出身富贵人家。乌衣,即乌衣巷,在今南京市东南。从东晋到南北朝,王、谢两大世族都住这里。

〔9〕小乔:周瑜的妻子,容貌美丽。

〔10〕燕尔:亦作“宴尔”。《诗经·邶风·谷风》:“宴尔新昏,如兄如弟。”原为安乐之意,后用为新婚的代称。

〔11〕簋(guǐ 轨):古代食器。圆口,圈足。祭祀时用以盛黍稷。

〔12〕神鸦:是神庙祭祀时飞来啄食祭品的乌鸦。

〔13〕平泉台馆:唐李德裕有别墅在洛阳,名平泉庄。

〔14〕结跏(jiā 加):“结跏趺坐”的略称。佛教中修禅者的坐法,即双足交叠而坐。

〔15〕陵谷:《诗经·小雅·十月之交》:“高岸为谷,深谷为陵”,后世因用以比喻世事变迁,高下易位。

本篇概括了诗人半世的清苦生活,也反映明清易代之际一些不愿与新王朝合作的知识分子的态度。他们宁肯过躬耕自食、茅屋粗安的生活,不愿去追求富贵,这在当时是表现民族气节的。

叶承宗

叶承宗(1602—1648),字奕绳,号泺湄啸史,别署稷门啸史,浙江丽水籍,山东历城(今济南)人。明天启七年(1627)举人,清顺治三年(1646)进士,四年授江西临川知县,五年江西总兵金声桓叛清,死难。少工诗文,有《泺函》十卷。曾撰杂剧十三种,传奇二种;今传于世者,惟杂剧四种:《金紫芝改号孔方兄》、《贾阆仙除日祭诗文》、《十三娘笑掷神奸首》、《东岳庙狗咬吕洞宾》。另辑《历城县志》十六卷。散曲《泺函乐府》一卷,存套数五套。

套数

南仙吕入双调·步步娇

临川散粥

〔步步娇〕散粥城南亲驰骤,老稚纷相辏[1],阶前人影稠。堪怜他面鹄形鸠,都充名口[2]。他是瘦咽喉,答应不出连声有。

〔醉扶归〕莫怪他挨前又擦后,也是他没气力的筋骸不自由。

紧随身还有个病孩儿,等闲拚不开亲娘手,也待要抢先争得个饭一瓯。眼生生怎撇下着疼肉!

〔皂罗袍〕怪得他布麻缠首!他母僵废陌,爹葬荒沟。百忙里关不住半瓢飡[3],从昨日饿倒了两三口。尤可怜那妇人,眼儿里饱,进前又羞;肚儿里饥,归家又愁。楚宫腰[4],乱向风前斗。

〔好姐姐〕也有衣冠故旧[5],恨家残也效干求[6]。对人羞涩,几度欲藏头。休落后,肚里雷轰难销受,且休提裘马翩翩旧日游。

〔香柳娘〕对朝餐自悲,对朝餐自悲,一餐难凑,官粮还欠七八斗。几番家欲死,几番家欲死,卖不出贱田畴,叫不应狠亲旧。还仗赖邑侯[7],还仗赖邑侯,早奏宸旒[8],急来搭救。

〔徐文〕县官弱骨和伊瘦,痛痛痛言难出口,怎能够明诏蠲免将孑遗留[9]!

〔1〕辏(còu凑):车轮的辐集中于毂上叫辏。这里作集中解。

〔2〕“堪怜他面鹄形鸠”二句:意说饥民饿得不像人样子,为了得粥,勉强也要来。名口,名额。

〔3〕关:领取。

〔4〕楚宫腰:即楚腰,指细腰。《韩非子·二柄》:“楚灵王好细腰,而国中多饿人。”这里用以比饥民,未免不伦不类。

〔5〕衣冠故旧:指旧日的士绅、世族。

〔6〕干求:请求。《尔雅·释言》:“干,求也。”

〔7〕邑侯:即邑宰,指知县。

〔8〕宸旒:天子的冠冕。这里指封建皇帝。

〔9〕蠲(juān 捐):除去;减免。孑遗:指少数还没有饿死的遗民。

这套散曲反映封建社会灾荒和官粮给人民带来的痛苦。作者以巨大的同情,描绘了这一幅触目惊心的“流民图”,这是散曲题材中少有的。全用口语入曲,质朴、深沉,更增添了艺术感染力。

徐石麒

徐石麒，字又陵、长公，号坦庵，别署坦庵道人。原籍湖北，流寓江都(今扬州)。又陵家学渊源，自幼精研名理，善诗词，工绘画，尤精度曲，每成一曲，高吟令女延香(名元端)听之，有不合律处，延香替他正拍。为人沉默寡言，不乐与名人交往，具有强烈的反对民族压迫的思想。明亡以后不出应试，把毕生精力都用于撰述，间亦以诗酒自遣。著有《坦庵诗馀瓮吟》、《蜗亭杂订》、《坦庵琐录》以及《买花钱》、《大转轮》、《浮西施》、《拈花笑》杂剧，《珊瑚鞭》、《胭脂虎》、《九奇缘》、《辟寒钗》传奇等。散曲有《坦庵乐府添香集》一卷，存小令五十二首，套数十套。邑人郭王璟说他“感慨寄之诗赋，滑稽则寄之南北剧”。他散曲创作走张可久的道路，大部分作品清新秀美，也不乏萧爽之作。

小令

北正宫·醉太平

喜故人远访

别离一载，今日重来。斋头正有花开，抱清香满怀。旋烹新笋黄芽菜，野人朴簌家风在[1]。莫嫌村酒为君筛，壶干时再买。

〔1〕朴簌：即“朴素”。

这首曲写老朋友别后重逢的欢快情绪。以香花、村酒、野蔬待客，表现出主人公朴素而清白的生活。结句“壶干时再买”，进一步烘托出主人的盛情厚谊。曲词明白如话，不见斧凿痕迹。

沈永隆

沈永隆(1606—1667),字治佐,号洌泉,江苏吴江人。自晋长子。明诸生。善度曲,曾续谱范文若(吴侬荀鸭)未完传奇,风格宛然与范相似,识者认为可与其父的《望湖亭》并传。诗学盛唐,有《不珠集》。晚年从父隐居吴山,以吟咏自娱。散曲现存小令三首,套数二套,内容多抒写明亡之痛,表现了强烈的民族意识。

小令

南正宫·双红玉〔1〕

甲申除夕咏〔2〕

〔小桃红〕岁岁个书生老,怎蓦把愁怀吊。 〔玉芙蓉〕痛思君半载,尽此今宵。羞看旧吏颁新朔〔3〕,忍见新符换旧桃〔4〕。 〔红娘子〕听竹爆,声终亥交〔5〕。甚玉烛千年炤〔6〕!

〔1〕双红玉:南〔正宫〕过曲。此调系作者新制,集〔小桃红〕、〔玉芙

蓉〕、〔红娘子〕三调的部分乐句组成。句式:六六、五四、七七、三四、六,共九句八韵。

〔2〕 甲申:即公元一六四四年。这一年李自成等农民起义军攻破北京,明思宗朱由检(崇祯)在煤山自缢而死。吴三桂引清兵入关。

〔3〕 "羞看"句:讽刺明朝旧吏为清颁新朔。新朔,指旧时政府所颁布的新一年的历书。

〔4〕 "忍见"句:伤心易代。桃符,古时习俗,元旦用桃木板写神荼、郁垒二神名,悬挂门旁,用来镇邪。以后作为春联的别名。

〔5〕 亥:十二时辰之一,即二十一点至二十三点,旧年的最后一个时辰。

〔6〕 玉烛:指太平盛世。

这是一首凭吊明室覆亡的小令。由于作者亲身经历了这场改朝换代的大动乱局面,饱尝民族压迫的痛苦,把郁积在胸际的苦闷心情,在送旧迎新的除夕倾吐出来。长歌当哭,读之令人凄楚。曲辞自然贴切,声文并茂,表现出他的创作才能。

归　庄

归庄(1613—1673),一名祚明,字尔礼,又字玄恭,号恒轩,江苏昆山人。明末复社成员。曾参加昆山抗清斗争,失败后改僧装亡命得脱,穷困以终。他善书画,能诗,作品对清兵南下时的暴行有所反映,表现出强烈的民族感情。《万古愁》曲传为他所作。

套 数

万古愁(节选)

〔归山早〕俺再不向小朝廷拜献降胡表,再不向钱神国告纳通关钞[1],再不向众醉乡跪进精浑醽[2]。拔尽鼠狼毫[3],椎碎陈玄宝[4]。万石君已绝交[5],楮先生告辞了[6]。俺自向长林丰草,山坳水峤[7],一曲伴渔樵。

〔鲛人珠〕遇着那老衲子参几句禅机妙[8],遇着那野道士访几处蓬莱岛,遇着那村农夫唱一回田家乐,遇着那乞丐儿打一套莲花落[9]。闷来时登高山,攀绝壁,将我那爱百姓的先皇洒几行血泪也,把英灵儿吊[10],将我那没祭祀的东宫奠一碗凉浆和麦饭也浇,将我那死忠死节的先生们千叩首万叩首，合掌也高声叫。

〔大拍遍〕春水生，桃花笑。黄鹂鸣，竹影交。凉风吹，纤纤月色照寒袍。彤云凝，六花绰约点霜毫。傍山腰水腰，望云涛海涛，倚梅梢柳梢，听钟敲磬敲，卧仙寮佛寮，任日高月高，到头来没些儿半愁半恼。真个是纵海鱼，离笼鸟，翻身直透碧云霄。任便是银青作饵，金紫为纶〔11〕，漫天匝地张罗钓，呸呸呸，俺老先生摆尾摇头再不来了！

〔结诗〕世事浮云变古今，当筵慷慨奏清音，宫槐叶落秋风起，凝碧池头共此心〔12〕。

〔1〕通关钞：指钱钞。通关，打通关节。

〔2〕精浑醁（bào 抱）：指酒。醁，酒名。

〔3〕鼠狼毫：指毛笔。

〔4〕陈玄宝：指砚。

〔5〕万石君：指高官。

〔6〕楮先生：即楮币。

〔7〕山坳水峤：即山边水涯之意。

〔8〕老衲子：老和尚。参禅，参学禅宗教义。

〔9〕莲花落：乞丐唱的歌曲。

〔10〕爱百姓的先皇：指明朝的崇祯帝朱由检。

〔11〕“银青作饵”二句：指以高官厚禄相引诱。

〔12〕“当筵慷慨奏清音”三句：据《明皇杂录》：安禄山占领长安，大掠文武朝臣及宫嫔、乐师至洛阳，在凝碧池开宴，胁迫梨园子弟奏乐；乐工雷海青投乐器于地，西向恸哭，被禄山肢解示众。王维有诗咏其事云：“万户伤心生野烟，百官何日再朝天？秋槐叶落空宫里，凝碧池头奏管

弦。”表示了伤心感叹。

这是清初一首颇为有名的曲子，除署名归庄外，也有说是熊开元作的，原名《击筑馀音》，文字略有异同。曲子用民间流行的曲调写成，不入南北宫调。内容与贾凫西的《鼓词》有点类似，也是歌唱整部中国历史的。不过《鼓词》旨在扬忠贬佞，故说至明初为止。这首曲却侧重在哀悼明朝的灭亡，故一直说到清初。它直斥清兵占领北京掳掠妇女、财宝的罪行，以及降官们的逢迎丑态，表现得相当大胆。这里节选的是曲子的结尾部分，作者表明了自己对清政权的不合作态度，流露出强烈的忠于故君故国的感情，这在清初民族压迫惨重的历史条件下，是有一定的积极意义的。曲子写得酣畅淋漓，颇富于艺术感染力。

尤　侗

尤侗(1618—1704),字同人,更字展成,号悔庵、西堂、艮斋,晚年别署西堂老人,江苏长洲(今吴县)人。顺治五年(1648)拔贡,除直隶永平府推官,因鞭挞旗丁被罢职。康熙十八年(1679),召试博学鸿词,陛见时康熙称之为“老名士”,授翰林院检讨,与修《明史》。居官三年,告归。他天资警敏,博闻强记,诗文素有重名。所著院本杂剧,尤为时人所宗。一生著述甚富,有《西堂全集》等凡百馀卷。另有传奇《钧天乐》一种,杂剧《读离骚》、《吊琵琶》、《桃花源》、《黑白卫》、《清平调》(一称《李白登科记》)五种,合称《西堂曲腋》。散曲有《百末词馀》一卷,存小令二十八首,套数二套。他作曲喜学元人,却缺少机趣,往往落入前人窠臼,毕竟是诗人之曲,风格以清丽为特色。

小　令

南南吕·罗江怨

旅思

〔香罗带〕乡关道路遥,思归梦劳。相思写尽题倦标,怕听邻院夜吹箫也[1]。又铜壶暗滴，疏钟乱敲，纱窗月影和闷摇。

〔一江风〕偷掩鲛绡[2]，莫向孤帏照。秋鸿唳几宵，春莺唤几朝，都说道江南好！

〔1〕怕听邻院夜吹箫也：暗用李白《春夜洛城闻笛》“此夜曲中闻折柳，何人不起故园情”诗意。

〔2〕鲛绡：神话中的人鱼（即鲛人）所织的轻绡。见梁·任昉《述异记》。

这首小令写久客异地的游子，欲归不得的酸苦之情。用归梦、箫声、月影、鲛绡等典型的景物，写出不能自已的思乡之情，细致动人。

套数

南仙吕·醉扶归

秋闺

〔醉扶归〕悄金风微飏青鸾扇，淡湘帘低穿白玉钱[1]。银床络纬织秋纨[2]，是萧萧一曲回文怨[3]。待去西窗闲步倚栏干，不道弓弯蹴损梧桐片。

〔皂罗袍〕远见银河清浅，渐南星明灭，北斗阑干[4]。销魂衰柳数声蝉,伤心芦叶千行雁[5]。碧云微淡,苍烟暮寒。海棠肠断,莲花粉残。又谁家吹出琼箫管。

〔江儿水〕瘦褪芙蓉钏,愁粘翡翠钿。看星星露滴花心颤,听凄凄砧响林梢慢[6],怎清清人立闲阶晚。纤手轻支皓腕,低唤双鬟[7],拂拭桃笙小簟[8]。

〔玉交枝〕灯花懒懒,照香衾鸳鸯影单。画屏六幅巫云断[9],小眉峰筑了望夫山[10]。刀头看残明月环[11],枕边啼破幽兰眼[12]。盼征人秦关楚关,诉离情长弦短弦。

〔川拨棹〕深深院,袅香丝烛泪干。惊檐前铁马珊珊,惊檐前铁马珊珊,错认是萧郎夜还[13]。叹长宵度一年,问长安隔一天[14]。

〔侥侥令〕梦魂不怕险,飞过大江边。又被茅店鸡声重呼转[15],依旧对空房独自眠。

〔尾声〕几时勾却相思传,寄书邮落沉鱼雁[16],更把归期托杜鹃[17]。

〔1〕白玉钱:指穿过湘帘的月影。周晴川《十六字令》:“眠,月影穿窗白玉钱。”

〔2〕银床:指织锦用的架子。

〔3〕回文:指前秦苏蕙寄给丈夫的织锦回文璇玑图。

〔4〕阑干:横斜。北斗阑干表示夜深。

〔5〕“销魂衰柳”二句:以蝉声雁行表示随节候的改变,黯然神伤。“衰柳数声蝉,魂消似去年”,温庭筠《菩萨蛮》词句。

〔6〕砧(zhēn针):捣衣石。砧响,捣帛的声音。古时由于捣帛制衣

和家庭生活密切相关,砧声很容易引起人们的离别相思之情。李白《子夜四时歌·秋歌》:“长安一片月,万户捣衣声。秋风吹不尽,总是玉关情。何日平胡虏,良人罢远征。”

〔7〕双鬟:古代未婚女子头发梳成左右两个小髻,婚后则合为一个。这里指侍婢。

〔8〕桃笙小簟:用桃笙竹篾编成的席子。左思《吴都赋》:“桃笙象簟。”

〔9〕画屏六幅巫云断:此指屏风上的山水画,又双关爱人远去之意。巫山云断,用宋玉《高唐赋》事。

〔10〕望夫山:古代许多地方都流传有男子久出不归,其妻登山眺望不舍,化为望夫石的故事。

〔11〕刀头看残明月环:刀头有环,“环”与“还”同音,古人因用为还乡的隐语。看残刀头的环,隐寓久盼丈夫不归之意。

〔12〕幽兰:兰花,这里用来比喻眼睛。李贺《苏小小墓》:“幽兰露,如啼眼。”

〔13〕萧郎:唐代对一般美好男子的通称。这里指丈夫。

〔14〕一天:这里意为一重天。

〔15〕被茅店鸡声重呼转:意说好梦被晨鸡叫醒。温庭筠《商山早行》:“鸡声茅店月,人迹板桥霜。”

〔16〕鱼雁:书信的代称。这句是指丈夫杳无音讯。

〔17〕杜鹃:一名子规,古人说它的叫声像“不如归去”。这里借以表达盼望丈夫早归之意。

这套曲写闺中少妇,在一个金风微拂、明月穿帘的秋夜,思念作客他乡的丈夫。作品从各个角度描绘女主人公见物思人,满目忧伤;在“人归落雁后”、“魂消似去年”的岁月中苦度昏昼,表达了她深挚的情怀。

“秋闺”系传统老题目，而尤侗此曲在写景、抒情、化用诗词名句等方面，不无可取之处，尤其“梦魂不怕险，飞过大江边”，设想新巧，深得元人三昧。

石　庞

石庞，字晦村，号天外，安徽太湖人。清初戏曲作家，生卒年不详。尝著《雪赋》、《春赋》，皆回文，一时以为惊才绝艳。善制曲，作有传奇《蝴蝶梦》、《梅花梦》等十种。另有《晦村初集》四卷，《天外谈初集》四卷。散曲存套数四套。

套数

南北中吕合套·石榴花

广陵端午[1]

〔石榴花北〕听东西喧嚷乱如麻，男女喜喳喳。折这是扬州道上越繁华[2]，恰便是端午新夏。俺行一路芳草平沙，见几处楼船箫鼓中流发[3]，热腾腾喷的浪花。喜的是中间有个红妆插，软闪闪穿一件细宫纱。

〔泣颜回南〕麦浪滚黄沙，站个村婆入画。他知时节，把鲜花满头堆压。闲庭小院，燕雏儿飞出微微大。叫灵均把故事新修[4]，扯精淡一翻闲话。

〔前腔换头〕闲暇，梅子衬酸牙，有酒频频堪把。青蚕豆子，蒸来淡将盐撒。鲥鱼一尾，趁新鲜煮熟和椒辣。有些些米粽尖尖，小如脚和糖来呷。

〔普天乐北〕竹西楼[5]，虹桥坝[6]，酣歌醉语，知是谁家。那一路新荷浸水香，这一路朱酒沿堤刷[7]。说几句镜铸冰心当年话，不觉的醉波波捉住了蝦蟆。浴罢了暖温温兰香细芽，安排了皱微微灵符艾虎[8]，斗罢了香扑扑野草闲花。

〔千秋岁南〕乱爬爬，只见渔婆子，新样的戴着萍花。流水桥边，流水桥边，有几个弄潮儿轻似鸭[9]。池塘外蛙声聒，绿杨外青帘挂，还有个曲径人跑马。爱的是花街柳巷，浪酒闲茶。

〔前腔〕路途差，步向南冈上，那埋葬的尽是烟花[10]。隋帝堤边[11]，隋帝堤边，一个个美宫人都消化[12]。寻思起堪哭煞，没情绪随缘罢[13]。猛可的突突啼痕洒，借冰盘角黍[14]，特地供他。

〔上小楼北〕又行到蔷薇花架，有几处红楼凉榻，有画屋朱扉，绣阁纱屏，都是些门户人家[15]。见几个俊俏女郎，穿的水色红衫，凌波白袜，一丢丢猩红脚颠颠儿扒[16]。

〔幺篇〕惹得咱色胆怕，耀的人饿眼花。还有个怀抱婴孩，臂挂红丝，艾枝斜插。系一对纸剪葫芦，点一朵印色朱砂，染一对鲜红指甲，一样样难描难画。

〔越恁好南〕谁荣谁辱，谁荣谁辱，则便是乞丐家，也酣歌撒泼[17]，争赌酒猜拳打；还有个小花婆伴他，小花婆伴他，喜咨咨大脚儿走的叉丫;还有个小花童接他,小花童接他,笑吟吟眼腔儿醉的昏花。牛皮袋,竹提篮,斜把菖蒲插[18]。尽有鸡头果粽,残饭鹅鸭。

〔前腔〕客途寥落,客途寥落,俺独自在天涯。折喜是有王郎爱我[19],排列着肉和鲊[20]。饮香醪杏花[21],饮香醪杏花,有紫啾啾鸭蛋儿圆似木瓜。吃香泉露芽,吃香泉露芽,有冷冰冰水粉儿凉似西瓜。蓦然的醉了时,昏在葫芦下。爱清风阵阵,窗缝斜刮。

〔十二月北〕扑鼕鼕龙舟竞渡,白洋洋远水飞霞;吃刺刺顽童笑煞,宽绰绰侍女簪花;颤巍巍莺儿风打,黑髭髭密树藏鸦。

〔红绣鞋南〕只见这街一个娇娃,娇娃;那街一个娇娃,娇娃;都戴着紫榴花。生活的要咱家,眼睛儿应接不暇,不暇。

〔前腔〕半年光景虚华,虚华。也教寻乐穿花,穿花。咱客底忒心差,亏了个老僧家。待咱归还自烹茶,烹茶。

〔尾文北〕五丝续命休休罢,续得情痴还闷煞,倒不如醉死扬州尽不差。

〔1〕广陵:古郡名,治所在今扬州。以后也就成了扬州的别名。

〔2〕折:与"这"同,此处疑有误字。

〔3〕楼船:有楼阁的游船。

〔4〕灵均:屈原的别字。

〔5〕竹西楼:即竹西亭。杜牧《题扬州禅智寺》:"谁知竹西路,歌吹是扬州。"后人因以竹西作亭名。李斗《扬州画舫录》:"竹西芳径在蜀冈上……上方禅智寺在其上。"

〔6〕虹桥:在扬州北门外,为游览胜地。

〔7〕朱酒:指雄黄酒。刷:洒也,扬州方言。

〔8〕艾虎:旧俗端午节植艾条堂屋中或挂在门楣上,贴上五色花纸画的虎头或张天师(天师道祖张道陵)之像,以除妖灭怪,辟恶消灾。

〔9〕弄潮儿:戏水的人。

〔10〕烟花:指妓女。

〔11〕隋堤:隋炀帝开通济渠,沿渠筑堤,后称为"隋堤"。这里指南起江都、北达宝应的运河堤。据《扬州府志》记载:隋开邗沟入江,旁筑御堤,树以杨柳。

〔12〕消化:指死亡。

〔13〕随缘:这里指随众游赏欢乐。

〔14〕角黍:即粽子。

〔15〕门户人家:旧称妓院。孔尚任《桃花扇·传歌》:"我们门户人家,舞袖歌裙,吃饭庄屯。"

〔16〕一丢丢:一对对。颠颠儿扒:形容扭扭捏捏的走路。

〔17〕撒泼:本义为耍赖,这里指尽情欢乐之意。

〔18〕菖蒲:多年生水生草本植物,叶形似剑;习俗端午节插于门上以驱鬼。

〔19〕王郎:原注:"是日饮王丹露家"。

〔20〕鲊(zhǎ 眨):经过加工的鱼类食品。

〔21〕香醪杏花:指美酒。杏花村向以产酒著名。

这套曲借诗人在扬州过端午节时的观感,写出我国人民由来已久的风俗习尚。这样的题材在散曲中颇为少见。曲文描摹节日气氛,热烈活泼,人物场景,历历如画,全用口语白描,尤感亲切。

吴　绮

吴绮(1619—1694),字园次,一作蔺次,号丰南、听翁、蕤叟,别称红豆词人,安徽歙县籍,江苏江都(今扬州)人。顺治十一年(1654)拔贡生,以荐授秘书院中书舍人。顺治十五年迁兵部职方司主事,奉诏谱杨椒山传奇,称旨,迁武选司员外郎。康熙二年(1663)擢工部正郎;五年出知浙江湖州府,居官清介,人称其尚风节、多风力、饶风雅,为"三风"太守。因忤上官罢归。家居有求诗文者,以花木为润笔,因名其圃为"种字林";和当时诸名士结"春江花月社"。工诗词及四六外,复善制曲,有《艺香词》、《林蕙堂集》,以及《啸秋风》、《绣平原》、《忠愍记》传奇等。散曲有《林蕙堂填词》一卷,有小令四首,套数八套。

套数

南中吕·尾犯序

赠苏昆生

〔尾犯序〕风雪打貂裘,乡思惊梅,客心催柳[1]。古寺栖迟,见白发苏侯如旧[2]。最喜是中原故老[3],犹记取霓裳雅奏[4]。相怜处，把繁华往事，灯下说从头。

〔倾杯序〕风流，忆少年不解愁，游侠争驰骤。也曾向麋鹿台前，貔貅帐里[5]，金谷留连，玉箫迤逗。把豪情倚月，逸气干云，西第南楼，都付与漆园蝴蝶老庄周[6]。

〔玉芙蓉〕沧桑一转眸，云雨双翻手。到如今萧萧霜鬓如秋。那些个五侯池馆争相迓，只落得六代莺花莽不收。抛红豆，叹知音冷落，向齐廷弹瑟好谁投[7]？

〔小桃红〕枉湿了浔江袖，还剩得兰陵酒[8]。尽红牙拍断红珠溜[9]，青鞋踏遍青山瘦，把黄冠撇却黄金臭[10]。管甚么蛟龙争斗无休！

〔尾声〕狂歌一曲为君寿，同在此伤心时候，且劝你放眼乾坤做个汗漫游[11]。

〔1〕“乡思惊梅”二句：写对故乡的怀念。化用张说《春雨》“拂黄先变柳，点素早惊梅”诗意。

〔2〕“古寺栖迟”二句：明亡后，苏昆生曾削发出家，见吴伟业《楚两生行叙》。苏侯，指苏昆生。侯，犹言“君”，是对朋友的尊称。杜甫《与李十二白同寻范十隐居》：“李侯有佳句，往往似阴铿。”

〔3〕故老：这里指由明入清的遗老旧臣。

〔4〕霓裳：《霓裳羽衣曲》的简称。

〔5〕“麋鹿台前”二句：麋鹿台，指苏台，貔貅帐里，指左良玉军中，都是苏昆生献艺的地方。

〔6〕漆园：战国哲学家庄周，他曾担任过宋国蒙地方的漆园吏。这一支〔倾杯序〕回忆了以往的峥嵘岁月，感喟这只不过是空梦一场。

〔7〕“五侯池馆争相迓”五句：意说昆生从前为侯门竞相延致，如今

国破家亡,投托无门了。相传齐王好竽,有求仕者操瑟而往,三年不得召见。

〔8〕“枉湿了浔江袖”二句:用白居易听商妇弹琵琶的故实,意说世无知音,只能借酒消愁。浔江,浔阳江。兰陵,在山东,以产美酒著称,李白《客中行》:“兰陵美酒郁金香,玉碗盛来琥珀光。”

〔9〕红牙:用象牙制的或镶的红色的拍板。

〔10〕黄冠撇却:指昆生做了道士又还俗。黄冠,道士所戴之冠。

〔11〕汗漫游:放浪不羁,漫无边际的游览。

这套曲是作者送给当时被誉为“昆生曲子敬亭书”的苏昆生的。苏是河南固始人,尝客武昌,为宁南伯左良玉所器重。左病死九江,他削发入九华山为僧;明亡后随汪然明到苏州。作者在这里回顾了苏昆生为“中原故老”所“记取”的歌唱生涯,赞扬他“逸气干云”的品格;还同情他“知音冷落”的身世。曲辞比较典雅,有时还追求新巧,如〔小桃红〕中的三句鼎足对,未免影响词意的畅达。

沈　谦

沈谦(1620—1670),字去矜,别号研雪子,浙江仁和(今杭州)人。少颖慧,六岁能辨四声。崇祯十五年(1642)补县学生。明亡,以医为业,绝口不谈时事。他于诗、古文、词曲无不工,尤精于音韵之学和戏曲理论。与毛稚黄、陆丽京等合称“西泠十子”;也与弟子洪昇交好。晚年筑东江草堂为退隐之地,因号东江。著有《东江集钞》、《词韵略》、《南曲谱》及《庄生鼓盆》杂剧,《兴福宫》、《美唐风》(又名《翻西厢》)、《胭脂婿》、《对玉环》传奇等。散曲有《东江别集》二卷,收小令七十四首,套数二十套。另朱和羲《新声谱》辑逸曲一首。

小　令

南仙吕入双调·江头金桂[1]

孤山吊小青墓作[2]

〔五马江儿水〕青山夕照,芳魂何处招?只见寒烟碧树,乱水斜桥,嫩桃花风外飘。　〔金字令〕想着你听雨无聊,临波独笑〔3〕。直弄得红啼绿怨，翠减香消，今来教人空泪抛！

〔桂枝香〕怪苍天恁狠，怪苍天恁狠！生他才貌，将他罗唣〔4〕。漫心焦，如今几个怜文采，只是卿卿没下梢〔5〕？

〔1〕江头金桂：南〔仙吕入双调〕集曲，此调以〔五马江儿水〕为主，而别犯〔金字令〕、〔桂枝香〕。句式：四五、四四六、四四、六四七、四四三、五五。共十五句十二韵。〔桂枝香〕首句，可叠可不叠。

〔2〕孤山：在西湖的后湖和外湖之间，和其他山不相连接，故名。

〔3〕“听雨无聊”二句：前句用小青“冷雨幽窗不可听”句意，后句用小青“瘦影自临春水照”句意。

〔4〕罗唣：这里作伤害、磨难解。

〔5〕卿卿：对人亲昵的称呼。这里指小青。下梢：结果。

冯小青，名玄玄，明江都（今扬州）人。为杭州冯姓士人之妾。能诗画。遭大妇妒恨，软禁西湖孤山别业，郁郁而死，年仅十八岁。死后葬于孤山。其戚属刻其诗词遗稿为《焚馀稿》。小青的悲惨事迹在明末颇为人传述，吴炳的《疗妒羹》传奇和徐士俊的《春波影》杂剧，就是写她的故事的。她题《牡丹亭》诗：“冷雨幽窗不可听，挑灯闲看《牡丹亭》。人间亦有痴于我，岂独伤心是小青。”这是她在不合理的婚姻制度下所发出的不平之鸣。作者凭吊孤坟，对她痛苦的身世，不仅寄予了无限的同情，还为她发出了“怪苍天恁狠”的抗议。在集曲〔桂枝香〕以前部分，概括了小青幽闭西湖的遭际，情景交融；以后部分是诗人的直抒胸臆。写得自然天成，在艺术上有独到之处。

套 数

北中吕·粉蝶儿

除夜悼亡[1]

〔粉蝶儿〕风散庭梅,助人愁雪云低坠,叹年光又早除夕。奠清樽,燃绛烛,魂消心碎。没揣底泣下霑衣[2],猛回头去年今日。

〔醉春风〕[3]满把麝兰焚,亲将盘槅理[4],画堂帏幔摆筵席,畅好是喜,喜。笑口欢容,妇随夫唱,兀底一团和气。

〔迎仙客〕谁想花旋老,月无辉,风雨送春春去急。向只道惯淹煎[5],一回儿真不起,赤紧底风拆鸾离[6],好些时冷落鸳鸯被。

〔红绣鞋〕他会体察知心着意,善调停强饭添衣[7]。到如今谁怜诗瘦谁扶醉!您为咱炊糜晨汲井,您为咱织锦夜鸣机。咱病了金刀割玉肌[8]。

〔满庭芳〕闹攒攒排门间壁,筛锣击鼓,火爆如雷。抵多少夫妻携手添春意,越教咱痛苦伤悲。灯不定风如箭急,枕常闲泪似杷推[9]。愁滋味教咱告谁,不提防楼外又吹笛[10]。

〔耍孩儿〕看了这绣床遗挂尘埃翳,恰似我愁堆恨积。又不少红袖捧春醅,俺喉咙堵住难吃。凄凉夜永停瑶瑟[11],恸哭春寒化宝衣[12]。任是多少佳丽,免不得翻羹污手[13],玷辱了举案齐眉[14]。

〔一煞〕闹中睡不成,忧来坐不移,又凑着孤儿索果牵衣袂。谁怜塞马愁时失,莫听秦乌近处啼[15]。长吁气,呵不散五更冻雪,禁不住田野荒鸡。

〔尾声〕愁眉宝镜中,芳魂罗帐里。春衫不解浑如醉,只落得枕上花明泪痕洗。

〔1〕悼亡:追悼亡妻。

〔2〕没揣底:不意,突然。

〔3〕〔醉春风〕曲:写去年除夕全家团聚的欢乐,反衬今宵"凤拆鸾离"的苦况。

〔4〕盘槅:盘中果品。槅(hé 禾),通"核",果品。左思《蜀都赋》:"肴槅四陈。"

〔5〕淹煎:受熬煎,遭磨折。

〔6〕赤紧:当真或真个是。

〔7〕调停:照料。

〔8〕割玉肌:割下股肉。古人迷信认为割股可以治病。

〔9〕耙推:耙,即犁耙。耙推过的地方,纷纷淌水。这里借以形容泪水之多。

〔10〕吹笛句:晋人向秀经过亡友嵇康、吕安的旧居,听见邻人吹笛,感音悲叹。这里用来说明自己对亡妻的怀念。

〔11〕瑶瑟:这里指夫妻的爱情。贾至《长门怨》:"深情托瑶瑟,弦断不成章。"

〔12〕宝衣:指焚化给死者的纸制五彩衣服。

〔13〕翻羹污手:相传刘宽性宽厚,侍婢送羹给他,不小心把羹打翻了,他不仅没有指责她,反问她有没有被羹烫伤。

〔14〕举案齐眉:汉梁鸿、孟光,夫妻俩相敬如宾;吃饭的时候,孟光把案(托盘)高举齐眉,表示对丈夫的敬爱。这里指夫妻的感情。

〔15〕“谁怜塞马愁时失”二句:上句用塞翁失马故事,表示在愁中失去妻子;下句化用乐府《乌夜啼》曲,表示怕再听到乌鸦的啼声。

这套曲子是诗人为悼念已故的妻子而写的。在诗词中这一内容的作品不少,为人所称道的有晋朝潘岳的《悼亡》诗三首,唐人元稹的《遣悲怀》三章,以及苏轼和纳兰性德的悼亡词。但在散曲中这类题材却不多见,写得好的就更少。东江此曲尚差强人意,它跟其他悼亡诗一样写得情真意挚,悲切动人。

据《东江集钞》卷六《先妻徐氏遗容记》记载,沈妻卒于顺治十六年己亥(1659)二月二十九日。这套曲以中国民间的传统节日大年三十为背景,在这个全家欢庆团圆的日子里,眼前景物处处都能牵动他的哀思。这种对比的写法,是收到了艺术效果的。

朱彝尊

朱彝尊(1629—1709),字锡鬯,号竹垞,别号鸥舫,晚称金风亭长、小长芦钓鱼师,浙江秀水(今嘉兴)人。家贫,客游各地,行旅中不忘读书。以诗、词、古文名噪一时。中年以后,更肆力于经史之学。康熙十八年(1679)应博学鸿词试,授检讨,纂修《明史》。二十年充日讲起居注官。二十三年以携仆入内廷钞录四方径进书,被劾降级。二十九年复故官;后二年又以事被褫,遂离京南归。他勤于著述,作词崇奉姜夔,为浙西词派之首。主持文坛近五十年,诗与王士祯称南北两大宗,词与陈维崧称"朱陈"。著有《曝书亭集》等数百卷;散曲有《叶儿乐府》一卷,收小令四十三首,另辑佚曲十六首。朱乃清初诗词名家,散曲清新俊爽,饶有韵味。

小　令

北正宫·醉太平

瞎儿放马,纸虎张牙,寒号虫时到口吱喳,尽由他自夸。假词章赚得长门价[1],老面皮写入瀛洲画[2],秃头发簪了上林花[3],被旁人笑杀。

〔1〕长门价:指司马相如替陈皇后作《长门赋》,得到黄金百斤的报酬。

〔2〕写入瀛洲画:指跻身于名流之中。唐太宗为网罗人才,作文学馆,以杜如晦、房玄龄等十八人为学士,号十八学士。当时谓之"登瀛洲"。事见《新唐书·褚亮传》。

〔3〕上林:西汉长安的上林苑,这里泛指御花园。

这首曲讥笑了那些专靠信口雌黄,吹牛撒谎起家的形形色色骗子。他们无德无才,却能窃据高位,这种对"黄钟毁弃,瓦釜雷鸣"的讽刺,在今天仍然是有意义的。

北仙吕·一半儿

金山

城头残角成楼开,天际征鸿丁字排,携手试登山上台。暮潮来,一半儿江声一半儿海。

金山在江苏镇江市西北。本在长江中,清末江沙淤积,始与南岸相连。有金山寺、楞伽台、慈寿塔、法海洞、白龙洞、中泠泉等名胜。这首曲写诗人在一个秋天的傍晚登山所见。在大自然中被辽阔的天际、浩渺的长江所陶醉。

北中吕·朝天子

送分虎南还[1]

鱼标[2],稻苗,争似南湖好[3]。月寒沙柳夜萧萧,帆影卸三姑庙[4]。暗水横桥,矮屋香茅,看黄花都放了。丝绦,布袍,再不想长安道。

〔1〕分虎:李符字分虎,号耕客,浙江嘉兴人。与兄绳远、弟良年齐名,时称“三李”。善诗词,工骈体。词以姜夔为宗,旁及梅溪、玉田、蜕岩诸家,与朱彝尊、龚翔麟、李良年、沈皞日、沈岸登,合称“浙西六家”。

〔2〕鱼标:捕鱼的标识。

〔3〕南湖:一称鸳鸯湖,简称鸳湖,在嘉兴东南。

〔4〕三姑庙:在嘉兴。三姑,蚕仙。高启《养蚕》:“三姑祭后今年好,满簇如云茧成早。”

作为送别曲,诗人没有去写依依惜别之情,只是点染故乡风光的优美动人,透露出他自己对归隐田园的向往。明朗的情绪,与宜人的秋色交融在一起,给人清丽明畅的感觉。

北越调·天净沙

一行白雁清秋,数声渔笛蘋洲[1],几点昏鸦断柳。夕阳时候，曝衣人在高楼。

〔1〕 蕢洲：长满蕢草的水边。

马致远的〔天净沙·秋思〕曾被称为“秋思之祖”，千古绝唱，以后和者虽多，都难继响。竹垞此曲，把清秋景色大加渲染，结句翻出新意，顿觉神飞意动，别饶情趣。可谓深得元人三昧。

蒲松龄

蒲松龄(1640—1715),字留仙,一字剑臣,号柳泉,人称聊斋先生,山东淄川(今淄博)人。早岁即有文名,深为施闰章、王士祯所重。顺治十五年(1658)补博士弟子员,但屡应省试皆落第,七十一岁始贡于乡。除一度在宝应、高邮作幕客外,毕生授徒为业。为人朴厚,笃交游,重名义,而孤介峭直,不能与时相俯仰。生平著述甚富,有《聊斋志异》、《聊斋诗文集》、《柳泉居士词稿》,杂剧三种(《闹窘》、《闹馆》、《钟妹庆寿》),以及《聊斋俚曲》等。散曲现存套数一套。

套 数

北正宫·九转货郎儿[1]

〔九转货郎儿〕雀顶儿分明癖块[2],泮池上公然摇摆[3],真似古丢丢在望乡台[4]。若听起谈天口阔论来,人人是头名好秀才[5]。

〔二转〕远躲开仇雠书架,厌气死酸辛砚瓦,论棋酒聪明俺自佳。那文宗呵俺则道圣明裁了他[6],又只道提学不下山东马[7]。况山东偌大,或今遭漏了咱。

〔三转〕岑可差吊牌忽到[8]，这一场惊慌不小。一盆冰水向顶门浇，似阎罗王勾牒到[9]，把狂魂儿惊吊了[10]。半晌间心慌跳，相看时犹如木雕。忽然自笑，怕也难逃，恹头搭脑，只得向法场挨一刀。

〔四转〕粜新谷行囊趋办，先找出少年时熟文半卷，又搜得难题目百千篇装成担。似江西书贩，携来寓店，头不抬，身不起，嘛嘛的从新念。旧的当看，新的宜掀，好功夫急切何能遍，救命的菩萨又唤不转。天，饶俺几天，将一部久别的《四书》再一展[11]。

〔五转〕闻昨夕考牌已送，狠命的咕哝，恨不能一口咽胸中。更既定，头始蒙，覆去翻来意怔忡。不觉的一炮扑咚，二炮崩烘，一煞时三炮似雷轰，这比那午时三刻还堪痛[12]。只得提篮攒动，道门外火烛笼璁[13]，万头攒聚不通风，汗蒸人气，腥臊万种，便合那听热审的囚徒一样同[14]。

〔六转〕吁吁喘喘塞登门内，战战咯咯开怀脱履。俺则见歪歪鳖鳖，三三五五的鬼烂奚[15]，吆吆喝喝搜仔细。一个家低秀笃速，拍拍打打，得得塞塞。那黯黯惨惨、影影绰绰，灯光深处，坐着个巍巍峨峨阎魔大帝[16]。俺蹲在挨挨挤挤、稠稠密密里，只听得悠悠扬扬、弯弯曲曲门子声低。见一群纷纷藉藉、叱叱闹闹归房皂隶[17]，嘻嘻哈哈号声一片吹。

〔七转〕似阎君在歇魂台畔，他频频将生死簿翻。一会写了两三言，黑溜溜传与合场看，见了的打罕，乍寻思并没个缝儿钻。心惊战，回头漫把良朋唤，就是那最关切的父兄，也只在密密匝匝人缝里看一眼[18]。

〔八转〕思久全无承破[19]，只得趁闲墨儿频磨。想不起甚题文那句相合，怎奈何也呵，有一首较可较可，转思量全不在心窝；漫把头颅摸，甚腾那也呵[20]，经半日脱稿才哦。那捷笔邻兄已收拾朱络[21]，瞒肩头说我过我过[22]。那短命太阳疾似流梭，暂向西方错。瞭高的恁偻僇也呵[23]，恰便似活挑着肝肠在滚油锅。

〔九转〕忙促促写成两块，丢将去凭他怎布摆。出得场门乌喜画筵开，丢笔砚才赴阳台[24]，那块癖早上心来。这一篇似差讹未曾改，那一篇真真可坏[25]，湿淋浸冷汗常揩，悔从前做的是何来。忽传昨宵已把卷箱抬，相顾也失色。陡听的老宗师丢将个川字来[26]，又渐把雄心丢放在九霄外。脱离了鼎镬适刚才，那歪鳖的头巾依旧摔。

〔1〕九转货郎儿：北〔正宫〕集曲曲调。首尾二曲用〔货郎儿〕本格，第二曲以下为转调，可用其他曲调的全部或数句。九曲必须用全，故称“九转”。

〔2〕“雀顶”句：雀顶，清代士子公服帽顶上的装饰品。《清会典·礼部·冠服》：“生员公服冠顶镂花银座，上衔银雀。”癖块，下文作“块癖”，义同“痃瘖”，比喻郁结在心里的苦闷或想不通的问题。

〔3〕泮池：学宫前的半月形水池。

〔4〕“古丢丢”句：古丢丢，呆头呆脑的样子。望乡台，迷信者认为阴间有望乡台，新死的亡灵登台可以看见家中的亲人。这句指应考秀才在贡院里丧魂落魄的样子。这里把考场比作“望乡台”；下文把赴考的通知，比喻为“阎罗王的勾牒”，把堂而皇之的贡院比作鬼蜮世界，讽刺

极为深刻。

〔5〕秀才:明、清以后专用来称呼府、州、县学的生员。

〔6〕文宗:明清时称学政为“文宗”。这里指试官。圣明,指封建皇帝。

〔7〕提学:清初沿明制,各省多设督学道,管理所属州县学校的教育行政。长官称提督某省学政,简称“学政”。

〔8〕岑可差:即磣可叉,表示速度快的拟声词。

〔9〕阎罗:梵文“阎魔罗阇”的简译,传说是主管地狱的神。亦称“阎罗王”、“阎王”。勾牒:指提取鬼魂的凭证。

〔10〕惊吊:吓坏。

〔11〕四书:《大学》、《中庸》、《论语》、《孟子》的合称。宋·朱熹撰《四书章句集注》,才有了《四书》的名称。此后,长期成为封建时代科举取士的初级标准书。

〔12〕午时三刻:古时处决犯人的时辰。午,十二时辰之一,十一时至十三时;刻,漏壶计时,一昼夜共一百刻。

〔13〕笼璁:璁,字书无此字;似应作茏葱,隐约可见的样子。

〔14〕热审:清代制度每年小满后十日起,至立秋前一日止为“热审”;这期间内杖罪以下的人犯,可得到减等或宽免。

〔15〕鬼烂奚:骂人的话,方言。指差役。

〔16〕阎魔大帝:阎,似应作伏,即关圣帝君,旧俗要请三界伏魔大帝进考场镇压。这里指考官。

〔17〕皂隶:旧衙门里的差役。

〔18〕密匝匝:严实,周围严密。

〔19〕承破:指明清科举考试制度所规定的文体“八股文”中的“破题”和“承题”两个部分。

〔20〕腾那:同“腾挪”,本指拳术中的窜跳躲闪的动作,这里意为煞

费苦心。

〔21〕朱络:指盛物的网袋。

〔22〕瞒:这里同“扪”,抚摸。

〔23〕“瞭高”句:瞭高,指在高处瞭望,防止考生作弊。偻儸,伶俐、能干意。

〔24〕赴阳台:这里指去睡觉。

〔25〕真真:即真正。

〔26〕宗师:清代对“学政”的尊称。川字,指劣等符号,旧时批改试卷,好的打圈,差的打竖,最差的打上三个竖。

蒲松龄是老而不达的才人,他从十九岁参加科举考试到七十一岁,始成贡生,对于八股取士的弊端是有所认识的,所以他能用辛辣的笔触写出临考生员恓惶的神态。这篇套数穷形极相,诙谐恣肆,表示了诗人的极大愤慨,客观上批判了八股取士的科举制度。

洪　昇

洪昇(1645—1704),字昉思,号稗畦,又号稗村、南屏樵者,浙江钱塘(今杭州市)人。国子监太学生。王士祯、施闰章弟子。工乐府,精音律,与孔尚任并称"南洪北孔"。康熙二十八年(1689),适在佟皇后丧期演出所作《长生殿》传奇,触犯禁忌,被除学籍。世人大为不平,有"可怜一曲《长生殿》,断送功名到白头"之叹。不幸又遭家难,流寓困穷,备极坎壈。康熙四十三年(1704),漫游江南,道经吴兴浔溪,老仆堕水,救之,因醉,遂与俱死。所作尚有杂剧《咏雪》、《簪花》、《斗茗》、《画竹》四种,总名《四婵娟》。另有传奇《回文锦》、《回龙记》、《锦绣图》、《闹高唐》、《节孝坊》、《天涯泪》、《青衫湿》、《长虹桥》等,均不传。诗词有《稗畦集》、《稗畦续集》、《啸月楼集》、《昉思词》、《啸月词》。散曲存小令一首,套数五套。

小　令

北中吕·朝天子

送融谷宰来宾和竹垞[1]

鼪鼯[2]，鹧鸪，啼遍桄榔树[3]。郁金香散雨如酥[4]，村社敲铜鼓[5]。退食公馀[6]，岸帻升车[7]，向青山闲吊古。男巫，女巫，酹酒拜刘因户[8]。

〔1〕融谷：沈皞日，字融谷，号柘西，浙江平湖人。工词，与朱彝尊(竹垞)等六人合称“浙西六家”。康熙二十三年(1684)秋，出任广西来宾知县。他赴任时，朱竹垞写了令曲《朝天子·送融谷宰来宾》，同作的除昉思外，尚有徐善、龚翔麟二人。

〔2〕鼪鼯(shēng wú 生吴)：黄鼠狼。

〔3〕桄榔(guāng láng 光郎)：常绿乔木，产于广东、广西等地。

〔4〕郁金香：多年生草本植物，花大而艳。

〔5〕村社敲铜鼓：社是古时春秋两次祭祀土神的日子。铜鼓，是南方少数民族的乐器，古时曾作为祭祀、赏赐、进贡的重器。

〔6〕退食：本指臣子退朝后在家就膳。这里和“公余”同义。

〔7〕岸帻：帻，头巾，本覆在额上，把帻掀起露出前额叫“岸帻”。表示不拘小节的洒脱态度。

〔8〕刘因户：不详。

这是一首送别朋友的和曲，写出了对方将要去的南方地区的民风习俗，描绘了一幅政清人和的宜人景象，表现作者积极的人生态度。

套数

南商调·集贤宾

题其翁先生填词图[1]

〔集贤宾〕谁将翠管亲画描，这一片生绡[2]。活现陈郎风度好，捻吟髭慢展霜毫。评花课鸟，待写就新词绝妙。君未老，旁坐着那人儿年少[3]。

〔琥珀猫儿坠〕湘裙低覆[4]，一叶翠芭蕉。素指纤纤弄玉箫[5]，朱唇浅浅破樱桃[6]。多娇，暗转横波[7]，待吹还笑。

〔啄木鹂〕他声将启，你魂便消，半幅花笺题未了。细烹来阳羡茶清[8]，再添些迷迭香烧[9]。数年坐对如花貌，丽词谱出三千调。鬓萧萧，须髯似戟，输你太风骚。

〔玉交枝〕词场名噪，赴征车竞留圣朝[10]。柳七郎已受填词诏[11]，暂分携绣阁鸾交。梦魂里怎将神女邀，画图中翻把真真叫[12]。想杀他花边翠翘[13]，盼杀他风前细腰。

〔忆多娇〕夜正遥，月渐高。谁唱新声隔柳桥？纸帐梅花人寂寥〔14〕。休得心焦,休得心焦,明夜飞来画桡。

〔月上海棠〕真凑巧,画图人面能相照。觑香温玉秀,一样丰标。按红牙月底欢娱,斟绿醑花前倾倒〔15〕。把双蛾扫,向镜台灯下,不待来朝。

〔尾声〕乌丝总是秦楼调〔16〕,空轴奚囊索护牢〔17〕,怕只怕并跨青鸾飞去了。

〔1〕其翁:指陈其年,作者比他小二十二岁,题图时他已过五十五岁,故尊他为翁。其年名维崧,号迦陵,江苏宜兴人。因貌清癯而多须,时称“陈髯”。康熙十八年(1679)举博学鸿词科,受翰林院检讨职,与修《明史》。词与朱彝尊齐名,时称“朱陈”。著有《湖海楼诗集》、《迦陵文集》、《迦陵词》等。康熙二十一年(1682)卒,年五十九岁。

〔2〕生绡:指画绢。

〔3〕那人儿:指图中的美女。

〔4〕湘裙:即缃裙。缃,浅黄色。

〔5〕弄:吹奏。

〔6〕樱桃:比喻女子的嘴唇。白居易诗“樱桃樊素口,杨柳小蛮腰”。

〔7〕波:即秋波,形容女子眼睛的清澈。

〔8〕阳羡茶:阳羡在今江苏宜兴县,从唐以来,以产茶著名。

〔9〕迷迭香:唇形科常绿小灌木,有香气。茎、叶和花都可提取芳香油。

〔10〕征车:古时以公家的车马,递送应征的人。这里指维崧应征入京参加博学鸿词科殿试。

〔11〕“柳七郎”句:柳永,字耆卿,以兄弟排行第七,人称“柳七”,宋

时福建崇安人。他曾写过《鹤冲天》词,发泄了怀才不遇的牢骚,其中有“忍把浮名,换了浅斟低唱”句,传说宋仁宗赵祯看了很不满,说“此人风前月下,好去浅斟低唱,何要浮名?且填词去”。他就由此自称“奉旨填词”(《能改斋漫录》)。这里反用其意,指绯袱授官。

〔12〕真真:传说系唐进士赵颜于画中所见美女的名字。见《太平广记》卷二八六引《闻奇录·画工》。以后泛指美女或美女图。

〔13〕翠翘:古时女子的一种首饰,形状像翠鸟尾上的长羽。

〔14〕纸帐:纸制的蚊帐。以绨布为顶,画上梅花或蝴蝶。

〔15〕绿醑:美酒。

〔16〕乌丝总是秦楼调:指其词作多写家庭美满生活。乌丝,即乌丝栏,指有黑格线的绢素或纸笺。秦楼,相传秦穆公之女弄玉喜爱吹箫,后与善吹箫的仙人萧史结为夫妻。萧史每日教她吹箫,作凤鸣之声,能把凤凰引到他们的住处凤台,即秦楼。几年以后,他们都随凤凰飞去(《列仙传》)。这里化用这个典故,暗寓他们的美满生活。下文“并跨青鸾飞去”,亦用此典。

〔17〕轴:指装裱成卷轴形的字画。奚囊:《新唐书·李贺传》:“(贺)每旦日出,骑弱马,从小奚奴,背古锦囊,遇所得,书投囊中。”后因称诗囊为“奚囊”。

这是为友人索题而作的酬应篇什。散曲用来题图是清人的风气。因为受到画图的限制,又受到图主人命意的束缚,要做到贴切自然,图文并茂,颇不容易。稗畦此题章法严密,遣词俊逸,形象地再现了其年填词时红袖相伴、诗思如潮的“风骚”状态,极尽曲家驰骋之能事。

北中吕·粉蝶儿

题徐虹亭枫江渔父图

〔粉蝶儿〕江接平湖，渺茫茫水云烟树，战西风一派菰蒲。白蘋洲，黄芦岸，厮间著丹枫远浦。秋景萧疏，映长天落霞孤鹜[1]。

〔醉春风〕俺只见小艇乍迎潮，孤篷斜带雨。柳边渔网晒残阳，有多少楚楚[2]。停下了短桨轻帆，趁著这晚烟秋水，泊在那野桥官渡。

〔普天乐〕见一个钓鱼人江边住，笋皮笠子[3]，荷叶衣服。足不到名利场，心没有风波惧[4]。稳坐矶头无人处，碧粼粼细数游鱼[5]。受用足一竿短竹，半壶绿醑，数卷残书。

〔红绣鞋〕那渔父何方居住？指枫江即是吾庐[6]，何须隔水问樵夫。云藏林屋小[7]，天逼洞庭孤[8]。刚离著三高祠不数武[9]。

〔满庭芳〕傍柴门停舟暂宿。江村吠犬，霜树啼乌。纵然一夜风吹去[10]，也只在浅水寒芦。破蓑衣残针自补，枯荷叶冷饭平铺。秋如素，渔歌一曲，千顷月明孤。

〔上小楼〕正安稳羊裘避俗[11]，不提防鹤书征取[12]。逼扎您罢钓收纶，弃饵投竿，揽辔登车。离隐居，到帝都，龙门直度[13]。拜殊恩古今奇遇。

〔十二月〕但莫忘旧盟鸥鹭[14],且休提新脍鲈鱼[15]。空想象志和泛宅[16],慢寻思范蠡归湖[17]。凝望处云山杳霭,梦魂中烟水模糊。

〔尧民歌〕描不出满怀乡思忆东吴[18],因写就小江秋色钓鱼图。翠生生包山一带有还无[19],片时间晚云收尽碧天孤。传书,平沙落雁呼,直飞过斜阳渡。

〔耍孩儿〕俺不能含香簪笔金门步[20],只落得穷途恸哭[21]。山中尚少三间屋,待归休转又踌躇。不能做白鸥江上新渔父,只混著丹凤城中旧酒徒[22]。几回把新图觑,生疏了半篙野水,冷落了十里寒芜。

〔尾声〕江波寒潦收,枫林夕照疏。比磻溪也没甚争差处[23],单只您这垂钓的先生不姓吕。

〔1〕落霞孤鹜:唐·王勃《滕王阁序》:"落霞与孤鹜齐飞,秋水共长天一色。"鹜,野鸭。

〔2〕楚楚:鲜明、整洁意。〔醉春风〕调这里例须叠字。

〔3〕笋皮笠子:用笋皮、竹篾编制的斗笠。

〔4〕风波:这里比喻官场的风险。

〔5〕碧粼粼:水流清澈的样子。

〔6〕吾庐:我的家。陶潜《读山海经》:"众鸟欣有托,吾亦爱吾庐。"

〔7〕林屋:山名,即包山,亦作苞山,一名夫椒山,在江苏吴县西南太湖中,俗称洞庭西山。

〔8〕洞庭:山名,在太湖中,有东西二山:东山古名胥母山,又名莫釐山;西山即林屋。俗称东山为洞庭。

〔9〕三高祠:祀越·范蠡、晋·张翰、唐·陆龟蒙,祠在江南钓雪滩上。武:古代半步叫作武。

〔10〕纵然一夜风吹去:这是前人诗句,次句为"只在芦花浅水边"。

〔11〕羊裘:汉·严光披羊裘而垂钓,后来以它当作隐者的标志。

〔12〕鹤书:书体名称,也叫鹤头书,就是汉代的尺一简,写诏书用的。

〔13〕龙门:在山西河津县西北和陕西韩城县东北的黄河中。那里两岸峭壁对峙,形如阙门,水险流急,河里的大鱼聚集在龙门的下边上不去。据传说,鲤鱼如果跃过龙门,就会化龙。因此往往用以比喻士人的一朝荣显,叫作"登龙门"。

〔14〕盟鸥鹭:与鸥鹭订盟同住在水云乡里,指归隐。

〔15〕脍(kuài 快)鲈鱼:脍,把肉削成细片。《世说新语·识鉴》记载:西晋张翰,吴地人,在洛阳做官,见秋风起,便思念家乡美味的莼菜羹和鲈鱼脍。他说:"人生贵得适意尔,何能羁宦数千里以要名爵?"于是他就辞官归家。后来称思乡和归隐为莼鲈之思。

〔16〕志和泛宅:张志和,字子同,号玄真子,浙江金华人。唐肃宗时待诏翰林,后隐居江湖间,自称烟波钓徒。《新唐书·张志和传》载他曾对湖州刺史颜真卿说:"愿为浮家泛宅往来苕霅间。"即以船为家,浪迹江湖之意。

〔17〕范蠡归湖:范蠡,字少伯,越国大夫,助越王勾践灭吴,功成身退,泛舟五湖。

〔18〕东吴:古代苏州的别称。

〔19〕翠生生:形容翠色的鲜明。

〔20〕含香簪笔金门步:旧制尚书郎含鸡舌香奏事答对,使气息芬芳。簪笔,古代近侍之臣插笔在冠前,以备随时记事。金门,汉宫门名。这一句指自己未能做高官显宦,当了长时期(二十年)的国子监太学生。

〔21〕穷途恸哭:晋阮籍每次驾车出游,到穷途就痛哭而返。这里指困穷之境。

〔22〕丹凤城:指京城。见曹德〔清江引〕注〔2〕。

〔23〕嶓溪:在陕西宝鸡市东南。相传吕尚曾垂钓于此。

徐虹亭,名釚,字电发,号虹亭,别号菊庄、枫江渔父,江苏吴江人。工诗文,善画山水,尤擅填词。康熙十八年,以户部尚书梁清标荐举,试博学鸿词,授检讨,与修《明史》。未几,因病乞假归。他在康熙十四年(1675)应鸿博前曾请钱塘名画家谢彬绘了一幅《枫江渔父图》,自寓归隐之意。图成,他广征题咏,先后为他属题的有九十二人。洪昇的这一套曲,大概是在徐釚到北京受职之初写的。曲中形象地再现了吴江的深秋景色和虹亭的浮家泛宅之乐:烟水茫茫,江天一色,丹枫远浦,一叶扁舟,真是令人神往。〔上小楼〕至〔尧民歌〕三曲写虹亭的被迫应征以及不忘鸥鹭旧盟之意,是深得徐釚的隐衷的。〔耍孩儿〕一曲对自己的穷途困厄,欲归不能,深致慨叹。全曲使典隶事,切合主人身份;写景抒情,紧扣本地风光。在语言上活用前人名句,驱使成语,如从己出,绝无勉强凑插之病。

孔尚任

孔尚任(1648—1718),字聘之,又字季重,号东塘,别号岸堂,自称云亭山人,山东曲阜人。孔子六十四代孙。康熙南巡,被召讲经,得到褒奖,授国子监博士。康熙二十五年(1686)随工部侍郎孙在丰于淮扬疏浚黄河海口。三十四年迁户部主事、宝泉局监铸;三十九年擢户部广东司员外郎,不久因事罢官。他工词翰,博学有文名。所著传奇《桃花扇》,历十数年,三易其稿始成,当时与洪昇有“南洪北孔”之称。尚有《湖海集》、《岸堂文集》、《长留集》、《享金簿》、《出山异数纪》等。并与顾彩合撰《小忽雷》传奇。散曲现存小令四首,套数一套。

套 数

北商调·集贤宾

博古闲情[1]

〔集贤宾〕脱下那破烟蓑搭在渔矶,好趁著一片片岫云飞。路迢迢千株驿柳,花暗暗十度晨鸡[2]。才望见翠芙蓉龙塞峰高，早拜了金华表凤阙天齐[3]。猛回头旧山秋万里，红尘中渐老须眉。常则是鹓班及早坐[4]，画省最迟归[5]。

〔逍遥乐〕侨寓在海波巷里，扫净了小小茅堂，藤床木椅。窗外儿竹影萝阴，浓翠如滴，偏映着潇洒葛裙白纻衣。雨歇后，湘帘卷起，受用些清风到枕，凉月当阶，花气喷鼻。

〔金菊香〕偏有那文章湖海旧相知，剥啄敲门来问你[6]。带几篇新诗出袖底，硬教评批。君莫逼，这千秋让人矣[7]。

〔梧叶儿〕喜的是残书卷，爱的是古鼎彝，月俸钱支来不够一朝挥。大海潮[8]，南宋器；甘黄玉，汉羌笛[9]；唐羯鼓[10]，断漆奇；又收得小忽雷焦桐旧尾[11]。

〔挂金索〕他本是蜀产文檀，精美同和璧，撞著个节度韩公，马上亲雕制[12]。一尺宝万手流传，光彩琉璃腻[13]。你看这蛇腹龙头，含着春雷势。

〔上马娇〕人道是郁轮袍知者稀[14]，那有个妙手赛王维？樊花坡竟把双弦理[15]，奇，这法曲传自旧宫妃[16]。

〔胜葫芦〕每日价梧桐夜雨响空墀，砧杵晚风催，却是那怀里胡琴声声脆。似这般凄情惨意，灯窗雨砌，不湿透了舞裙衣。

〔柳叶儿〕问起他宫中来历，倒惹出万恨千悲。中丞原是女倾国，为甚的乌夜啼，雉朝飞，直待那凤去台空也才得于归[17]？

〔醋葫芦〕想当初秋宫弦索鸣，到如今故府笙歌废。这九百年幽怨少人知，偏则写闲情唐人留小记[18]。点缀了残山剩水，借重的旧文人都立著雁塔碑[19]。

〔幺篇〕合该那伤心遗事传，偏买着劫火唐朝器，又搭上多才一个虎头痴[20]，做出本《小忽雷》风雅戏。好新词芙蓉难比，他笔尖儿学会晓莺啼。

〔幺篇〕倩一班佳子弟，选一座好台池。新乐府穿著旧宫衣，把那薄命人儿扮得美。沦落客重来作对，还借你香唇齿吟出他苦心机。

〔浪里来煞〕试看这易酒浓，还带些英雄泪，赏新声且和你珍重饮三杯。说甚么胸头有块垒，那古人都受风流罪，亏他耐性儿熬得甜味苦中回。

〔清江引〕看忽雷无端悲又喜，游戏浮生世。都愁白发生，谁把乌纱弃，听那景阳钟儿还要早些起[21]。

〔1〕博古：通晓古代事物。这里指收集古器物。

〔2〕十度晨鸡：指十年时间。从诗人御前讲经，被任命为国子监博士，到撰写这套曲，经过了十年。

〔3〕龙塞、凤阙：都指皇宫。

〔4〕鹓班：指朝官的排列。

〔5〕画省：指尚书省。汉代尚书省中皆以胡粉涂壁，上画古烈士像。

〔6〕剥啄：形容敲门的声音。

〔7〕千秋：指留名后世。

〔8〕大海潮：琵琶名，南宋绍兴内府物。

〔9〕“甘黄玉”二句：指汉玉羌笛，色甘黄如柳花，原为内府秘藏。

〔10〕唐羯鼓：又名“两杖鼓”，一种细腰小鼓。《羯鼓录》：“如漆桶，下以小牙床承之，击用两杖。”

〔11〕焦桐：指琴。《后汉书·蔡邕传》：“吴人有烧桐以爨者，邕闻

火烈之声,知其良木,因请裁为琴,果有美音。其尾犹焦,故时人名曰焦尾琴。"

〔12〕"他本是蜀产文檀"四句:叙述小忽雷出处。清·桂馥《晚学集》载:"唐文宗朝,韩滉伐蜀,得奇木,制为胡琴二,名曰大小忽雷。"(《南部新书》亦有记载)文檀,深紫色有花纹的檀木。和璧,即楚和氏璧,稀世之宝。节度韩公,指韩滉,他在德宗时曾为镇海军节度使。

〔13〕琉璃腻:形容光彩照人。

〔14〕郁轮袍:相传为王维所作的一首琵琶曲。

〔15〕樊花坡竟把双弦理:樊花坡,名袯,山东郓城人,弹琵琶能手。原注云:"郓城樊花坡弹琵琶得神解,偶示以小忽雷,入手抚弄,如逢旧物。自制商调《梧桐雨》、《霜砧》二曲,碎拨零挑,触人秋思。"

〔16〕法曲:本隋、唐时的一种音乐,这里指樊花坡所演奏的乐曲。

〔17〕"中丞原是女倾国"四句:指郑中丞因忤旨赐死,为梁厚本所救,结为夫妇事。乌夜啼、雉朝飞,均系乐府琴曲歌辞,格调悲凄。于归,旧时称女子出嫁。

〔18〕小记:指唐代段安节《乐府杂录》中,关于小忽雷和郑中丞传说的记载。

〔19〕雁塔:在陕西西安市郊慈恩寺中,世称大雁塔,为唐代高僧玄奘所建。唐新中进士在曲江宴会后,常题名于雁塔。这里指为小忽雷作的题词。

〔20〕虎头:晋人顾恺之小字虎头。这里指顾彩。顾彩,字天石,号湘槎,别号梦鹤居士,江苏无锡人。精音律,与孔尚任友善。曾据孔拟定的故事提纲撰写传奇《小忽雷》,另著有《往深斋诗集》、《辟疆园文稿》、《草堂嗣响》以及《南桃花扇》、《后琵琶记》、《离骚谱》、《大忽雷》传奇等。

〔21〕景阳钟:《南齐书·后妃传》:"齐武帝以宫内深隐,不闻端门

鼓漏声，置钟于景阳楼上，宫人闻钟声，早起装饰。至今此钟唯应五鼓及三鼓也。”这里指上朝的时刻。

孔尚任自康熙二十九年(1690)从淮扬治河工地回到北京后，仍任国子监博士。同淮扬明季遗老接触中产生的兴亡之感，加上京国闲曹的冷宦生涯，使他在刚刚出山时报效朝廷的心思大减，常以收集古器物来消遣苦闷的生活。几年之间，他收集到了大海潮、玉羌笛、唐羯鼓、小忽雷等多种古代乐器。

关于小忽雷的传说，在唐·段安节的《乐府杂录》中有过一段幽怨的记载：唐文宗时，善弹这乐器的宫女郑中丞，忤旨赐死，被宰相权德舆的旧吏梁厚本所救，结为夫妇。孔尚任想把这故事写入传奇，于是就和一位工于音律的朋友顾彩合作，在康熙三十三年(1694)把《小忽雷》传奇写成了。传奇以郑中丞为郑注之妹，与书生梁厚本有婚姻之约，被郑注献入宫中，又为宦官仇士良所陷害。中间牵入朝官李训、郑注等对宦官仇士良、鱼弘志等的斗争，反映了唐文宗一朝的政治。这套《博古闲情》，就是编在《小忽雷》传奇的开端，“叙作传填词之由”的开场曲。曲中把自己的冷宦生涯，以及写作《小忽雷》传奇的因由，叙述得清清楚楚。字里行间所流露的对官场生活的心灰意冷，和由郑中丞事而产生的伤感情绪，使我们窥见他在创作《桃花扇》过程中的心境。这对了解他的名作《桃花扇》是有帮助的。曲子写得珠圆玉润，清丽动人。

林以宁

林以宁(1655—?),字亚清,浙江钱塘(今杭州)人。林蕉园女,洪昇表弟钱肇修妻。善书画,尤长墨竹,与其姑顾之琼(玉蕊),均工诗文骈体。玉蕊曾集合当地能诗女子,组蕉园诗社,当时称为“蕉园五子”,即指以宁及徐灿、柴静仪、朱柔则、钱云仪五人。以宁婚后继续姑志,重组蕉园七子社。加入张槎云、毛安芳、冯又令、顾启姬,而徐灿、朱柔则不在其中。以宁著有《墨庄诗文钞》、《墨庄词》、《凤箫楼集》及《芙蓉峡》传奇等。散曲有《墨庄诗馀》一卷,存套数十二套。

套 数

南越调·小桃红

忆外〔1〕

〔小桃红〕暗风萧瑟起林皋,卷得那一天的彤云罩也。看空闺中朱门欲闭转无聊,飞霰乱飘飖。咱便有凤笙吹,倩谁调〔2〕;熏炉暖,同谁靠也。怎当他竹上梅梢,共夜漏,一声声生生的把魂销〔3〕。

〔下山虎〕画楼晚眺，想着前朝，把手阳关道[4]。柳垂嫩条，转眼是暮景冬天，六花袅袅[5]。我这里重重绣幕交，尚然儿冻倒；他那里伴凄凉一敝貂，冒雪冲寒去，病馀体劳，想杀伊人天际遥。

〔五般宜〕咱为你担愁思瘦成楚腰；咱为你尘封镜翠眉懒描；咱为你清泪透鲛绡。待要向游子寄语，晚云缥缈，天涯去了，如何是好。须知道总贫困相依，胜黄金身畔绕。

〔五韵美〕寄来的平安报，声声劝我休恼，道相逢应须在春杪[6]。刀环尚杳[7]，怎不教伤人怀抱！幸得个新诗句格调高，灯影下还细细将伊意儿寻讨。

〔山麻秸换头〕梦忆着燕山道[8]，望着那滚滚黄河，堪渡轻桡。今宵，谁将那倩女的魂灵相召[9]？怎安排一腔心事，半眶清泪，千种情苗！

〔江神子〕多君才思高，更和那卫玠丰标[10]，使人梦想魂劳。垆头春暖酿新醪[11]，待归来和他倾倒。

〔尾声〕孤帏片影寒风悄，残雪里一灯相照，还只索和衣儿睡到晓[12]。

〔1〕外：旧时妻子称丈夫叫"外"或"外子"。诗人的丈夫钱肇修，就是顺治十五年（1658）以科场案诛死的江南乡闱副主考钱开宗的儿子。所谓科场之案，蔓延几及全国，被株连者不计其数，甚至连累及举人的父母兄弟妻子，为旷古所未有。肇修幼年亦身受其害。关于他们的夫妻之爱，唱和之乐，《钱塘县志·名臣》有这样的记载："钱肇修，字石臣，号杏山。学问渊博，工诗。年四十游燕，辇下公卿皆折节与交。登辛未（康熙

三十年)进士,授河南洛阳令,擢监察御史,直声大振。平居性恬淡,不治生产,公馀辄读书。妻林以宁,亦工诗。方宰河阳日,衙斋萧散,熏炉茗椀,则夫妇唱酬,为士林佳话。”

〔2〕“凤笙吹”二句:用萧史弄玉事。见洪昇〔集贤宾〕《题其翁先生填词图》注〔16〕。

〔3〕生生:即活活的,活生生的。

〔4〕阳关道:指送别的地方。

〔5〕六花:即雪花。

〔6〕春杪:即春末。

〔7〕刀环尚杳:还乡之期尚远。见尤侗〔醉扶归〕《秋闺》注〔11〕。

〔8〕燕山道:指北京。

〔9〕倩女:元·郑光祖杂剧《倩女离魂》,写张倩女思念爱人王文举而魂魄离躯。事本《太平广记·陈玄祐离魂记》。这里是诗人的自况。

〔10〕卫玠:晋朝人,字叔宝,风神秀异。这里指钱肇修。

〔11〕垆头:安置酒具的地方。

〔12〕只索:只得。

这套曲子和以往的“闺情”、“闺怨”是同一类型的作品。但过去写这样内容的曲家,多数是男人,由男性来替女子设想总有些不切之处。现在这篇“忆外”则是女作者的手笔,细腻,深挚,一吟三叹,写出了“悔教夫婿觅封侯”的诗意,令人黯然神伤。

徐旭旦

徐旭旦(1659—1720),字浴咸,号西泠,别署圣湖渔父,浙江钱塘(今杭州)人。少有才名,但仕途不顺,一充拔贡,三中副车,九赴棘围,不能博一第。一度为大将军尚善幕僚,从戎湖湘,康熙十八年复荐举博学鸿词。旋以河督靳辅荐开中河。三十三年(1694),大工告成,以六品服俸补兴化县丞;三十八年,升知县。次年丁母忧;服除,起补清浏、溆邑等地。四十九年,迁广东连平知州。工诗擅曲。著有《世经堂初集》、《世经堂诗词集》、《世经堂集唐诗词删》、《灵秋会》杂剧和《芙蓉楼》传奇。散曲有《世经堂乐府》四卷,另从《世经堂集唐诗词删》中录出令套若干,共存小令三十四首,套数五十套。

套 数

南南吕·香罗带

感怀(有序)

侧身天地,无限悲思;凭望云山,每成浩叹。愁来莫遣,谁舒江上之心〔1〕;恨有难堪,孰慰平原之日〔2〕。壮怀沦落,百感俱生。爰赋此词,以书伊郁〔3〕。

〔香罗带〕青毡冷似铁,乱愁如织。伤心万事皆瓦裂[4],叹飞蓬廿载风云劣。只指望功名遂,瞻帝阙。谁知老大鹑衣结[5]!(合)[6]但见处处沧桑,也消不得我男儿一点血。

〔前腔〕男儿一点血,向谁分说?青衫脱却琴书辍,笑当初用尽广长舌[7]。那里是抛壮志,甘霜雪?出门满地生荆棘。(合前)

〔醉扶归〕三间茅屋雎鸠拙[8],秦楼楚馆空抛撇。本待淮阴拜将汉高兴[9],到做苏秦下第咸阳别[10]。(合)一从他日月去如梭,好教我魂梦寒如铁。

〔前腔〕世情反覆空寒热,谁人枉守西山节[11]。只为王孙一去不归来[12],十年徒洒江东血[13]。(合前)

〔香柳娘〕叹花飞月缺,叹花飞月缺,中心如结,不怕他才子文心呕血。看怀中抱璧[14],看怀中抱璧,一生心事,半明不火。(合)恨萧条蓬荜[15],只见空囊羞涩,家中无担石。

〔前腔〕任英雄豪杰,任英雄豪杰,何须哽咽。也只是枉费鸡窗消息[16]!怕风波忒劣,怕风波忒劣,又听得剑啸床头,呼天无极。(合前)

〔尾文〕一番壮志须投笔[17],封侯酬愿知何日,正是春梦未成休话说。

〔1〕江上之心:指乡思。崔颢《黄鹤楼》:“日暮乡关何处是,烟波江上使人愁。”

〔2〕平原之目:梁元帝《荡子秋思赋》云:“登楼一望,唯见远树含

烟。平原如此,不知道路几千。”化用其意,指自己前途坎坷。

〔3〕伊郁:抑郁;忧闷。

〔4〕万事皆瓦裂:指所事无成。

〔5〕老大鹑衣结:意说年纪老了还是那么穷困。鹑鸟尾秃,故用来形容破旧的衣服。

〔6〕合:即合头,见吴承恩〔南南吕·梁州序〕《咏雪》注〔4〕。

〔7〕广长舌:源自佛经,指善于辩说的口才。

〔8〕睢鸠拙:即“鸠拙”,相传鸠不会筑巢,占鹊巢而居。这里指自己不善经营生计。

〔9〕淮阴拜将:指韩信。他曾被汉高祖刘邦拜为大将。

〔10〕苏秦下第咸阳别:苏秦,战国时纵横家,初时主张连横,秦惠王不采纳他的主张,结果“黑貂之裘弊,黄金百斤尽”,狼狈地离开咸阳,回到洛阳家中。这里指自己客游在外,处境窘困。

〔11〕西山节:西山即首阳山。《史记·伯夷列传》:“伯夷叔齐,隐于首阳山,作歌曰:登彼西山兮,采其薇矣。”这里指清高的操守。

〔12〕王孙一去不归来:淮南小山《招隐士》:“王孙游兮不归,春草生兮萋萋。”这里是作者自喻。

〔13〕徒洒江东血:用项羽兵败无面目见江东父老事,比喻自己对科场失利的羞愤。

〔14〕怀中抱璧:用卞和抱璧事,比喻自己怀藏着真才实学。

〔15〕蓬荜:“蓬门荜户”的略语,指穷人住的房子。

〔16〕枉费鸡窗消息:指白读书。鸡窗,书室的代称。

〔17〕投笔:用汉班超投笔从戎的故事,比喻自己要弃文就武,立功封侯。

这套曲对自己的怀才不遇,感慨无限。曲调苍凉,扣人心弦,很有艺术感染力。

北双调·新水令

冬闺寄情

〔新水令〕冷云残雪阻长桥[1]，闭红楼冶游人少。栏杆低雁字[2]，帘幕挂冰条。炭冷香消，人瘦晚风峭。

〔驻马听〕绣户萧萧，鹦鹉呼茶声自巧；香闺悄悄，雪狸偎枕睡偏牢[3]。榴裙裂破舞风腰，鸾靴剪碎凌波靿[4]。愁多病转饶，这妆楼再不许风情闹。

〔沉醉东风〕记得一霎时娇歌兴扫，半夜里浓雨情抛。从桃叶渡头寻，向燕子矶边找[5]，乱云山风高雁杳。那知道梅开有信，人去越遥。凭栏凝眺，把盈盈秋水，酸风冻了[6]。

〔雁儿落〕欺负俺瘦琼花薄命飘飖，倚着那游冶子忒骄傲[7]。得保住这无瑕白玉身，免不得哭损如花貌。

〔得胜令〕恰便似桃片逐雪涛，柳絮儿随风飘。袖掩春风面，黄昏出汉朝[8]。萧条，满地尘无人扫。寂寥，花开了独自瞧。

〔乔牌儿〕这肝肠似搅，泪点儿滴多少。也没个好梦闲相邀，听那挂帘栊的钩自敲。

〔甜水令〕你看疏疏密密，浓浓淡淡，鲜血乱蘸[9]。不是杜鹃抛，是脸上桃花做红雨儿飞落[10]，一点点溅上冰绡。

〔折桂令〕叹儿家揉开云髻,折损宫腰。睡昏昏似妃葬坡平,血淋淋似妾堕楼高〔11〕。怕旁人呼号,舍着俺软丢答的魂灵没人招〔12〕。银镜里朱霞残照〔13〕,鸳枕上红泪春潮。恨在心苗,愁在眉梢。洗了胭脂,涴了鲛绡。

〔锦上花〕一朵朵伤情,春风懒笑;一片片消魂,流水愁漂〔14〕。摘的下娇色〔15〕,天然蘸好;便妙手徐熙〔16〕,怎能画到。樱唇上调朱,莲腮上临稿,写意儿几笔红桃〔17〕。补衬些翠枝青叶,分外夭夭〔18〕,薄命人写了一幅桃花照。

〔碧玉箫〕挥洒银毫〔19〕,旧句他知道;点染红幺〔20〕,新画你收著。便面小,血心肠一万条〔21〕。手帕儿包,头绳儿绕,抵过锦字书多少〔22〕。

〔鸳鸯煞〕莺喉歇了南北套〔23〕,冰弦住了陈隋调〔24〕。唇底罢吹箫,笛儿丢,笙儿坏,板儿掠〔25〕。只愿扇儿寄去的速,夫婿束装得早。三月三檀郎到了〔26〕,携手儿下妆楼,桃花粥吃个饱〔27〕。

〔1〕长桥:在南京秦淮旧院附近。

〔2〕雁字:雁行。雁飞时排成“一”字或“人”字形。

〔3〕雪狸:白猫。

〔4〕“榴裙”二句:是“裂破舞风榴裙腰,剪破凌波鸾靴靿”的倒装句。鸾靴是一种舞靴;靿即靴筒。意说撕破了红色的舞裙,剪碎了舞靴,不再做歌舞生涯了。

〔5〕桃叶渡、燕子矶:均南京地名。

〔6〕“把盈盈秋水”二句:指冷风把眼睛都冻痛了,形容临风凝望很

久。李贺《金铜仙人辞汉歌》:“东关酸风射眸子。”盈盈,美好的样子;秋水,指清澈的眼波。

〔7〕游冶子:指在外游荡的子弟。

〔8〕“袖掩春风面”二句:暗用王昭君和番的故事。春风,形容面容的美好。杜甫《明妃村》:“画图省识春风面,环珮空归月夜魂。”

〔9〕蘸:沾染。

〔10〕“不是杜鹃抛”二句:传说杜鹃的啼声凄苦,啼到口里出血。李贺《将进酒》:“桃花乱落如红雨。”这里借来形容头破血流。

〔11〕“睡昏昏”二句:用杨贵妃在马嵬坡被杀和绿珠跳楼而死的故事,形容被逼毁容。

〔12〕软丢答:软得厉害,丢答是加强语气词。

〔13〕朱霞残照:指脸上血痕。

〔14〕“一朵朵伤情”四句:形容扇上桃花的娇艳。上句暗用崔护“桃花依旧笑春风”诗意,下句暗用杜甫“轻薄桃花逐水流”诗意。

〔15〕摘的下娇色:指扇上桃花颜色娇鲜,像摘得下来似的。

〔16〕徐熙:南唐画家,善画花竹树木草虫之类。当时宫内挂设,皆出其手笔。

〔17〕写意儿:中国画中属于纵放一类的画法,用笔求神似而不求形似。“儿”字,在这里是词尾。

〔18〕分外夭夭:特别美好的样子。《诗经·周南·桃夭》:“桃之夭夭,灼灼其花。”

〔19〕银毫:指笔。

〔20〕红幺:幺是骰子的一点,红色,故称红幺,这里指扇上桃花。

〔21〕“便面小”二句:意说扇子虽小,却寄托着万种心情。便面,即团扇,因便于遮面,所以叫作便面。

〔22〕锦字书:即苏蕙寄给丈夫窦滔的织锦回文诗。

〔23〕南北套:即南北曲。

〔24〕陈隋调:陈、隋时流行的《玉树后庭花》、《春江花月夜》等曲调。这里泛指歌曲。

〔25〕板儿掠:板儿,拍板;掠,抛弃。

〔26〕檀郎:晋代潘岳是美男子,小名檀奴,所以旧时称自己的夫婿或心爱的男子为檀郎。

〔27〕桃花粥:旧时洛阳一带风俗,寒食节煮桃花粥吃。

这套曲在孔尚任《桃花扇》传奇第二十三出“寄扇”中也可以见到,不同的只是曲文中有十九个字的差异。过去大家对《桃花扇》“馀韵”中《哀江南》一曲的作者是谁,已有争议;现在又出现了这篇“冬闺寄情”的著作权问题,都值得深入研究。徐旭旦和孔尚任的认识,约在康熙二十六年(1687),是他们随同靳辅和孙在丰在江苏治河的时候,在一起共过事。当时河署设在泰州,他们日夕相见,同是诗社的社友,也有诗简往来,这在孔尚任和徐旭旦的诗集《湖海集》和《世经堂诗词集》里都有收录。由于他们旨趣相同,在湖海三年中,遂成了朋友。而这时孔尚任对《桃花扇》正在进行修订,所以徐旭旦也很有可能参加到这一活动中去。后来他自己刊刻诗文集,就把这些曲子收进去,这就出现了我们今天所见到的情况。这套曲情辞并茂,早已脍炙人口。

北双调·新水令

旧院有感[1]

〔新水令〕山松野草带花挑,猛抬头翠楼来到[2]。荒烟留废垒,剩水积空壕。亭苑萧条,还对着夕阳道。

〔驻马听〕野火频烧,绕屋长松多半消;牛羊群跑,买花小使几时逃。鸽翎蝠粪满堂抛,枯枝败叶当阶罩。谁洒扫,牧儿拾得菱花照[3]。

〔沉醉东风〕横白玉阑干柱倒,堕红泥燕落空巢。碎鸳鸯瓦片多[4],烂翡翠窗棂少,舞西风黄叶飘摇。直入阳台一路蒿,住几个乞儿饿莩。

〔折桂令〕问秦淮旧日窗寮,破纸迎风,坏槛当潮,目断魂消。当年粉黛[5],何处笙箫。罢灯船端阳不闹,收酒旗重九无聊。白鸟飘飘,绿水滔滔。嫩黄花有些蝶飞,新红叶无个人瞧。

〔沽美酒〕你记得跨青溪半里桥[6],旧红板没一条,秋水长天人过少。冷清清的落照,剩一树柳弯腰。

〔太平令〕行到那旧院门何用轻敲,也不怕小犬哰哰[7]。无非是枯井颓巢,不过些砖苔砌草。手种的花条柳梢,尽意儿采樵,这黑灰是谁家厨灶?

〔离亭宴带歇指煞〕俺曾见红楼翠馆莺啼晓，秦淮水榭花开早，谁知道容易冰消。眼看他起高楼，眼看他宴宾客，眼看他楼塌了。青苔碧瓦堆，曾睡风流觉，百十年兴亡看饱。乌衣巷不姓王，莫愁湖鬼夜哭，凤凰台栖枭鸟〔8〕。残山梦最真，旧境丢难掉，不信这风流换稿。把俺那汉宫春，一幅幅记到老。

〔清江引〕大泽深山随处找，预备嫦娥巧。抽出五言诗，取开三弦调，把几个白衣山人尽走了〔9〕。

〔1〕旧院：南京秦淮歌妓聚居的地方，前面对着武定桥，后门在钞库街，和贡院（旧时举行乡试、会试的场所）隔河相对。

〔2〕翠楼：指妓院。

〔3〕菱花：指镜。古代以铜为镜，背面多铸纹如菱花，故名。

〔4〕鸳鸯瓦：屋瓦一俯一仰扣合在一起叫"鸳鸯瓦"。

〔5〕粉黛：指歌妓。

〔6〕青溪：三国吴赤乌四年（241）在建业城东南凿东渠，称为青溪。发源于南京钟山西南，屈曲穿过南京市区流入秦淮河，长十余里。

〔7〕哰哰：犬吠声。

〔8〕"乌衣巷不姓王"三句：乌衣巷，在今南京市东南。从东晋以来王、谢两大世族都住在这里。莫愁湖，在今南京市水西门外。凤凰台，故址在南京市南面。这里借以写江山换主，景物已非，旧院的繁华已沦丧无遗了。

〔9〕白衣山人：指隐于渔樵的明代遗老。

《桃花扇》传奇末出"馀韵"，以苏昆生唱《哀江南》一曲作结。这套北曲，写弘光败亡后南京宫廷和秦淮旧院的荒凉景象，用来结束全剧,给人留下极深的印象。《旧院有感》也是以旧院的荒凉景象,抒发对南明覆亡的感慨。曲文苍凉慷慨,音节流利酣畅,大笔渲染,撼人肺腑。

厉　鹗

厉鹗(1692—1752),字太鸿,浙江钱塘(今杭州)人。先世家于慈溪,故以四明山樊榭为号。康熙五十九年(1720)举人。擅诗词,为浙西词派主要作家。性嗜读书,曾居扬州小玲珑山馆数年,尽探马氏兄弟所藏秘籍。平生留心金石碑版,精熟辽宋史实,著有《樊榭山房集》、《宋诗纪事》、《辽史拾遗》等,又与查为仁同撰《绝妙好词笺》。散曲有《樊榭山房北乐府小令》一卷,存小令八十二首。

小　令

北正宫·醉太平

题村学堂图

村夫子面孔,渴睡汉形容。周遭二五劣儿童〔1〕,正抛书兴浓。探雏趁蝶受朋侪哄,参军苍鹘把先生弄〔2〕,甘罗项橐笑古人聪〔3〕。不乐如菜佣。

〔1〕周遭:周围。

〔2〕参军苍鹘:唐宋参军戏的两个脚色,以滑稽诙谐的表演取胜。

〔3〕甘罗:战国时楚人。十二岁做吕不韦家臣。自请出使赵国,说服赵王割五城给秦,并把所攻取的部分燕地分给秦,因功封为上卿。项橐:春秋时人,相传他七岁时就能驳倒孔子而为之师。

在清代曲家中,厉鹗和朱彝尊的风格相近。他们都步武张可久而不及张的圆熟。写出来的是词家诗人之曲,难免清丽有余而自然不足。清人散曲从元人的歌场舞榭转向文人的书斋,从口头转向案头,同他们的推波助澜是分不开的。这里选的是尚不失曲家本色的作品,但不足以代表其全部风貌。

这首曲写村童闹学,形容备至;先生的冬烘,学童的顽皮,使人如见其人,如历其境。

北仙吕·一半儿〔1〕

题吴抱村闲居消夏图

绿杨风里掩茅茨,红藕香中收钓丝,翠竹影边吟小诗。日长时,一半儿横经一半儿史。

〔1〕一半儿:北〔仙吕〕宫曲调。句式:七七七、三九,共五句五韵。末句叠用“一半儿”,是它的定格。

这首题画曲宛如一幅水彩画。明朗轻快,出语自然,结句水到渠成,点出了儒生的面目。

北双调·清江引

花港观鱼[1]

东风倚阑花似雪,小汊分鳞鬣[2]。鱼将花吐吞,花逐鱼明灭。人生不如鱼乐也。

〔1〕花港观鱼:西湖十景之一,和断桥遥遥相对。

〔2〕汊:水岔出的地方。鳞鬣(liè 列):指鱼。

这首曲写观鱼时的喜悦,以及观鱼后的惆怅。结句寓意深远。

郑　燮

郑燮(1693—1765),字克柔,号板桥,江苏兴化人。早年家贫,后应举为康熙秀才、雍正举人、乾隆进士,曾任山东范县、潍县知县,有惠政。以岁饥为民请赈,忤大吏罢归。居扬州,以卖画为生。他为人疏宕洒脱,不拘小节,时有违反世俗的言行。擅画兰竹,工书法,为"扬州八怪"之一。能诗文,多同情人民疾苦之作。所写《家书》、《道情》,自然真率,为世所称。有《板桥全集》。

小　令

道情〔1〕(十首选二)

其一

邈唐虞〔2〕,远夏殷〔3〕。卷宗周〔4〕,入暴秦。争雄七国相兼并。文章两汉空陈迹〔5〕,金粉南朝总废尘〔6〕,李唐赵宋慌忙尽。最可叹龙盘虎踞,尽销磨燕子春灯〔7〕。

〔1〕道情:一种由民间歌谣发展而成的曲艺,用渔鼓和简板伴奏。句子以五七言为主,可加衬字,句式比散曲更为自由。

〔2〕邈唐虞:唐、虞均传说中远古部落名。唐即陶唐氏,居于平阳(今山西临汾西南),尧乃其领袖。虞即有虞氏,居于蒲阪(今山西蒲州镇),舜乃其领袖。邈,远。

〔3〕远夏殷:夏,我国历史上第一个朝代,相传为夏后氏部落领袖禹的儿子启所建,共传十三代,十六王,时代约当公元前二十一世纪到前十六世纪。殷,即殷商,朝代名,公元前十六世纪商汤灭夏后所建,初建都于亳(今山东曹县南),至第十代盘庚迁都于殷(今河南安阳小屯村),共传十七代,三十一王,约当公元前十六世纪到前十一世纪。

〔4〕宗周:即周,朝代名,公元前十一世纪周武王灭商后所建,初建都于镐(今陕西西安西南沣水东岸),至平王时迁都洛邑(今河南济阳),历史上因分别称为西周和东周,共历三十四王,约当公元前十一世纪至前256年。

〔5〕文章两汉:汉代以文章著名,司马迁、扬雄、班固等是杰出代表。

〔6〕金粉南朝:金粉,妇女装饰用的铅粉,常用以形容绮丽的生活。南朝,指我国历史上南北对峙时期的宋、齐、梁、陈四代。这几个朝代的统治阶级多过着豪华绮丽的生活,故后人称之为"南朝金粉";或上连东吴、东晋,合称"六朝金粉"。

〔7〕"最可叹"二句:指明朝亡于南明福王的荒淫享乐。南明建都于有"龙盘虎踞"之称的南京。燕子,指《燕子笺》;春灯,指《春灯谜》;均阮大铖所作传奇剧本,南明福王常令优人于宫中演出。

这首曲从远古直说到明代,表面上是说已往的历史都成了陈迹,有点虚无主义色彩;但重点却是感叹明朝的灭亡。

其二

吊龙逢[1],哭比干[2]。羡庄周,拜老聃[3]。未央宫里王孙惨〔4〕,南来薏苡徒兴谤〔5〕,七尺珊瑚只自残〔6〕。孔明枉作那英雄汉,早知道茅庐高卧,省多少六出祁山〔7〕!

〔1〕龙逢:夏末大臣,因直谏夏桀被囚禁杀死。

〔2〕比干:商纣王的叔父,官少师,因屡次劝谏纣王,被剖心而死。

〔3〕老聃:相传即老子,楚国苦县(今河南鹿邑东)人,做过周朝守藏室的史官,著有《老子》一书,后世把他看作道家的创始人。

〔4〕"未央宫"句:韩信佐汉高祖定天下,封楚王,后有人告他谋反,被斩于未央宫。此指其事。

〔5〕"南来薏苡"句:汉马援从交趾载薏苡一车还,死后有人上书诽谤他,说那些都是明珠。后因称蒙冤被谤为"薏苡明珠"。薏苡,一种种仁可供药用的植物。

〔6〕"七尺珊瑚"句:意说石崇富贵适足以取祸。"七尺珊瑚"指的是:石崇与王恺争富,王恺以晋武帝所赐珊瑚树示崇,崇以铁如意击碎,然后拿出六七枝珊瑚树示恺,比他的好得多。石崇后因与齐王冏结党,为赵王伦所杀。

〔7〕"孔明"三句:汉末诸葛亮(字孔明)隐居隆中(今湖北襄阳西),刘备三顾茅庐,他于是出来佐刘建立蜀汉政权。后来他曾六出祁山(今甘肃礼县东)攻魏,争夺中原,但没有成功。

这首曲慨叹历史上忠臣的被害或徒劳无功,表示羡慕老庄的无为,是对封建统治者的一种控诉。但对石崇的同情却缺乏分析态度。

徐大椿

徐大椿(1693—1772),字灵胎,晚号洄溪老人,江苏吴江人。博学多才,凡星经、地志、水利之学,无不涉猎,尤精于医学。著有《难经经释》、《医学源流论》等医书多种。他是词学家徐釚之子,所以又通晓音律,长于度曲。所著《乐府传声》一书,继承了魏良辅、沈宠绥各家之说而有所发挥,对于昆曲的演唱理论与方法,分析详密,颇多创见。又擅作道情,有《洄溪道情》一卷,多劝世、祝寿之词,间亦有深中时弊之作。

小令

道　情

时文叹

读书人,最不济;烂时文[1],烂如泥。国家本为求才计,谁知道变作了欺人计。三句承题,两句破题,摆尾摇头,便是圣门高弟[2]。可知道三通四史是何等文章[3],汉祖唐宗是那朝皇帝?案头放高头讲章[4],店里买新科利器[5]。读得来肩背高低，口角嘘唏。甘蔗渣儿嚼了又嚼有何滋味？辜负光阴，白白昏迷一世。就教他骗得高官，也是百姓朝廷的晦气。

〔1〕时文：明清时代对八股文的称呼，每篇由破题、承题、起讲、入手、起股、中股、后股、束股八部分组成。下文提到的“破题”是用两句话说破题目要义，“承题”是承接破题的意义而加以阐明。

〔2〕圣门高弟：封建时代称孔子为圣人，“圣门高弟”，意指孔门的高徒。

〔3〕三通：《通典》、《通志》、《文献通考》三书的总称。四史：《史记》、《汉书》、《后汉书》、《三国志》的总称。

〔4〕高头讲章：清代供士子学习的“四书五经”，在书页上端录有讲解的文字，称为高头讲章。

〔5〕新科利器：指新及第的考生文章。

这首道情对清代的“读书人”进行了尖锐的嘲讽，对他们那种只知死读“圣贤”书，作八股文，实际知识一无所知的丑态，刻画得淋漓尽致，客观上是对科举制度的批判。

曹雪芹

曹雪芹(?—1763或1764),名霑,字梦阮,号雪芹、芹圃、芹溪,满洲正白旗"包衣"人。早年随祖、父在南京江宁织造任上。雍正初年,其父被罢官、抄家,遂迁居北京,从富贵坠入困顿。晚期居北京西郊,贫病而卒,年未及五十。他为人鄙视庸俗,孤高傲世,嗜酒健谈,具有深厚的文化修养和卓越的艺术才能。所著小说《红楼梦》,是中国古典小说中伟大的现实主义作品。又工诗画,作品惜多散佚。

小令

聪明累

机关算尽太聪明[1],反算了卿卿性命[2]!生前心已碎,死后性空灵。家富人宁,终有个家亡人散各奔腾。枉费了意悬悬半世心[3];好一似荡悠悠三更梦。忽喇喇似大厦倾,昏惨惨似灯将尽。呀,一场欢喜忽悲辛。叹人世,终难定!

〔1〕机关:心机,权谋。

〔2〕卿卿:语本《世说新语·惑溺》,后作为夫妇、朋友间一种亲昵的称呼。这里指王熙凤。

〔3〕意悬悬:时刻劳神、牵挂的样子。

《红楼梦》里有很多曲子，都是从小说中特定的情节出发创作的，成为小说有机结构的一部分。这首《聪明累》，是咏金陵十二钗的《红楼梦曲》中咏王熙凤的一首。《红楼梦曲》放在全书开头的第五回，有概括介绍、评论书中主要人物之意。这一首对王熙凤的用尽心机、权谋，算计别人，到头来反害了自己性命的悲惨下场，进行了批判性的咏叹，是理解王熙凤这一人物的一个关键。单独来看，也是对损人利己者的当头棒喝。作者往往根据散曲格律的特点，自创新调，不拘旧格，而曲味甚浓，成就很高。这首也是这样。

小曲

滴不尽相思血泪抛红豆〔1〕，开不完春柳春花满画楼。睡不稳纱窗风雨黄昏后，忘不了新愁与旧愁。咽不下玉粒金波噎满喉〔2〕，照不尽菱花镜里形容瘦。展不开的眉头，捱不明的更漏。呀，恰便似遮不住的青山隐隐，流不断的绿水悠悠。

〔1〕红豆：一名相思子，形扁圆，色半红半黑，大小略同赤豆。自王维写入诗中后，后世诗词中多以红豆说相思。

〔2〕玉粒金波：指珍美的饮食。

《红楼梦》第二十八回，写贾宝玉应邀到冯紫英家中，与蒋玉菡、薛蟠、云儿等一起喝酒，席上行酒令，规定每人要唱一支关合"女儿"的悲、愁、喜、乐的"新鲜时样曲子"，贾宝玉就唱了上面的这一支。这是抒发"女儿"的"悲"、"愁"感情的。通篇大旨，在开头的"滴不尽相思血泪抛红豆"一句。底下分从触景伤情、寝食不安、形容消瘦等方面描写，末二句以"青山"、"绿水"之无尽作譬，给人留下了相思愁恨绵绵不绝的印象。曲子每句嵌入“不”字,增强了令人压抑的感情色彩,具见作者才思。

孔广林

孔广林(1746—1814 以后),字丛伯,号幼髯,别称赘翁,山东曲阜人。廪贡生,署太常寺博士。对《礼记》有深入研究,是著名经学家,有《说经五稿》三十六卷,《通德郑氏遗书所见录》七十二卷。精通音律,著有传奇《东城老父闻鸡忏》和杂剧《璿玑锦》、《女专诸》、《松年长生引》。编选《元明名人小令》。散曲有《温经楼游戏翰墨》十四卷,存小令二百二十五首,套数二十套。其散曲多写生活琐事,少数作品对当时社会状况有所反映。作曲态度严谨,所作皆遵元人格律,详引旧谱,不敢越雷池半步。另一方面,也就限制了词意,不能流利畅达。

小　令

北双调·清江引

观傀儡戏

重关厚围铁限裹,谁把愁城破[1]? 聊将傀儡睃[2],磊块浇一过[3],堪叹世情都戏作[4]!

〔1〕“重关”二句:意说自己被忧愁重重包围。

〔2〕睃(suō 梭):看。

〔3〕磊块:即块垒,比喻积郁在胸中的不平之气。

〔4〕作:作者自注:“作音左”。

傀儡登场,随人俯仰,是人们对官场的讽刺。这首曲借傀儡,叹世情,有一定现实意义。但写得过于含蓄,令人有雾里看花之感。

吴锡麒

吴锡麒(1746—1818),字圣徵,号縠人,别署东皋生,浙江钱塘(今杭州)人。乾隆四十年(1775)进士,改庶吉士,授翰林院编修。乾隆四十九年、五十五年两充会试同考官。嘉庆六年(1801)授国子监祭酒。乞归后侨寓扬州,历主东仪、梅花、安定、乐仪书院讲席。工诗文,兼善书法,有《有正味斋全集》七十三卷。散曲《有正味斋南北曲》二卷,存小令七十首,套数十三套,亦多题图之作,风格清丽,但以词入曲,颇病纤弱。

小 令

南仙吕·掉角儿〔1〕

吴兴道中观插秧者〔2〕

听田讴水乡最宜〔3〕,鸣秧鼓梅天新霁〔4〕。转桑阴时看笠欹〔5〕,立草泥不嫌脚腻。这边抛,那边接,井字排,针尖簇,绿混东西。风来暗长,雨来更肥。娇儿比一般田稚〔6〕,煞费栽培。

〔1〕掉角儿:南〔仙吕〕宫曲调。句式:七七七七、六六四、四四七四,共十一句六韵。(第三、五、六、八句可不用韵)。七字句多作三四句法。

〔2〕吴兴:在浙江省北部,苕溪下游,滨临太湖。

〔3〕田讴:即田歌,指在田间唱的劳动歌曲。

〔4〕梅天:梅雨天,指初夏江淮流域的阴雨连绵天气。因时值梅子黄熟,故名。

〔5〕攲(qī 七):倾斜。

〔6〕田稚:幼苗。

这首小令描绘了农家插秧时忙碌的情景,表现出他们动作的紧张与熟练。结句将庄稼的栽培跟养儿作比,透露了稼穑维艰,粒粒辛苦的想法。

套 数

南中吕·好事近

八月十八日秋涛宫观潮〔1〕

〔好事近〕斜照送登楼,拓开胸底清秋。千樯茅簇〔2〕,全教拢了沙洲。飕飕,闪过空江风色,堕凉雪先有飞鸥。霎时间天容变也,看青连大地,我亦如浮。

〔锦缠道〕者前头,似银潢从空倒流〔3〕,斜界一条秋。倏灵蛇东奔西掣,接著难休。响硠硠雷车碾骤[4],高矗矗雪山飞陡,四面撼危楼。渐离却樟亭赤岸[5],一路的和沙折柳。更道凭仗鸱夷势[6],水犀军浑不怕婆留[7]。

〔普天乐〕羽林枪,前驱走;佽飞队[8],中权守。折波涛颠倒天吴,逐风云上下阳侯[9]。青天湿透,惹乌啼兔泣[10],鼍愤龙愁[11]。

〔榴花泣〕(石榴花)一声弹指,重见涌琼楼,湘女倚[12],宓妃游[13]。神山缥缈数螺浮,度匆匆羽葆霞斿[14]。(泣颜回)珠玑乱丢,杂冰涎喷出龙公口。猛淋侵帕渍鲛绡,忒模糊锦涴鱼油。

〔古轮台〕问根由,古来曾阅几春秋?却烦寿酒今番酹,大江依旧。呼吸神通,过了天长地久。有甚难平,一番息后,但听伊呜咽过津头。叹则叹茫茫世宙,也等闲消长如沤。残山剩水,荷花桂子,故宫回首,寂寞付寒流[15]。看来去,只铜驼无语铁幢愁[16]。

〔尾声〕朝又夕,春复秋,能唱到风波定否?怪不得回转严滩总白头[17]。

〔1〕秋涛宫:故址在今杭州钱塘江边秋涛路,为清帝南巡时观潮所筑。

〔2〕千樯荠簇:形容帆樯密集。

〔3〕银潢:银河。

〔4〕响硠(láng 郎)硠:水石撞击的声音。

〔5〕樟亭:即樟亭驿,又名浙江亭,故址在今闸口白塔岭前钱江边。

〔6〕鸱夷:春秋时楚国人伍员,字子胥。相传他被吴王夫差赐死后,还将他的尸体装在鸱夷(装酒的皮袋)里,投到钱塘江中。民间同情伍子胥,说他英灵不泯,化为钱塘江的怒涛,奔腾而回;所以钱江潮又叫"子胥潮"。这里鸱夷指伍员。

〔7〕水犀军:指夫差的水军。《国语·越语上》:"今夫差衣水犀之甲者,亿有三千。"婆留:五代吴越王钱镠的小名。相传他曾命三千铁弩,射退潮头。

〔8〕佽飞:古代掌管弋射的官。《汉书·宣帝纪》:"佽飞射士,羽林孤儿。"这里指弓箭手。

〔9〕天吴、阳侯:均古代传说中的水神。

〔10〕乌兔:指日月。

〔11〕鼍(tuó驼):即扬子鳄,俗称猪婆龙。

〔12〕湘女:指湘君、湘夫人,相传为湘水之神。

〔13〕宓(fú福)妃:伏羲氏女,相传溺死洛水,遂为洛水之神。

〔14〕羽葆:用鸟羽装饰的车盖。霞斿:指彩旗。

〔15〕"残山剩水"四句:化用柳永《望海潮》"有三秋桂子,十里荷花"的词意,对历史上的兴亡发出慨叹。

〔16〕铜驼无语:用"铜驼荆棘"的典故,抒发兴亡之感。铁幢愁:未详。

〔17〕回转严滩总白头:意说等到看破世情,归去隐居时,头发已经白了。严滩,即严濑,汉严光隐居富春山,后人名其垂钓的地方为严滩。

这篇套曲是作者看钱塘江潮时作的。钱江观潮,由来已久,汉枚乘《七发》就有"观涛于广陵之曲江"(浙江别名曲江)的记载。到了北宋初年,钱塘观潮更为兴盛,杭州百姓几乎倾城而出,"万人争看浙江潮"。浙江潮之所以壮观,这与钱塘江入海口(俗称海门)形似弯曲长喇叭有关。每当涨潮时,海水由喇叭口向内涌入。由于河道狭窄，潮头遂越来越高，像一堵水墙似的带着巨大的吼声前进。农历八月十八日，潮头最高，亘如山岳，奋如雷霆，犹如千军万马，鼓噪而进。“浙江秋涛”为钱塘八景之一，骚人墨客咏潮作品代不乏人，而在散曲中却为数寥寥。吴氏此作以长篇描绘江潮的声势，更属空前。全篇寓意深远，风格豪放，确有独到之处。但究属文人之作，未免典雅有余，生动不足。

北双调·新水令

喜洪稚存自塞外归[1]

〔新水令〕蓦金鸡放赦下铜楼[2]，感皇恩英名高厚。墨才磨盾鼻，环已验刀头[3]。万里归休，好重认茅茨旧。

〔驻马听〕昔日旃裘[4]，雪打蒙茸寒欲透；今朝杨柳，风摇旖旎态逾柔。从军来分戴吾头[5]，破荒去恁关渠口。压还装诗万首，声声噤住秋笳奏。

〔乔牌儿〕忆当初贯索收[6]，谁拚得万叉救。杀之三幸赖尧能宥[7]，荷戈去，自抖擞。

〔沉醉东风〕问疏勒飞泉倒流，望祁连素气空浮[8]。云抟太古浓，日陷奇寒瘦。莽书生穷塞也风流[9]，只栩栩猜伊蝶梦游，却不通雪片和身卷骤。

〔风入松〕尚觚棱盼着屡回头[10]，肝胆几生酬。枉衣穿短后逡巡走[11]，指望是挽天河净洗兵休[12]。隔著秦关蜀陇，不知战骨如邱。

〔滴滴金〕只听说鹰攫羝飞[13]，风吹牛堕，雷和龙斗。眼未见，笔先收。但神异经添[14]，变相图摹[15]，诺皋志就[16]。何曾放些儿喜惧在心头。

〔雁儿落〕怕则是旌旗毳帐稠[17]，笳鼓辕门骤。直压得小林牙意气低[18]，越显出大都护威风陡[19]。

〔得胜令〕呀，负弩在前头，跨马几时休。算年来身惯冰霜鍊，到者里魂还汤火游[20]。名流，能惊魑魅苍黄走[21]。累囚，安望将军礼数优[22]。

〔川拨棹〕蓦地里白乌头[23]，论时光葛替裘[24]。端只为赤旱灾流，得邀蒙丹诏恩优。风送悠悠，云助油油。愿真个为霖试手，得成就了大田秋。

〔七弟兄〕者边的情话重留，那边的新诗要酬，羡此去胜仙游。召贾生竟脱长沙走[25]，放谪仙得免夜郎流[26]，送髯苏恰就毗陵酒[27]。

〔梅花酒〕兀的不泪滂流[28]，折槛儿曾修，补牍还又留，只狂愚挫汝一丢丢[29]。到生入玉关人似旧[30]，况逢著烽烟消歇太平秋。罢输挽，脱兜鍪[31]，习鱼钓，事耕畴。但听那斜阳牧笛唱田讴，再休道骑马胜骑牛。

〔收江南〕你文章已被外夷收，你遨游直到海西休[32]，你声名更有汗青留[33]。算如今许松楸厮守[34]，才无负了机声灯影读书楼。

〔煞尾〕君恩似此真希有，合丹青传与千秋。只送行还有故人留，要添写几笔可怜关外柳。

〔1〕洪稚存：名亮吉，号北江，江苏阳湖（今常州）人。乾隆五十五年（1790）进士，授编修，督学贵州。嘉庆初，以上书指斥朝政，遣戍伊犁。明年京师大旱，祷雨未应，应命清狱，寻赦还。自号更生居士，以庆不死。精舆地学，工篆书，诗与黄景仁齐名，人称“洪黄”。著有《洪北江全集》。

〔2〕金鸡：古时大赦，举行一种仪式，竖长杆，顶立金鸡，然后集罪犯，击鼓，宣读赦令。李白《流夜郎赠辛判官》：“我愁远谪夜郎去，何日金鸡放赦回？”这里指赦令。铜楼：指皇宫。

〔3〕“墨才磨盾鼻”二句：意说被谴从军不久，即遇赦放还。盾牌的纽叫“盾鼻”，可于其上磨墨作字，因用作军中紧急文书的代称。环已验刀头，用古乐府“何当大刀头”句意，以刀头之环，双关还乡之还。

〔4〕旃（zhān 沾）裘：即毡衣羊裘。

〔5〕分戴吾头：意是不怕断头。语本柳宗元《段太尉逸事状》。

〔6〕贯索：星宿名，象征牢狱。这里指洪稚存的被系问罪。

〔7〕杀之三幸赖尧能宥：指得到主上的宽恕。苏轼《刑赏忠厚之至论》：“皋陶曰‘杀之’，三。尧曰‘宥之’，三。”

〔8〕疏勒、祁连：指在甘肃省河西走廊西部、酒泉以南的疏勒南山和祁连山，多雪峰、冰川。

〔9〕穷塞：边塞。宋·范仲淹守边塞时，曾作《渔家傲》词数阕，欧阳修戏呼之为“穷塞主”。

〔10〕觚棱：宫殿上转角处的瓦脊。这里代指京城。

〔11〕衣穿短后：短后，后面短前面长的衣服，是战士穿的。

〔12〕挽天河净洗兵休：指天下太平，没有战争。杜甫《洗兵马》诗：

“安得壮士挽天河，净洗甲兵长不用。”

〔13〕羝：公羊。

〔14〕神异经：书名。题汉·东方朔撰、晋·张华注。所记皆荒外之言。

〔15〕变相图：变相，佛教语，密教曼达拿，有图绘净土或地狱形相的，称变相。

〔16〕诺皋志：即《诺皋记》，《酉阳杂俎》中的篇名。

〔17〕毳（cuì 翠）帐：毡帐。

〔18〕林牙：辽官名，掌文翰，相当于汉官翰林。这里指洪稚存。

〔19〕都护：指驻在西域地区的最高长官。

〔20〕到者里魂还汤火游：此用苏轼在狱中作的“魂飞汤火命如鸡”诗意。者里，即这里。

〔21〕“名流”二句：夸赞洪稚存的名气。魑魅，古代传说中山泽的鬼怪。苍黄，同“仓皇”，慌张，匆忙。

〔22〕“累囚”二句：指洪稚存受当地官员的气。累囚，拘留的俘虏。

〔23〕白乌头：指得到了赦免的机会。《史记·刺客列传》司马贞索隐：“燕丹求归，秦王曰：‘乌头白，马生角，乃许耳’。”

〔24〕论时光葛替裘：指从去年冬到今年夏。

〔25〕召贾生竟脱长沙走：汉·贾谊少有才名，文帝时曾被贬为长沙王太傅。后来又将他召回。

〔26〕放谪仙得免夜郎流：唐·李白曾被人称为谪仙，安史乱中，他曾为永王李璘幕僚，璘败后被流放夜郎（贵州），中途遇赦东还。

〔27〕送髯苏恰就毗陵酒：宋·苏轼美髯，人称髯苏；他因和王安石等人政见不合，多次被贬放。最后北还，病死毗（pí 皮）陵（今常州）。

〔28〕兀的：指示代词；这。兀的不，表示反诘的语气。

〔29〕“折槛几曾修”三句：这三句歌颂皇帝的圣明，是封建文人的

习气。折槛几曾修,用汉成帝表彰谏臣朱云的故事。补牍还又留,说皇帝还留下他补上的奏牍,只是为挫折他一点点狂愚的习气,才把他充军到边疆去的。

〔30〕生入玉关:用班超在西域上书汉帝乞归的故事。《后汉书·班超传》:“臣不敢望到酒泉郡,但愿生入玉门关。”

〔31〕兜鍪(móu 谋):头盔。

〔32〕海西:即瀚海(青海)之西,泛指边塞。

〔33〕汗青:指史册。

〔34〕许松楸厮守:被允许回到家乡。松楸,指墓地上种的树木,引申为墓地的代称;这里指先人茔墓所在的家乡。

这套曲对洪亮吉从发配充军的边疆赦回感到极大的欣慰,也对他因犯颜直谏而遭受谴谪表示不平;喜愤交集,感情真挚动人。洪亮吉是著名的诗人、学者,从这点出发,作者认为他到了边疆,开了眼界,将可以写出更多的诗篇和著作,这见解是可贵的。但他又认为洪的遣戍和赦还,都是皇帝的洪恩,就表现了封建正统文人的态度。

本曲对边塞风物的描绘,如“鹰攫羝飞,风吹牛堕”,自然天趣,跃然纸上。但如“云拷太古浓,日陷奇寒瘦”,就未免刻意雕琢,失之过深。

石韫玉

石韫玉(1756—1837),字执如、琢如,号琢堂、竹堂、归真子、花韵庵主人,晚号独学老人,江苏吴县(今苏州)人。乾隆五十五年(1790)一甲一名进士,授翰林院修撰。历官至山东按察使。因事被劾,以编修在史馆效力十二年,遂引疾归。主苏州紫阳书院二十馀年,尝修《苏州府志》,为世所重。少工诗文,与同人结“碧桃诗社”;亦善作曲。著有《独学庐诗文集》、《花韵庵诗馀》、《微波词》。另有杂剧《花间九奏》九种及传奇《红楼梦》等。散曲有《花韵庵词馀》一卷,存小令七首,套数七套。

小令

南商调·金络索

访杜子美草堂旧迹

〔金梧桐〕林花著雨浓,茅屋临溪竦[1]。乱石成蹊[2],迸裂苍苔缝。初疑是梵宫[3], 〔东瓯令〕访幽踪,原来杜老当年住此中。想当日门前小队来严武[4], 〔针线箱〕座上圆蒲款已公[5]。　　〔解三酲〕真尊重！　　〔懒画眉〕高天厚地一诗翁。　　〔寄生子〕竹隐遥峰，花飐微风[6]，都触我寻诗梦。

〔1〕临溪竦（sǒng 耸）：耸立在溪边。

〔2〕蹊（xī 西）：道路。

〔3〕梵（fàn 范）宫：佛寺。

〔4〕门前小队来严武：严武，字季鹰，官成都尹、剑南节度使，和杜甫交谊很深，曾多次去草堂看望。杜甫在《严中丞枉驾见过》中写道："元戎小队出郊坰，问柳寻花到野亭。"即记其事。

〔5〕款已公：款待严武。已公，疑即"季公"，是对季鹰的尊称。

〔6〕飐（diū 丢）：抛掷。但此处要用仄声字，疑"飐"字之误。

杜甫于肃宗上元元年（760）春，在四川成都西郊的浣花溪上建筑了一座草堂，世称"浣花草堂"。作者到这里来探访，描写出草堂环境的幽美，对杜甫当年默默无闻地栖止在这里，发出了感叹。

詹应甲

詹应甲，字鳞飞，号湘亭，江苏吴县（今苏州）人。乾隆南巡，以献赋赏给举人，并受文绮之赐。屡应科考不第，乃遍游燕、齐、晋、豫间，一度试任为湖北天门县令，因治水有成绩迁恩施知县。著有《赐绮堂集》、《独茧诗钞》、《弦秋词》。散曲有《赐绮堂杂曲》一卷，存套数九套。

套数

北双调·新水令

中秋闱中望月〔1〕

〔新水令〕瞭高台上月轮高〔2〕，悄无声酸风满号〔3〕。碧油帘不卷，红蜡烛停烧。银汉迢迢，空隔著土泥墙望不到。

〔驻马听〕木板三条〔4〕，覆鹿藏蕉何处找〔5〕；策题五道，涂鸦满卷未曾交。珠光剑气已全消，青天碧海劳相照。谁喧笑？隔墙老卒声声叫。

〔沉醉东风〕猛听错华灯游龙夹道，汲新泉渴马腾槽。号官儿意气消，号军儿语言妙。检筠篮冷炙残膏〔6〕。我辈三年共此宵，博一个团圞醉饱。

〔折桂令〕忆秋闱独坐深宵，瓜果中庭，烛烬香烧。有花气濛濛，钗光袅袅，帘影萧萧。盼云阶兰芳信杳，卧风檐棘院人遥。望断红绡，梦断蓝桥。只落得数更筹至公堂静〔7〕，听鼓吹明远楼高〔8〕。

〔沽美酒〕俺想那跨山塘花市遥〔9〕，泛秦淮灯船早〔10〕，竹西歌吹千家闹〔11〕。同盼上琼楼瑶岛，争一刻是今宵。

〔太平令〕堪笑的谱霓裳掷杖成桥〔12〕，驾星槎折木为瓢〔13〕。莫须有月斧亲操〔14〕，想当然玄霜空捣〔15〕。一种种云翘翠翘，被罡风吹掉，都散做花枝压帽。

〔离亭宴带歇指煞〕素娥掩面何须笑〔16〕，朱衣点首何曾恼〔17〕。君不见世上儿曹，有多少玉楼文，有多少金銮草〔18〕，有多少孙山康了〔19〕。洗愁肠一尊绿浇，粲花心三条红照，脱不尽书魔旧套。若不是广寒梯跌了脚，蓬瀛路迷了道，郁轮袍走了调〔20〕，因甚价年年矮屋中，唤不醒才子英雄觉。担误著青衫易老，诌一套棘闱秋，要和那吹角声寒唱到晓。

〔1〕闱：旧时对试院的称呼。为防止作弊，考场四周围墙上都插棘枝，故又称棘闱、棘院。

〔2〕瞭高台：即瞭楼。《清会典事例·礼部·贡与试院关防》：“自应照各省式样，改建号舍，并添建辕门、照墙、鼓楼、瞭楼、明远楼，以符体制。”

〔3〕酸风满号:号,即号房。旧时乡试的贡院里,把一排排的房屋隔成数千间仅能容身的小房间,按千字文分号,如天、地、玄、黄之类;故又称号舍。见《明史·选举志》。酸风,悲酸的风。

〔4〕木板:即号板。号舍内有两块上下可以移动的木板,白天作桌子和凳子,晚上把两块板并放下层,可以蜷足而卧。

〔5〕覆鹿藏蕉:《列子·周穆王》篇,说春秋时,郑国樵夫打死一只鹿,怕被别人看见,把它藏在无水的濠里,盖上蕉叶。但后来要去取鹿时,却记不起藏的地方了。这里借指夹带舞弊。

〔6〕检筠篮冷炙残膏:指从考篮带进去的食品。

〔7〕至公堂:旧时贡院正厅,主考官观试的地方。

〔8〕明远楼:清代各省试院至公堂前面的高楼。

〔9〕山塘花市:山塘,在江苏省苏州市西北虎丘山麓,白居易守苏州时所开。沿河一带市街名山塘街,中秋节有花市。

〔10〕秦淮灯船:南京秦淮河,中秋夜有灯船。

〔11〕竹西歌吹千家闹:化用杜牧《题禅智寺》"谁知竹西路,歌吹是扬州"诗意,形容扬州八月十五日笙歌达旦的景象。

〔12〕谱霓裳掷杖成桥:《太平广记·罗公远》载,唐玄宗中秋夜于宫中赏月,公远取拄杖掷空中,化为大桥,和玄宗同登,遂至月宫。见仙女数百作霓裳羽衣舞,玄宗密记其声调,归后召伶官依声调作《霓裳羽衣曲》。

〔13〕驾星槎折木为瓢:张华《博物志》载:"天河与海通,近世有人居海滨者,年年八月有浮槎去来不失期。"星槎,古代神话中往来天上的木筏。瓢,这里疑即指星槎。

〔14〕月斧亲操:段成式《酉阳杂俎》载,月中有桂树,吴刚以斧砍之。

〔15〕玄霜空捣:《太平广记·裴航》载:书生裴航下第,遇云翘夫

人，求得玉杵臼捣药百日，娶仙女云英而仙去。以上几句用否定同月宫有关的几件美满故事，来哀叹自己的功名不就。

〔16〕素娥：嫦娥的别称。

〔17〕朱衣点首：相传欧阳修知贡举时，每阅卷，觉座后有一朱衣人，朱衣人点头的，文章就入格。（见《天中记》引《侯鲭录》）

〔18〕玉楼文、金銮草：分用李贺李白的故事，借指写得好的文章。相传李贺将死，见绯衣人传玉帝诏令，谓白玉楼成，召使作记。李白于天宝初入长安，玄宗召见于金銮殿，令其草答蛮书，李白笔不停辍，玄宗嘉之。

〔19〕孙山、康了：均指考试落第。孙山，名落孙山的省称。范公偁《过庭录》载：吴人孙山去应举，乡人托他带自己的儿子同去。孙山考到最后一名，乡人的儿子却落第了。回去后，乡人问其子得失，孙山说："解名尽处是孙山，贤郎更在孙山外。"康了，传说唐代柳冕应试，忌讳"落"字，亦把"安乐"叫作"安康"。考试后叫仆人去看榜，回报说"秀才康了"。乐和落同音，故避乐为康。（见宋·范正敏《遁斋闲览》）

〔20〕"广寒梯跌了脚"三句：都指科举不顺利。广寒，月宫别称。旧时比喻科举及第为月宫折桂。郁轮袍走了调，唐薛用弱《集异记》记王维以郁轮袍曲干公主，召试及第。

王定保《唐摭言·述进士》中，记载唐太宗李世民在端门看见新进士鱼贯而出，欣喜地说："天下英雄入吾彀中矣！"这个制度造就了少数官僚，而大量科场失意的士子，却青春耽误，白首无成。这篇散套对科场情景，描绘尽致，感喟无穷。写出了封建末世应举士子的辛酸，对科举制度的腐朽性，有一定认识作用。

范　驹

范驹(1764？—1798),字昂千,号藿田,江苏如皋人。自幼聪慧,口授古歌行一过辄不忘;能文,尤工诗词。乾隆四十九年(1784)南巡,召试列二等;五十四年(1789)膺拔萃科。才而不寿,时人惜之。著有《藿田集》十三卷,内附杂剧《送穷》一种;散曲一卷,收套数十四套。

套数

南南吕·恋芳春

哀风潮[1]

〔恋芳春〕颠沛何辜,听闻犹骇,浮天卷地潮来。大抵秋风七月,生怕成灾。不道今年恁快,只通夜东南风大漫堤界。苦了江滩海涯,一例湮埋。

〔懒画眉〕闻道掀翻雪山堆[2],六十里中狂击排。死人无处觅尸骸,便觅得也无棺盖。顷刻存亡一可哀。

〔前腔〕闻道千声万声来,潮仗风威走疾雷。呼号惨震隔阴霾,屋宇如浮芥。得命无家一可哀。

〔前腔〕闻道官衙报凶灾,蠲赈今谁循吏哉[3]。棉花无粒豆无藍[4],籽种拚称贷。剜肉医疮一可哀。

〔前腔〕闻道催租主人来,鞭扑从教拚命挨。釜中无米灶无柴,妇子多疲惫。忍饿完租一可哀。

〔解三醒〕叹原田旱荒无奈,望沙田加倍秋获。竟白茫茫一片成江海,更不抵旱粮熟再。只说那退潮三日沙犹陷,可知道灌水千塍草没荄[5]。吾庐在,尚且风掀瓦去,雨进窗来。

〔1〕风潮:飓风的俗称。娄元礼《田家五行·论风》:"夏秋之交大风,俗谓之风潮。"

〔2〕掀翻雪山堆:指掀起巨浪。

〔3〕蠲(juān 娟):指减免租税。赈(zhèn 振):救济。循吏:指遵理守法的官吏。

〔4〕藍(jiē 街):指豆茎。

〔5〕塍(chéng 成):田间的界路。荄(gāi 该),泛称植物的根。

这篇散套以作者亲身经历,展示出天灾之后农村破产的凄凉惨景:人亡、家毁,加上饥荒和租税,使老百姓苦不堪言。作者对这一场血泪斑斑的人间惨象,表现了极大的同情。感情真挚,造语简朴,题材新颖,是散曲中的优秀篇章。

仲振履

仲振履，字临侯，号云江、柘庵，别署群玉山农、览岱庵木石老人，江苏泰县人。嘉庆十三年（1808）进士，曾官广东兴宁知县、南澳同知。著有《咬得菜根堂诗文稿》以及《双鸳祠》、《冰绡帕》传奇等。散曲仅见一篇。

套 数

北双调·新水令

羊城候补曲〔1〕

〔新水令〕省垣需次最无聊〔2〕，况南荒蛮疆海峤〔3〕。十年寒士苦，万里故乡遥。抖擞青袍，叹头衔七品县官小。
〔驻马听〕此恨难消，乍出京来甜似枣；这才知道，一身到此系如匏〔4〕。三分西债利难饶，零星小账盈门讨。心暗焦，常常把跎子虚空跳〔5〕。
〔乔牌儿〕您因官热闹，俺为官烦恼。投闲置散无依靠，悔当初心太高。

〔雁儿落〕到如今长班留的少[6],公馆搬来小。知单怕与名[7],拜客愁抬轿。

〔得胜令〕三顿怎除消,七件开门少[8]。盒剩新朝帽,箱留旧蟒袍[9]。萧条,冷清清昏和晓;煎熬,眼巴巴暮又朝。

〔庆东原〕上衙门蜂争闹,望委牌似蚁着热锅跑[10]。坐官厅还故意高谈笑:有的说出洋捕盗;有的说雁塔名标;有的说恭逢大挑[11];有的说学司马题桥[12];有的说因公挂误,引见重须到[13]。

〔乔木查〕正说时宪台大驾亲临了[14],忙向旁边靠,又一会六大三阳都已到[15]。无限跟班,笑语喧嚣。

〔搅筝琶〕俺已向边旁靠,奈从者势偏豪。争路走双手交推,那大驾已抛人在后脑。俺只得背着脸,扭着腰,暗里推敲[16]。休恼,没个威权敢自骄?你是闲曹[17]!

〔沉醉东风〕停一会手版纷纷俱下了[18],值堂吏肚挺声高,说现任官入内堂,候补官请回轿。听他发付心如捣,奈一个番钱不在腰[19],也只得强从容少安毋躁。

〔滴滴金〕说朔望逢期,黎明行礼,要站班各庙[20]。见说心头跳,算蜡烛难赊,点心久缺,如何能早!待不去呵,又愁他上宪着恼。

〔折桂令〕听谯楼五鼓初交[21],黑地仓皇,觅套寻袍。急唤茶汤,无人来舀,叫跟班还故意伸腰。宁耐他哝哝絮叨[22]:一个说米少难熬,一个说鞋破难跑。才急得满肚麋糟[23],又气得满腹咆哮。

〔雁儿落带得胜令〕前回旧宪行,此日新官到。送迎两处忙,没个闲钱钞。花地路非遥[24],小艇价偏高。促坐人三五,慌忙趁早潮。摇摇,巴到船相靠;弯腰,何曾站得牢。

〔落梅风〕穷愁积,豪气消,说难完百般礴恼[25]。客中愁闷犹未了,待归休盘缠何靠。

〔沽美酒〕挈眷的尚衹将柴米焦,那离家的更关心骨肉抛,但听得故里年荒便魂掉了。还有那双亲迈老,怕做蔡中郎哭沟壑爹娘饿莩[26]。

〔太平令〕却幸的时清晏外夷无扰,恤寒酸圣主恩高[27],纾拥挤上司公道[28],协和衷寅寮关照[29]。我曹慢焦,且熬,终有日雷封传报[30]。

〔锦上花〕问甚谁卑谁高,谁迟谁早。倒不如吊古长歌,满斟浊醪。啸一声万丈虹霓,舞一回双鬓萧骚。耐着牢骚,忍着粗豪,也只当来访苏韩到惠潮[31]。

〔尾声〕穷通算来难预料,只有天知道。安命无烦恼,守分休轻躁,几曾见候补官儿闲到老。

〔1〕羊城:也叫五羊城,广州的别称。传说古有五仙人,乘五色羊执六穗秬至此,故名。候补:清制,没有补授实缺的官员在吏部候选后,吏部再汇列呈请分发的官员名单,根据职位、资格、班次,每月抽签一次,分发到某一部或某一省,听候委用。羊城候补,即在广州听候补缺委用。

〔2〕需次:即候补。

〔3〕南荒:指南方僻远荒凉的地方。

〔4〕系如匏(páo 袍):《论语·阳货》记孔子说:“吾岂匏瓜也哉!

焉能系而不食?”后世因用以比喻长期不得出仕,或久任微职,不得迁升。

〔5〕把跎子虚空跳:谓以谎言搪塞讨账者。焦循《易余龠录》卷十八:“凡人以虚语欺人者,谓之跳驼子;其巧甚虚甚者,则为飞驼。”飞驼本广陵市语,今扬州还有“跳空心驼子”的说法。

〔6〕长班:指跟班的仆人。

〔7〕知单怕与名:知单,指婚丧喜庆的单帖,被邀请者接到后,都要在上边写一“知”字,退还主人,故称“知单”。签了字就要送礼,因此说“怕与名”。

〔8〕七件:指日常生活中必需的七件东西:柴、米、油、盐、酱、醋、茶。

〔9〕蟒袍:官服上绣蟒的袍。清制,皇子、亲王等亲贵以及一品至七品官皆穿蟒袍。(《清通志·器服略》)

〔10〕委牌:也称挂牌,一省府以下官员的任免由布政使主持,对这些官员的委任,就在布政使衙门前揭示出来。

〔11〕大挑:清代制度,举人经过会试三科后,可以到京参加王大臣的面试。挑取一等的以知县任用,二等的以教职任用。六年举行一次。

〔12〕学司马题桥:相传司马相如初入长安,题升仙桥桥柱曰:“不乘高车驷马,不过汝下也!”(见《太平御览》引《华阳国志》)

〔13〕引见:清制,京官在五品以下,外官在四品以下,由于任用、京察、保举、学满留用等,上任以前,文官由吏部,武官由兵部派员分批引着去见皇帝,报告姓名、年岁、籍贯。也有现任官员经上级的保举而引见的。

〔14〕宪台:对府、道以上官员的尊称。

〔15〕六大三阳:指六房、三班。清代州、县官署里有吏、户、礼、兵、刑、工六房和皂、壮、快三班,分别由胥吏和差役承当。

〔16〕推敲:反复思考、研究。

〔17〕闲曹:闲散的官吏。

〔18〕手版:与“笏”同类,上朝时记事于其上,以免遗忘。这句指散衙。

〔19〕番钱:外国银元。

〔20〕“朔望逢期”三句:意说每逢夏历的初一(朔)日与十五(望)日,要举行朝谒之礼。

〔21〕谯楼:城门上瞭望的楼。

〔22〕宁耐:忍耐。絮叨:啰嗦。

〔23〕满肚鏖糟:方言,指生闷气,心里不舒畅。

〔24〕花地:在广州市西南,珠江南岸,以产花著名。旧时多在这里迎送官员。

〔25〕薅(hāo 蒿)恼:方言,后悔、气恼。

〔26〕蔡中郎哭沟壑爹娘饿莩:指南戏《琵琶记》中的蔡伯喈,中状元后招赘于牛相府,而父母却饿死在家里。

〔27〕恤(xù 序):体恤,周济。

〔28〕纾(shū 书):解除。

〔29〕寅寮:指在一处做官的同僚。

〔30〕雷封传报:指得到升迁的好消息。

〔31〕苏韩到惠潮:苏,苏轼,曾贬谪惠州;韩,韩愈,因谏阻唐宪宗迎佛骨,贬为潮州刺史。

作者以过来之人,写亲历之事,对候补官窘迫境况了如指掌。宦海沉浮,人情冷暖,作者穷形尽相,曲曲描摹,充分暴露了官场的丑态和封建社会的腐朽性,有一定的历史认识作用。但是作者对这些现象未能深究,反而把个人穷通际遇,归于天命,自是他历史和阶级的局限。

王景文

王景文，字维新，号竹一，广西容县人。嘉庆十五年(1810)举人。历武宣、平乐、泗城教谕。著有《丛溪集》、《海棠词》、《乐律辨正》、《天学钩钤》、《都峤洞天志》等。散曲有《红豆曲》二卷，存小令三十八首，套数三十一套。

小令

北般涉调·耍孩儿

里塾

柳依依别有村，水弯弯独绕门，东西插架图书满。黄莺尽日如求友，白鹭随时似乐群。笑诸生，知勤紧，惟涂抹之乎者也，但吟哦子曰诗云。

写乡村景物明丽如画，而诸生惟知闭门攻读，隐含讽刺之意。

南商调·黄莺儿

货郎鼓[1](二首选一)

直柄喜当权,笑颟顸两耳悬[2],花街柳巷都行遍。扬声杂然[3],停声诎然[4],深闺绣罢求新线。好因缘,羡他侥幸,得近小婵娟。

〔1〕货郎:一种流动出售杂货的小商贩,常肩挑货担,手摇串鼓,走街串巷。

〔2〕颟顸(mān hān 满阴平酣)两耳悬:指串鼓两边的鼓坠。颟顸,累赘,笨拙。

〔3〕杂然:指声音的嘈杂。

〔4〕诎然:戛然而止。

借歌咏货郎手中的串鼓,写货郎走街串巷的生活。结处写深闺少女的买线,颇饶韵味。

套 数

南小石调·骤雨打新荷

浔郡郊步[1]

〔骤雨打新荷〕西门外,水满陂[2],烟云湿空山径微。一阵暄风,过清明谷雨期。屐珊珊可试,杖弯弯可倚。但见属玉交飞[3],布谷争啼,树杪众峰色尽翠。

〔渔灯儿〕看人家耕作随时,向平畴高下耘耔[4],午馌盘餐不苦饥[5]。见秧针抽来清泚,几声歌,答流水。

〔流拍〕过碧涧更历岖崎,一坡细草离披。观童稚放蓑衣,取乌犍作马骑[6]。携一管无腔笛,也学奏宫商徵。

〔羊头靴〕漫说旌旗车骑,官高毕竟多累。扬子江风浪催,临贺岭屹崔巍[7]。

〔好收因煞〕芳郊景象今如此,耕牧信为生计,能无远忆故里。

〔1〕浔郡:今广西桂平县。

〔2〕陂:池塘。

〔3〕属玉:即鸀(zhú 竹)鳿,又叫鸑鷟,比鸭略大的水鸟。

〔4〕耘耔:除草培土。

〔5〕馌(yè 夜):给在田野耕作的人送饭。

〔6〕乌犍(jiān 坚):水牛。

〔7〕临贺岭:又名桂岭,在广西贺县东北。

这套曲子是作者春天漫步野外作的。描绘春景的生机勃勃,布谷催种,牧歌醉人,引出归隐的田园思想。写景明丽自然。

张应昌

张应昌(1790—1874),字仲甫,号寄庵,浙江归安(今吴兴)人。嘉庆十五年(1810)举人,官至内阁中书舍人。晚年主讲苏州平江书院。著有《彝寿轩诗钞》、《春秋属辞辨例编》、《补正南北史识小录》;编有《国朝诗铎》等。散曲有《烟波渔唱》一卷,存小令二十五首,套数十二套。

套 数

北双调·新水令

题林少穆制府边城伴月图[1],次吴榖人祭酒集中喜洪稚存自塞外归原调尤侯韵全折[2]。是时制府将携少子赴西陲,倩费子苕丹旭写图[3]。

〔新水令〕蓦商声迭响唱伊州[4],莽西风乱吹袍袖。撇下那闹猖狂海上蜃[5],倒做了没浩荡水中鸥[6]。月影当秋,照人似晚花瘦。

〔驻马听〕想当日星旆飞邮,斗大金章悬臂肘;海天如昼,月明珠浦数罗浮[7]。照旌旗环岛拥貔貅,布罛罗踏浪驱鼋鲎[8]。櫂楼船,营细柳[9],端的是万军声静严刁斗。
〔乔牌儿〕障狂澜唾手收,叹长城共谁守!蠢幺么竟使穿墉牖[10],拊苍髩,自搔首。
〔沉醉东风〕笑貔虎开门揖仇,任蚍蜉撼树无休[11]。群羊莫敢驱,困兽还思斗,贬潮阳臣罪岂无由[12]。但愿借天河洗剑矛,又何妨冷月边城独受。
〔风入松〕趁新秋云幕挂蟾钩,轻放大江舟。且团圞醉把兰陵酒,笑指那限红墙是女和牛。此夜只谈风月,今朝莫道鄜州[13]。
〔滴滴金〕能几日梁苑轮驱,榆林马秣,萧关车骤,西去也向边陬[14]。又只见大漠沙黄,雪岭银堆,毡庐风吼[15],总亏他一丸儿月影伴当头。
〔雁儿落〕更有个龙文逐骥行[16],梓树承桥秀[17]。莫道是出阳关少故人,且喜得照杯酌成三友。
〔得胜令〕跨马向渠搜[18],抖擞敝貂裘。漫听他都护辕门鼓,待结了蕃儿毳幕帱[19]。山邮[20],鸡声茆店诗千首;更筹,蟾影冰轮晷数周[21]。
〔川拨棹〕虽不是俊封侯,也堪夸万里游。试听那敕勒歌讴,更把那神异经搜,蠮塞探幽[22],马酒浇愁[23]。看了这冰山雪阜,恰便似飞身到广寒秋。
〔七弟兄〕耳听著丹诏螭头[24],眼看他明镜刀头,月皎皎照高斿[25]。迓温公竹马儿童走,送髯苏诗卷洞蛮留,召汾阳弓弩州官负[26]。

〔梅花酒〕那时节旆悠悠，再驾祖生舟[27]，重披叔子裘[28]，看筹边更起百重楼。镜一片沧瀛波似旧，方信道范韩事业子房筹[29]。罢烽火，靖鲸虬[30]，架珊网，固金瓯。回忆那受降城外月波流，含笑看吴钩。

〔收江南〕这遨嬉直到海西头[31]，这声名震动大荒陬，这文章传遍众蕃酋。普天涯拜瞻山共斗[32]，也似那扬辉朗月绚清秋。

〔煞尾〕丹青妙倩吴兴手[33]，写清襟羊杜风流[34]。想屋梁仰月动离愁[35]，抛不下几点杭州襟上酒。

〔1〕林少穆：林则徐，字少穆、元抚，福建侯官（今福州）人。嘉庆进士。道光十八年（1838）任湖广总督，禁止鸦片，卓著成效。旋受命为钦差大臣，在广东查禁鸦片，于虎门当众销毁缴获之鸦片二百三十七万斤。道光二十年（1840）鸦片战争爆发，被诬撤职，不久充军伊犁。制府：对总督的尊称。

〔2〕吴縠人：吴锡麒，号縠人。

〔3〕费丹旭：字晓楼，号子苕、环溪，浙江乌程（今吴兴）人。工画人物，兼善山水。

〔4〕商声：中国古代音乐五声音阶之一，宜于表现凄怆怨慕之情。伊州：乐曲名。唱伊州，双关林则徐的充军伊犁（伊州治所在今新疆哈密）。

〔5〕闹猖狂海上蜃：指英殖民主义者。蜃，大蛤，相传它吐的气能结成海市蜃楼。

〔6〕没浩荡水中鸥：此用杜甫《奉赠韦左丞丈》诗“白鸥没浩荡，万里谁能驯”句意。

〔7〕珠浦:指珠江。罗浮:山名,在广东增城县东北。

〔8〕布罛罗踏浪驱鼋鲎:指驱逐英国的海上侵略军。罛(gū 姑),大的渔网。罗,罗网。鼋(yuán 元)、鲎(hòu 后),均海中动物名,这里指侵略者。

〔9〕营细柳:周亚夫在细柳结营,汉文帝亲往劳军,被阻于军门之外。后人因称军营纪律严明者为"细柳营"。这里是歌颂林则徐的治军有方。

〔10〕蠢幺么竟使穿墉牖:指英殖民主义者的侵略。《诗经·召南·行露》:"谁谓鼠无牙,何以穿我墉。"这里借指英侵略者。墉,墙。牖,窗。

〔11〕"笑貔虎"二句:鸦片战争开始后不久,投降派官僚就造谣中伤林则徐。清政府改派琦善到广州为钦差大臣。琦善到达广州,立刻撤除珠江口附近防务,遣散水勇乡勇,使英侵略军得以长驱直入。林则徐不久也被遣戍伊犁。这两句指其事。

〔12〕"贬潮阳"句:此借用韩愈贬潮阳故事,慨叹林则徐的无罪遭贬。

〔13〕"此夜"二句:反用杜甫《月夜》"今夜鄜(fū 肤)州月,闺中只独看"诗意,劝其别思家。

〔14〕"能几日梁苑轮驱"四句:写其西行路上奔驰之苦。梁苑在河南,榆林在陕西,萧关在宁夏,都是泛指。边陬,边陲。

〔15〕毡庐:我国蒙古、新疆游牧民族所居的毡制篷帐。

〔16〕龙文逐骥行:指林则徐的儿子与林同去新疆。龙文,骏马名,后用以比喻有才能的儿童。

〔17〕梓树承桥秀:称赞林的儿子有才能,能继父业。"桥"一作"乔";古人认为父权不可侵犯,似高大的乔木;儿子应卑躬屈节,似低俯的梓树。

〔18〕渠搜：亦作渠叟，古西戎国名。

〔19〕蕃儿毳幕帱：指少数民族的毡帐。

〔20〕山邮：山中驿站。

〔21〕蟾影、冰轮：均指月亮。晷（guǐ 轨）：影子。

〔22〕蠮（yē 椰）塞：即蠮螉塞，指居庸关。

〔23〕马酒：马乳。

〔24〕丹诏螭头：即朝廷诏书。螭（chī 吃）头，古代殿陛下的装饰，螭形，代指朝廷。

〔25〕斿（liú 刘）：古代旗旌的下垂饰物。

〔26〕"迓温公"三句：比喻林则徐回朝的受到欢迎。温公，即宋代司马光，他反对王安石新法，退居洛阳十五年，神宗死后，被召为宰相。他在当时的名声很大，苏轼《司马君实独乐园》说："儿童诵君实，走卒知司马。""送髯苏"句指苏轼从海南回来。"召汾阳"句指唐肃宗召郭子仪回朝时，州官负弩前驱。

〔27〕再驾祖生舟：用晋祖逖中流击楫的故事，希望林则徐能再一次为国效劳。

〔28〕叔子：羊祜，字叔子，晋泰山南城（今山东费县）人。以尚书左仆射都督荆州诸军事，出镇襄阳，屯田储粮，一生志在灭吴。

〔29〕范韩事业子房筹：范韩事业，指范仲淹、韩琦抗击西夏的事业。子房筹，指张良的功成身退。

〔30〕鲸虬：指外国侵略者。

〔31〕海西：古国名，即大秦；这里指新疆。

〔32〕山共斗：泰山北斗。比喻大家所尊崇钦慕的人。

〔33〕吴兴手：指费子茗。

〔34〕羊杜：羊祜和杜预，先后镇守襄阳，为平吴立功，后世并称"羊杜"。

〔35〕“想屋梁”句:意说对朋友(少穆)的思念之情。杜甫《梦李白》:“落月满屋梁,犹疑照颜色。”

提起林则徐,人们很自然地就会联想起他所领导的鸦片战争。鸦片之役,是英殖民主义者对华发动的首次规模巨大的侵略战争。在这一场斗争中,林则徐表现出高度的民族气节,在气势磅礴的广东禁烟和抗英战斗中,成为一位伟大的爱国者。但腐败无能的满清政府,却屈膝求和,和敌人订城下之盟,结果是丧权辱国,使一场轰轰烈烈的斗争,功败垂成。而林则徐却被革职查办,遣戍新疆,成了投降派献给敌酋祭坛上的牺牲!这种颠倒是非的无耻行为,使有志之士为之痛心疾首。诗人借图发挥,歌颂了图主林则徐的英雄气概,讽刺了开门揖仇的投降派,鞭挞了殖民主义侵略者。感情强烈,锋芒毕露;立意高远,曲调深沉,确是迥异寻常的一篇题画曲。

和韵之作受韵脚限制,很难写得自然流利。长篇散套的和韵之作更属少见。此篇却看不出有什么生硬凑泊的痕迹,这见出作者写作态度的认真和笔下的功力。

赵庆熺

赵庆熺(1792—1847),字秋舲,浙江仁和(今杭州)人。道光二年(1822)进士,选延川知县,因病未赴,改官金华府教授,以此终其身。他与魏滋伯、葛秋生、姚古芬、梁晋竹、俞少卿等为词章之学,而尤工于词曲。著有《蘅香馆诗稿》、《蘅香馆杂著》、《楚游草》、《香消酒醒词》。散曲《香消酒醒曲》一卷,有小令九首,套数十一套。

赵庆熺的散曲表现力强,善于绘景写情,俗中见雅,清隽工致,而妙语惊人,给人轻灵葱蒨,新鲜活泼之感。人们把他比作明代的施绍莘,是清代曲家中的佼佼者。其实他的曲常以警拔的语言抒发愤慨,内容较施绍莘深刻。

小令

南中吕·驻云飞

冬日早起

晓起开窗,万瓦浓揩一片霜。日影铜盆晃,一个圈儿亮。僵,十指嫩红姜,一般模样。笼袖轻呵,兀自翻书强。知多少软玉衾窝梦正长。

写出士子严冬苦读的动人情景。结语对比强烈,颇有不平之愤。

套 数

南商调·梧桐树

葬花

〔梧桐树〕堆成粉黛茔[1],掘破胭脂井[2]。检块青山,放下桃花榇[3]。名香爇至诚,薄酒先端整。兜起罗衫,一掬泥乾净。这收场也算是群芳幸。

〔东瓯令〕更红儿诔[4],碧玉铭[5],巧制泥金直缀旌[6],美人题着名和姓。描一幅离魂影,再旁边筑个小愁城,设座落花灵[7]。

〔大圣乐〕我短锄儿学荷刘伶[8],是清狂非薄幸。今生不合做司香令,黄土畔,叫卿卿。单只为心肠不许随侬硬,因此上风雨无端替你疼。一场梦醒,向众香国里,涅槃断称[9]。

〔解三醒〕收拾起风流行径,收拾起慧业聪明[10];收拾起水边照你娉婷影,收拾起镜里空形;收拾起通身旖旎千般性,收拾起彻胆温和一片情。荒坟冷,只怕你枝头子满,谁奠清明!

〔前腔〕撇下了燕莺孤另,撇下了蝴蝶伶仃;撇下了青衫红泪人儿病，撇下了酒帐灯屏；撇下了蹄香马踏黄金镫，撇下了指冷鸾吹白玉笙。呼难应，就是那杜鹃哭煞，你也无灵。

〔尾声〕向荒阡浇杯茗，替你打个圆场证果成〔11〕。叮嘱你地下轮回莫依然薄命〔12〕。

〔1〕粉黛：妇女化妆用品，借指美女。

〔2〕胭脂井：在南京台城内，又名景阳井。隋兵破陈时，陈后主及其宠妃张丽华、孔贵嫔等曾投此井自杀。这里泛指花坟。

〔3〕榇：棺材。

〔4〕红儿诔：红儿，唐代鄜州妓，诗人罗虬曾为她赋《比红儿》诗一百首。诔，哀祭文体的一种，犹如现代的悼辞。

〔5〕碧玉铭：碧玉，南朝宋汝南王妾。铭，称颂功德的一种文体。

〔6〕泥金直缀旌：金色垂直的铭旌。泥金，金色的颜料。旌，竖在柩前以表识死者姓名的旗幡。

〔7〕落花灵：灵，死者灵位。因将花拟人，故有此语。

〔8〕短锄儿学荷刘伶：晋代刘伶为“竹林七贤”中的人物，他嗜酒成癖，常乘鹿车，带上一壶酒，叫仆人扛着铁锹跟在车后，对他说：我死在哪里，你就在哪里把我埋了。

〔9〕“向众香国里”二句：意说死后进入众香国是最好的。众香国，指花的世界。涅槃，佛教称死亡的用语。斯称，相称，合适。

〔10〕慧业：即智慧。业，佛教名词，泛指一切身心活动。

〔11〕证果：佛教语，指好的结果。

〔12〕轮回：佛教语，意指死生流转不息。

我国文学传统习惯以名花比美人。这篇散套写了红愁绿惨、落花遍地的苍凉情景，用了许多美人薄命的故事，表现作者爱花、惜花、哭花的伤心情绪，字里行间透露出他对封建社会一些美好女性被摧残的同情。全篇设色鲜明，构思新巧，缠绵凄楚，而篇末尤为沉痛。

南仙吕入双调·步步娇

泖湖访旧图[1]

〔步步娇〕四面青山真如画，好个江乡也，生绡太短些。写出湖光，欲买偏无价。何日再浮家，剪寒灯且说江南话。

〔醉扶归〕一湾儿绿水分高下，一条儿红桥自整斜；一天儿诗酒做生涯，一篷儿风月都潇洒。乾坤何处有仙槎[2]，旧游人重把蒲帆卸。

〔皂罗袍〕最好水杨柳下，盖三间茅屋，紫竹篱笆。沿溪雨过响渔叉，夕阳破网当门挂。遥天一抹，朝霞暮霞；遥山一煞，朝鸦暮鸦。更夜深蟹火有星儿大[3]。

〔好姐姐〕淡疏疏秋芦著花，小乌篷半横溪汊[4]。船唇吹火[5]，勺水自煎茶。鲈鱼鲊[6]，白酒提瓶沿路打，好不过渔弟渔兄是一家。

〔尾声〕水天一部新奇话，笑指那凤凰山下[7]，忘不了旧梦寻来何处也！

〔1〕泖（mǎo 卯）湖：在上海市松江西、青浦西南和金山西北，以有

上泖、中泖、下泖之分，故亦称三泖。

〔2〕仙槎：传说中来往于海上和天河之间的木筏。

〔3〕蟹火：指捉螃蟹的灯火。

〔4〕乌篷：即乌篷船。

〔5〕船唇吹火：指在船头烧火（煮开水）。

〔6〕鲊（zhǎ 眨）：经过腌、糟的鱼类食品。

〔7〕凤凰山：坐落在青浦县东南。

这也是一套题图曲。它不仅再现了泖湖的风光景色，而又赋予人物以隐士的精神风貌：放浪形骸，寄情山水；士大夫的雅趣，透过纸背流露出来。〔皂罗袍〕一曲，把江南水乡迷人风光尽收眼底。〔好姐姐〕一曲，未免把渔民生活诗化了。

南商调·二郎神

谢文节公遗琴[1]

〔二郎神〕天风大，猛吹来琴声入破[2]，弹落的冬青花万朵[3]。愁宫怨羽，是当时铁马金戈。这瘦玉条条忠胆做[4]，合配那麻衣泪裹[5]。待摩挲，还只怕海潮飞溅起红波[6]。

〔前腔换头〕山河，君弦断了问谁人担荷[7]，把浩劫红羊愁里过[8]。燕云去后[9]，看看没处腾挪。听塞鼓边笳声四合，冷照著僧房暗火。漫延俄，眼见得没黄沙荆棘铜驼[10]。

〔集贤宾〕有多少宫车细马结队过,他斜抱云和〔11〕。似这短调凄凉何处可,算知音只有曹娥〔12〕。馀生菜果,乾守定几时清饿。真坎坷,料独自囊琴悲卧。

〔黄莺儿〕壮志已消磨,剩枯桐、三尺多〔13〕,松风一曲有人儿和〔14〕。痛江山奈何,恋生涯怎么,泪珠儿齐向冰弦堕。可怜他,一声声应是,应是采薇歌〔15〕。

〔琥珀猫儿坠〕六陵火后〔16〕,馀响振蛟鼍。回首厓山日易矬〔17〕,瑶花死后葬云窝。搜罗,亏得剔苔封欵字无讹〔18〕。

〔尾声〕奇珍未许浮尘涴〔19〕,算今日人琴证果,只是落叶商声绕指多〔20〕。

〔1〕谢文节:谢枋得,字君直,号叠山,江西弋阳人。宝祐四年(1256)与文天祥同科进士。尝为考官,出题以贾似道政事为问,遂被罢斥。德祐初,起为江东提刑、江西招谕使,知信州,率兵抗元。城陷,变姓名入建宁唐石山,每日麻衣蹑屦,东向而哭。后居建阳,以卖卜授徒为生。宋亡,元朝迫他出仕,福建参政魏天祐强制送他往大都,绝食而死。门人私谥"文节"。

〔2〕入破:唐宋大曲第三大段"破"的第一遍。

〔3〕弹落的冬青花万朵:意说弹出亡国之恨。南宋亡国后,唐玉潜、林霁山等收宋陵遗骨改葬,植冬青树作标记。

〔4〕瘦玉:指琴弦。

〔5〕合配那麻衣泪裹:指谢枋得在唐石山麻衣痛哭的事。

〔6〕海潮:指琴音。

〔7〕君弦:大弦。君弦断了,双关南宋灭亡。

〔8〕浩劫红羊:古人认为丙午、丁未两年为国家发生灾祸的年份。

丙丁为火，色红；未为羊；因称国家的大乱为红羊劫。

〔9〕燕云去后：指五代时石敬塘割燕云十六州给契丹。

〔10〕荆棘铜驼：即“铜驼荆棘”。形容亡国后残破的景象。

〔11〕云和：弦乐器的代称。

〔12〕曹娥：东汉时孝女，父死，投江五日，抱父尸出。

〔13〕枯桐：指琴。见孔尚任〔集贤宾〕《博古闲情》注〔11〕。

〔14〕松风：古曲名。

〔15〕采薇歌：相传武王灭商以后，伯夷、叔齐不吃周朝粮食，进首阳山采薇充饥，编了首采薇歌。这里是以伯夷、叔齐坚贞、耿烈的品德来比谢枋得的。

〔16〕六陵：南宋六个皇帝的陵墓。

〔17〕厓（yá 牙）山：一作崖山，在广东新会县南。宋将张世杰固守的最后抗元据点。赵昺祥兴二年（1279）宋军战败，陆秀夫负帝沉海于此。日易矬，指赵昺朝廷的很快灭亡。矬，矮小。

〔18〕欵字：指琴上面的刻记。

〔19〕涴（wò 沃）：沾污。

〔20〕落叶商声：疑指《落叶哀蝉曲》。商声，即秋声。五音中商属秋。

这是篇借物怀人的散套。作者对坚守民族气节而不屈的南宋爱国志士谢枋得，表示了无限的崇敬。〔黄莺儿〕一曲，对他的亡国之苦，去国之戚，表现得沉痛苍凉，淋漓尽致。

南商调·黄莺儿

拜月

〔黄莺儿〕悄悄正昏黄,闭红纱六扇窗,月儿推出团圆样。珊瑚宝装,琼瑶镜光[1],刚刚照着晶帘上。灭银釭,平头髻子,人罢晚梳妆。

〔前腔〕小步出兰房,拜嫦娥一炷香,没人庭院心儿放。周围苑墙,高低画廊,弯环卍字阑干挡。靠西厢,枝枝杨柳,矮罩小池塘。

〔前腔〕金鸭篆烟长[2],拜嫦娥两炷香,玉钗儿轻拨炉灰飏。秋波两眶,潮痕两庞[3],把如山心事从头讲。小屏张,今朝十五,银烛点双行。

〔前腔〕绿袖振明珰[4],拜嫦娥三炷香,深深哳倒红毹扫[5]。桑儿海棠,裙儿凤凰[6],玉尖轻合莲花掌。薄罗裳,北风衣带,吹起两鸳鸯。

〔琥珀猫儿坠〕夜深人静,小语骤呼娘,问恁的传来窃药方,长生何处捣琼浆?迷藏,不信那奔月梯儿,万丈多长[7]。

〔前腔〕夜深人静,小语漫呼郎。缟袂凭肩白似霜[8],弓弓站立小鞋帮。提防,须识那伶俐鬟儿[9],窃听回廊。

〔前腔〕愿依月里,作个小寒簧。管领仙班法曲商,紫云一曲舞霓裳[10]。商量,还要把蟾影无单,兔影成双。

〔前腔〕愿郎月里,作个小吴刚。偷斫清虚桂树香,手擎玉斧跨虹梁[11]。推详,还要似蟾恋瑶宫,兔恋银釭。

〔尾声〕铜壶漏箭丁冬响,早罗袖招风玉指凉,兀自呆看那花影重重绣粉墙。

〔1〕“珊瑚宝装”二句:形容月亮的样态和清光。

〔2〕金鸭篆烟长:香炉中升起袅袅的烟。金鸭,鸭形的铜香炉。

〔3〕潮痕两庞:两颊的红晕。

〔4〕明珰:古时女子装饰用的耳环。

〔5〕红毹:红色的地毯。

〔6〕“衫儿海棠”二句:指衫、裙上绣着海棠、凤凰的花样。

〔7〕“问恁的”五句:用嫦娥奔月和玉兔捣药的神话故事,表示向往自由。嫦娥是神话中后羿之妻,后羿从西王母处得到不死之药,嫦娥偷吃后奔赴月宫。恁的,怎么。

〔8〕缟袂:白色的衣袖。

〔9〕鬟儿:指丫环。

〔10〕“愿侬月里”四句:寒簧,神话中的月宫仙女,嫦娥的侍儿。相传她常领法曲仙班作霓裳羽衣舞,唐明皇游月宫曾观之。紫云,即紫云回曲,传说亦仙乐。

〔11〕“愿郎月里”四句:吴刚,神话中的月中仙人,因为犯了过失,被谪令以大斧伐月中桂树,树随砍随合。

我国古典戏曲中写拜月的很多,散曲则较少。这套曲子写女主人公在十五夜月亮刚升的时候,就步出兰房,来到庭院中,一直到深夜还不回去。她对月焚拜三炷香,细诉心事。〔琥珀猫儿坠〕四曲,写她的心理活动，幻想像嫦娥一样地奔到月中，与情郎一起过美满的生活。反映了封建时代的少女对爱情的美好愿望。抒情细腻，写景清幽。

作者还有一套〔南仙吕·忒忒令〕《对月有感》，描写月亮，有“我初三瞧你眉儿斗，十三窥你妆儿就，廿三觑你庞儿瘦”之句，曾传诵一时。

陈钟祥

陈钟祥，字息凡、息帆，号抑叟，别署亭亭山人，浙江山阴（今绍兴）人。道光十一年（1831）举人，历官四川青神、绵竹、大邑知县，擢河北沧州、赵州知州。师事吴兰雪。工诗词，著有《依隐斋诗钞》、《香草词》、《夏雨轩杂文》等；并辑《赵州石刻全录》。散曲《香草词馀》一卷，有套数三套。

套数

南商调·黄莺儿

下滩曲

〔黄莺儿〕白露正横江，下沅湘一苇杭[1]，滩声远挟秋声壮。秋山半苍，秋林半黄，秋烟一抹摇双桨。白茫茫，花飞雪滚，转折走奔泷[2]。

〔莺啼序〕恍惚间阵马风樯，乱山迎送如屏障。滩浅处石溜惊雷[3]，滩高处崖争骇浪。风风雨雨更傍徨，添无限烟波情状。打轻艭[4]，豪情逸思，都付与沧浪。

〔集贤宾〕洞庭波几度扁舟漾,也曾经滟滪瞿塘[5]。空舲峡里愁猿唱[6],似恁般喷腾泱漭[7]。风声忒逞狂,水势偏奔放。不提防,江山对此增苍莽。
〔江儿水〕刮耳风涛长,牵情水石狂。怒轰轰似铁骑刀枪响,淅沥沥似风雨船头撞,乱滔滔似潮上广陵江,不是十八滩头上水忙[8]。萧瑟篷窗,有多少凄凉况。
〔二犯梧桐树〕滩头拜大王,滩尾吞清浪。苍茫高丽,洞外催乌榜[9]。黄狮乱滚波千丈[10],满天星落水回肠。则只见嵚崎磊落江山莽[11],经过处莫更回头望。
〔尾声〕出沅湘,度汉江[12],一棹西风送客长。江南烟水思悠悠,青山隔岸在钱塘上。

〔1〕沅湘:沅水和湘水,在湖南省。杭:通“航”。

〔2〕奔泷:湍急的河流。

〔3〕渹(hōng 烘):浪涛冲击的声音。

〔4〕艭(shuāng 双):小船。

〔5〕滟滪(yàn yù 艳预):滟滪滩,俗称燕窝石,为长江江心突起的巨石,是三峡著名险滩。瞿(qú 渠)塘:瞿塘峡,一称夔峡,长江三峡之一。江流湍急,山势峻险,号称“天堑”。

〔6〕空舲峡:舲,有窗户的船。空舲峡,未详。

〔7〕泱漭:形容水面的广大无际。

〔8〕十八滩:江西赣江在赣县和万安县境内有白涧、天柱等十八个险滩。

〔9〕乌榜:即游船。

〔10〕黄狮:指浊浪。

〔11〕嵚崎磊落:形容山的险峻多石。

〔12〕汉江:一称汉水,是长江最长的支流。

这套曲写秋日从沅湘下航的景象。全篇以山水为经,见闻为纬,编织而成,一幅秋江行旅图跃然纸上。由于这是下水船,故一路写来,一种湍奔水急之势,动人心弦。末曲想象出沅湘、渡汉江、直抵钱塘的情况,轻快飞扬,颇似杜甫的"即从巴峡穿巫峡,便下襄阳向洛阳"。大概作者这时是在归家的途中吧。

许光治

许光治(1811—1855),字龙华,号羹梅、穗嫣,浙江海宁人。廪贡生。少时颖悟。弱冠后,以授徒为生。他旁涉诸艺事,自书、画、篆刻以至医药、音乐等无不通晓。著有《放吟》、《声画诗》、《红蝉香馆集》。散曲《江山风月谱》一卷,有小令五十三首。他作曲学张可久,偏向于清润华美一路,却缺乏张的豪爽与生动。这里选三首写农事的小令,较为闲婉有致,都属于“农家乐”一类主题。

小 令

北中吕·满庭芳

蔷薇槛亚〔1〕,荼蘼径仄,芍药阑斜。春红都被东风嫁〔2〕,细数韶华。梅雨波添钓槎,麦风晴送田家。村庄话,听来不差,小满动三车〔3〕。

〔1〕亚:通压。

〔2〕春红都被东风嫁:指春花已落。

〔3〕小满:二十四节气之一。每年五月二十一日前后。这时北方夏熟作物子粒渐饱满,南方进入夏收夏种季节。

春花已落,麦收在望,写来一片喜悦。

前　调

绿阴野港,黄云陇亩,红雨村庄。东风归去春无恙,未了蚕忙。连日提笼采桑,几时荷锸栽秧?连枷响[1],田塍夕阳,打豆好时光。

〔1〕连枷:敲击穗荚的脱粒农具。

这首写采桑养蚕。连枷声中的打豆,更增强了欢快的色彩。

北双调·折桂令

芭蕉绿上窗纱,日日梅风,落尽馀花。且门锁葳蕤[1],阑开绿曲,帘卷丫叉。深碧垂杨乳鸦,丛青芳草鸣蛙。又换韶华[2],煮茧香中,处处缫车[3]。

〔1〕葳蕤(wēi ruí 威绥):形容草木茂盛的样子。

〔2〕韶华:指美好的时光。

〔3〕缫(sāo 搔)车:抽茧出丝所用的器具。

这首突出了一个“绿”字,令人深深感受到春末夏初的绿意葱茏。末二句写煮茧缫丝,更增强了热闹气氛。

吴淑仪

吴淑仪，字逸香，江苏常熟人。生平不详。辑套数一套，为王佛云藏叶小鸾眉子砚题曲，触物兴怀，思致绵渺；音节悲凉，风神绝世。

套 数

南仙吕入双调·步步娇

题王佛云藏叶小鸾眉子砚〔1〕

〔步步娇〕尘海沧桑如过鸟，今古凭谁吊，仙云迹未消。千古伤心，美人香草。一砚认前朝，是名媛当日文房宝〔2〕。

〔醉扶归〕有时对明窗闲谱游仙调〔3〕，有时卷疏帘戏将眉月描〔4〕。你看樱花开落几昏朝，又是寒食东风斜照。谁解道，生天成佛任逍遥〔5〕，只怜他昙花幻影增悲悼〔6〕。

〔皂罗袍〕落日松陵古道〔7〕，叹荒烟蔓草，遗冢萧条。桃花三尺艳魂销，垂杨几度啼莺老。春山翠黛，秋风野蒿；绿波明镜，罗裙细腰。珮珊珊应有芳魂到。

〔好姐姐〕遇这谪仙人读生香旧稿〔8〕，一片石珍似琼瑶。仙魂招取，把亭亭倩影描。又护得孤坟好，砚缘庵里才怀抱，仗海内诗篇把忧恨消。

〔尾声〕愁红惨绿知多少，谁值得才人倾倒？也算得薄命青娥有下梢[9]。

〔1〕王佛云藏叶小鸾眉子砚：黄钧宰《金壶七墨》："大兴王佛云（名寿迈）孝廉，尝于袁浦（今江苏清江市）得叶小鸾眉子砚。……名所居曰'砚缘庵'，宝之若拱璧。已而摄令吴江，适为小鸾故里，下车大喜，即访叶氏后人，修墓立碑，招魂摹影，并刻其《疏香阁遗稿》，而以诸人之题词附之。"叶小鸾，字琼章，一字瑶期，江苏吴江人，绍袁幼女。四岁能诵《离骚》，七岁能为对，与姐纨纨、小纨俱能诗。字昆山张氏，将嫁而卒，年仅十七岁。眉子砚，眉子石所作的砚。

〔2〕媛（yuàn愿）：美女。这里指小鸾。文房：书房。

〔3〕游仙调：即游仙诗。借仙境以寄托情怀的一类诗歌。

〔4〕眉月：如眉一样的新月。

〔5〕生天成佛：托生天界，修行成佛。这里指小鸾的逝去。

〔6〕昙花幻影：昙花开短时即逝，故俗以"昙花一现"比喻事物出现时间之短。这里指小鸾的短命而死。

〔7〕松陵：即今江苏吴江。

〔8〕生香：指叶小鸾诗稿《返生香》。

〔9〕青娥：少女。指叶小鸾。

叶小鸾为吴江才女，绮年早逝，引起了许多人的痛惜。王佛云珍藏其眉子砚，又为其修墓立碑，是对叶虔诚膜拜的一个。吴淑仪作为女性，对此事感触很深，因此在这套散曲里，用感叹伤悲的语言，于叹息小鸾"荒烟蔓草遗冢萧条"的同时，又羡慕她能得到"才人倾倒"，

“薄命青娥有下梢”。也许,伤心人别有怀抱,吴淑仪怕是联想到自己的身世吧。

朱冠瀛

朱冠瀛，字紫仙，浙江海盐人。生平不详。著有《香雪词》。散曲《香雪词馀》一卷，有套数四套。

套 数

北商调·集贤宾

咏剑

〔集贤宾〕倚青天一声长啸舞，留正直好规模。刚到手风云常助，乍离鞘神鬼齐驱。想当日敌万人簇拥旌旗，到而今挂三尺屈伴琴书。休说是引豪情举杯长看汝，便御侮亦欲赖渠。床头与壁上，随我玩江湖。

〔逍遥乐〕知是那何人经铸，吞玉又含珠。逢佞便诛，遇寇即除。走蛟螭血缕青污[1]，肝胆平生所向无。看到处惊人心目：气寒玉匣，光掩星辰，腥染兵符[2]。

〔醋葫芦〕论干将价本孤，痛欧冶人化土[3]。算天涯知己尚留余，虽然是未封侯将伊同一误。还望你化龙腾虎，向他年患难赖同扶。

〔浪来里煞〕不使恁去精忠诛伍胥[4]，报私仇随专诸，空使我中宵起舞泪欷歔[5]。怎能够赋从军平胡兼破虏？一霎时弃文就武，好和你立功名万里定边隅[6]。

〔1〕蛟螭(chī 吃)：即龙。

〔2〕兵符：古时调兵用的凭证。

〔3〕欧冶：欧冶子，春秋时人，与干将同师，善铸剑。

〔4〕伍胥：即伍子胥。见吴锡麒〔好事近〕《八月十八日秋涛宫观潮》注〔6〕。

〔5〕中宵起舞：用祖逖闻鸡起舞的典故，比喻志士的及时奋发，要干出一番事业。

〔6〕“弃文就武”二句：暗用班超投笔从戎的故事以自勉。

这套曲借宝剑的功用，来抒发“未封侯”的悲愤，表现自己为国为民、利及苍生的宏愿和舍身报效、立功边隅的壮志。从内容到表现手法，都受元代作家施惠同一题目〔南吕·一枝花〕曲的影响。煞尾表示要“平胡兼破虏”，联系当时形势，有其积极的现实意义。

易顺鼎

易顺鼎(1858—1920),字仲硕,一字实父,又字中实,号眉伽、哭庵,湖南龙阳(今汉寿)人。少有"神童"之目,年十五补诸生。光绪三年(1877)举人,曾分教两湖书院,出为广西右江道,历广东钦廉道。著有《湘弦词》、《丁戊之间行卷》、《摩围阁诗集》等;散曲有《丁戊之间行卷南北曲》一卷,收小令七首,套数二套。

小令

北仙吕·一半儿

题聊斋志异〔1〕

凉灯颤雨梦回时,姑妄言之妄听之〔2〕,纸上墨花浓欲飞。境迷离,一半儿狐仙一半儿鬼。

〔1〕聊斋志异:蒲松龄所著文言短篇小说集。以谈狐说鬼的表现形式,对现实的黑暗和官吏的罪恶颇多暴露,于科举制度和封建礼教均有所批判。但书中也存在着封建说教和迷信色彩。

〔2〕姑妄言之妄听之:意说随意讲讲,随便听听。相传苏轼在黄州,喜听人谈鬼,有人说它虚妄,他说:“姑妄言之,姑妄听之。”

这首曲描写蒲松龄创作《聊斋志异》时的状态,可谓呕心沥血。

托盋懒云

托盋(bō)懒云,生平不详。套数一套辑自《白门新柳记》。

套 数

北双调·新水令

咏秦淮灯舫仿云亭山人体

〔新水令〕城东一带水迢迢,背钟山夕阳返照。笙歌新画舫,花月旧红桥。灯火连宵,谈往迹谁知道。

〔驻马听〕近水楼高,十里珠帘自荡摇;凌波影俏,两行红粉各苗条。白门何处不琼瑶[1],青楼一霎迷蒿蓼。谁再造,风流经济怀元老。

〔沉醉东风〕桃叶渡一湾波绕,心字湖万锸云挑。罢鸣笳鼓角声,换抿竹弹丝调,旧秦淮烟景重描。破碎河山补缀劳,供我辈寓公吟啸[2]。

〔折桂令〕届端阳妙选娇娆,一扇薰风,几寸新潮,意荡魂消。

银花火树，玉管琼箫。扮名士昆腔半套[3]，学清客檀板双敲[4]。雅度飘飘，薄醉陶陶，不须夸李郭神仙[5]，不须诮绛灌粗豪[6]。

〔沽美酒〕最可叹秣陵花自昔娇[7]，访金粉久寂寥。顾曲宗风时下少[8]，只雏鬟学弄巧，让歌吹竹西骄[9]。

〔太平令〕还惜那蘅杜香容易飘萧，空自把楚岫云邀，不如意十事九遭。望仙子瀛洲路杳[10]，怜小玉红巾暗招[11]。奈琼英去遥，证素心指娟娟月晓。

〔离亭宴带歇指煞〕谁能够巫云海水都经了，软红堆里抽身早，但图个快意游翱。也不是溺烟花，也不是溷尘俗，也不是矜文藻。这青溪九曲间，偶借作消愁窖，把数十年牢骚尽扫。那麒麟阁几辈登[12]，金银穴无处觅，蓬莱宫甚时到？梦魂水样清，心迹灯辉皎，又何必逃禅学道[13]。打一套北曲儿，迓清凉，谢热恼。

〔1〕白门：南京的别称。

〔2〕寓公：指闲居客地的人。

〔3〕昆腔：即昆山腔，也叫昆曲、昆剧；明嘉靖以后、清乾隆以前最流行的声腔。曲调舒徐宛转，有“水磨腔”之称。

〔4〕清客：指一些在豪门仕宦人家寄食的人。这里是指教妓女吹弹歌唱的艺人。

〔5〕李郭神仙：意说兼有李光弼、郭子仪的功名富贵和神仙的逍遥自在。

〔6〕绛灌：汉绛侯周勃与灌婴，这里借指当时以镇压太平天国起家

的将士。

〔7〕秣陵花:指秦淮妓女。秣陵,南京的别称。

〔8〕顾曲:听曲。《三国志·吴志·周瑜传》:"瑜少精意于音乐,虽三爵之后,其有阙误,瑜必知之,知之必顾。故时人谣曰:'曲有误,周郎顾'。"

〔9〕让歌吹竹西骄:意说当时南京的妓乐比不上扬州。竹西桥,在扬州。

〔10〕瀛州:相传东海中神仙所住之山。

〔11〕小玉:指侍女。

〔12〕麒麟阁几辈登:汉宣帝曾图霍光等十一功臣像于麒麟阁,以表扬其功绩。后以登麒麟阁,作为有卓越功勋的表示。

〔13〕逃禅学道:见元·景元启〔双调·殿前欢〕注〔1〕。

太平天国农民起义被镇压后,南京一度残破。后来镇守南京的两江总督如曾国藩、刘坤一等,曾采取一些措施,恢复南京的工商业经济,秦淮妓乐也随而繁荣。这套曲子借秦淮灯船的场景,抒发他对南京妓乐兴衰的感慨,有一定现实内容。作者自称寓公,"不如意十事九遭",大约是游幕不遂的文士。在慨叹"金粉久寂寥"的同时,还发泄他浮沉宦海的牢骚,和在花月场中的"意荡魂消"。这套曲有意模仿孔尚任《桃花扇·馀韵》中的〔哀江南〕套,故说"仿云亭山人体"。

沈祥龙

沈祥龙，字约斋，江苏娄县（今上海松江）人。诸生。著有《乐志簃词》、《论词随笔》，散曲《乐志簃曲》一卷，有套数五套。

套 数

北正宫·端正好

秋暮自金陵溯江至京口

〔端正好〕暮天寒，秋山杳，芦汀回斜日鸿嶅[1]。悄帆剪破长江晓，满眼新诗料。

〔滚绣球〕我只见岸几条，秋色凋，枯杨衰草，冷凄凄点缀平皋；还要看水几条，秋影描，西风残照，莽苍苍荡漾寒涛。渔舟横掠随飞鸟，浊浪排空舞瘦蛟，对酒无聊。

〔倘秀才〕怀旧梦沉沉这宵，怀古意依依这朝。风雨台城秋已老[2]，归去也，趁江潮，临风兴豪。

〔滚绣球〕且忙忙的倚画桡，携草屩[3]，登高长啸，大江头水势滔滔。更漫漫的吹洞箫，上小阁，凭栏远眺，乱山边云影迢迢。六朝事业空凭吊，万里乾坤共寂寥，短鬓频搔。

〔醉太平〕三升浊醪，醉里愁消。月明篷底诵《离骚》，把雄心暗撩。功名从古归屠钓[4]，文章从古成虚耗。遇了饥寒只自熬，回头暗笑。

〔脱布衫〕笑底事敝敝焦焦，便无端攘攘劳劳。休留下烦烦恼恼，莫想到茫茫渺渺。

〔小梁州〕只是临水登山不同招，随意逍遥。风波队里两金焦[5]，留新稿，诗句入秋高。

〔三煞〕呼来吟侣多同调，话到清游可解嘲。欲寄音书，一雁飞飞下碧霄。还怕轻把江山好景抛，让了渔樵。

〔煞尾〕瓜洲灯火黄昏小[6]，京口帆樯白日摇。妙高台登几遭[7]，甘露寺住几朝[8]，中泠泉饮几瓢[9]，也不枉秋江放轻棹。

〔1〕鸿嗸(áo敖)：鸿雁哀号。嗸，哀号声。《诗经·小雅·鸿雁》："鸿雁于飞，哀鸣嗸嗸。"

〔2〕台城：本三国吴后苑城，在今南京市玄武湖畔。

〔3〕草屩(juē撅)：草鞋。

〔4〕屠钓：指屠夫和渔人。

〔5〕金焦：金山和焦山，在江苏省镇江市东北。

〔6〕瓜洲：又称瓜埠洲，在江苏邗江县南部、大运河入长江处。与镇江(京口)隔江斜对。

〔7〕妙高台：在金山顶妙高峰上，又名晒经台，为宋僧了元所建。

〔8〕甘露寺：在镇江北固山上，三国吴始建。相传建寺时甘露适降，因而命名。

〔9〕中泠泉:在镇江西北。

这是一篇描写作者在四野皆秋的时候,从南京顺流而下镇江的观感。诗人以铺叙的手法渲染秋山秋水,以寄托自己的豪情胜概。景象鲜明,情怀洒脱。全文对仗工整,声调浏亮,不失为可诵的作品。

黄　荔

黄荔，字荻生，江苏泰县人。岁贡生。善填词，人称“黄三淡”。著有《荻生诗稿》、《皴春词》。存散曲一套。

套数

北双调・新水令

鸦片词

〔新水令〕莽乾坤一块大鏖糟[1]，弄得人痰迷心窍。甘心寻鬼趣，拼命赶时髦。说甚消遥，平白地上圈套。

〔驻马听〕晓事儿曹，偷偷上口开端早；宦海风潮，凌烟事业付烟销[2]。冶游浪子逞奢豪，肩挑贸易也装排调。谁来找，是游鱼自愿吞钩钓。

〔沉醉东风〕横白玉一枝竹箫[3]，泛珍珠满盏清膏[4]。摆银灯，翡翠盘；映铜斗，玻璃罩[5]，滴溜溜好个圆泡。直送神仙上九霄，消受煞夜阑人悄。

〔收江南〕那阿芙蓉绝代风光好[6]，淡巴菰一样风情袅[7]。

原只说闲中沽酒破无聊，否则病来采药和成料。是谁人教熬？是谁人教烧？赤紧的一灯传授累吾曹。

〔折桂令〕俏灵魂似有人招，一日三餐，百病都消。看灯点床头，花生心坎，喜上眉梢。鬼孟婆迷汤一道〔8〕，狠秦皇劫火重烧〔9〕。一丝丝鬓发双凋，一行行涕泪风飘。挽着猛张飞陷阵矛〔10〕，少不得伍子胥乞食吹箫。

〔沽美酒〕原只说玩意儿偶一遭，无瘾乎自解嘲，看你有几座铜山金几窖。这吃不够的饿殍，能几日假装乔。

〔太平令〕可晓得尺许枪利似钢刀，犯着他锋芒难饶。这灯儿呵是刮骨的神膏，签子呵是钩魂的牌票。弄得唇焦，舌焦；尽教的心熬，血熬，百炼金也禁不得洪炉灼耗。

〔乔牌儿〕花钱费钞，好人家败多少！才倾盖便订下白头交，占得个剥床肤的不变爻〔11〕。

〔甜水令〕你看牵牵扯扯，颠颠倒倒，歪腔歪调，行乐也难描。七尺躯都变做人虾困倒，一个个缩项弯腰。

〔雁儿落带得胜令〕也有那好色徒恋娇娆，逢场作戏开摊鸨〔12〕。尽由他金迷纸醉梦魂劳，还有个酒阑人散心头恼。像这般蛊皿为灾狐媚妖〔13〕，蜂虿有毒刀藏笑〔14〕。偏向那迷魂阵认着枪尖咬，全不顾扑灯蛾自惹火来烧。蹊跷〔15〕，明明吃砒霜枣；求饶，盖棺时再看瞧。

〔锦上花〕一件件家资灯花儿爆，一点点零星海底难捞。便到你厨下清锅冷灶，那烟瘾牢骚，还来相照。这壁厢儿女号咷，那壁厢妻孥吵闹，逼搅得没法开交。更有那烟夥打门索债,分外唠叨,揣不着渣头脚水从谁讨。

〔碧玉箫〕心血来潮,自揖开门盗;苦到根苗,还放燎原烧。乌鸦叫,活坑人土一包〔16〕。性命儿抛,家当儿扫,截直是劫数该应到。

〔鸳鸯煞〕聪明人睡糊涂觉,中华人反被英兰笑〔17〕。脱金绦,枪儿丢,盘儿坏,签儿撩。煞板儿打得速,迷途儿回头得早。鬼门关霹然打破,做一个狠英雄,把这张倒头灯吹熄了〔18〕。

〔1〕一块大鏖糟:指鸦片。鏖糟,肮脏,可厌恶的东西。

〔2〕凌烟事业:指为国立功的雄图壮志。唐太宗将开国功臣长孙无忌等二十四人的图像画在凌烟阁上。后人作为建功立业的代称。

〔3〕横白玉一枝竹箫:指烟筒,俗称烟枪。管上有的镶金嵌玉,以示豪奢。

〔4〕泛珍珠满盏清膏:形容熬鸦片膏时起的泡沫。

〔5〕"摆银灯"四句:指吸食鸦片用的灯具。

〔6〕阿芙蓉:即鸦片。

〔7〕淡巴菰:烟草,Tobacco 的译音。

〔8〕孟婆:相传为幽冥之神,能制造迷魂汤。

〔9〕狠秦皇劫火重烧:指秦始皇的焚书坑儒,这里比喻吸食鸦片的灾难。

〔10〕"挽着猛张飞陷阵矛"二句:上句指烟签,下句指烟筒,同时暗示吸烟所带来的后果,身亡家败。

〔11〕"才倾盖"二句:意说一和鸦片打上交道,便终身上瘾,一辈子躺在床上不能起来。爻(yáo 遥),表示交错和变动的《易》卦的基本符

号。《易经·剥卦》:“剥床以肤,凶。”剥,原误作薄。

〔12〕开摊鸨:指嫖妓。

〔13〕蛊(gǔ古)皿为灾:蛊皿,诱惑人的毒虫。《本草纲目》:“造蛊者以百虫置皿中,俾相啖食,取其存者为蛊。”

〔14〕蜂虿(chài拆去声)有毒:比喻微小的东西能危害人。虿,蝎子一类的毒虫。

〔15〕蹊跷(qī qiao七敲):奇怪。

〔16〕土:即烟土,指未熬熟的鸦片。

〔17〕英兰:英格兰的略称,代指英国。

〔18〕倒头:倒霉、坏事的意思。方言。

这是篇描述鸦片烟的毒害以警愚顽的“劝世文”。对吸鸦片者人人变得“人蝦困倒”、“缩项弯腰”,以至“性命儿抛,家当儿扫”的凄惨下场,真切而形象地加以描绘,希望浪子回头。湖广总督林则徐,于道光十八年(1838)九月给皇帝旻宁的《钱票无甚关碍宜重禁吃烟以杜弊源片》,说鸦片不仅造成财政经济的困难,更严重的“是使数十年后,中原几无可以御敌之兵,且无可以充饷之银,兴念及此,能无股栗!”可以参看。

无名氏

小令

北仙吕·寄生草

圈儿信

相思欲寄从何寄,画个圈儿替。话在圈儿外,心在圈儿里。我密密加圈你须密密知侬意:单圈儿是我,双圈儿是你。整圈儿是团圆,破圈儿是别离。还有那说不尽的相思把一路圈儿圈到底。

相传有人在外作客,接到所欢的信,画的是满纸圈儿,因作此曲。全篇以圈儿写相思,格调流畅,设想新奇,显见受民间小曲的影响。

后 记

本书自1988年面世以来，已经历了十一度春秋。出版社的同志——本书责任编辑弥松颐告诉我要重版，问我是否需要作些修改。这自然是题中的应有之义。因为不管自己多么不长进，十馀年的岁月，多少也会使我察觉到本书的一些不足。因此搦管雌黄，竟也改动了几十个地方：有的是注释的不当，有的是说明的欠妥，有的是作者介绍的不够准确；把过于简略的地方充实了，当然也改正了一些错字。限于时间，虽然不能使本书的质量有根本的提高，但能减少一些讹误，也算对读者多尽了一分责任吧。

犹记本书编撰之初，王起（季思）老师谬委重任，嘱我负责。1981年春天，又乘赴南京参加《中国大百科全书·戏曲曲艺卷》工作会议之便，偕我亲登当时任教南京大学的谢伯阳兄之门，以向他索借清代散曲的资料。伯阳当时编《全清散曲》已就，但尚未出版，却慨然答应将资料全部借出，供我选用。这种无私精神，实在令人感动。后来他参加了选注工作，又于1982年秋天亲赴中山大学，埋头数月，完成了清代部分，始返南京。若没有伯阳的大力支持，本书肯定逊色不少。因为清散曲在他的《全清散曲》出版以前，从无完帙，他选入的资料，很多是当时未能见到的。季思师对本书的工作始终抓得很紧，经常性地耳提面命，检查督促，自不在话下；全书初稿写出之后，他又亲自细读精改，润色增删，稿纸上经常写满了密密麻麻的字，再发回来让我整理。这样反复修改，一直到1983年底，才尘埃落定，全稿杀青。稿子寄到了出版社，又承弥松颐同志细心审阅，提出了中肯的修改和商榷意见，才使本书能达到较高的水平，以散曲完整选本（涵盖元明清三代作品）的面貌，在八十年代率先出版。回首往事，我对同志间的精诚合作深感快慰，更深谢季思师的提挈指引。

如今,季思师墓木已拱,伯阳兄息影吴门,本书重版的修改之责,只好落在我的身上。自惭鄙陋,事忙学荒,既乏明灯之引,又缺切磋之效,其觳觫之状,可以想见。倘所改有不尽、不善之处,统希高明赐教,以匡不逮。

1999 年 8 月,柏昭记于广州